Der Storch

Thomas Hesse, Jahrgang 1953, lebt in Wesel, ist gelernter Germanist, Kommunikationsberater und Journalist. Er war bis Ende 2014 in leitender Position bei der »Rheinischen Post« am Niederrhein tätig. Heute ist er freier Autor, Journalist und Publizist.

Renate Wirth, Jahrgang 1957, ist Gestalttherapeutin, Künstlerin und Autorin.

Dieses Buch ist ein Roman. Handlungen und Personen sind frei erfunden. Ähnlichkeiten mit lebenden oder toten Personen sind nicht gewollt und rein zufällig.

THOMAS HESSE/RENATE WIRTH

Der Storch

NIEDERRHEIN KRIMI

emons:

Bibliografische Information der Deutschen Nationalbibliothek
Die Deutsche Nationalbibliothek verzeichnet diese Publikation in der Deutschen Nationalbibliografie; detaillierte bibliografische Daten sind im Internet über http://dnb.d-nb.de abrufbar.

Umschlagmotiv: mauritius images/pa/Jan Woitas
Umschlaggestaltung: Nina Schäfer, nach einem Konzept von Leonardo Magrelli und Nina Schäfer
Gestaltung Innenteil: César Satz & Grafik GmbH, Köln
Lektorat: Hilla Czinczoll
Druck und Bindung: CPI – Clausen & Bosse, Leck
Printed in Germany 2018
ISBN 978-3-7408-0182-3
Niederrhein Krimi
Aktualisierte Neuauflage

Die Menschen sind so einfältig und hängen so sehr vom Eindruck des Augenblickes ab, dass einer, der sie täuschen will, stets jemanden findet, der sich täuschen lässt.

Niccolò Machiavelli (1469–1527)

PROLOG

Es war vieles anders gewesen an diesem Tag. Die Sonne zum Beispiel, sie schien. Das hatte sie seit drei Tagen nicht mehr getan. Nur Regenwolken über dem Niederrhein. Triste Stimmung und gereizte Menschen. Alle atmeten auf.

Jetzt am Abend regnete es wieder in dünnen Streifen. Landregen. Das Licht der Straßenlaternen spiegelte sich auf dem feuchten Asphalt. Es verlief wie ein fahles Lichterband durch das kleine Dorf. Tiez hatte keinen Blick dafür. Er radelte wie besessen.

Gerade noch waren wagemutige Gedanken durch seinen Kopf getanzt. Mit dem neuen Mountainbike war er heimlich und tief geduckt an der Hecke neben Bert Schreibers Einfahrt, dann extrem schnell und lautlos am Haus von Alma Argond vorbeigesaust. Alles blieb still, ihre alten Hunde hatten ihn nicht bemerkt. Aufrecht, freihändig hatte er das Anwesen der Aengenholts passiert, die seit Tagen nicht daheim waren, und war aus Bislich-Büschken herausgehetzt. Das Spezialrad zischte los, wenn man den Druckpunkt der Pedale richtig traf. Dafür war es gebaut. Die groben Stollen griffen in die Grasnarbe des Rheindeichs, als handele es sich um festen Untergrund. Hier zu fahren war untersagt. Tiez wusste, wo er die Lücke im Weidezaun fand. Er wusste auch, dass seine Mutter ihm strikt verboten hatte, in der Dämmerung auf Tour zu gehen.

Hätte er ihr gehorcht, wäre er dem unbekannten Mann mit dem dunklen Kapuzenpullover nicht begegnet. Der gehörte nicht hierhin. Hier wandte sich niemand ab, wenn man sich traf, hier grüßte man sich. Das taten alle, außer dem Neuen, der aus der Stadt kam. Auf jeden Fall versteckte sich niemand, wie dieser Mann es getan hatte. Geduckt war er hinter der Hecke verschwunden, als Tiez tief gebeugt zum Schutz vor den möglichen Blicken der Mutter vorbeirauschte. Und dann hielt der Mann auch noch eine Stange in der Hand. Tiez hatte sie nur einen winzigen Augenblick lang wahrgenommen. Sie waren sich im schummrigen Laternenlicht begegnet. Da blieb keine Zeit, genauer hinzuschauen.

Tiez war nicht mehr jung, sein Geist aber der eines Zwölfjährigen, und er war kraftvoll. Er wollte sich ausprobieren, unbedarft wie ein Kind. Und das Rad natürlich.

Nachdem er die Deichböschung bewältigt hatte, strampelte er über den Weg auf der Krone. Hier gab es Asphalt, er war nass und glatt. Er verlagerte sein Körpergewicht und ließ das Vorderrad hochsteigen. Wie ein zu bändigendes Wildpferd. Der Reifen prallte zurück auf die Teerstraße. Mit einer weiteren Körperwendung legte er das Rad seitlich. Er bremste scharf und ließ sein Mountainbike in Schräglage schleudern. Gut, dass die enge Deichstraße regenfeucht war. Mama wäre stolz auf seine Fahrkünste. Nur konnte er ihr nichts davon erzählen. Die Strafe für sein verbotenes Tun wäre fürchterlich. Fahrrad weggeschlossen. Stubenarrest. Sie hatte ihn gewarnt, nie zu viel zu riskieren. Er wäre nicht so gesund wie die anderen großen Jungs, er müsse aufpassen.

Tiez, der die Aktion liebte, wusste es plötzlich. Er musste zurück nach Hause. Noch einen schnellen Sprint. Noch kurz mit dem Rad an der Deichkante abheben, ein paar Meter durch die Luft springen und im unauffälligen Auslauf zurück auf die Dorfstraße. Er drehte um.

Tiez sah in seinem langen Rückspiegel, wie sich die Scheinwerfer eines Autos näherten. Es war schnell, und es fuhr fast lautlos. Der Fahrer hielt direkt auf ihn zu. Wer ihn verfolgte, konnte der kindliche Mann nicht sehen. Der Schattenmann hinter dem Steuer schien wild entschlossen. Tiez trampelte und trampelte. Er schlug Haken, musste aber nach ein paar Sekunden einsehen, dass er keine Chance hatte. Doch er kannte jeden Winkel im Dorf.

Er riss das Rad herum und steuerte auf ein Gartentor zu. Durch das triefend nasse Gras im Obstbongert der Nachbarn eilte er. Das würde Ärger geben, wenn ihn jemand erwischte. Doch das Dorf saß vor dem Fernseher oder schlief. Wenn das Fahrzeug des Verfolgers Motorenlärm erzeugt hätte, wäre das anders gewesen. Tiez sah die Scheinwerfer des lautlosen Autos, wie sie vom Deich her nach ihm tasteten. Der Fahrer wendete hin und her, um viel Fläche auszuleuchten. Nicht immer funktionierte es, unsichtbar zu bleiben, wenn Tiez verbotene Wege nutzte. Diesmal schon, weil das Licht der nächsten Laterne ausgefallen war, als er die Straße erreichte, die im fahlen Licht kaum noch spiegelte. Er sah sich um.

Tiez atmete durch, niemand war zu sehen. Nicht, dass er Angst im Dunkeln hatte. Er war schließlich ein erwachsener Mann, und Angst redete ihm höchstens seine Mutter ein. Davon war er überzeugt. Aber wenn er mitten im Dorf, hier auf ihrer kleinen Straße, der Himmelsstiege, jemandem begegnete, würde er in der diffusen Dämmrigkeit nicht erkennen, wer es war. Das mochte er nicht.

Jetzt war er nur noch fünfzig Meter von der Hecke von Bert Schreiber entfernt. An ihr musste er vorbei, um nach Hause zu kommen. Er würde schnell sein mit dem Rad. Doch dann sah er, dass aus der Gegenrichtung ein Mann auf ihn zukam. Er hatte eine Stange in der Hand. Wieder der. Aber niemand, den er kannte. Er kannte die meisten Nachbarn auch aus den neuen Streusiedlungen ums Dorf herum. Dieser Mann war keiner von hier. Oder höchstens einer von den neu Zugezogenen. Die waren vereinzelt gekommen in den letzten Jahren und hielten sich für was Besseres. Manche sah man, andere blieben für sich.

Er radelte etwas schneller und wechselte auf die linke Straßenseite. Nicht aus Angst, nein, aus Vorsicht. Der Mann drückte sich an den Vorgärten der anderen Seite entlang. Die Stange ließ er an seiner Seite herunterhängen. Als sie sich auf gleicher Höhe befanden, trat Tiez heftig in die Pedale, geduckt, leise, unsichtbar. Er erreichte die wilde Hecke der Lürsens, stoppte, schaute sich um. Der Mann war weg. War er in eins der Häuser gelaufen? Ein Einbrecher? Was sollte die Stange sonst?

Aber das war auch gleich. Jetzt musste Tiez noch in die Seitenstraße der Himmelsstiege abbiegen und vor allen Blicken verborgen über den alten Wirtschaftsweg fahren. Dann wäre er fast zu Hause, nur noch hinten durch den Garten, und seine Mutter hätte von seinem Ausflug nichts bemerkt. Der rauer werdende

Wind rüttelte an den alten Fliedersträuchern und dem dahinterstehenden Apfelbaum. Er riss feuchte Blätter ab, die auf den Gehsteig und den Straßenbelag klatschten. Tiez tastete in seiner Hosentasche nach dem Schlüssel für die Verandatür. Er musste ihn bereithalten, um schnell ins Haus zu kommen.

Seine Laune war wirklich abgekühlt. Er war wütend auf sich selbst, dass er wie ein Angsthase durch sein dunkles Dorf eilte. Und das Rad nun durch den schmaler werdenden Weg schob, der hinter den Gärten verlief, statt die nächste Kurve eng zu nehmen. Schon Hunderte Male war er hier langgegangen. Nun fürchtete er sich vor dem, was ihm hinter der dicht gewachsenen Hecke, die wie eine Wand wirkte, begegnen würde, als er ein Geräusch hörte. Was war das für ein Laut? Ein großes Tier? Der böse Wolf mitten im Wohngebiet?

Tiez drehte sich um und spähte. Die ungezähmten Äste der Hecke versperrten ihm die Sicht auf den Weg. Er schwankte. Da hörte er ein neues Geräusch. Ganz nah. Als wäre ein Gegenstand über einen herabgefallenen Ast hinweggerollt und hätte ihn zerbrochen. Jemand war hinter ihm her!

Er schleuderte sein Mountainbike unter die herabhängenden Äste und rannte los. Ein Auto rollte lautlos auf ihn zu. Ohne Licht. Nicht mehr weit, dann konnte Tiez hinter der Hecke von Bert Schreibers Garten verschwinden. Er kannte die verborgene kleine Pforte darin. An Mutters Garten war er ja aufgeschreckt vorbeigestapft. Wegen dieses furchtbaren Geräuschs.

Berts Hecke war ordentlich geschnitten. Er musste an den eckig geformten Hainbuchen vorbeilaufen, das Auto kam näher. Dann schien es festzustecken im enger werdenden Pfad. Jemand riss eine Tür auf und schnellte hoch. Eilige Schritte. Er war wieder da!

Tiez erreichte Schreibers Pforte, lief über den Gartenweg. Er übersah die Steinkante des Wegs, trat dagegen, taumelte und fiel in den Komposthaufen am Ende der Gemüsebeete. Ein paar Sekunden blieb er regungslos liegen, sein Gesicht in den feuchten Untergrund gepresst. Er traute sich nicht aufzublicken. Dem kindlichen Mann schossen die Tränen in die Augen. War es Angst, war es Wut? Ganz sacht bewegte er nun seinen Kopf auf die Seite und öffnete ein Auge.

Der Mann hatte die Pforte erreicht und stolperte über das schief hängende Törchen. Er schaute sich um. Er hielt die Stange, bereit, sie zu benutzen. Doch kein Lichtschein half ihm zu finden, wen er suchte. Er zog eine fingerdicke Lampe aus der Hosentasche. Nein, zu gefährlich, man würde ihn sofort entdecken. Das konnte er wohl nicht riskieren.

Der Mann trat einen Meter nach vorn, dann wieder zur Seite. Auf den Komposthaufen zu. Er hob die Stange, bereit zum Schlag. Tiez spürte, wie der Boden ein wenig unter dem sich nähernden Schritt wankte. Nein, nicht. Nicht näher. Der Mann wendete sich kurz vor einer Gartenbank ab, deren Umrisse sich schattenhaft abzeichneten. Er blieb stehen. Er wartete, auf eine kleine Bewegung, auf ein Atmen.

Tiez hielt die Luft an. Er konnte nicht mehr, gleich würde er losbrüllen. Sekunden vergingen in Stille und Dunkelheit. Dann bellte einer von Alma Argonds Hunden. Kurz. Der Mann gab auf. Er drehte leise ab und verließ den Garten. Wieder baumelte die Stange in seiner Hand.

Tiez hörte, wie der Mann die Autotür schloss, das Auto schrammte mit leisem Quietschen an den Ästen der Hecke entlang. Die Geräusche der abrollenden Reifen. All das entfernte sich in Richtung Seitenstraße. Der Mann würde ihn nicht finden. Niemand außer ihm war noch in Bert Schreibers Garten. Laut presste er Luft in seine Lungen.

»Mutter! MUTTI!« Er schrie hemmungslos.

Sie musste ihn doch bemerken, ihr Haus lag auf der anderen Seite der Ziersträucher. Nichts war zu hören. Er drückte sich aus dem Kompost hoch und lief erneut los. Heraus aus der schützenden grünen Wand der Hecke, durch die Pforte, über den alten Wirtschaftsweg, von hinten in den Garten seiner Mutter. Hastig wühlte er in der durchnässten Hosentasche, der Schlüssel verhakte sich im Innenfutter. Er riss an ihm und zerfetzte den Stoff. Fiebrig suchte er das Schloss, steckte den Schlüssel hinein, drehte ihn um und schob die Tür auf. Tiez wollte sie schon hinter sich zuwerfen.

Aber er mahnte sich, keinen Lärm zu machen. Holte tief Luft und drehte den Schlüssel von innen um. Doppelt. Erleichtert lehnte er sich mit dem Rücken an das Türblatt.

Er sah nicht, wie der Mann an der Ecke zur Himmelsstiege in sein Auto einstieg und die Reichweitenanzeige der Batterie anschaltete, feststellte, dass der Elektromotor ihn still und leise wieder zurückbringen würde. Dorthin, wo niemand Verdacht schöpfte.

Tiez hatte auch nicht bemerkt, was schon zu Beginn seiner Fahrt nicht gestimmt hatte. Dass er am Nachbarhaus doch nicht allein gewesen war. Jemand hatte an die Wand gelehnt dagesessen. Aufrecht, aber regungslos und lautlos und tot.

Was auf Bert Schreibers Grund und Boden passiert war, würde das Dorf für immer verändern.

EINS

Eine wohltuende innere Ruhe durchflutete ihn, nur selten kam ihm der Begriff »Zufriedenheit« in den Sinn, so wie jetzt, in diesem Augenblick. Er hatte alles richtig gemacht. Tausende von Kilometern lagen zwischen ihm und beruflichen Plänen, beziehungstechnischen Sorgen, den Plagen des Alltags und den Widerlichkeiten seiner gesundheitlichen Beschwerden.

Der stattliche Mann im besten Alter lächelte versonnen in sich hinein. Aufrecht, beide Arme vor der Brust verschränkt, stand der große Arndt Kunstmann auf der Deichkrone, eine leichte Sommerbrise wehte durch sein spärliches, nackenlanges Haar. Stille um ihn herum, durchatmen, aufatmen.

Er nahm mit professionellem Panoramablick seine Umgebung wahr, Einzelheiten in unterschiedlichen Weiten und Schärfen. Den Mischwald, die Aue, schwarzbunte Kühe und Kopfweiden, dahinter den Rhein, die Binnenschiffe in gemächlich erscheinender Bewegung, in der Ferne die Türme des Xantener Doms und, mit einem Schwenk nach links, in unmittelbarer Nähe vor ihm die Himmelsstiege, die kleine Straße mit dem abstrakten Muster geflickter Schlaglöcher, in der er wohnte.

Welch malerischer provinzieller Anblick von der erhöhten Position des Deichs her. Arndt Kunstmann dachte spontan zurück an die gediegene Premierenfeier zu seiner Dokumentationsreihe über die Begräbniskultur am Niederrhein.

Fünf Jahre war es her, seit er Geistlichkeit, Presse und seine Crew im Studio versammelt hatte, um auf den Erfolg der vierteiligen Serie, die der WDR im Abendprogramm ausstrahlte, anzustoßen. Im Verlauf des Abends beklagte er, der gefeierte Dokumentarfilmer, das städtische Leben in Duisburg, die fehlende Ruhe und Abgeschiedenheit, die aufdringlich weltoffene Art der Ureinwohner des Ruhrgebiets, die sich ständig in übersteigerter Kontaktfreude ausdrückte, sei es beim morgendlichen Brötchenkauf oder aus dem geöffneten Fenster im Nebenhaus. Überall wurde er genötigt, mit seinen Mitmenschen zu kommunizieren, egal zu welcher Tages- und Nachtzeit und unabhängig davon, ob er sich in entsprechender Stimmung befand oder nicht.

Ein verständnisvoll dreinblickender Vertreter der überregionalen Presse hatte ihm daraufhin einen nahezu väterlichen Rat ins Ohr geraunt: »Zieh aufs Land, dorthin, wo dich keine Sau kennt. Glaube mir, ein intellektuell einfaches Umfeld und geografische Abgeschiedenheit sind Gold wert in unserer Branche. Und du findest garantiert jemanden für gelegentliche Bettgeschichten. Man ist verschwiegen in solchen Dingen.«

Seit vier Jahren lebte der preisgekrönte Filmregisseur nun in Bislich-Büschken, dem kleinsten, abseits gelegensten, langweiligsten Dorfteil, den er sich in seiner Phantasie ausmalen konnte, mittendrin und doch für sich. Jedenfalls größtenteils. Bevor er den Entschluss besiegelte, hatte er Erkundigungen über die Gegend und speziell dieses Dorf eingezogen und dabei festgestellt, dass als einziges mediales Ereignis ein Mordfall im Jahr 2005 den Landfrieden gestört hatte. Unwichtig für seine Pläne.

Er hatte sich ein einfaches Siedlungshaus aus den Sechzigern nach seinen Vorstellungen ausbauen lassen und hochmodern eingerichtet. Außen biederer Klinker und innen futuristische Möbel aus Düsseldorfer Designgeschäften. Hinter seinem Garten lag der Wald, was ihm sehr entgegenkam, für Abgeschiedenheit zu den Seiten sorgten dichte, hohe Buchenhecken.

Was ihn, den selbst ernannten Eremiten, in der ersten Zeit an seinem beherzten Entschluss zur Landflucht zweifeln ließ, war die Erfahrung, dass er von den Anliegern der Straße, seinen direkten Nachbarn, zu allen möglichen Feiern eingeladen wurde. Die vorbehaltlosen Versuche, ihn in das dörfliche Leben zu integrieren, kamen ihm rührig vor, stellten jedoch seine Entscheidung manches Mal ernsthaft in Frage.

Zwei Schützenbrüder standen mit einer Uniform, gefiedertem Hut und einer Beitrittserklärung für den Verein vor seiner Tür. Die Kirchengemeinde sammelte für den Martinszug, der Förderverein des Familienzentrums wollte ihn als Mitglied gewinnen. Die Pfadfinder boten gegen eine freiwillige Spende ihre Dienste in Haus, Garage und Garten an. Die Kinder klingelten zu Halloween und erwarteten Süßigkeiten, die Pumpennachbarschaft lud zur Feier am Brunnen ein. Alle hatten im Laufe des ersten Jahres seine Zurückhaltung akzeptiert, was er mit Wohlwollen registrierte, denn mittlerweile lud man ihn nicht einmal mehr zum alljährlichen Straßenfest ein. Gott sei Dank. Der Weg zur eigenen Mitte schien für immer geebnet.

Etwas war anders an diesem frühen Samstagabend, passte nicht ins Bild. Schon von Weitem nahm er eine ungewöhnliche Unruhe wahr, die sich wie diese kindische Girlande mit den Schützenfähnchen kreuz und quer über die beschauliche Straße zog. Ein Rufen und Laufen, wuselige Aktivitäten schienen sich durch diverse Häuser zu ziehen. Deren Bewohner, sobald sie einander habhaft wurden, umarmten sich stürmisch, steckten die Köpfe zusammen. Es gab wohl Anlass, sich zu beglückwünschen. Je näher er seiner Burg kam, desto unverständlicher erschienen ihm die Gesten seiner Nachbarn. Was war los in seinem Beritt?

Es war Anfang Juni, zu spät für das Osterfeuer und zu früh für das Sommerfest. Zu dieser Zeit, gegen achtzehn Uhr dreißig an einem Samstag, wurde in Büschken eventuell noch der eine oder andere Wagen in der Einfahrt poliert. Aber selbst die Rasenmäher schwiegen, da zur Vorabendmesse das geschäftige Leben ein leises Ende fand. Nun dieser Aufruhr.

Er betrachtete sie, seine Dörfler, aus mittlerer Entfernung und nahm Details in den Fokus, deren Deutung ihm umso rätselhafter erschien, je näher er der Siedlung kam.

Da schleppte Stefan Rutkowsky, dieser angeberische Highender, der ständig unüberhörbar mit technischen Innovationen in, um und vor dem Haus protzte, seinen riesigen multifunktionalen Grillautomaten gemeinsam mit seiner Frau zu den Schreibers, die direkt gegenüber von ihm lebten. Die beiden älteren Zwillinge von der Ecke, denen aufgrund ihrer geistigen Eingeschränktheit ein Leben mit kindlich-fröhlichem Gemüt beschieden war, mühten sich mit einer Biertischgarnitur ab. Sie schlugen die gleiche Richtung ein wie das Paar mit diesem überdimensionierten, kastenförmigen Luzifer-2000-Grill.

Ob die Schreibers einen runden Geburtstag feierten? Nein, dann hätte die emsige Nachbarschaft in mühevoller Kleinarbeit einen Kranz aus Grünzeug mit Blüten aus Krepppapier gebunden und unter lautem, angesäuseltem Gegröle die Eingangstür aufwendig damit umrahmt. Traditionelles, hochprozentig begossenes niederrheinisches Ritual, Dauer mindestens eine Woche, zelebriert mit diversen feuchtfröhlichen Zusammenkünften. Nichts dergleichen hatte er bemerkt. Nein, es musste einen anderen Anlass für dieses Zusammenrotten wohlgelaunter, ja nahezu euphorisch anmutender Menschen geben.

Arndt Kunstmann atmete tief durch und wechselte die Straßenseite, einer der Zwillinge, die im Dorf Tiez und Köbes gerufen wurden, lief auf ihn zu und in gekonntem, wortlosem Bogen an ihm vorbei. Selbst er grüßte ihn nicht mehr, sondern stürzte zur Haustür des ersten Hauses, in dem ein älteres Paar und ein ausgeflippter Junggeselle lebten, dessen Kleiderschrank er gern mal filmisch zum Thema »Schlechter Geschmack macht noch keinen Modetrend« dokumentieren würde.

Manchmal taten ihm die Augen weh, wenn er den ansonsten unscheinbaren Mann, der angeblich bei der Kriminalpolizei arbeitete, in Leopardenhose mit gestreiftem T-Shirt zum Bäcker schlendern sah. Diese optische Auffälligkeit hatte sich so schmerzhaft bei Arndt Kunstmann eingebrannt, dass er sich sogar den Namen des modischen Ungeheuers gemerkt hatte: Nikolas Burmeester. Struppige Frisur, schmales Gesicht, verträumte Augen, aber ein energischer Zug um den Mund und eine athletische Figur, vielleicht um die dreißig. Ein durchaus sympathischer Kerl, wenn diese Geschmacksverirrung nicht wäre.

Während er den Vorgarten passierte, öffnete die ältere, freundliche Dame die Tür, aus dem Zwilling sprudelte es hervor.

»Tante Krafft, du musst mit uns feiern. Wir haben es geschafft, sagt meine Mama, wir kriegen endlich mal einen großen Topf.«

Die Frau lachte. »Was kriegen wir? Langsam, Tiez, erzähl mir in aller Ruhe, worum es geht.«

»Die Isolde von nebenan kam vorhin zur Mama und sagte, der Bert, also ihr Mann, wäre ganz sicher. Weil das doch die Geburtstage von der Familie sind. Und jetzt feiern wir bei ihm. Und der Köbes bindet Herta schon die Schleife um.«

»Tiez, ich verstehe kein Wort. Die Herta, das ist doch euer Minischweinchen, oder?«

Heftig nickte der Mann mit der pomadigen Frisur. »Ja. Klein und schlau und immer hungrig.«

»Und? Wieso kriegt Herta heute eine Schleife?«

»Die Mama sagt, das muss so sein, weil die Herta ein Glücksschwein ist.«

»Ein Glücksschwein?«

»Ja, wegen der Geburtstage vom Bert.«

Der Mann der älteren Frau gesellte sich zu ihr und schien zu verstehen, was besagter Tiez ihr berichten wollte. Nur konnte Arndt Kunstmann ihn nicht verstehen, da er mittlerweile das nächste Haus, in dem die Rutkowskys wohnten, mit schnellen Schritten passierte. Er wollte seine Tür hinter sich schließen, bevor man ihn von der gegenüberliegenden Straßenseite aus entdeckte.

Denn das schien ein Tag zu sein, an dem diese einfachen Menschen zu allem bereit waren, und ihm stand nicht der Sinn nach unkontrollierter Kontaktaufnahme. Hastig fingerte er seinen Schlüssel aus der Hosentasche und führte ihn mit zittrigen Fingern ins Schloss. Da geschah es. Frank Lürsen, sein Nachbar zur Rechten, dieser hundertfünfzigprozentige Vorzeige-Öko, kam mit einer Flasche in der Hand auf ihn zugelaufen. Er wagte es, seine Einfahrt zu betreten, sich seinem Dunstkreis zu nähern, ja, er besaß sogar die Dreistigkeit, ihn anzusprechen.

»Herr Kunstmann, wollen Sie nicht mit uns feiern? Ich habe auch ein Schluttweiler mitgebracht.«

Kunstmann stand wie versteinert vor seiner Haustür und starrte den Eindringling an, der sich zu einer Erklärung genötigt sah.

»Das ist ein würziges dunkles Bier, die kleine Privatbrauerei im Münsterland braut ausschließlich mit biologisch reinen Zutaten.«

Was wollte dieser Mann in farblosen Gesundheitslatschen von ihm? »Schluttweiler«, sagte er nur.

»Genau. Kommen Sie doch rüber und stoßen Sie mit uns an.«

»Weshalb sollte ich mit Ihnen Schluttweiler trinken?«

Bert Schreiber löste sich aus dem wohlgelaunten Pulk, der mittlerweile seine Einfahrt bevölkerte, und rief Frank zu, er solle den Einsiedler in Ruhe lassen und mitkommen.

»Der gehört eben nicht dazu. Wir, die Gemeinschaft der Ureinwohner, sahnen ab, der wird schon sehen, wo er mit seinem einsamen Leben fern der Nachbarschaft bleibt. Los, komm, wir holen Paul und Barbara, die müssen doch mitfeiern, wie et sich gehört.«

Frank Lürsen schluffte in seinen vegan hergestellten Sandalen über die Straße, reihte sich in den Tross ein, der nun nordwärts zog, und Kunstmann nutzte die Chance, unbehelligt und ohne Schluttweiler die Tür hinter sich zu schließen. Er schlich sich in die Küche, blickte, versteckt hinter einem fast dichten Rollo, weiter auf das ungewöhnliche Geschehen jenseits seines Vorgartens. Die neuen Fenster mit der Dreifachverglasung ließen keine Geräusche zu ihm vordringen, er langte nach dem Fenstergriff und stellte es langsam auf Kipp.

Von links betrat der andere Zwilling die Szene, die der legendäre Rainer Werner Fassbinder gedreht haben könnte, ruhig, den kleinen Bauch vorgeschoben wie der kleine Häwelmann auf alten Bildern in dem Märchen von Theodor Storm. Die Leine in der Hand des jungen Mannes verband ihn allerdings nicht mit dem Mond, stattdessen führte er sein übergewichtiges Zwergschwein spazieren. Das war so weit noch nichts Ungewöhnliches, er wusste um dieses spezielle Haustier. Kunstmann irritierte vielmehr die riesige rosafarbene Schleife, die am Halsband befestigt und fast größer als das kleine quiekende Tier war und zu den Trippelschrittchen luftig federte. Was war hier los? Sollte es etwa gegrillt werden, würde das Urvolk hinter dem Deich dem Vollmond ein Tieropfer bringen?

Er musste sich an die Ecke seiner Arbeitsplatte stellen und recken, um zu beobachten, wie eine Abordnung dieser munteren

Leutchen, drei Männer und die Frau von Bert Schreiber, Isolde, »nennen Sie mich Isi, das machen alle hier«, die einmal in der Woche bei ihm putzen kam, vor dem letzten Haus der Siedlung, in dem Paul und Barbara Aengenholt wohnten, lautstark um Einlass rief. Sie klopften an die Fenster, bollerten an die Eingangstür und riefen, anscheinend war niemand daheim. Unverrichteter Dinge zog die kleine Gruppe wieder zurück zu der Einfahrt, in der sich immer mehr Dörfler einfanden.

Das konnte interessant werden. Kunstmann, der neugierige Dokumentarfilmer, der eine lebensechte Story witterte, traf eine Entscheidung.

In der oberen Etage befand sich sein Arbeitszimmer zur Straße hin, er hastete die Freitreppe hinauf, schaltete den Bildschirm ein, der ihm auf einen Blick die vier Perspektiven der Überwachungskameras präsentierte, die optischen Wächter seiner Burg, die stets wachen Augen, die selbst Igel und Spitzmäuse sichtbar machten und ungebetene Eindringlinge abschrecken sollten. Das Programm löschte bei üblicher Einstellung die Aufnahmen automatisch nach vierundzwanzig Stunden.

Er loggte sich in das System ein und veränderte die Programmierung. Ab sofort würden ihm die Aufnahmen des Abends und der folgenden Nacht für mindestens eine Woche zur Verfügung stehen. Möglich, dass er die Bilder nutzen konnte. Die Himmelsstiege war offensichtlich im Ausnahmezustand. Und er wohnte im Auge des Orkans von Büschken.

***

Nikolas Burmeester hatte das K1 nach einem ereignislosen Bereitschaftsdienst in die Hände des Kollegen Gero von Aha übergeben, der wieder einmal kopfschüttelnd bemerkt hatte, dass die schwere Eingangstür zum Flur des Dienstbereichs klemmte. Seit Jahren wurde das alte Gebäude am Herzogenring in Wesel stiefmütterlich behandelt, und besonders dem Kollegen von Aha, der großstädtische Büroausstattung gewohnt war, stießen die Mängel ständig ins Auge. Um dem neuerlichen Gemecker über die baulichen

Unzumutbarkeiten zu entrinnen, hatte Kommissar Burmeester ihm schnell eine ruhige Nacht gewünscht.

Der Mann mit den buschigen Augenbrauen und dem seitlich abstehenden Haupthaar hatte nur kurz genickt und sich das Sommerhemd glatt gestrichen. Gero von Aha achtete immer auf seine Kleidung, er hatte in einer Stilberatung gelernt, welche Farbkombinationen ihm standen. Nicht nur damit betonte er, dass er sich in dieser Behörde für etwas Besonderes hielt.

Burmeester selbst konnte einen freien Sonntag gut gebrauchen. Die Überstunden in seinem Kommissariat, die sich durch den langen Ausfall der Hauptkommissarin ergeben hatten, lasteten zwar auf vielen Schultern, konnten jedoch auch nach ihrer Rückkehr aus der angemessenen Rekonvaleszenz nicht einfach so abgegolten werden. Die Kollegen wollten ihre Chefin, die im letzten aufsehenerregenden Fall am Niederrhein nach einer körperlichen Attacke verletzt und mit seelischen Blessuren aus ihrer Gefangenschaft gerettet worden war, nicht gleich wieder mit Doppeldiensten belasten. So blieb nur die Auszahlung der Mehrstunden, Abbau war nicht möglich.

Das gesamte Kommissariat war froh, dass Karin Krafft wieder an Bord war. Für den Neustart hatte sie sich eine andere Frisur gegönnt. Ein Symbol. Sie stand ihr gut, etwas länger und mit Naturwelle. Weiblich. Ein Blick auf ihren rechten Arm zeigte, dass der kosmetische Eingriff am Oberarm, wo man ihr die Tätowierung entfernt hatte, gut verheilt war. Damit konnte sie leben.

Welche Spuren tief in ihr drin geblieben waren, konnten die Kollegen nur ahnen. Wichtig war, sie war wieder im Dienst. Zuverlässig und gedankenscharf wie eh und je. Einer wie Burmeester wusste das zu schätzen.

Schon als er mit seinem Auto von Bislich aus kommend im Ortsteil Büschken auf die Himmelsstiege abbog, war ihm klar, dass dies kein gewöhnlicher Samstagabend werden würde. Die Nachbarschaft schien in Feierlaune, was erfahrungsgemäß an keinem Bewohner vorbeigehen konnte. Außer vielleicht an dem exzentrischen Möchtegern-Promi, dem Filmer, der durch seinen selbst gewählten Rückzug auf die eigene Scholle seit mehreren Jahren für Gesprächsstoff sorgte:

Garantiert würde Johanna Krafft, die leutselige Mutter seiner Chefin und seine Vermieterin, Bescheid wissen und ihn sofort, nachdem er die Haustür aufgeschlossen hatte, über den Anlass aufklären.

Wäre sie jünger, hätte er ihr längst vorgeschlagen, als Quereinsteigerin zur Polizei zu gehen. Zuarbeiten, recherchieren, Nachrichten detailliert weiterleiten oder komprimieren, sich mit berechtigten Schwerpunkten undiplomatisch durchsetzen, das alles waren Tätigkeiten, die viel Zeit bündelten, und eine zusätzliche Kraft, haha, wie eine Johanna Krafft, würde das Kommissariat deutlich entlasten.

Nikolas Burmeester stellte umgehend fest, dass er danebengetippt hatte, denn Johanna wartete nicht im Hausflur auf ihn. Sie öffnete ihm die Haustür und zog ihn strahlend ohne Gruß und Kommentar in ihre Wohnung. Burmeester wusste, wo hier sein Platz war. Auf dem Esszimmertisch stand die Tasse für seinen Tee parat, auf dem kleinen Tischset, dessen Mohnblumenaufdruck auffallend verblasst war. Henner Jensen, Johannas Lebensgefährte, saß bereits am Kopfende des Tisches und grinste ebenfalls.

Burmeester fühlte sich unwohl. »Was ist denn? Ich bin ganz irritiert.«

Jensen übernahm die Koordination. »Setz dich erst mal, Junge, und nimm einen Schluck Ostfriesentee.«

Johannas Hand erwies sich beim Einschenken als unsicher, auf dem Tischset bildete das verschüttete Getränk Perlen, die sie hastig mit einer Serviette aufwischte.

»Sorry, aber ich kann nicht einfach zum Teetrinken übergehen, ohne zu wissen, was hier los ist. Also, raus mit der Sprache, und danach nehme ich ein Tässchen.«

Die beiden anderen sprachen sich mit den Augen ab, der Blick zwischen ihnen besagte, Johanna solle loslegen. Sie setzte sich in Positur und räusperte sich, wirkte unsicher wie ein Teenager, kicherte, bevor sie sprechen konnte.

»Nikolas, wir sind dabei.«

Burmeester wartete geduldig einige Sekunden auf den Kern der Nachricht, Johanna versagte die Sprache.

»Bitte erklärt es mir. Wo sind wir dabei?«

Henner lachte und übernahm das Wort. »Du erinnerst dich, dass Johanna immer den Plan macht für die Abgabe des Lottoscheins? Sie kümmert sich darum, dass neue Zahlen notiert werden, wenn jemand etwas an seiner Reihe verändert haben möchte, fragt nach, ob jeder noch an Bord ist, und weiß, wer in welcher Woche den Weg zur Annahmestelle übernimmt.«

»Ja, und ihr habt mich im letzten Jahr zur Teilnahme überredet. Das Dorf, das gemeinsam Lotto spielt. Gewonnen haben wir nie.«

Die beiden älteren Herrschaften saßen nun breit grinsend vor ihren Tassen, im Hintergrund schien der stattliche Hirsch auf dem alten Ölgemälde lauter als sonst in den Tannenwald zu röhren.

»Und? Haben wir fünf Richtige und gehen ganz ordentlich essen?«

Dieses Mal schüttelten sie mit einheitlich seligem Gesichtsausdruck unisono die Köpfe.

»Dann, jetzt, nun, los, raus mit der Sprache, wie viel ist es?«

Henner Jensen schnappte nach Luft und brachte mit zittriger Stimme eine unglaubliche Zahl zum Vorschein. »Sechzig Millionen …«

Johanna ergänzte mit leuchtenden Augen: »… wenn wir den Jackpot allein haben.«

Burmeester fühlte sich auf den Arm genommen. Das konnte doch nicht sein. »Der erste April ist vorbei, dieser Scherz ist echt öde. Was wollt ihr mir also eigentlich mitteilen?«

Henner Jensen sprang fast jugendlich leicht auf und klatschte in die Hände. »Nein, nein, Nikolas, das stimmt. Du kannst anfangen, dich an folgenden Gedanken zu gewöhnen: Ab heute ist jeder Einzelne aus der dörflichen Tippgemeinschaft, der offiziell und bei Johanna registriert mitgemacht hat, ein mehrfacher Millionär. Also alle von der Himmelsstiege, fast alle, nur dieser Arroganzling aus der Stadt nicht.«

Johanna nickte mit hochroten Wangen heftig und ließ ein klirrendes Lachen hören. Burmeester war sich nicht sicher, er glaubte für einen Moment, so etwas wie Schadenfreude wahrzunehmen.

Johanna war hin- und hergerissen. »Ich hätte nicht gedacht, dass Geld mich jemals in Wallung bringen würde. Ich habe doch alles, was ich zum Leben brauche, ich weiß gar nicht, ob ich mich dann freue, wenn die Millionen auf unserem Konto eingegangen sind. Das ist so unmoralisch viel Geld.«

Henner Jensen stand auf und holte eine Flasche Korn und drei Pinnchen aus dem Esszimmerschrank.

»Komm, Junge, darauf trinken wir erst mal einen Schluck.«

Burmeester fehlten die Worte, wie in Trance erhob er das Glas und stieß mit den beiden an.

»Hopp, hopp, in de Kopp.« Es war Johanna, die den typisch niederrheinischen Trinkspruch ausbrachte.

Erst als das scharfe Getränk sich den Weg durch seine Kehle in den Magen brannte, wurde Burmeester bewusst, dass er soeben am Tisch seiner Vermieterin eine phantastische Nachricht erhalten hatte, die für sein Leben unglaubliche Konsequenzen haben würde. Neue Chancen taten sich auf, gründeten eine gedankliche Kolonie in seinem Kopf, bewirkten das Aufleben eines lange ersehnten, nie erreichten Ziels. Freiheit, um bestimmte eigene Entscheidungen zu treffen. Er erhob sich, dankte höflich für den Korn und begab sich auf den Weg zur Treppe.

Johanna lief hinter ihm her. »Und dein Tee?«

Die Stimme erreichte Burmeester aus weiter Ferne. Er drehte sich in Zeitlupe um, zu viele Bilder rauschten ihm durch das Hirn. »Was? Nein, danke, ich muss mich einen Moment hinlegen.«

»Kommst du nachher mit zu Schreibers in die Einfahrt? Dort feiern die Nachbarn.«

»Wer feiert? Ach so, ja, ich komme nach.«

Oben unter dem Dach angekommen, öffnete er sein Fenster mit Blick auf den Rhein und atmete tief durch. Selbst eine einzige Million hätte ihn zu einem wohlhabenden Mann gemacht. Aber das hier war geradezu uferlos und utopisch. Über seinen Bereitschaftsdienst hinweg war er zum mehrfachen Millionär geworden.

Er griff nach seinem Handy. Yasmin musste sofort erfahren, mit wem sie seit heute zusammen war. Kaum hatte er ihre Nummer aufgerufen, ließ er das Gerät wieder sinken. Nein, nicht am Telefon. Und nicht einfach so.

Er, Nikolas Burmeester, gezeugt in Indien unter Bhagwans Augen in einer Aussteigerkommune und aufgewachsen an vielen Wohnorten quer durch die Republik, geschlagen mit einer esoterischen Mutter, unter Aufsicht einer aufmerksamen Vermieterin, er, der jüngste Kommissar im K1, der mit seinen krassen Outfits immer wieder für Verwirrung zu sorgen wusste, als könne er ohne diese Form der Aufmerksamkeit nicht leben, er würde seiner Angebeteten nun endlich einen Heiratsantrag machen. Standesgemäß mit Kniefall und roter Rose.

Er suchte im Smartphone über das Internet die Nummer eines bekannten Restaurants in Wesel und sorgte für einen Mittagstisch, abgelegen im Nebenraum. In feinem Ambiente. Alles klar. Nun wählte er Yasmins Nummer, sie meldete sich mit ihrer wunderbar säuselnden Stimme, die sie nur für ihn im Repertoire hatte.

»Ja, Lieber, was gibt's?«

»Hast du morgen Mittag was vor? Egal was, bitte sag es ab, wir zwei gehen schick essen.«

»Wenn ich am Nachmittag wieder in Wesel bin, dann ist es okay, ich habe noch Cousinen-Kaffee.«

»Das kriegen wir bestimmt hin. Sehr schön, ich freue mich.«

»Ich auch. Gibt es einen besonderen Anlass?«

»Und wie! Sag ich dir morgen, ich hol dich ab, so gegen halb eins.«

»Klingt geheimnisvoll. Verrätst du mir, wo es hingeht, damit ich in passender Garderobe erscheine?«

»Wir zwei gehen ins ›Art‹ in Flüren.«

Yasmin kicherte kurz ins Telefon, beherrschte sich aber sofort wieder. »Lieber, dann plane du genug Zeit ein, um für diese erlesene Adresse eine geschmacklich angemessene Auslese in deinem Kleiderschrank zu finden.«

Zunächst verstand er nicht, was sie ihm mitteilen wollte, dann machte es klick. »Äh, keine Sorge, ich habe ja noch die Sachen, die ich mit dir zusammen eingekauft habe. Ich werde uns nicht blamieren.«

Nein, dachte er, ich werde dich beeindrucken, dich auf Händen tragen und dir in Zukunft alle Wünsche erfüllen, die ich von deinen hübschen braunen Augen ablesen kann.

Yasmin ließ nicht locker. »Gibt es etwas zu feiern?«

»Sei nicht so neugierig, du wirst es morgen erfahren.«

»Sehe ich dich heute Abend noch?«

»Wahrscheinlich nicht, ich habe hier eine Verpflichtung, der ich nachkommen muss.«

»Schade, dann bis morgen. Ich freu mich. Küsschen.«

»Ich schicke dir den schärfsten Kuss unserer Beziehung durch den Hörer, du wundervolles Weib, du. Schmatz.«

Er konnte Yasmin förmlich denken hören nach diesem Abschied, beendete das Gespräch, bevor sie reagieren konnte, und lächelte in sich hinein.

Ein Jubelschwall drang von der Straße aufdringlich zu ihm hinauf. Sie feierte bereits, die Gemeinschaft der Glückseligen. Plötzlich war ihm nach einem ordentlichen Vollrausch. Nach allen Regeln der Kunst. Hellwach spurtete er die Treppen hinab.

Es war noch nicht dunkel an diesem zwar bedeckten, jedoch trockenen und lauen Abend, als Burmeester vor die Tür trat und den Geräuschen folgte, die ihn auf die gegenüberliegende Straßenseite führten. Diese kleine Siedlung, in der manche Häuser bereits mit neuen Dachpfannen gedeckt und isolierenden Fenstern ausgestattet waren, wo es in den Vorgärten gepflegt blühte und blitzblanke Autos in den Einfahrten glänzten, wirkte im Dämmerlicht wie die Kulisse zu einer Vorabendserie, in der das Böse keinen Platz hat.

Während er sich dem Haus von Bert und Isi näherte, glaubte Burmeester, dass diese Ausgelassenheit über den Rhein hinweg selbst bei seiner Vorgesetzten in Lüttingen, wo sie wohnte, noch zu hören sein müsste. So ausgeflippt hatte er diese Nachbarschaft noch nicht erlebt.

Alle waren da, für die alte Oma Argond hatte Bert Schreiber einen Sessel aus seinem Wohnzimmer in die Einfahrt geschafft.

Einer ihrer Hunde lag ihr treu zu Füßen, sie selbst schwenkte ein Glas mit undefinierbarem Inhalt in ihrer faltigen Rechten. Neben den Hund hatte sich das Zwergschwein der Zwillinge gesellt, verunstaltet mit einer Schleife, die schlapp an seinem Halsband baumelte.

Isolde »Isi« Schreiber hatte sich schick gemacht, was bedeutete, sie trug ein hautenges Kleid, mindestens zwei Größen zu klein und für Frauen genäht, die drei Jahrzehnte jünger waren als sie. Sie saß ihrem Gatten auf den Knien, da auf seinen Oberschenkeln mittlerweile eine große Form von Bauch ruhte, wie es bei Männern jenseits der sechzig öfter zu beobachten war. Stefan und Nicole Rutkowsky hatten offenbar nicht nur ihren supermodernen Grill zur Verfügung gestellt. Er brutzelte Schnitzel vom Wollschwein und T-Bone-Steaks vom Angusrind, und der gezimmerte Kasten mit Champagnerflaschen, die sorgsam in Holzwolle gewickelt waren, stammte ebenso aus ihren Beständen, wie Nicole nicht müde wurde zu berichten.

»Wir haben immer gehofft, ihn zu einem besonderen Anlass zu trinken. Passender geht es wohl nicht. Prost, ihr Guten, auf uns, auf die Gewinner.«

Maria Steinbrink, die Mutter der Zwillingsbrüder, achtete mit Argusaugen darauf, dass die beiden sich die Gläser nicht erneut auffüllen ließen.

Nicole wollte sich über dieses Gebot hinwegsetzen. »Aber Maria, so eine Feier gibt es nur einmal im Leben.«

»Nichts da, die beiden trinken ab sofort Mineralwasser. Den letzten Vollrausch hatten sie vor zehn Jahren, als beschlossen wurde, dass Bislich-Büschken Golddorf wird. Sie einmal im Leben völlig betrunken zu Bett zu bringen hat gereicht, das willst du nicht erleben.«

Hinter dem Sessel, in dem Alma Argond mittlerweile vor sich hinsummte, füllte Rutkowsky ihre Gläser heimlich auf. »Sagt der Mama, das ist Prickelwasser, kein Champagner.«

Silke und Frank Lürsen hockten eng beieinander am anderen Ende des Tisches, vor ihnen standen je zwei Flaschen Bier, und Frank lehnte offenbar erneut ein Glas des teuren Schaumweins ab.

»Danke, aber ich befürchte, der stammt nicht aus ökologischem Anbau. Wir bleiben bei unserem Schluttweiler, nicht wahr, Schatz?«

Silke wirkte nicht sehr überzeugt, gab sich geschlagen.

Burmeester hakte nach. »Wie heißt das Bier?«

»Schluttweiler, willst du eins probieren? Ich hole es dir.«

»Nein, danke, außergewöhnlicher Name. Aber ich bleibe bei Stefans Luxusgesöff.«

So stießen sie ein ums andere Mal an. Isi gab eine Tanzeinlage auf dem Tisch, der unter ihren prallen Beinen bebte, Alma Argond hielt sich den Bauch vor Lachen, Bert Schreiber grölte »We Are the Champions« und wollte Herta grillen, was bei den Zwillingen auf erbosten Widerstand traf.

In einem ruhigen Augenblick, die Gläser wurden von Nicole Rutkowsky erbarmungslos aufgefüllt, blickte Frank Lürsen von seiner Flasche Schluttweiler auf und schüttelte den Kopf. »Wo der Paul nur sein kann?«

Niemand schien auf ihn zu achten, oder vermied man krampfhaft, sich die Laune verderben zu lassen? Frank hatte sich in den letzten zehn Jahren einen respektablen Ruf als Spaßbremse erarbeitet.

»Wie läuft das eigentlich mit dem Gewinn? Ich meine, wie kommt das Geld ins Dorf? Wird es überwiesen, oder kommt jemand mit mehreren großen Koffern angereist?« Nicole stieß mit allen an und mied den biertrinkenden Öko, ermunterte stattdessen Isi dazu, noch eine Tanzeinlage zu bringen.

Frank Lürsens Stimme versank fast in der ausgelassenen Stimmung. »Nur der Paul kann den Gewinn einlösen, weil der die Spielquittung hat.«

Johanna hatte ihn gehört und sah sein ernstes Gesicht im Schein der Lichterkette, die Bert über den Tisch gehängt hatte. »Frank, hör auf zu unken«, sagte sie. »Wir haben doch einen Vertrag, den alle unterschrieben haben, die zur Gemeinschaft gehören.«

Frank Lürsen schaute auf, blickte ihr lange in die Augen. »Und was ist, wenn er weg ist und ganz woanders den Schein einlöst? Von der Gemeinschaft wissen wir, aber in Posemuckel wäre er der

Held mit dem Millionengewinn. Ein Leben in Saus und Braus. Abgehauen mit unseren Millionen, so etwas ist denkbar, wenn einen die Gier packt.«

Er rettete seine Bierflasche vor den stampfenden Beinen von Isi, die ihrer Tanzlust freien Lauf ließ und ihre professionell enthaarten Beine erneut auf dem Tisch zur Schau stellte. Er widmete sich seinem Bier und schien seine trübsinnigen Gedanken in langen Zügen zu ertränken.

Johanna fand, er sah noch sehr nüchtern aus, und bezweifelte, ob das Öko-Bier überhaupt zu den alkoholischen Getränken zu rechnen war. Sie und Henner verabschiedeten sich in noch halbwegs nüchternem Zustand und hakten die alte Alma unter, um sie nach Hause zu geleiten.

***

Arndt Kunstmann fand keine Ruhe und zog kurz in Erwägung, die Polizei anzurufen, um den ruhestörenden Lärm offiziell beenden zu lassen, stellte das Telefon zurück in die Halterung und überlegte, ob er selbst noch einmal vor die Tür gehen sollte, um dieses Volk zu ermahnen. Nein, er würde sich nicht die Blöße geben, als einziger gescheiter Mensch in dieser Siedlung zu nächtlicher Stunde noch Vernunft walten zu lassen.

Doch er musste sich eingestehen, dass ihn die Neugier trieb. Zu gern hätte er gewusst, was die Ursache dafür war, dass sich die Ausgelassenheit dieser kleinkarierten Dörfler so ungehemmt Bahn brach. Also schlich er sich mit einem Glas Whisky on the rocks in der Hand in die Küche und begab sich im Stockdunklen noch einmal auf seinen Beobachtungsposten.

Was redeten sie da? Das war keine spontane Mittsommernachtsfeier, das lief auch anders ab als die üblichen runden Geburtstage, er konnte sich noch immer keinen Reim darauf machen, was da eigentlich gefeiert wurde. Seine mollige Putzfrau Isi testete anscheinend den Biertisch auf seine Belastbarkeit und schien sich wie eine zarte Ballerina zu fühlen. Leider war sie weder jung noch talentiert.

Die älteren Leutchen vom Eckhaus waren schon gegangen und hatten die alte Frau nach Hause gebracht, die in seinen Augen Animal Hoarding betrieb, da auf ihren Fensterbänken ständig andere Katzen saßen und ein Nachbarsjunge mit unterschiedlichen Hunden Gassi lief.

Nachbar Schreiber hatte, wie es sich für einen handwerklich begabten Dörfler gehört, in aller Schnelle eine Lichterkette mit bunten Glühbirnen installiert, es wurde flaschenweise Sekt oder Champagner entkorkt, die Sprache der noch Anwesenden war bereits verwaschen. Gelächter überwog, Lautstärke und Deutlichkeit wurden nebensächlich. Bert Schreiber, sein Nachbar von gegenüber, zog die Aufmerksamkeit auf sich, erhob sich wankend und wollte anscheinend einen Trinkspruch ausbringen. Das könnte eine ausgiebige Rede werden, dachte Arndt Kunstmann.

»Liebe Nachbarn.«

Isi fiel ihrem Mann säuselnd ins Wort. »Vergiss die Frauen nicht, sag, liebe Nachbarn und liebe Nachbarinnen.«

Bert Schreiber ignorierte seine Frau, die sich nur noch knapp auf den Beinen halten konnte, und setzte seine Ansprache fort.

»Ich will mit euch anstoßen. Wir haben es geschafft. Erhebt das Glas, und du, Lürsen, nimm deine Flasche in die Hände, lasst uns gemeinsam anstoßen auf die Runde der frischgebackenen Millionäre. Nein, nein, nein, das trifft es nicht genau, ich meine auf das Dorf der Multimillionäre.«

Mit breitem Lächeln blickte er auf seine Holde. »Jaja, und auf die anwesenden Multimillionärinnen stoßen wir auch an. Mit dem leckeren Gesöff von Stefan und Nicole. Prost.«

Kunstmann hörte die Gläser klirren, zustimmendes Zuprosten, übergehend in Gelächter, Gejohle, vereinzelte Jubelrufe. Das war es also. Diese kleingeistigen Leutchen da draußen hatten offenbar im Lotto gewonnen, und zwar eine nicht zu verachtende, eine riesige Summe.

Er, der große Arndt Kunstmann, lehnte sich an den Küchenschrank und schüttelte den Kopf. So waren sie, konnten diese Neuigkeit nicht dezent zurückhalten, stattdessen posaunten sie ihr vermeintliches Glück in die Stille der Nacht hinaus, damit

Krethi und Plethi erfahren konnten, wo sie sich demnächst in den Pulk potenzieller Bittsteller einreihen konnten. Sein ruhiges Dorf würde überrannt werden von ärmlichen Kreaturen mit mitleidtriefenden Schicksalen, die von dem großen Kuchen einen Bissen abkriegen wollten. Die ganze Bandbreite des Lebens, nicht am Filmort, sondern vor seiner Haustür. Es würden Scharen von zwielichtigen Gestalten hier herumlungern. Er würde seine Alarmanlage gleich zu Beginn der Woche überprüfen lassen, denn als Nächstes würden sich Verbrecher einfinden, um systematisch in sämtliche Häuser einzubrechen und alles zu verwüsten, was für sie nicht zu gebrauchen war.

Die drehbuchartig angekurbelte Phantasie des Filmers produzierte beängstigende Bilder von maskierten Männern, die sich an seinen teuren Kameras, jede einzelne ein wertvolles Sammlerstück und das Modernste für den Fachmann, vergriffen, seine Leidenschaft, die Grundlage seiner Existenz, mitnahmen oder zerstörten. Er hatte immer ein Leben im Understatement bevorzugt, nicht wie die Rutkowskys, diese Angeber aus dem Nebenhaus, die regelmäßig allen ihre Neuerwerbe präsentieren mussten. Die besoffene Horde da draußen würde sich goldene Wasserhähne bestellen und vor dem Einbau rundzeigen.

Arndt Kunstmann ging ins Wohnzimmer und schenkte sich an der Hausbar einen weiteren Single Malt ein, ließ zwei Eiswürfel aus dem Eisfach hineinplumpsen und hörte sie in der Ferne grölen: »Wir kaufen unser Omma ihr klein Häuschen …« Warum hatten diese einfach gestrickten Menschen so ein verdammtes Glück?

Er nahm einen langen Schluck, umspülte seine Zähne mit dem würzig-herben Getränk, bevor es mit leichtem Brennen seine Kehle hinablief. Warum musste er sich für seinen Erfolg abstrampeln, warum hatte er noch keine Finca auf Mallorca wie jedes zweitklassige Schlagersternchen? Stattdessen ein Haus auf dem Lande, ein selbst gewähltes Exil, demnächst umgeben von geschmacklosem Luxus und beäugt von Kriminellen aus nah und fern.

Ein Lottogewinn für das Volk. Und warum war er nicht dabei?

Er, der weltläufige Filmer aus der Metropole und Ruhesucher in der Provinz, war nicht unter den Gewinnern. Nur weil er seiner eigenen Hochnäsigkeit nachgegeben und das Angebot, in die allumfassende Tippgemeinschaft des Dorfes einzutreten, abgelehnt hatte.

Drei Dinge kommen nicht zurück: der abgeschossene Pfeil, das gesprochene Wort und die verpasste Chance, dachte Arndt Kunstmann. Eigentlich war das unverzeihlich, als freier Filmschaffender musste er Risiken einkalkulieren und hatte gerade ein kleines Tief zu überwinden. Genauer gesagt, hatte er eine Finanzspritze bitter nötig. Keine gute Position, aber auch nicht ausweglos.

Vielleicht würde er mit seinen Kontakten zu Düsseldorfer Geldleuten beeinflussen können, was man mit den Millionen machte. Den Dörflern entsprechende Ideen einpflanzen, Projekte anbieten zum Beispiel, Provision mitkassieren und gleichzeitig sein Idyll bewahren. Sollten die ruhig feiern!

Jemand zündete eine Feuerwerksbatterie, offenbar vom letzten Jahreswechsel übrig geblieben. Er ging zurück in die Küche und blickte auf die schwankenden Menschen, die mit erhobenen Köpfen und Gläsern in den Händen den zischenden Raketen nachschauten. Er hatte genug gesehen für heute, schlurfte zur Treppe, hinauf in sein Schlafzimmer, griff nach seinem Tablet und googelte die Lottogesellschaft. Nicht, dass es hier nur um eine schlappe Summe ging.

Seine Augen wurden groß, im allerbesten Fall sechzig Millionen, er sank ins Kissen, das Tablet rutschte zu Boden. Wirre Gedanken durchzogen sein Hirn, er bemühte sich um innere Ordnung. Er gehörte nicht zu den Gewinnern. Das nagte an ihm, musste er zugeben.

»Da wollen wir doch mal sehen, was sich alles entwickelt in der nächsten Zeit«, sagte er zu dem Gesicht, das ihn verzerrt aus der Spiegeltür des Kleiderschranks gegenüber seinem Bett anstarrte.

»Und ob ein Stück von diesem unverschämt riesigen Kuchen übrig bleibt.« Für ihn, den genialen Kopf, der immer Sponsoren für besondere Projekte suchte. Nie mehr Anträge, Anfragen,

Promotion bis zum Umfallen, Geldgebern hinterherschleimen, nie mehr Kreditgeber im Nacken. Nur noch filmen, was er wollte.

***

Kurz vor Mitternacht, nachdem Bert seinen geheimen Vorrat an Feuerwerkskörpern abgebrannt hatte, war Rutkowskys Champagner, bester Jahrgang, seltene Sorte, immer noch nicht vernichtet, und Burmeester sah sich genötigt, weiter auf dieses Ziel hinzuarbeiten. Als von der anderen Rheinseite der Glockenschlag des Xantener Doms zu ihm vordrang, schlich sich der Gedanke an seine Verabredung mit Yasmin wieder ins Bewusstsein. Schlecht, wenn er dort mit einem riesigen Kater sitzen würde. Zwei Glas noch, dann würde er sich auf den Weg machen.

Mit steigendem Alkoholspiegel stieg sein Mut, es wurde Zeit für einen Trinkspruch in dieser Runde. »Auf die Zukunft und auf die Liebe.«

Isi drückte ihm einen dicken Kuss auf die Wange. »Genau, du Süßer.«

Dieser Kuss war das Letzte, das er in Erinnerung hatte, als er mitten in der Nacht wieder aufwachte. Beim Nickerchen auf dem Biertisch war ihm der Arm eingeschlafen, er ließ sich nur unter Schmerzen wieder wecken.

Die Runde um ihn herum hatte sich verkleinert. Die Frauen waren verschwunden, ebenso die Zwillinge, nur die Männer saßen noch bei den letzten Wollschweinschnitzeln. Leere Flaschen füllten malerisch die Tischmitte, auf der Isis Steppeinlagen Spuren im Lack hinterlassen hatten. Die Nachbarn unterhielten sich, während er krampfhaft versuchte, seinen Arm zu wecken. Bert Schreiber sprach noch, ohne zu lallen, der verpackte einiges. Dauerhaftes Training.

»Mensch, da hält Paul den Siegesschein in Händen und verpasst die erste Champagnerfeier der Himmelsstiege.«

Frank Lürsen wirkte völlig nüchtern. Wahrscheinlich hat sein Öko-Schluttweiler keine Umdrehungen, dachte Burmeester, getarntes Saufen. Bei ihm selbst drehte sich alles, ein schlechtes Zeichen.

»Seine Frau ist ja auch nicht zu Hause, wahrscheinlich auf kleiner Wochenendreise«, mutmaßte Frank. »Silke und ich fahren demnächst mit der Bahn ins Siebengebirge zum Wandern.«

Keiner wollte es hören, Stefan Rutkowsky kam ins Grübeln.

»Das ist doch ungewöhnlich. Die fahren zwei Mal im Jahr in den Urlaub, im Mai nach Mallorca und im September nach Gran Canaria, die sind sonst nicht mal eben weg. Und wenn, dann weiß einer von uns Bescheid und achtet auf die Blumen, betätigt die Rollläden, stellt die Zeitschaltuhren jeden Abend um und leert den Briefkasten, damit das Haus bewohnt aussieht. Ich kann ja völlig automatisch aus der Ferne sehen, was bei mir los ist, und regeln, was notwendig ist. Bei Aengenholts ist alles noch oldschool. Und jetzt schaut mal hin. Die Rollläden sind oben, und es ist kein Licht an. Wenn ihr mich fragt, da stimmt was nicht.«

Drei Männer bestätigten einander, dass es an der Zeit sei, dort nachzuschauen. Nur Burmeester nicht. Schreiber schaute auf ihn.

»Du bist doch hier der Bulle, gibt es nicht so etwas wie ›Gefahr im Anzug‹, kannst du da nicht mal reinschauen?«

»Verzug, heißt es, Gefahr im Verzug. Mit welcher Begründung sollte ich das machen? Nur weil niemand da ist mitten in der Nacht? Nee, Jungs, das reicht nicht. Und ich muss jetzt ins Bett. Ich habe heute noch was vor.«

Mit unsicheren Schritten machte er sich auf den Weg und schaffte es nur mit Mühe, den Schlüssel im Schloss zu drehen. Wenn das mal gut ging und er seiner Angebeteten nicht zu verkatert unter die Augen treten würde.

Was sollte er ihr erzählen, in diesem Augenblick, der ihr gemeinsames Leben entscheiden sollte? Es gab in ihrem Denken kaum geltende Argumente, die solche Ausfälle und Unzulänglichkeiten rechtfertigten. »Schatz, ich musste meine Millionen feiern«? Zu plump, und genau das sollte sie anders erfahren. »Spontaner Junggesellenabschied«? Mit der Tür ins Haus fallen? Nein, ihm musste was richtig Gutes einfallen.

Während er auf Händen und Füßen die schmale Treppe zu seinem Appartement bewältigte und meinte, durch sein umsichtiges Verhalten die anderen Bewohner nicht zu wecken, ging es draußen zur Sache. Bert Schreiber und Frank Lürsen schleppten eine Aluleiter über die Straße und lehnten sie an der Seite des Hauses an das Balkongeländer. Wenn hinter diesen Mauern jemand schlief, dann hätte der Aufprall der Leiter, der das Metallgeländer vibrieren ließ, alle geweckt. Nichts geschah.

Und während Burmeester in voller Montur auf sein Bett und zeitgleich in einen tiefen Schlaf fiel, kletterte draußen der einzige halbwegs nüchterne Mann mit wackeligen Beinen die Leiter hoch. Oben klammerte er sich an das Geländer. Frank Lürsen wusste nicht, wie er seine Beine darüberschwenken sollte.

»Ich trau mich nicht. Leuchte doch mal einer hier hoch. Es ist so dunkel. Ich komm wieder runter.«

Schreiber hielt sein Handy mit der Taschenlampen-App in die Höhe, was nicht sehr effektiv war. »Mann, sei keine Memme, los, klettere doch einfach rüber. Und dann schaust du, ob die Balkontür dicht ist. Ich kontrolliere die Kellertür. Stefan hält die Leiter fest.«

Mit viel Mühe erreichte Frank den Balkon, rappelte an der Tür, am Fenster, alles war verriegelt. Der Rückweg bereitete ihm ein mulmiges Gefühl, er war froh, unten neben seinem Nachbarn wieder festen Boden unter den Füßen zu spüren. »Ich bin nicht schwindelfrei, am Haus erledigt Silke immer die Sachen, für die man eine Leiter braucht.«

Stefan klopfte ihm auf die Schulter. »Das hast du doch gut gemacht.«

Bert Schreiber tauchte wieder aus dem dunklen Garten auf, im fahlen Licht konnten sie erkennen, dass er den Kopf schüttelte.

»Nichts zu machen, alles dunkel und dicht. Kommt, wir trinken noch einen Schluck, und morgen lassen wir uns den Schein von Paul zeigen. Einmal in Händen halten, ein Foto mit dem Smartphone machen. Scheiße, mir werden die Finger zittern.«

***

Paul Aengenholt horchte angespannt in die Nacht hinaus. Es wurde ungemütlich auf dem harten Küchenboden, sein Hintern tat ihm schon weh. Während draußen die drei Männer sein Grundstück wieder verließen, meinte er, seinen eigenen Schweiß zu riechen. Er stank zum Himmel.

Seit gefühlten Stunden saß der Mann unterhalb des Küchenfensters, harte Heizkörperrippen malten ihm ein Muster ins Kreuz. Er traute sich nicht, laut zu atmen oder seine Position nur um Millimeter zu verändern. Versteinert saß er da, während sein Kopf auf Hochtouren arbeitete. Er hatte ein Problem. Ein ziemlich großes sogar. In ein paar Stunden würde er sich im Internet darüber informieren können, wie groß es im Endeffekt war, wie millionenschwer sozusagen.

Paul Aengenholt hatte im Leben nicht damit gerechnet, dass es so einen Moment der Verzweiflung jemals geben könnte. Er hatte am frühen Abend relativ entspannt vor dem Fernseher gesessen. Barbara wollte bei ihrer Mutter in Moers übernachten, es ging der alten Frau nicht gut, und die gehorsame Tochter folgte stets ihrem Ruf nach Unterstützung und Gesellschaft.

Gleichmütig hatte er die Ziehung der Lottozahlen verfolgt, das erste Bierchen eines Samstagabends bereits genüsslich durch die Kehle rinnen lassen und die Beine hochgelegt. Und dann geschah es. Ihm, mit seinem phänomenalen Gedächtnis für Zahlen, schoss der Blutdruck von Kugel zu Kugel, die in Nahaufnahme in die Röhre aus Kunstglas fiel, weiter in die Höhe. Vier Richtige, fünf, nein, das konnte nicht sein. Sechs Richtige, sechs Ziffern, die in exakt einer Reihe auf dem Schein angekreuzt waren.

Sie hatten gewonnen.

Wie hoch stand der Jackpot? Er rief sich das Plakat in der Annahmestelle ins Gedächtnis, das er von der Lottoscheinabgabe am Mittwoch zuvor kannte, als er erfolglos, aber korrekt den Auftrag des Dorfes erfüllt hatte. Die Tippgemeinschaft Himmelsstiege hatte die berechtigte Chance auf die unglaubliche Summe von sechzig Millionen Euro.

Er erinnerte sich, wie er auf den Bildschirm gestarrt hatte, während dort das Programm bereits weiterlief. Hatte er geträumt?

Er rief die Zahlen auf der Internetseite der Lottozentrale auf, dort erschienen sie umgehend. Er stand auf, tigerte durch sein Wohnzimmer, wollte seine Frau anrufen. Sie sollte es als Erste erfahren. Er würde einen Satz sagen wie: »Schatz, ab jetzt wird alles anders.« Beim Tippen ihrer Nummer kamen erste Zweifel in ihm hoch. Was, wenn er sich doch geirrt hatte?

Und dann begann die Suche nach dem Schein. Er spürte von Minute zu Minute, wie sich der Druck auf seinen Schultern erhöhte. Er war der Dorfbeauftragte für diesen einen Schein. Dieses einfache Stück Papier, breit wie ein Kassenbon, mit grünen Streifen an den Seiten, die Spielquittung.

In seinem Portemonnaie war sie nicht. Das erschien ihm schon seltsam. In seinem Auto, das in der Garage stand, lag sie auch nicht in der Mittelkonsole. Auch in der Schale mit den geöffneten Briefen auf der Anrichte im Esszimmer war sie nicht zu sehen.

Paul Aengenholt hatte die erste Unruhe draußen auf seiner Straße bereits bemerkt, eine freudige Unruhe. Er hatte genau gewusst, was da vor sich ging. Man bereitete sich auf eine Feier vor, die ultimative Sechzig-Millionen-Euro-Feier, als ihm mit einem Schlag zwei Dinge bewusst wurden. Das erste war, dass es wirklich seine Aufgabe gewesen war, den Schein für die Ziehung am Samstag abzugeben. Die zweite Erkenntnis ließ das Blut in seinen Adern gefrieren, er war einem Herzstillstand nahe, kalter Schweiß bildete dicke Tropfen auf seiner Stirn, er musste sich setzen, zog in Erwägung, einen Krankenwagen zu rufen. So oder so ähnlich mussten sich die Vorzeichen eines Herzinfarkts anfühlen. Schnell verwarf er den Gedanken wieder, es würde nur für Aufsehen sorgen. Das konnte er nicht gebrauchen. Nicht, bevor ihm eine Lösung eingefallen war.

Wasser, ein Schluck Wasser würde helfen. Er war kraftlos in die Küche geschlurft, als es das erste Mal an der Tür klingelte, reglos stand er vor der Spüle, das halb geleerte Glas in der ausgestreckten Hand, verharrte lautlos. Ein energisches Klingeln, begleitet von vereinzelten Rufen, von Klopfen. So war er auf den Boden gesunken, sollte der Erdboden ihn auf der Stelle verschlucken, und in eine Art Starre gefallen, damit niemand ihn erreichen konnte.

Paul Aengenholt hatte vergessen, den Lottoschein abzugeben. Vor seinem geistigen Auge sah er ihn auf dem Flurschränkchen liegen, ausgefüllt, bereit für die Abgabe in der Annahmestelle im Supermarkt. Er hatte ihn nicht angerührt und schlicht und einfach vergessen. Jetzt war dort staub- und gegenstandsfreier Raum. Seine Frau monierte stets, dies sei keine Ablagefläche für jeden Scheiß. Fort, entsorgt. Sein aktueller Kontostand lag ab sofort um ungefähr sechzig Millionen Euro im Soll.

ZWEI

»Magst du heute zwei Eier zum Frühstück?«

Johanna griff nach dem Eierkarton, der im Kühlschrank immer neben Butter und Margarine lag, während Henner den Tisch deckte.

»Nein, danke. Warum sollte ich heute zwei essen? Das erhöht den Cholesterinspiegel nur unnötig.«

»Ich dachte, zur Feier des Tages. Ab jetzt können wir uns an jedem Morgen ein Omelett aus sechs Eiern leisten.«

Henner lachte laut.

Johanna liebte sein dunkles Lachen und kam aus der Küche ins Esszimmer. »Ich habe die halbe Nacht lang darüber nachgedacht, was wir uns in Zukunft alles leisten können. Und weißt du was? Es macht mir ein bisschen Angst.«

Henner nahm sie in den Arm und drückte ihr einen herzhaften Kuss auf die Wange. »Das muss es nun wirklich nicht. Morgen besorge ich Kataloge von Kreuzfahrtschiffen, meine Liebe. Ich werde dir zeigen, was ich als Kapitän auf großer Fahrt alles gesehen habe, alle schönen Häfen, die Inseln, die Weite.«

»Bist du dir sicher? Diese Schiffe fassen so viele Menschen wie ganz Bislich Einwohner hat, vielleicht sogar noch mehr.«

»Wir beide werden eine Luxuskabine haben und von dem ganzen Trubel auf dem Pott nur das mitkriegen, was wir wollen.«

Johanna befreite sich aus seiner Umarmung und ging zurück in die Küche. »Du hast dir auch schon Gedanken gemacht, soso. Aber Henner, ich kann doch nicht einfach wochen- oder monatelang von meinen Kindern fort sein.«

»Das habe ich mir schon denken können, aber mit Geld kann man die eine oder andere Lösung für Probleme finden. Wir werden uns eine große Suite mieten und lassen die Kinder im Urlaub oder in den Ferien einfach nachkommen. Johanna, stell dir vor, wir können ihnen zu jeder Zeit ein Flugticket zu jedem beliebigen Airport kaufen und ein Taxi vor das Gebäude ordern, das sie zum Hafen bringt. Und dann besuchen wir Moritz in Myanmar, denn der scheint sich ja in das Land verliebt zu haben, und zeigen Hannah, Karin und Maarten die Welt. Die fahren doch immer nur nach Texel, seit ich euch kenne. Es wird Zeit, dass sich der Horizont deiner Enkeltochter erweitert.«

Johanna pikte zwei Eier an und ließ sie ins heiße Wasser gleiten, stellte die Küchenuhr auf fünf Minuten. Sie schnitt den frischen Wochenendstuten an und hielt mitten in der Bewegung inne.

»Ich hab's, Henner, ich habe eine wundervolle Idee. Wir teilen den Gewinn mit den Kindern. Ich möchte sie teilhaben lassen, eine Kapitalanlage für Hannah und Moritz schaffen, ihm Geld für seine Projekte in Asien zur Verfügung stellen, und Karin und Maarten sollen selber entscheiden, was sie damit machen. Auf das Schiff kannst du sie dann immer noch einladen.«

Henner überlegte nicht lange, er stimmte lachend zu. »Du hast recht, es ist so verdammt viel Geld, das können wir mit unseren einfachen Ansprüchen gar nicht zu Lebzeiten unter die Leute bringen. Selbst dann nicht, wenn wir ab sofort täglich jeder zwei Eier zum Frühstück essen.«

Johanna legte die Brotscheiben in einen Korb und holte das Telefon. »Ich bin so froh, dass wir beide einer Meinung sind, ich werde Karin sofort davon berichten.«

»Johanna, es ist kurz vor acht, hältst du es für eine gute Idee, die Familie an einem Sonntag so früh aus den Federn zu holen?«

Johanna tippte bereits. »Wenn ich die Aussicht auf mehrere Millionen Euro hätte, würde ich mich um drei Uhr nachts dafür wecken lassen.«

Henner nahm sich eine Tasse Kaffee und verzog sich zu einem »Schmökerchen« auf die Terrasse. Johanna ließ durchklingeln. Hannah meldete sich und spurtete die Treppe hinauf, um den Apparat zu ihren Eltern zu bringen.

»Mama, die Oma will euch sprechen.«

Karin reagierte erschreckt, sofort bereute Johanna ihre frühe Aktion. »Ganz ruhig, Liebe, hier ist alles in Ordnung, wirklich. Es geht uns beiden gut. Ich wollte dir nur eine freudige Botschaft mitteilen.«

Am anderen Ende der Leitung trat Stille ein, als sie ausgesprochen hatte, dass Karin und Maarten sich auf eine Überweisung in Millionenhöhe vorbereiten sollten.

»Mutter, kannst du das noch einmal wiederholen, ich habe verstanden, dass du uns Geld überweisen willst, ungeheuer viel Geld. Das träume ich hier gerade, oder?«

»Nein, nein, wir haben im Lotto gewonnen, also die alte Tippgemeinschaft hat gewonnen, und zwar mit viel Glück den gewaltigen Jackpot. Henner und ich wollen euch teilhaben lassen, und ich dachte mir, ich sage schon mal Bescheid, damit ihr drüber nachdenken könnt. Einen schönen Sonntag wünsche ich euch.«

»Aber, Mutter, ich … wir … das können wir doch unmöglich annehmen.«

»Keine Widerrede. Freut euch einfach.«

Sie beendete das Gespräch. Die Küchenuhr meldete sich, und während Johanna die Eier abschreckte, kam Henner gerade wieder ins Wohnzimmer, als das Telefon klingelte. Er nahm es auf und blickte auf das Display.

»Es ist deine Tochter.«

»Geh bitte nicht ran, ich weiß genau, was jetzt kommt. Sie wird mit kriminalistischem Sinn nachfragen, ob auch alles seine Richtigkeit hat, will das Geld nicht annehmen, lehnt das Geschenk ganz bescheiden ab, schließlich hätten sie ihr Auskommen, und sie wird uns vorschlagen, wem wir es spenden sollen.«

Während sie mit einem breiten Lächeln die Eier aus der Küche zum Tisch brachte, verstummte das Telefon.

»Siehst du, sie soll das mal schön mit ihrem Mann besprechen, der ist bestimmt anderer Ansicht. Kannst du das Gerät auf stumm stellen? Sie wird nicht lockerlassen.«

Henner brachte das Telefon nach Eingabe einer Tastenkombination in die Diele. »Du kennst sie gut, es würde gerade jetzt erneut schellen.«

»Komm, Frühstück ist fertig.«

***

Viel zu spät. Arndt Kunstmann schnellte hoch, warf die Beine über die Bettkante und trat unvermittelt auf sein Tablet. Ein Morgen, der mit unguten Geräuschen begann, dem, wie sich bei kurzer Inspektion herausstellte, irreparablen Schaden an einem technischen Gerät, dem schalen Geschmack im Mund, weil er die Zähne am Abend nicht geputzt hatte, und alles nur, weil seine kleine verschlafene Welt in Unordnung geriet. Der Sonntag war ihm heilig, aufstehen um acht, frühstücken, einen Blick ins Kurzfilmforum werfen. Und jetzt? Kurz vor neun und Kopfschmerzen. Ein Aspirin sollte diesen Zustand schnell mildern.

Seine innere Unruhe ließ ihn ein unausgewogenes Frühstück mit Toastbrot, Serrano-Schinken, vom Keulenstück frisch geschnitten, und dicken Blutwurstscheiben zu sich nehmen, dazu schwarzen Kaffee. Es füllte den Magen, machte ihn jedoch nicht zufrieden. Er hatte schlecht geschlafen.

Im Kopf von Arndt Kunstmann drehte sich eine Endlosschleife von Gedanken permanent um das gleiche Thema. In kurzer Zeit wäre er umgeben von millionenschweren Nachbarn, die ihm täglich mit dem verächtlichen Ausdruck des Siegers begegnen würden. Sie würden nichts sagen, seine Zurückgezogenheit auch weiterhin akzeptieren, da war er sich ganz sicher. Nur würden sie ihm anders begegnen. Das Sein bestimmte das Bewusstsein. Ich Sieger, du Verlierer.

Sofort beschrieb der Filmemacher im Geiste mit einer präzise eingestellten Totalen den Flug über die Himmelsstiege, sah die biederen Häuser mit den gepflegten Vorgärten, den ordentlichen Gardinen, die einfachen Menschen, wie sie zum Bäcker, in den Supermarkt, zur Anlegestelle der Fahrradfähre »Keer Tröch« gingen. Sollte er eine Dokumentation über die Veränderung einer ländlichen Siedlung nach einem Lottogewinn drehen?

Titel wie »Arm und einfach war gestern« oder »Ein reiches Leben« gingen ihm durch den Kopf, bevor der letzte Kontoauszug sich mit einem roten Ausrufezeichen hinter dem drohenden Minus dazwischenschob. Seine Firma hatte momentan kein Geld, um eigene Produktionen zu finanzieren, nein, sie brauchte gut bezahlte Aufträge. Ein Investor für aussichtsreiche Projekte wäre auch nicht schlecht. Und er, der große Chef, könnte gut ein kleines Polster im Hintergrund gebrauchen.

Das Frühstück lag ihm schwer im Magen, als er, noch immer im Bademantel und den Gürtel locker gebunden, ins Arbeitszimmer ging und sich den Aufnahmen seines Überwachungssystems widmete. Er sah die Einheimischen ihre Art von Freudenfest feiern, seine Nachbarn, diese Menschen ohne intellektuelle Ansprüche, beobachtete mit hochgezogener Augenbraue, wie sie Flaschen entkorkten, auf dem Tisch tanzten, lachten und Unmengen gegrillter Fleischstücke vertilgten. Er ließ die Datei vorlaufen, nach Mitternacht, nach dem Feuerwerk schien es ruhiger zu werden.

Der bunte Kerl, dieser angebliche Kommissar, wankte heimwärts und zeigte vorher noch den drei Männern am Biertisch einen Vogel. Die hatten sich offenbar vorgenommen, bis zum Morgengrauen auszuharren.

In den nächsten Sequenzen standen sie auf, schauten zum letzten Haus rüber, dessen Eigentümer den ganzen Abend lang nicht zu sehen gewesen war. Und was war das? Er traute seinen Augen nicht, als Bert Schreiber eine Leiter aus den Tiefen seines dunklen Anwesens schleppte und mit den anderen beiden sein Grundstück verließ. Arndt Kunstmann wurde mit einem Schlag hellwach und rückte näher an seinen Bildschirm. Was machten die Männer?

Im fahlen Schein des Laternenlichtes sah er, wie sie beim Haus des abwesenden Nachbarn verschwanden, in der nächsten Einstellung tauchten die Enden der Leiter an dessen Balkongeländer auf, und einer der Männer kletterte zögerlich darüber. Ein Einbruch. Er wurde gerade mit zeitlicher Verzögerung Zeuge eines nächtlichen Einbruchs.

Es dauerte, bis alle drei mit der Leiter wieder zurück zu Schreibers Haus gingen. War das fragwürdige Unternehmen geglückt? Niemand schien mehr bei sich zu haben als zuvor. Was hatten sie gesucht bei dem Nachbarn? Egal was, aus dieser Aktion konnte sich keiner der drei herausreden, er hatte alles auf seinem Rechner und würde den Vorgang gleich in einer Cloud abspeichern, damit er ja nicht verloren ging. Sein Wissen würde er vielleicht noch nutzen können.

Einzelne Worte lösten die Gedankenschleife auf. Konfrontieren. Partizipieren. Mit einem Rülpser lehnte er sich zufrieden zurück. Die besten Filme kamen ohne Drehbuch zustande. Im Geiste sah er sich den Gelsenkirchener Doku-Film-Preis, den Goldenen Förderturm, entgegennehmen. Er wusste nur noch nicht genau, wofür. Geh in dich, Arndt Kunstmann.

Was ihm entging, während er sich in Denkerpose mit geschlossenen Augen geräuschvoll sein stoppeliges Kinn rieb, war eine weitere, relativ kurze Szene, die auf seinem Bildschirm ablief. Die Zeitangabe lautete drei Uhr fünfundvierzig, als ein Mann, offenbar handelte es sich um Paul Aengenholt, geduckt hinter den Sträuchern vortrat, zu allen Seiten vorsichtig auf die Straße spähte und schleichend um die Hausecke zur Garageneinfahrt hin verschwand. Wenige Sekunden später tauchte ein Auto ohne Beleuchtung in der Einfahrt auf. Der Mann stieg aus, anscheinend, um das Garagentor zu schließen, stieg wieder ein, schloss die Tür umständlich, bestimmt, damit niemand ihn hörte, um kurz darauf, ebenfalls ohne Scheinwerferlicht, langsam Kunstmanns Haus in Richtung Bislich zu passieren.

Als der gähnende Filmemacher sich reckte, die Augen wieder öffnete und die Finger durch sein dünnes, spärliches, nackenlanges Haar gleiten ließ, war von dem Wagen nebst Fahrer nichts mehr auf dem Bildschirm zu sehen.

***

»Es bleibt dabei, ich sage Nein.«

Frank Lürsen lief auf seinen Gesundheitslatschen quer über die Straße, wimmelte mit einer abwehrenden Handbewegung seine pubertierende Tochter ab, die mit weinerlicher, hoher Stimme »Menno, alle dürfen, nur ich nicht!« hinter ihm herbrüllte, und verschwand, für das dünne Mädchen hinter dem weiß gestrichenen Staketenzaun nicht mehr sichtbar, in Bert Schreibers Einfahrt. Er hatte vor wenigen Minuten gehört, wie Stefan Rutkowsky seinen Grill über den geflickten, huckeligen Asphalt zurück zu seinem Haus schob, und die Gelegenheit zur Flucht genutzt.

Frank Lürsen sah erbärmlich aus, Schreiber hielt einen Augenblick inne.

»Sag mal, du wirkst ja, als hättest du eine Kiste Champagner allein gesoffen. Dabei bin ich mir sicher, dass du den ganzen Abend lang an zwei Flaschen von deinem Schittweiler genuckelt hast. Die harten Sachen gab's im Anschluss bei Mama daheim, oder?«

»Schluttweiler, die Sorte heißt Schluttweiler dunkel, und nein, es gab zu Hause nur noch ein wenig Zoff mit dem weiblichen Teenager, nichts Hochprozentiges oder so. Ich bin einfach erschöpft, ich habe mir die andere Hälfte der Nacht Gedanken über das viele Geld gemacht und wie man es effektiv nutzen kann. Nachhaltig einsetzen, du verstehst?«

Bert Schreiber verstand nicht. Er ließ ihn die Lichterkette annehmen, damit die wertvollen Glühbirnen nicht zerbrachen.

»Jaja, Pubertät. Ich kann mich genau erinnern, dass meine auch immer die Einzigen waren, denen etwas verboten wurde. Das Argument zieht sich anscheinend erfolglos über Generationen hinweg durch die Hirne, die sich in einer Umbauphase befinden und deswegen nur bedingt funktionsfähig sind.«

Angewidert schaute Frank auf das, was er in Händen hielt. »Das sind völlig veraltete Glühbirnen, wieso hast du nicht umgestellt auf die modernen Energiesparleuchten? Diese hier fressen Unmengen unserer wertvollen Ressourcen.«

»Langsam, du Voll-Öko, ich kann mir die neuen Dinger nicht leisten, weißt du, was die kosten? Und demnächst, da gibt es hier eine wahre Lichtorgel mit LED-Strahlern, die sich über ein Computerprogramm steuern lassen.«

Stefan Rutkowsky stand wieder in der Einfahrt und hatte Schreibers Ausführungen gelauscht. »Endlich kommst du auf den Geschmack, ich predige dir doch schon lange, was in deiner Hütte technisch alles aufgerüstet werden kann.«

Die Haustür öffnete sich, und Isi trug ein Tablett mit dampfenden Kaffeebechern zum Tisch. Ihr Haar war fahrig zusammengesteckt, sie hatte Ränder unter den Augen, geschwollene Tränensäcke. Erst beim Abstellen der Becher sah sie Stefan, der sich nun zu Frank setzte.

»Na? Auch einen Kaffee?« Ihre Stimme wirkte reibeisenrau.

Stefan verneinte mit einem Blick auf die alten, abgestoßenen Becher, der Isi nicht entging.

»Dann nicht, wer nicht will, der hat schon. Milch und Zucker bringe ich gleich. Ach, Bert?«

Bert Schreiber nahm seine Frau nicht wahr. Ein Stück seiner alten Lichterkette hatte sich in der Thuja verheddert, die neben der Haustür stand, und forderte seine ganze Aufmerksamkeit.

Isi ließ nicht locker. »Berti, hörst du mir mal zu?«

Unwirsch riss er mit dem Kabel zusammen einen Zweig aus dem Immergrün. »Was ist denn, siehst du nicht, dass ich beschäftigt bin?«

Sie nestelte erfolglos an der Verbesserung ihrer Frisur. »Ich wollte dir ja nur meine neue Idee mitteilen. Berti, was ich mir schon immer gewünscht habe, ich will einen echten Brilli auf dem Schneidezahn vorn, das ist doch drin, wenn das Geld da ist, oder?«

Bert stieg von der Leiter und schaute seine Frau grimmig an. »Können wir das vielleicht nachher besprechen? Du siehst doch, dass wir beschäftigt sind.«

Stefan Rutkowsky blendete sich ein. »Wieso? Jeder von uns hat doch schon Wünsche im Kopf, die sich mit Geld verwirklichen lassen, oder? Also Nicole wünscht sich eine neue Oberweite, und die soll sie kriegen, davon profitiere ich schließlich auch.«

Isi ließ ihren Finger über die geschwollenen Tränensäcke gleiten. »Ja, wenn ihr da eine gute Adresse habt, das eine oder andere ist bei mir auch zu straffen.«

Stefan war nicht zu halten. »Wir haben da eine Klinik in Mönchengladbach, da habe ich mir auch die Augenlider machen lassen. Die Fachleute dort sind zu empfehlen.«

Isi hockte sich auf die Bank und musterte sein Gesicht. »Du hast dir die Augen machen lassen? Sieht man ja gar nicht, ist echt gelungen.«

»Ja, und Nicole hat sich Bauch, Oberschenkel und Po modellieren lassen, ist gar nicht so teuer, könntest du auch gebrauchen.«

In Isis Blick funkelte es böse, sie kniff die Lippen zusammen. »Wie? Das könnte ich auch gebrauchen? Was meinst du damit?«

Frank Lürsen stand auf und rief die beiden zur Ruhe. »Hey, wollt ihr, dass alle aus den Mietshäusern mithören? Die haben in der Nacht schon neugierig geguckt, als Bert die bekloppte Idee mit dem Feuerwerk hatte. Und was soll das überhaupt? Geld für Veränderungen am Körper ausgeben? Mit achtzig sind wir alle alt. Und während der gestraffte Hals noch glatt ist, bröckelt drüber das Hirn. Mensch, bleibt auf dem Teppich.«

Alle hielten beeindruckt inne, so viel Vehemenz war niemand von dem stillen, dauergrinsenden Nachbarn in Baumwolle, Hanf und Leinen gewohnt.

Bert brachte seine Glühbirnen in Sicherheit. Wer wusste schon, was der Öko vollbrachte, wenn er erst in Fahrt war. »Beruhige dich, Frank, man kann doch mal ein wenig rumspinnen.«

»Jaja, rumspinnen. Das sollten wir nur noch hinter verriegelten Türen machen. Mensch, wir müssen einfach den Ball flach halten, sonst verteilt unser Postbote demnächst tonnenweise Bittbriefe in unsere Kästen. Was das für unnötiger Papiermüll wäre, nicht auszudenken.«

Bert hockte sich neben seine Isi und zwickte ihr sanft in den Hintern, der, genau wie seiner, die Breite der Bank um einiges überragte.

»Da hat er völlig recht. Frank, du bist echt vernünftig. Die Ruhe bewahren, das ist oberstes Gebot. Nichts anschaffen, was nach außen sichtbar ist, kein neues Auto, keine teuren Klamotten.«

Er schaute seine Frau kopfschüttelnd an. »Und kein echter Brilli auf dem Zahn. Du kannst doch den Mund nicht halten und würdest noch extra damit angeben.«

Isi verschränkte trotzig die Arme vor der Brust und schaute mit einem bitteren Lächeln hinüber zu Stefan. »Nichts anschaffen, was nach außen hin sichtbar ist. Also auch kein neuer Busen für Nicole.«

Vom Eckhaus gegenüber schallte erneut die Mädchenstimme von Franks Tochter über die Straße. »Boah, Papa, die Mama sagt, ich soll dich fragen, ob ich nachher zu der Fete darf.«

Frank Lürsens Augen verengten sich zu Schlitzen, er wollte aufstehen, die Hand von Bert Schreiber drückte ihn auf die Bank zurück.

Bert erhob seine Stimme. »Merle, du erinnerst dich genau an die Antwort deines Vaters. Und jetzt lass es gut sein, sonst wirst du ihn so wütend erleben wie nie zuvor.« Schnell fügte er, eine Spur lauter, einen Nachsatz hinzu. »Und ich will jetzt kein ›Menno‹ hören!«

Merle verzog sich und schlug die Terrassentür hinter sich zu.

Bert grinste Frank an. »Geht doch.«

Frank Lürsen seufzte laut auf. »Ich weiß nicht, wie lange wir die Sache mit dem Gewinn noch vor ihr verheimlichen können. Das wird ein Fiasko, die kann ihren Mund nicht halten.«

Bert schlug ihm auf die Schulter. »Doch, sie kann. Haste doch gerade gehört. Alles eine Frage von Ton und Autorität.«

Er blickte lächelnd zur Straße, seine Augen wanderten an der Fassade von Kunstmanns Haus entlang. Plötzlich verfinsterte sich sein Gesichtsausdruck, verdrossen wies er auf die kleinen Nischen links und rechts zwischen Traufe und Fallrohr der Dachrinnen.

»Hoffentlich hat unser Einsiedler noch nichts mitgekriegt. Dem traue ich alles zu, nicht deinem mies gelaunten Teenager. Schaut mal genau hin, der hat seine Überwachungskameras genau auf meine Einfahrt gerichtet.«

Isi nestelte sofort wieder an ihrer hoffnungslos missratenen Frisur und fuhr sich mit der Zungenspitze über die Lippen, schien für einen winzigen Augenblick eine Hand wie zu einem winkenden Gruß zu heben.

Bert echauffierte sich. »Dieser Saukerl. Wenn ich die Anlage da drüben richtig deute, dann sind wir hier genau in seinem Blickfeld.«

Bert Schreiber dachte an die überhebliche Art, mit der Arndt Kunstmann die zugegebenermaßen beiläufige Einladung zur Gewinnerparty abgelehnt hatte. Seine Lebenserfahrung sagte ihm, dass der liebe Nachbar einen gewissen Neid überspielt hatte. Irgendetwas war in seinen Augen aufgeblitzt. Der war ernüchtert gewesen, nicht auf der Gewinnerseite zu sein, und das hieß, hinter der gleichmütigen Fassade arbeitete die bittere Enttäuschung.

»Wir müssen genau hinschauen. Wenn der Kunstmann uns zum Feindbild macht, müssen wir mit Querschüssen rechnen. Gier und Neid können übel wirken. Weiß eigentlich jemand, was der mit den Aufnahmen aus der Kamera macht? Das ist wie Spionage. Und als Filmer hat der doch jede Menge Speichermedien.«

Frank Lürsen nickte zwar sanft, sagte aber deutlich: »Wir müssen uns wehren, wenn es zu Ärger mit dem kommt. Sonst können wir uns nachhaltige Projekte abschminken.«

»Wir sollten uns eher überlegen, ihm Geld anzubieten. Freiwillig und weil wir Nachbarn nicht hängen lassen. Dann ist die Gier befriedigt.«

Niemand antwortete.

Stefan Rutkowsky stellte sich in Berts Blickfeld. »Wisst ihr was? Wir machen Pause, und nach dem Mittagessen treffen wir uns noch einmal, mit kühlen Köpfen.«

***

Karin Krafft kam von einem »ausgedehnten Spaziergang« mit Bouvier Woodstock zurück, Abkömmling einer belgischen Hunderasse, der sich einen ruhigen Platz im Garten suchte. Maarten schaute vom gedeckten Terrassentisch auf, sah seine Frau verschwitzt und mit hochrotem Kopf, die Hände auf die Oberschenkel gestützt.

Er kannte diesen Anblick, ihren verbissenen Drang, sich mit allen Fasern von den Folgen eines furchtbaren Erlebnisses im letzten Jahr zu erholen. Sie war entführt, verletzt und tagelang nicht mehr versorgt worden, hatte Hunger und Durst gelitten und sich nur befreien können, indem sie in ihrem Gefängnis ein Feuer legte. Sie hatte bange Wochen im Krankenhaus verbracht. Erst hieß es, ihre Nieren seien geschädigt, dann folgte ein Monat, in dem hartnäckige Infektionen ihren Körper nicht verlassen wollten, und schließlich wurde ihr ein Stück Haut vom Gesäß auf eine kreisrunde Wunde am linken Oberarm gepflanzt, wo man ihr die Tätowierung herausgeschnitten hatte. Dann fuhr sie in eine sechswöchige Reha. Wie sie es sich gewünscht hatte, am Meer.

Sie war nach außen hin erholt zurückgekommen und weigerte sich, im Rahmen der Wiedereingliederung ihre Arbeit mit geringer Wochenstundenzahl zu beginnen. Sie sei gesund und folglich einsatzbereit.

Im Alltag bemerkte Maarten, dass sie größtenteils wieder die alte Karin war, jedoch hielten sich Verhaltensweisen, die sich nur durch die knapp überlebte Notlage erklären ließen, hartnäckig. Es musste immer genügend Wasser in der Nähe sein, und nie durfte er einen Schlüssel außen in ein Schloss stecken, wenn sie sich in einem Raum befand. Man könne nichts rückgängig machen, man könne nur schauen, wie man Erlebnisse und Erfahrungen ins Leben integriert, hatte ihre Therapeutin ihm gesagt und ihn zu mehreren gemeinsamen Sitzungen eingeladen. Und das war nicht immer einfach mit dieser eigensinnigen, ehrgeizigen, liebenswerten Frau.

»He, du wolltest einen Spaziergang machen. Stattdessen hast du den Hund und dich an den Rand des körperlichen Zusammenbruchs gebracht, oder sehe ich das falsch?«

Karin rang noch nach Atem, winkte ab, nahm sich ein großes Glas Wasser und trank es in einem Zug aus. »Halb so schlimm. Es ist nur sehr warm.«

Sie hielt sich die Seite und atmete tief ein und aus. Maarten kannte das schon.

»Seitenstiche, he? Karin, bitte übertreib es nicht, du hast alle Zeit der Welt, um deine alte Kondition zurückzugewinnen. Wenn du zehn Minuten mehr brauchst, um den See zu umrunden, oder zwanzig oder dreißig, selbst dann werde ich dich noch immer lieben. Hauptsache ist, dass du selber es akzeptierst.«

»Jetzt hörst du dich an wie einer von den Psychologen, die ich im letzten Jahr kennengelernt habe.«

»Ich bin der Psycho-Maarten, nicht vergessen, in Doppelfunktion für Seele und Leib meiner Frau tätig. Na gut, und für Kind, Haus und Hund. Okay, und ein bisschen für die römische Geschichte. Multifunktionaler Ex-Niederländer mit wachsweichem, aromatischem Gouda-Gemüt.«

Er schob sich das lange Haar aus dem Gesicht, um es zu einem Zopf zu binden. »Und mit beginnenden Geheimratsecken. Jetzt werde ich wohl bald einen Haarschnitt und einen Anzug brauchen.«

Karin lachte, er brachte sie immer zum Lachen. »Du wirst dich hüten. Ich kann mir nicht vorstellen, dass du so etwas jemals anziehen wirst.«

Er atmete auf. »Gut, du kannst wieder sprechen, und dein Kopf ist nicht mehr so rot. Karin, was hast du da draußen am See gemacht?«

»Ich habe mir die Birne freigelaufen, ich brauche Platz zum Nachdenken. Über Johannas Vorhaben, uns so viel Geld zu schenken.«

»Und? Hast du schon einen Plan gemacht, was du damit anfangen wirst?«

Karin nahm sich ein Brötchen, schnitt es durch, bestrich es dick mit Butter, streute Salz darauf und biss herzhaft hinein. »Wir, mein Guter.«

»Was?«

»*Wir* bekommen es geschenkt.«

»Dann sollten wir auch gemeinsam darüber nachdenken.«

Karin goss sich einen Kaffee ein. »Das brauchen wir nicht.«

Maarten beugte sich zu ihr vor. »Das verstehe ich nicht, wie meinst du das?«

»Wir werden es nicht annehmen.«

Maarten bohrte überdeutlich in seinen Ohren. »Das kann nicht sein, ich höre bestimmt schlecht. Weißt du, was ich verstanden habe? Wir werden es nicht annehmen. Komisch, oder?«

Sie lehnte sich zurück und lächelte ihn an. »Nein, nicht witzig. Maarten, das ist einfach unmoralisch viel Kohle, für die haben wir nichts getan, ich kann das nicht einfach so annehmen und dann …«

»Was, und dann? Karin, wir können das sehr gut annehmen. Es ist legal gewonnenes Geld, und ich bin deiner Mutter unendlich dankbar dafür, dass sie uns bedenken will. Stell dir doch einfach mal was richtig Positives vor, was du schon immer machen oder haben wolltest und immer nach hinten auf die Wunschliste gestellt hast, weil einfach nicht genug Geld dafür da war. Also mir fällt da einiges für uns ein.«

Karin musste lächeln. »Ich wusste, dass du so reagieren würdest. Ich wollte nicht die Einzige sein, die mit hochrotem Kopf am Tisch sitzt.« Sie warf ihm eine zerknüllte Serviette zu. »Geschafft.«

Maarten küsste sie über den Tisch hinweg. »Für einen Moment dachte ich, du meinst es ernst. Dabei habe ich schon darüber sinniert, dass du endlich deinen gefährlichen Job aufgeben kannst. Nie wieder Knackis, Kriminelle, nie wieder gefährliche Situationen, was hältst du davon?«

Sie schüttelte den Kopf, suchte nach Worten. »Das ist … also ich meine, das ist … nein, Maarten, ehrlich, das ist die bekloppteste Idee, die du jemals hattest. Ich soll meinen Beruf aufgeben? Was soll ich denn deiner Meinung nach machen? Mich hier nur noch um die Familie, Haus und Garten kümmern?«

Maarten schien von ihrer Reaktion überrollt, hatte offenbar nicht mit offener, bedingungsloser Ablehnung gerechnet.

»Aber vielleicht gibt es ja noch etwas anderes, was dich interessiert, du könntest einem leidenschaftlichen Hobby nachgehen, und es wäre egal, ob du damit Geld verdienst. Denn davon wirst du reichlich haben für den Rest deines, unseres Lebens.« Er lehnte sich entspannt zurück. »Oder wir könnten beide unsere Jobs aufgeben, uns ein riesiges Reisemobil leisten und mit Hannah um die Welt reisen. Wir unterrichten sie selber, Prüfungen über das Internet, Verbindungen über Skype, alles kein Problem. Wir hätten diese wunderbare Welt gesehen, bevor irgendein Putin, Trump, Erdoğan oder Kim Jong-un oder wie sie alle heißen sie vernichtet.«

Karin sah ihm lange in die Augen. »Bei all deinen schönen Plänen gibt es nur ein Problem.«

»Und das wäre?«

»Ich bin Hauptkommissarin mit Leib und Seele. Und das hast du gewusst, als wir uns trafen.«

»Ja, aber die Dinge haben sich geändert. Ich, nein, wir hatten im letzten Jahr solche Angst um dich, als du verschwunden warst. Ich will so etwas nie mehr erleben.«

Stille lag zwischen den beiden, bis Karin ihre Hand auf seine legte. »Nichts hat sich an meiner Einstellung zu meinem Beruf geändert. Ich hatte einfach riesiges Pech, das kann passieren. Und ich möchte nicht, dass du dir solche Gedanken um meine Zukunft machst. Und merkst du, was gerade mit uns passiert? Wir streiten uns wie noch nie. Und warum? Wegen eines Haufens Geld, das wir nicht haben, das uns nicht einmal gehört. Es wurde uns nur durch einen Anruf angekündigt. Ich würde es am liebsten ablehnen.«

»Lass uns noch einmal in aller Ruhe reden.«

»Ja, und dieses Mal denken wir vorher drüber nach.«

***

Nikolas Burmeester konnte nicht verstehen, wieso Yasmin ihn mit strenger Miene von oben bis unten taxierte, als er vor ihrer Tür stand. Er hatte seinen Klamottenfundus nach bestem Wissen und Gewissen durchforstet und sich für ein weißes Hemd entschieden. Ein völlig neues, das zwei Jahre lang in der Originalverpackung im Schrank gelegen hatte.

Man sah es dem Kleidungsstück an, dass es unglücklich zusammengepresst sein Dasein gefristet hatte. Burmeester wirkte darin wie ein zu groß geratenes und farbarmes Bild von Piet Mondrian, in eckige Formen unterteilt. Zum Kaschieren des Faltenspiels hatte er eine schwarze ärmellose Weste übergezogen. Dafür fand er die Hose relativ glatt, die er ebenfalls seit einem Einkauf mit gemäßigter Lust auf Farbe besaß, seither vielleicht drei Mal getragen und auf einem Bügel außen am Schrank vor vorzeitiger Abnutzung bewahrt hatte. Zwei Jahre Sonneneinwirkung hatten im Purpurrot Spuren hinterlassen, ein Hosenbein war zur Hälfte merklich heller als das andere.

Beides war ihm aufgefallen, und er hatte es sich weggeredet, denn eine Alternative gab es in seinen Beständen nicht. Ihm flatterte sowieso schon das Herz, heute sollte nichts schiefgehen. Da blieb nur die Offensive. »Sag nichts, ich hab mein Bestes getan. Guck mal genau hin, nur drei Farben, und keine davon leuchtet im Dunkeln.«

Yasmin sah ihn an, wie Frauen einen kleinen Hund, den Eisbären Knut oder die Brut der Amseln betrachteten. Sie schien etwas Niedliches zu erblicken. »Du siehst ja aus wie ein Storch«, sagte sie.

Er nahm ihren Kommentar triumphierend auf, quittierte ihn mit einem Lächeln. Sonst fielen ihre Bemerkungen wesentlich schonungsloser aus.

Auch hatte er den Innenraum seines Wagens notdürftig aufgeräumt, der vorgefundene Müll füllte eine halbe Tonne, unsortiert, und die Fußmatten hatten ihn beim Ausklopfen in dichte Staubwolken gehüllt. Was machte Mann nicht alles, um seiner Angebeteten zu imponieren. Dennoch wirkte die hübsche Frau mit ihrem Sommerkleid in zartem Rosa in dem abgenutzten Sitz ein wenig deplatziert.

Demnächst würde sich das ändern, bei dem zu erwartenden Geld saß theoretisch ein ganzer Fuhrpark der gehobenen Luxusklasse drin. Er grinste in sich hinein und kutschierte seine Liebste an seinem Arbeitsplatz, dem Kommissariat 1 an der Ecke Reeser Landstraße und Herzogenring, und an ihrem Arbeitsplatz in der Klinik an der Aue vorbei durch Wesel in Richtung Flüren.

Dort angekommen, parkte er seine alte Rostlaube beim Restaurant Art selbstbewusst zwischen den kleinen Platanen, um ihn herum blank gewienerte Mittelklassewagen. Der für sie reservierte Tisch befand sich auf der rechten Seite im hinteren Teil des kleinen Nebenraumes, ein verschwiegenes Eck, genau richtig für sein Vorhaben. Er würde ein nennenswertes Trinkgeld hinterlassen.

Es sollte ein perfektes Essen werden, also wählten sie einen Aperitif, Aperol Spritz, und prosteten sich mit verliebtem Blick zu, sprachen über dies und das. Burmeester wollte seine wichtigste Botschaft zum Dessert verkünden und bemerkte, wie bei Yasmin die Neugierde wuchs. Noch hielt sie sich zurück.

Nach einer traumhaften Vorspeise, Rauchlachs mit Avocado und grün-scharfem Wasabi, die genauso raffiniert mundete, wie sie aussah, nutzte er die Gelegenheit und begann mit dem Vorspann.

»Yasmin, ich muss dir was erzählen. Du weißt doch, dass ich in einer Tippgemeinschaft bin.«

Yasmin kicherte. »Was bist du? So ein Lottospieler, der samstags vor dem Fernseher hängt, um die Ziehung der Zahlen zu verfolgen? Das hast du aber erfolgreich vor mir verborgen.«

»Ich bin ja auch eigentlich von Johanna dazu überredet worden. Irgendwann habe ich zugestimmt, um meine Ruhe zu haben. Alle von der Himmelsstiege sind dabei.«

»Hast du mich zu einem Essen der Geständnisse eingeladen? Jetzt bin ich aber auf das nächste gespannt. Lass mich raten, du bist Vorsitzender vom Modelleisenbahnerclub oder ein heimlicher Briefmarkensammler?«

»Nein, bitte nimm mich ernst. Ich will auf was ganz Bestimmtes hinaus. Lass mich einfach erzählen, ich bin nervös genug.«

Bevor Yasmin darauf eingehen konnte, wurde die Hauptspeise, gebratene Riesengarnelen mit großem Salat, Chilicreme und Zimtpopcorn, serviert und hinderte ihn daran, fortzufahren. Beide aßen stumm, genussvoll und mit großem Appetit. Nach dem letzten Bissen platzte es förmlich aus Yasmin heraus.

»Das ist superlecker, dann die gediegene Atmosphäre hier, du siehst heute wie ein gezähmter Storch aus und willst mich mit Lebensbeichten überraschen. Magst du weitermachen, bevor uns das Dessert wieder so sprachlos vor Genuss macht?«

Burmeester tupfte die Lippen mit der Serviette ab und bedeutete Yasmin, noch ein wenig Geduld zu haben. »Warte, ich muss eben zum Auto, etwas holen. Du darfst nicht lünkern, okay?«

Yasmin schüttelte lächelnd den Kopf. »Eine Überraschung aus deinem Auto, soso. Keine Sorge, ich verschwinde eben für kleine Königstigerinnen. Die Toilette ist im Keller, da kriege ich nichts mit, wenn du dich beeilst.«

Burmeester ließ ihr den Vortritt. Als sie verschwunden war, bat er an der Theke um eine Blumenvase für seinen Tisch, sprintete zum Wagen und entnahm dem Kofferraum einen üppigen Strauß roter Freilandrosen. Er entlockte der Serviererin eine anerkennende Geste, der Anblick ließ sie unwillkürlich an den großen roten Blüten schnuppern.

»Die duften ja sogar, ich bin begeistert. Sie müssen mir verraten, wo Sie die herhaben.«

Burmeesters ungeduldiger Blick in Richtung Eingang bewirkte, dass sie sich diskret zurückzog.

Yasmins Augen leuchteten, als sie den Strauß entdeckte, Burmeester bemerkte, dass sich unter seinen Achseln dunkle Flecken auf dem neuen Hemd ausbreiteten.

»Nikolas, wo hast du denn diese wundervollen Rosen hergezaubert, das ist ja ein Traum.« Auch sie vertiefte ihre Nase in das Bukett und tauchte mit geschlossenen Augen wieder daraus hervor. »Was für ein Duft, so schön.«

Sie gab Burmeester, der seine Arme an den Körper presste, einen innigen Kuss. »Und nun verrate mir, womit ich solch eine Pracht verdient habe. Es ist doch nicht Jahrestag? Und wo hast du die her, die sind nie und nimmer aus einem Geschäft.«

»Ich bin heute in der Früh zur Apfelplantage der Familie Clostermann nach Bislich gefahren.«

»Du hast sie doch nicht wild gepflückt?«

»Wo denkst du hin. Ich kenne die Clostermanns und habe ihnen erklärt, wozu ich frische, ganz besonders rote Rosen brauche.«

»Und?«

»Wie, und?«

»Was hast du ihnen gesagt?«

Er ging vor Yasmin auf die Knie und nahm ihre Hand. »Ich habe ihnen erklärt, dass ich sie meiner Freundin schenken möchte, damit mein Heiratsantrag einen angemessenen Rahmen hat.«

»Was? Das hast du ihnen wirklich so gesagt?«

»Na, fast. Das mit dem Heiratsantrag, das spreche ich hier und jetzt zum ersten Mal aus, und ich meine es. Also, Yasmin, willst du mich heiraten?«

Einfach so, kurz und entschlossen. Er sah, wie Yasmin die Hände vor den Mund nahm und für einen kurzen Moment über ihn hinwegblickte. Reflexartig schaute er sich um. Im Gang stand freudig grinsend eine Gruppe von Gästen. Einige klatschten spontan Beifall. Schnell stand er auf und zog seine Angebetete aus dem allgemeinen Blickfeld zu sich an den Tisch. Dann eben im Sitzen.

»Willst du mich heiraten?«

Sie reagierte völlig anders als erwartet. Statt ihm um den Hals zu fallen, zögerte sie. Sollte er nachlegen?

»Äh, also ich will auf jeden Fall den Rest meines Lebens mit dir verbringen, das weißt du. Ich fühle mich jetzt auch endlich bereit zum Heiraten, also reif und … Obwohl wir nicht verlobt sind. Wenn es an der Verlobung liegt, dann holen wir das nach. Ich schenke dir auch einen Ring, so einen, den du überall herumzeigen kannst, so mit locker erhobener Hand, ich habe bloß nicht daran gedacht, dass dir das wichtig ist. Sag mir, ist dir das wichtig? Yasmin, sag irgendwas, Hauptsache, es klingt wie ein Ja.«

War das ein Hauch von Rührungstränen, der in ihren Augenwinkeln glitzerte?

Sie lächelte, strich ihm über die Wange. »Ja. Nein. Mein Lieber, so geht das nicht. Ich meine, ja, schon, ich will dich heiraten, aber so kannst du mich nicht einfach fragen.«

Burmeester wirkte irritiert. »Was denn nun?«

»Meine Familie.«

Burmeester traute seinen Ohren nicht. Plötzlich brachte seine Liebste, deren Wurzeln irgendwann in der vorletzten Generation irgendwo im kurdischen Teil der Türkei lagen, ihre Familie ins Spiel. Das war ein netter Pulk von Menschen, von dem sie beide in seinem Appartement manchmal mit einem personellen Großaufgebot heimgesucht wurden. Eine beachtliche Menge von Schuhen füllte dann den Flur von Johanna, und die tausend leckeren, zuckertriefenden Kleinigkeiten, die sie auspackten, lagen schwer im Magen. Was meinte Yasmin mit ihrer Anspielung?

Klar, sie wollte standesgemäß feiern. Er musste jetzt die zweite Katze aus dem Sack lassen, schließlich stellten weltliche Ansprüche zukünftig kein Problem mehr dar. Sie würde einen steinreichen Kerl zum Mann bekommen.

»Natürlich kommt deine ganze Familie zur Hochzeit. Yasmin, wir machen eine ganz große Feier. Egal, wie viele Leute du einladen möchtest, wir machen das Fest so groß und opulent, wie du den schönsten Tag in deinem Leben planen magst. Ich, wir werden es uns in Zukunft leisten können, zu feiern, wo und wie umfangreich wir wollen. Quasi nach Herzenslust, egal ob in Wesel, auf Sylt, in New York oder London.«

Yasmin sah ihn fragend an. »Was soll das denn heißen? Kriegst du eine Gehaltserhöhung?«

Burmeester schüttelte mit süffisantem Lächeln den Kopf. »Du erinnerst dich an mein einleitendes Geständnis?«

Ihre dunkelbraunen Augen wurden riesig, ihre Stimme überschlug sich fast. »Du meinst, diese Tippgemeinschaft …«

Burmeester nickte eifrig und hielt sich den Finger vor die Lippen.

Yasmin verstand, sie flüsterte fortan. »… in deinem kleinen Dorf hat richtig viel Geld gewonnen?«

Burmeester grinste breit. »Richtig. Total, absolut, übersinnlich viel Kohle.«

»Und das willst du tatsächlich mit mir teilen?«

Sie flüsterten nun beide, die Köpfe über dem Tisch nah beieinander. Beide schreckten gleichzeitig hoch, unbemerkt hatte sich die Serviererin genähert und hüstelte, hielt die Dessertkarten lächelnd in der Hand.

»Wenn Sie noch etwas Süßes mögen, hier finden Sie unsere kleinen Köstlichkeiten.«

Das Paar lächelte irritiert, und als die Serviererin wieder außer Hörweite war, fuhr Burmeester mit gedämpfter Lautstärke fort.

»Du kannst deiner Familie mitteilen, dass dein bunter Freund sich zu einer guten Partie gemausert hat und es dir und den künftigen Generationen an nichts mangeln wird, was man mit Geld erwerben kann.«

Er küsste sie über die Rosen hinweg, der Duft stieg ihm in die Nase. Wirklich betörend, ging es ihm durch den Kopf, während sie sich zurückzog, er seine Augen wieder öffnete und in ihren Ausschnitt gleiten ließ. Diese wunderbare Frau.

Die einzige Frau, der er jemals einen Antrag gemacht hatte, saß nun mit ernstem Gesicht auf Distanz und nahm mit einer verlegenen Geste die Dessertkarte in die Hände. »Mein Papa muss gefragt werden.«

Burmeester atmete tief durch. »Wie meinst du das? Möchtest du etwa, dass ich so richtig oldschool bei ihm vorspreche und um deine Hand anhalte? Kein Problem. Das geht auch in Mitteleuropa.«

Yasmin zeigte kaum eine Regung, nichts, was sich als Zustimmung deuten ließ.

»Bei uns ist es so: Familienoberhaupt bittet Familienoberhaupt um die Hand der Tochter. Da du weder einen Vater noch andere Verwandte hast und zu deiner Mutter jeden Kontakt ablehnst, musst du wohl einen Freund schicken, der meinen Vater von der Ernsthaftigkeit deiner Absicht überzeugt. Papa muss dich akzeptieren.«

Jetzt war Burmeester sprachlos, schaute in die Karte, um abzulenken, versuchte sich auf Bezeichnungen wie Topfencreme mit Himbeerschaum an Zitronenmelissen-Sorbet zu konzentrieren. Das klang verführerisch lecker, konnte aber weder sein Gedankenchaos ordnen noch seine aufkommende Verunsicherung beschwichtigen.

»Akzeptieren? Oh Mann, heißt das, ich muss um dich werben? Solch ein exotisches Ritual durchstehen? Ich komme aus dem 21. Jahrhundert, die Aufklärung ist schon vorbei, und ich bin Deutscher. Ich kann das nicht. Sag mir ganz konkret, was das heißt. Du bist doch eine moderne, kluge Frau, deine Eltern leben ein beschauliches, zufriedenes Leben und unterscheiden sich nicht wesentlich von all ihren Nachbarn, deren Vorfahren nicht aus der Türkei stammen. Und dennoch soll ich jemanden als Heiratsvermittler zu ihm schicken? Da geht es nicht etwa um antiquierte Begriffe wie Mitgift oder Brautgeld?«

Yasmin schaute ihn nachdenklich an. »Klar, ich bin nicht traditionell erzogen worden, meine Eltern haben immer Wert auf Bildung gelegt, ehrenwerte Berufe, aber uns auch beigebracht, dass die Seele wichtiger ist als alle Äußerlichkeiten. Ich achte meinen Vater und die Traditionen, die ihm wichtig sind. Und der ganzen Familie übrigens. Daher möchte ich ihm die Freude machen und diesen Weg einhalten. Ihm zuliebe. Kannst du das verstehen?«

»Irgendwie schon. Was erwartet mich?«

»Er wird keine Kamele von dir fordern. Die passen nicht in seinen Garten.«

Jetzt musste er lächeln, während sie weitersprach.

»Du musst jemanden zum Emissär ernennen, der in deinem Auftrag um meine Hand anhält. Das ist alles.«

Burmeester lehnte sich zurück. Wer sollte das sein? »Ich habe doch kaum enge Freunde. Bei meinem zeitfressenden Job.«

Lächelnd schnupperte sie erneut an den Rosen. »Du wirst bestimmt eine Person deines Vertrauens finden.«

Die Serviererin hatte bemerkt, dass die beiden ihre Köpfe nicht mehr so eng zusammensteckten, und näherte sich. »Darf es noch etwas sein?«

Burmeester bestellte zwei Glas Sekt, man habe etwas zu feiern, und Yasmin entschied sich für die Topfencreme.

»Eine Portion mit zwei Löffeln bitte, wir wollen ja nichts übertreiben.«

Als die emsige Bedienung verschwunden war, fragte Burmeester neugierig, wie sie das denn nun gemeint habe.

»Wir wollen doch nicht, dass du wie alle Männer, die in festen Händen sind, plötzlich in die Breite gehst, das wäre ein Scheidungsgrund.«

»Und dafür müsste auch ein Vertrauter bei deinem Vater um Erlaubnis fragen, oder?«

»Nein, das gilt nur für die Hochzeit. Er wird sich nicht nur darüber freuen, mein Papa, auch die Tradition verlangt das, da ist er unerbittlich.«

Burmeesters Herz schlug wild, als sie das Restaurant verließen.

Ihm wurde heiß. Wer sollte sein Emissär sein? Und was musste er tun, um nicht in Ungnade zu fallen?

***

Nicht einmal einen gesegneten Mittagsschlaf gönnten ihm diese Hinterwäldler heute. Arndt Kunstmann schreckte auf seiner Gartenliege hoch, die er unter das Sonnensegel gestellt hatte, schließlich wollte er schlummern statt braten.

Er fühlte sich ausgelaugt, blinzelte mürrisch auf das terrakottafarbene Stoffsegel über ihm. Der Stich saß tiefer, als er sich eingestehen konnte, das Glückshorn schüttete seinen Inhalt ungleich über der Menschheit aus, es hatte diesen unschuldigen Ort über Nacht zugeschissen mit der Vision, zukünftig in Hundert-Euro-Scheinen zu baden.

Erleichtert hatte er am Mittag wahrgenommen, dass sich alles in sonntäglicher Ruhe auflöste, ihm fiel auf, dass diese pubertierende Göre von nebenan nicht mehr quer durch die Siedlung über väterliche Erlasse diskutieren wollte. Auch ihr Bruder, derzeit in ähnlich hirnloser, pickeliger Verfassung, hatte sich heute nicht halsbrecherisch aus dem Dachfenster gelehnt, um einen voyeuristischen Blick auf seine Wellnesslandschaft zu erhaschen.

Wenn der Schöpfer sich bei der Erschaffung des menschlichen Zustands völliger Desorientierung zwischen dem zwölften und achtzehnten Lebensjahr etwas gedacht haben sollte, dann musste er dabei unter Einfluss von Met oder vergleichbarem berauschenden Elixier gestanden haben. Eine Herausforderung für Erzeuger und Umwelt – Eltern sollten dadurch offenbar in die Lage versetzt werden, ihre Brut nach Ablauf des Reifungsprozesses erbarmungslos vor die Tür zu setzen.

Das Geschrei, das ihn geweckt hatte, kam von den anderen beiden Kindsköpfen der Siedlung, die niemals erwachsen wurden und bei denen somit auch nicht die Chance bestand, dass sie von ihrer Mutter ausgesetzt würden.

Die Zwillinge von schräg gegenüber, annähernd derselbe Jahrgang wie er, waren im geistigen Zustand von Kindern verblieben, reife Körper mit ergrauendem Haar und eine kindliche Seele mit verspieltem, freundlichem Gemüt. Arndt Kunstmann hatte lange gebraucht, um zu verstehen, dass die beiden mit einem Handicap lebten und sich dies auch niemals ändern würde.

Sie arbeiteten während der Woche in einer Werkstatt für ihresgleichen, wurden täglich mit einem Bus abgeholt und wiedergebracht. Das Paar war im Ort allseits bekannt, man grüßte und unterhielt sich kurz mit Tiez und Köbes, Theodor und Jakob, wie ihre Mutter sie manchmal streng rief. Der Filmemacher hatte bereits vor Monaten darüber sinniert, ob er nicht eine Doku über dieses eingeschränkte, jedoch glückliche Leben der beiden drehen sollte. Jetzt ging ihm das Gebrüll der kindlichen Männer auf den Geist.

Erst diese spontane Feier, die ihm die Nachtruhe raubte, dann dieses Theater mit der maulenden Göre und jetzt, Moment mal, was riefen sie sich zu?

Kunstmann erhob sich, so schnell er vermochte, und begab sich ins Haus, durchquerte in Windeseile Wohnzimmer und Diele und nahm seinen Beobachtungsposten in der Küche erneut ein. Später sollte er bereuen, die nächste Viertelstunde nicht gefilmt zu haben.

***

Mit lautem Gejohle liefen beide Männer in ihrer ungelenken Art hinter dem Zwergschwein her, dem die Flucht gelungen war und das nun kreuz und quer durch die Himmelsstiege lief, durch die Vorgärten wackelte, die eine oder andere Blume fraß und immer, wenn sich Köbes näherte, wieder quietschend davonrannte. Er verfolgte das Tier direkt. Tiez lief mitten auf der Straße und wies ankommende Autos aus beiden Richtungen an, langsam zu fahren, um Herta nicht zu gefährden.

»Haaalt, ganz langsam, hier läuft ein Schwein frei herum«, schrie er dann. Die Fahrer reagierten, »ein Schwein« hörte sich mächtig genug an, um einen Unfall verursachen zu können. So riefen sich die Brüder Anordnungen und Gedanken zu, während sie ihre Minisau verfolgten.

»Pass auf, Köbes, die frisst sonst wieder die Begonien von Isi, die schimpft mit uns, und dann meint Mama wieder, wir wären zu nichts nutze und könnten nicht richtig auf Herta aufpassen.«

»Das sagst du so einfach! Die frisst immer, bevor ich da bin. Ich bin nicht so schnell, weißt du doch.«

»Wir fragen Mama, ob wir mit dem Geld von Paul ein Haus am Meer kaufen können.«

»Hertaa«, rief Köbes, »nicht die Begonien, die sind pfui! Was willst du mit einem Haus am Meer, da kann sie auch abhauen. Und schwimmen kann sie auch nicht.«

Tiez ließ einen riesigen Traktor auf sich zurollen und hielt ihm mutig seinen Körper mit ausgestreckten Armen entgegen. »Halt. Frei laufendes Schwein. Langsam fahren.«

Situation gerettet, Tiez führte sich auf wie ein Verkehrspolizist und winkte den Fahrer freundlich durch, schrie, als der Motorenlärm verebbte, seinem Bruder die neuesten Gedanken nach.

»Wenn das Haus einen Garten hat, der groß genug ist, dann machen wir einen dichten Zaun rundherum und ein Tor, und dann hat sie genug Platz. Hertaaaa, bleib stehen!«

»Und warum am Meer? Hier ist es auch schön«, stellte Köbes fest. »Herta, halt, nicht zu Alma, dann kläffen wieder alle Hunde.«

»Wenn Bert das Geld von Paul aufgeteilt hat, dann sind wir reich, und das Haus kann so groß sein, dass wir die Gruppe aus der Werkstatt immer zum Urlaub einladen können. Wie auf Ameland, da sind alle so gern.«

»Dann brauchen wir viele Zimmer. Die Mama stöhnt jetzt schon mit dem Haus.«

Das Schwein nahm Kurs auf die Einfahrt von Arndt Kunstmann. Köbes erschrak. »Herta, da wohnt der Mann mit der schlechten Laune, da darf ich gar nicht hin, der ist so unfreundlich.«

Schon rannte das rosige Tier auf kleinen Pfoten über den mit Kies ausgelegten Vorgarten und nahm Kurs auf die einzige Pflanze, die diese steinige Wüste zierte. Ein roter japanischer Zierahornstrauch war ihr Ziel.

Bevor Herta ihn plündern konnte, hatte Köbes sie erreicht,

Herta schlug einen Haken, Köbes, zum Sprung bereit, fiel ins Leere – fast, denn der Ahorn hielt seinem massigen Körper nicht stand, zierliche Äste brachen, während das Schwein schon wieder die Straße querte, hinter Tiez langlief, der ein Fahrzeug aus der entgegengesetzten Richtung aufhielt.

»Halt sie doch auf!«, schrie Köbes.

»Geht nicht, ich muss hier aufpassen. Jetzt hast du den Strauch kaputt gemacht.«

Alle Hunde im Haus von Alma Argond hatten das Schwein gewittert und kläfften los, während Köbes sich aufrappelte und an seinem Bruder vorbeihumpelte. »Du mit deinen blöden Ideen vom Haus am Meer. Da verläuft sie sich im Garten, und wir finden sie nie mehr.«

»Aber dafür sind wir am Strand und können jeden Tag Muscheln sammeln gehen. Mama sagt, der Bert wird dafür sorgen, dass das Geld verteilt wird. Ich glaube, die haben es gestern bei Paul geholt. In der Nacht. Mit Frank und Stefan.«

Herta schreckte vor dem Gebell zurück und lief Köbes direkt in die Arme, er hielt sie mit beiden Händen am Halsband fest. Die Brüder ließen vor Erleichterung die Schultern sinken, auch Tiez beugte sich zu seinem geliebten Minischwein hinab. Beide liefen, eine Hand am Halsband, gebeugt mit ihr in Richtung Zuhause.

»Du böses Schweinchen, du«, schimpfte Tiez. »Bald haben wir ganz viel Geld, und dann ziehen wir ans Meer, und du kriegst einen großen Garten.«

In diesem Augenblick stürmte Bert Schreiber aus dem Haus und lief hinter den beiden her. »Was macht ihr denn, ihr sollt doch nicht auf der Straße darüber reden.«

Tiez protestierte. »Aber wir haben doch gar nichts verraten.«

»Nein, ihr posaunt nur die ganze Zeit heraus, was niemand sonst wissen soll, Mensch, gebt jetzt Ruh.«

Köbes verteidigte seinen Bruder jetzt. »Aber das Haus am Meer ist eine gute Idee, und das werden wir mit Mama zusammen kaufen, die hält so gern ihre Füße ins Wasser. Außerdem ist doch niemand hier, der uns hören kann.«

Bert schien erleichtert, als die beiden gebeugten Gestalten in ihrer Einfahrt verschwunden waren. Das konnte noch spannend werden in Bislich-Büschken.

***

Arndt Kunstmann ging vor die Tür und betrachtete voller Groll die Zerstörungen in seinem Vorgarten. Eine Horde wild gewordener Rinder hätte nicht mehr anrichten können, zwei unschuldige, zierliche Zweige einfach abgeknickt. Er nahm das Geäst in die Hand.

Sein erster Impuls war, hinüber zu der Mutter dieser beiden Kindsköpfe zu laufen, Schadenersatz zu fordern, die Einhaltung der Mittagsruhe, dieses Biest von Schwein einsperren zu lassen und ebenso den Freiraum für deren Besitzer zu beschneiden. Mit energischen Schritten begab er sich zur Einfahrt, blieb zögerlich auf dem Bürgersteig vor seinem Haus stehen. Sie würden ihn nicht verstehen, sein Anliegen nicht ernst nehmen. Die Menschen hier dachten anders.

Ein Sinnspruch kreiste durch sein Hirn. »Kindermund tut Wahrheit kund.«

Hatte er wirklich alles richtig gedeutet, was er am Abend von seinem Posten aus gehört hatte? Ließen sich die Aufnahmen des nächtlichen Übergriffs auf das Nachbargrundstück auch anders analysieren, und war dementsprechend eine andere Schlussfolgerung möglich? Mit einem Mal war er sich nicht mehr sicher.

Die kindlichen Männer hatten über die Verteilung von »Pauls« Geld gesprochen und dass Bert es in der Nacht geholt hätte. Arndt Kunstmann blickte hinüber zu dem Haus, das gegen Mitternacht Ziel einer nachbarschaftlichen Attacke gewesen war. Vielleicht ging es ja um einen Gewinn, der schon ausgezahlt war, und statt das Geld zu teilen, hatte der Eigentümer des Hauses es für sich behalten. Klar, die Männer hatten in der Nacht Selbstjustiz geübt und sich geholt, was ihnen zustand.

Das Haus von Paul Aengenholt wirkte verschlossen und verlassen, nichts und niemand war zu sehen. Die Phantasie des Dramaturgen in ihm begann sich zu regen, vor Kunstmanns geistigem Auge taten sich Schlagzeilen in der Tagespresse auf wie »Doppelmord in Bislich-Büschken« und »Habgier machte Nachbarn zu Mördern«.

Kunstmann schwankte. Er würde sich nicht über die Zerstörungswut von Schwein und Halter beschweren. Mit den Zweigen in der Hand ging er zu den Mülltonnen neben seiner Garage, stopfte sie in die Biotonne. Er würde im Hintergrund bleiben und die Situation im Blick behalten, denn sein Wissen konnte unter Umständen Euros wert sein. Viele neue, gebündelte Euroscheine, die man ihm überreichen würde, freundlich und sehr gern, damit er den Mund hielt über das, was hier ablief.

Mit einem zufriedenen Lächeln legte er sich zurück in den Liegestuhl unter das Sonnensegel. Die kindlichen Zwillinge waren nicht mehr zu hören, die kläffenden Hunde im Haus der Alten hatten sich wieder beruhigt, und bleierne Stille lag über der Himmelsstiege in seinem beschaulichen Refugium in Bislich-Büschken. Alles, was er nun brauchte, war ein guter Plan.

Das A und O jeder erfolgreichen Dokumentation waren Recherche, Planung, Kontaktaufnahme, Wahl der Location, Auswahl der Besetzung und der Crew. Letzteres würde er allein übernehmen. Den Plan würde er sich nun ausdenken. In aller Ruhe, in seinem Garten.

Noch ein Sinnspruch erfüllte seinen Geist. »Eile mit Weile.«

DREI

»Barbara? Bist du das?«

»Paul, was ist mir dir? Hast du Stress? Natürlich bin ich das, wer denn sonst?«

»Dann melde dich anständig. ›Hallöle‹ kann schließlich jede säuseln.«

»Aber nicht mit meinem Handy. Wie bist du eigentlich drauf? Ist dir was über die Leber gelaufen? Was immer es ist, ich bin nicht schuld.«

»Wo bist du?«

»Paul, was soll die Frage? Natürlich bin ich noch bei meiner Mutter, wir gucken gerade einen alten Film mit Don Camillo und Peppone. Sie ist so glücklich, dass der noch immer gesendet wird. Du kennst ihn auch, da will der Bürgermeister, ein Kommunist, sein Bürgerhaus bauen, und gleichzeitig plant der Pfarrer, einen Kindergarten zu errichten. Beide befinden sich im Wettstreit, sind aber in Wirklichkeit Freunde –«

Paul unterbrach unwirsch. »Das interessiert mich nicht. Hör zu, ich muss dir was Wichtiges sagen.«

Barbara Aengenholt reagierte, wie sie es in letzter Zeit tat, vehement und mit Widerstand. »Was fällt dir ein? Du unterbrichst mich immer, wenn ich dir etwas erzähle, das ist weder höflich noch angebracht, schließlich wolltest du wissen, wo ich bin.«

»Ja, ist ja schon gut, aber jetzt halt endlich mal die Klappe, ich will dir was sagen, und du hörst einfach nicht zu. Ich bin in Schwierigkeiten, ich habe mich verkrümelt.«

Barbara reagierte mit hämischem Gelächter. »Ach, mein freundlicher Gatte hat Probleme? Gibt es noch jemanden, den du immer anmeckerst, und derjenige rächt sich jetzt? Ich dachte, das machst du nur mit mir hinter verschlossener Tür. Und was soll das heißen, du hast dich verkrümelt?«

»Ich musste ganz einfach verschwinden, bin mitten in der Nacht geflohen. Es besteht die Gefahr, dass man hinter mir her ist.«

Barbara traute ihren Ohren nicht. »Du lässt dir alles aus der Nase ziehen. Was soll diese Heimlichtuerei? Jetzt sprich mal Tacheles.«

»Ich habe einen großen Fehler gemacht, Barbara, einen ganz großen, und ich weiß nicht, wie ich das wieder richten soll.«

»Na prima, noch ein Rätsel. Wo sind wir hier? Beim Wer-wird-Millionär-Quiz?«

Paul lachte kurz und hysterisch auf. »Ja, so kann man es auch betrachten.«

Sie wurde ungeduldig. »Wenn du mir nicht auf der Stelle sagst, was los ist, dann, dann, dann lege ich einfach auf.«

»Jetzt fauch mich nicht so an, es geht um mein Leben, verstehst du? Es ist einfach schrecklich, ich hab's vergessen. Ich kann ihn gar nicht finden, vielleicht habe ich ihn mit der Werbung vom Samstag in den Müll geworfen. Ich konnte nur nicht dort nachsuchen, ohne selber gesehen zu werden.«

»Was hast du vergessen?«

Er musste schlucken, mit einem Mal wurde seine Stimme weinerlich und dünn, Barbara presste sich das Handy ans Ohr, um ihn zu verstehen.

»Ich habe vergessen, den Lottoschein abzugeben.«

Barbara lachte auf. »Das ist doch nicht schlimm, ich –«

Wieder unterbrach er sie schroff. »Das ist keine Lappalie! Es ist schlimm, verdammt noch mal. Barbara, der Schein hat gewonnen. Ich stehe mit rund sechzig Millionen bei unserer Tippgemeinschaft in der Kreide. Ich habe Schulden! Beim ganzen Dorf!«

Jetzt war Barbara still.

Irritiert brüllte Paul in den Hörer. »Verstehst du mein Dilemma?«

»Hm, ich verstehe. Du bleibst wohl besser erst mal in deinem Versteck. Halt! Sag mir nicht, wo du bist, du weißt, dass ich schlecht darin bin, wenn es um das Bewahren von Geheimnissen geht. Das ist vielleicht ein Ding. Unglaublich!«

»Barbara, bleib du in den nächsten Tagen bei deiner Mutter, hier im Dorf wird sich die Stimmung merklich verschlechtern, glaube mir. Bei Geld hört jede Freundschaft auf.«

»Wie soll das denn weitergehen, Paul?«

»Ich weiß es nicht, ganz ehrlich. Sechzig Millionen Schulden sind kein Pappenstiel. Ich melde mich wieder.«

Barbara Aengenholt drückte auf den roten Hörer. Und lächelte ein tiefes, geheimnisvolles, ziemlich ausgeglichenes Lächeln.

Sollte sie es machen? Ja.

Sie ging in die kleine Diele ihrer Mutter und nahm ihre Handtasche vom Garderobenständer, griff in das hintere Fach und zog ihre Geldbörse hervor. Hektisch öffnete sie das Nebenfach und zögerte einen Moment. Sie atmete tief ein und ließ ihre Finger in das Fach gleiten.

Was sie hervorzog, war ein länglicher Zettel, der einem Kassenbon ähnelte, jedoch beidseitig bedruckt war. Auf der Vorderseite reihten sich Anordnungen verschiedener Zahlen untereinander. Der Lottoschein, den ihr Gatte vergessen hatte. Sie hatte ihn auf der Kommode liegen sehen und war am Samstag einfach zum Supermarkt gegangen, nachdem Paul auf der Gartenliege eingeschlafen war. Barbara hatte ihn abgegeben und nicht mehr daran gedacht, den Spielschein zurück an seinen Platz zu legen. Und nun das.

Wie ein kleines Wunder hielt sie das Ergebnis ihrer Umsichtigkeit in Händen, die langsam vor lauter Ehrfurcht und Aufregung feucht wurden. »Da haut dich das Leben an einem Sonntagnachmittag vom Hocker.«

Aus dem Wohnzimmer erscholl ein zartes Stimmchen. »Sprichst du mit mir, Babsi? Oder telefonierst du noch mit Paul?«

»Alles ist gut, Mama.«

»Der Film läuft doch weiter, gleich kommt der Bischof zu Besuch.«

»Ja, Mama, ich bin sofort da.«

Sie nahm ihr Handy zur Hand. Sollte sie Paul von seiner Angst befreien? Ein kurzer Anruf würde genügen. Schatz, es ist alles okay, ich habe den Schein, das könnte der entscheidende Satz sein. Dann hörte sie ihn fluchen. Du blöde Kuh, und ich lass hier die Hosen runter, was hast du dir dabei gedacht? So würde er reagieren und ihr als Nächstes vorwerfen, alles für sich behalten zu wollen. Gar nicht so übel, dieser Gedanke, fand sie. Bei Geld hörte eine schlechte Ehe auf.

Barbara Aengenholt zog blitzschnell in Erwägung, das Ding allein durchzuziehen. Ungeachtet der Beteiligten, die sollten sich an Paul halten. Das war ihr Schein, sie hatte ihn zur Annahmestelle getragen und bezahlt.

Barbara konnte sich die immense Summe von sechzig Millionen Euro nicht vorstellen. Wie viele Aktenkoffer voller Geld waren das?

Sie sah einer neuen, unbeschwerten Zukunft entgegen. Sie würde sich mit ihrer Mutter in einer Wohnanlage in Thailand einkaufen, um sich bis an ihr jeweiliges Lebensende rundum versorgen zu lassen. Und verwöhnen. Von freundlichen, lächelnden Menschen.

»Mama, ich komme schon. Soll ich noch Kekse aus der Küche mitbringen?«

***

Zu aufgedreht war Stefan Rutkowsky, zu nervös, er hätte es um keinen Preis zugegeben. Nachdem seine Frau endlich verstanden hatte, warum sie nicht gleich am Montag einen Termin für eine Brustvergrößerung und diverse andere Tunings machen durfte, und stattdessen friedlich auf der Gartenliege ruhte, hatte er bei Bert Schreiber angerufen und vorgeschlagen, einen kurzen Spaziergang zu machen. Nur so, um einen klaren Kopf zu kriegen. Nicht, dass er es nötig hätte, rein prophylaktisch. Die Bodenhaftung nicht verlieren.

Bert Schreiber sagte zu, und gerade als sie sich vor seinem Haus begrüßten, kam Frank Lürsen aus seiner Einfahrt geschossen.

»Ich muss mit euch reden.«

Etwas genervt starrte Stefan den Nachbarn in seinen ausgeleierten Gesundheitslatschen an, er selbst hatte seine Trekkingsandalen an, passend zum Vorhaben.

Bert Schreiber, der ohne Bezug zur Funktionalität jedweder Fußbekleidung war, befand Adiletten als passend für einen Sonntagnachmittag. Flapsig lud er Frank ein. »Hast du deinen Rausch endgültig ausgeschlafen? Dann komm doch mit, wir gehen ebkes zum Rhein runter.«

Frank Lürsen wies auf sein Haus. »Geht nicht, Silke ist nicht da, und ich muss Merle im Auge behalten, die haut sonst ab.«

Bert war in der Lage, sofort umzuplanen, was ihm auch sehr recht schien. Spaziergänge gehörten nicht zu seinen favorisierten Freizeitbeschäftigungen. »Bleiben wir eben hier, setzen uns wie in alten Zeiten auf das Mäuerchen vor dem Haus. Und ich hab noch was Gutes für Sieger, ein oder zwei Kästchen Kleiner Feigling.«

Stefan Rutkowsky starrte auf seine Schuhe. »Ich gehe mich schnell umziehen und bringe noch einen Kräuterschnaps mit. Wenn wir schon weiter tagen, dann auch standesgemäß.«

Es dauerte nicht lange, und die Männer hatten ihren Alkoholpegel, der noch nicht genug Gelegenheit gehabt hatte, sich abzubauen, nahezu auf den Wert des Morgens aufgefrischt. Aus dem stillen Gespräch, das Stefan sich gewünscht hatte, wurde schnell wieder ein gut gelauntes, etwas lauteres Miteinander.

»Hopp, hopp, in de Kopp!«

So hockten sie nebeneinander auf dem Mäuerchen, vor ihnen auf dem Bürgersteig lagen zwei Kästen mit kleinen Fläschchen. Zügig stießen die drei Männer immer wieder an. Frank, der sich nach jedem Schluck schüttelte. Bert, der nur kurz das Gesicht verzog, während er breitbeinig dahockte. Stefan, der zwar mitmachte, die leeren Fläschchen jedoch verächtlich betrachtete, bevor alle drei sie übermütig hinter sich in Berts Hecke warfen. Es brauchte nur wenige Runden, bis sie versuchten, sie so hoch über den Liguster zu werfen, dass sie mit einem winzigen Klirren an der Hauswand zerschellten.

Frank fand das zunächst ungehörig. »Das wird deiner Isi nicht gefallen.«

Bert grinste breit. »Die liegt ganz hinten im Garten und schläft, die kriegt das nicht mit. Prost, Jungs!«

Stefan schraubte mit spitzen Fingern den Verschluss seines leeren Likörfläschchens zu und warf auf Kommando das Glas gleichzeitig mit den anderen beiden hinter sich. Klirr.

»Wir schaffen alles. Seit gestern sind wir auf der Gewinnerstraße.«

»Klar, die Himmelsstiege ist *stairway to heaven.*«

Stefan Rutkowsky bat um die Aufmerksamkeit der anderen. »Äh, bevor es uns wieder schwerfällt, uns zu erinnern, wie wir heißen, muss ich meine Ideen mit euch teilen.«

»Dann los, lass hören.«

»Ich habe die große Vision von einem Dorf, das von allen Energieanbietern unabhängig ist. Ein Musterdorf für sanfte Energie. Autonom und ökologisch.«

Frank horchte auf. »Wie meinst du das? Solarzellen auf jedem Dach und eigene Brunnen? Nicht schlecht.«

»Ich denke da ein Stück weiter. Wir werden in Kürze über so viel Geld verfügen, dass jeder von uns einen Beitrag in eine Art Genossenschaft einzahlen kann. Damit kaufen wir nebenan in Marwick Weidefläche auf, und da stellen wir dann –«

Frank unterbrach ihn voller Begeisterung. »Sag ich doch, wir bohren die Brunnen, grandios.«

»Nein, ich denke viel weiter. Und größer. Wir gründen ein eigenes Unternehmen und stellen dort Windräder hin, die so viel Strom erzeugen, dass selbst unsere Kinder noch von dem Gewinn leben können. Wir ernten Energie für Generationen …«

Seine zustimmende Geste nahm Frank Lürsen umgehend zurück. »Du willst uns nicht diese riesigen Dinger in den Nacken stellen, oder? So um die zweihundert Meter hoch?«

Bert schüttelte den Kopf. »Ökologischer geht es doch nicht. Wieso bist du jetzt plötzlich so angefressen?«

»Ich habe auch meine Ideen, und mir wären da Solarzellen auf den Dächern wesentlich angenehmer.« Frank wurde lauter. »In meiner Vorstellung entwickelt sich Bislich-Büschken zum Storchendorf.«

Stefan verstand nicht, wo das Problem lag, das Frank so aufbrachte. Frank erklärte.

»Ganz einfach, die Störche brauchen Wiesen für das Futter und ungestörte Nistplätze. Nicht Windräder, die Vögel zerschreddern. Und darin sollten wir investieren. Jeder kriegt seine Solarzellen, wir versorgen uns bei Engpässen gegenseitig. Auf den hohen Dächern und den Wiesen rundum sorgen wir für genügend Horste, damit sie sich hier noch weiter ansiedeln. Wir haben schon mehr Störche als je zuvor. Bislich hat eine Storchen-Cam über dem Nest neben der Pfarrkirche, ich schaue täglich, was der Nachwuchs macht. Bald kommt Büschken dazu, und das Geklapper der Vögel wird im Frühjahr über den Dächern erschallen.«

Wie bestellt stieg ein Storch von den Rheinwiesen auf und schwang sich hoch, um Büschken von oben zu betrachten. Ein herrliches Bild in dieser grünen Landschaft. Frank Lürsen hielt andächtig inne, als das Trio dem davonfliegenden Vogel nachschaute. Dann sprach er weiter.

»Windräder würden ihren Flug stören, und ob sie in der Nähe noch nisten, ist ungewiss. Nein, wenn wir schon einen Topf für ökologische Zwecke füllen, dann ohne Betonfundamente, Röhren und sirrende Technik. Hier bei uns gibt es Natur pur, die es zu bewahren gilt. Aus den Weiden könnten Wildblumenwiesen werden, und im Sommer kommen die Leute nicht nur her, um mit der ›Keer Tröch‹ die Flussseite zu wechseln, sondern auch, um die Störche zu beobachten, die hier zuhauf ihre Brut aufziehen. Dafür sind wir schon berühmt geworden. Und wo sie einmal heimisch sind, da können unsere Enkel sie auch noch bestaunen und davon leben. Das Zauberwort heißt sanfter Tourismus.«

Frank Lürsen blickte seine Kumpane verklärt an. Stefan schien nicht überzeugt, setzte zur Erwiderung an, kam nicht dazu. Die Aufmerksamkeit der Männer richtete sich plötzlich auf Lürsens Haus. Merle erschien hinter dem Gartenzaun, grell geschminkt, mit einer zipfeligen Hochfrisur, bekleidet mit bauchfreiem Top und einem Hauch Jeans, arschkurz abgeschnitten mit fransigen Schnittkanten.

Stefan starrte über die Straße. »Die sieht ja heiß aus. Wenn das meine wäre, dann hätte die nichts zu lachen.«

Merle setzte zum ungenierten Dialog mit ihrem Vater an, laut und mit bettelndem Unterton. »Papa, was ist nun, kann ich zur Fete?«

Der sonst so pädagogisch bedachte Vater des Kindes lief rot

an und tat, was ihm keiner zugetraut hätte. Der leise, besonnene Mann, der die Wildvögel in seinem Garten nicht erschrecken wollte, den man allenfalls nachdrücklich-sanft mit seinen Familienmitgliedern erlebte, der umsichtige Weltverbesserer, er stand auf, deutete über die Straße hinweg in Richtung seiner Tochter und schrie aus voller Kehle:

»Ich habe dir verboten, auf diese Feier zu gehen, und ich will jetzt nichts mehr von dir hören. Setz dich hin und lerne Englisch. Du schreibst morgen eine Arbeit und bist in der Schule stinkfaul. Und wisch dir die Farbe aus dem Gesicht, du siehst billig aus. Das Zeug ist bestimmt nicht einmal hautfreundlich. Jetzt hüte dich, kein Ton, ich will nichts mehr von dir hören. Sieh zu, dass du reingehst, und zwar zügig!«

Merle verschwand, aus ihrem Gegrummel war etwas wie »… rutsch doch auf deinen Öko-Latschen aus« zu hören. Frank fiel schwer, es zu ignorieren. Die anderen Männer starrten ihn an.

Bert applaudierte. »Du hast es endlich kapiert. Klare Ansagen, die keinen Widerspruch zulassen, nur so spuren die in dem Alter. Aber jetzt mal Klartext, du …«

Weiter kam er nicht, es bahnte sich die nächste, unangenehme Begegnung mit dem Schnösel aus der Großstadt an. Kunstmann stand offenbar äußerst aufgebracht in seiner Einfahrt, Blutdruck und Lautstärke schienen stark erhöht.

»Kann man hier denn nie seine Ruhe haben? Sie haben schon die letzte Nacht zum Tag gemacht, den Vormittag lang durchgesoffen. Jetzt machen Sie weiter, und der frühe Nachmittag wird ebenso unerträglich. Wenn das nicht sofort ein Ende hat, dann werde ich das machen, was ich schon in der Nacht machen wollte, ich werde die Polizei rufen!«

Bert Schreiber stand auf und baute sich in vollem Umfang mitten auf der Straße auf. Sein Kontrahent lief ihm mutig entgegen, sie trafen sich am Mittelstreifen.

»Jetzt ist aber gut, die Mittagszeit ist vorbei, und wenn du die Bullen rufst, dann wirst du die Lachnummer abgeben, das kannst du mir glauben. Was regst du dich auf?«

»Erlauben Sie mal, wir sind nicht beim Du. Und die können

dann auch gleich Einbruch und Diebstahl im letzten Haus Ihrer Reihe aufnehmen.«

Bert Schreiber ging noch einen weiteren Schritt auf ihn zu, bedrohlich, aufgeplustert, die Hände zu Fäusten geballt. Kunstmann stolperte rückwärts, sie ließen sich nicht aus den Augen, Bert folgte ihm. Kunstmanns Füße erreichten den heimischen Boden, seine Scholle, er überschritt den dünnen Randstein, der seine Einfahrt vom Bürgersteig trennte.

»Keinen Schritt weiter, das werte ich sonst als Hausfriedensbruch.«

So standen sie sich schnaufend gegenüber, die beiden Nachbarn, zwei Hähne im Dorf. Ein Hahn zu viel für diese Straße.

Arndt Kunstmann holte zum letzten, entscheidenden verbalen Schlag aus. »Und vielleicht waren es ja nicht nur Einbruch und Diebstahl, vielleicht steckt noch was ganz anderes dahinter.«

»Was willst du damit sagen, du intellektuelles Kunstei?«

Die Köpfe der Männer stießen fast aneinander, bei der Nähe mussten sie den Atem des anderen spüren.

»Das nehmen Sie zurück!«

»Nein. Also, was sollen wir angeblich noch getan haben?«

»Ich sage nichts mehr. Nur eins noch. Wo ist denn der Mann aus dem letzten Haus in Ihrer Reihe? Der säuft doch bei allen Gelegenheiten an vorderster Front mit. Und die Frau? Die hört man bei Feiern bis hinauf ins nächste Dorf nach Bislich schnattern und kichern. Plötzlich beide nicht da? Das Dorf feiert ohne seine Hauptakteure, wie merkwürdig.«

Bert Schreiber konnte sich kaum noch bremsen, sah aus dem Augenwinkel, dass Kunstmann sein Handy in der Hand hielt, bereit, die Tasten zu berühren. Frank Lürsens schlichtende Worte erreichten ihn langsam.

»Komm, lass den doch reden, der zeigt dich wirklich an. Lass den Kleinkram, wir haben Größeres vor.«

Bert Schreiber zog sich Schritt für Schritt zurück, deutete mit dem Zeigefinger drohend in Kunstmanns Richtung. »Noch ein Wort von dir, du blasse Pappnase, dann vergesse ich mich. Und das kann übel werden, das verspreche ich dir.«

Erst als er die andere Straßenseite erreicht hatte, setzte Arndt Kunstmann nach. »Es ist alles auf meiner Überwachungsdatei. Auch diese kleine Episode von gerade, alles gefilmt, als Beweis für Ihr liederliches Benehmen.«

Frank und Stefan mussten Bert festhalten, der sofort wieder über den Asphalt stürmen wollte. Kunstmann zog sich mit geschwellter Brust zurück. Die Männer lösten ihre Hände von Berts Oberarmen. Der zitterte, und seine Stimme bebte.

»Dieser Scheißer soll mir bloß nicht unter die Finger kommen. Erst kassieren wir unsere Millionen, dann lösen wir das Problem mit dem da. So läuft das.«

***

Nachdem Burmeester Yasmin wieder daheim abgesetzt hatte, mit dem riesigen Strauß roter Rosen und einem strahlenden Lächeln, war er zurück nach Bislich-Büschken gefahren. Nur beiläufig nahm er wahr, wie die Männer der Straße wieder zusammenhockten, begab sich auf direktem Weg in sein Appartement und legte sich auf sein Bett. Er schloss die Augen, um sie Sekunden später wieder schreckhaft aufzureißen.

Burmeester fühlte sich matt und aufgedreht zugleich. Er schwankte zwischen Glück und Verzweiflung. Was hatte er getan? Offensichtlich hatte er sein rationales Denken völlig ausgeschaltet und zum ersten Mal in seinem Leben seinen Gefühlen völlig freien Lauf gelassen. Erst jetzt wurde ihm bewusst, was ihn dazu gebracht hatte. Es war die althergebrachte, völlig verstaubte, konventionelle Ansicht, mit Geld lasse sich die Zukunft neben einer geliebten Frau in sorglose Bahnen lenken. Krass.

Vorgestern hätte er jedem einen deutlichen Vogel gezeigt, der ihm solch eine Denkweise prophezeit hätte. Was war geschehen? Hatte die Aussicht auf eine unvorstellbar große Menge Geld sein Bewusstsein schon nach wenigen Stunden verändert?

Es war ihm egal gewesen, wie hoch die Rechnung im Restaurant ausfiel, das gönnerhafte Trinkgeld konnte sich sehen lassen. Sein alter Polo, den lediglich das Können ambitionierter Bastler einer markenunabhängigen Werkstatt auf der Straße hielt, war ihm plötzlich alles, was ein »zu« vor der Beschreibung hatte: zu alt, zu verrostet, zu klein.

Zurück in Bislich-Büschken rumorte es nun weiter in seinem Kopf. Dieses Dorf war unglaublich eng, er lebte in einem winzigen Appartement, die Wände schienen ihn zu erdrücken, rückten näher denn je. Das Sein bestimmt das Bewusstsein. Burmeester lag reglos auf seinem Bett und starrte auf die Schräge über ihm.

Der Tumult auf der Straße, der durch das geöffnete Fenster zu ihm drang, störte ihn nicht weiter, Frank hatte mal wieder Ärger mit seiner Teenie-Tochter, die nicht davor zurückschreckte, die Kontroversen mit ihren Eltern öffentlich auszutragen, dann schien Bert sich mit dem angeberischen Filmemacher zu fetzen. Sollten sie doch. Irgendwer würde im richtigen Moment die Polizei rufen, es ging ihn nichts an.

Er war reich und hatte Yasmin einen Heiratsantrag gemacht. Die schöne Frau hatte anders reagiert als erwartet. Sie war ihm nicht mit Freudentränen um den Hals gefallen. Nein. Sie hatte ihn in alter Tradition zwecks Brautwerbung zu ihrem Vater geschickt. Nein, so war das nicht richtig wiedergegeben, sie hatte ihm vielmehr gesagt, er müsse einen Vermittler bestimmen, der vorsprechen solle, um das Familienoberhaupt zu überzeugen. Wie genau das vor sich gehen sollte, das hatte er, zu verdutzt über den traditionellen Wunsch seiner Traumfrau, nicht weiter erfragt.

Kusshände werfend war sie nach dem Essen mit den Rosen in ihrer Wohnung verschwunden, das Kaffeetrinken mit den Cousinen fand regelmäßig statt, und sie war an der Reihe, diesen Nachmittag auszurichten. Burmeester schreckte hoch. Würden bei dieser Gelegenheit sämtliche über den Niederrhein und das halbe Ruhrgebiet verteilten Familienstränge der Ögülsans von seinem Antrag erfahren?

Er sah das überfüllte Wohnzimmer von Yasmin, die vielen Frauen, wie sie zunächst flüsternd die Köpfe zusammensteckten und im nächsten Augenblick hell auflachten. Yasmin würde heiraten, es galt, eine Hochzeit auszurichten. Ihr Zukünftiger musste einen Vermittler zu ihrem Papa senden. Was musste dieser Mann vorbringen?

Burmeester lief der Schweiß aus allen Poren. Er wusste nicht, ob die aufgestaute Wärme seiner primitiven Behausung unter dem schlecht isolierten Dach ihn übermäßig transpirieren ließ oder die Aufregung über die unerwartete Hürde, die er überwinden musste. Er brauchte Klarheit.

Schon hatte er sein Smartphone in der Hand, bereit, das Sakrileg zu begehen, mit wenigen Klicks als Mann eine Cousinenrunde zu stören.

Yasmin nahm das Gespräch ausgesprochen schnell an, ihre Stimme säuselte klar und laut. »Ja, Liebster, was ist?«

Im Hintergrund hörte er eine unergründliche Anzahl Frauenstimmen, die immer leiser wurden und plötzlich verstummten. Hoffentlich hat sie nicht den Lautsprecher eingeschaltet, dachte er noch.

»Äh, stör ich?«

»Nein, Liebster, du störst mich nie.«

Die Stille im Hintergrund irritierte ihn, zwanzig Frauen und keine einzige sagte einen Pieps.

»Ich glaube, ich melde mich nachher noch einmal.«

»Nein, nein, hier ist alles in Ordnung. Was ist denn?«

Es sprudelte aus ihm heraus. »Ich wollte nur nachfragen, wie das alles vor sich gehen soll oder muss. Ich meine, wenn ich jemanden finde, der zu deinem Vater geht, was soll der sagen oder machen? Muss er etwas mitbringen? Yasmin, hilf mir, ich habe keine Ahnung, wie ich das hinkriegen soll.«

Ganz leise, ein Rascheln, Burmeester horchte auf. Es wurde unruhig im Hintergrund.

»Hast du etwa den Lautsprecher an?«

»Hm.«

»Yasmin!«

Die Frauen im Hintergrund meldeten sich zu Wort.

»He, reg dich nicht auf. Unsere Kerle und ihre Väter wissen, wie die Werbung abläuft. Kann man alles schaffen.«

»Ja, das ist alte Tradition, und die ist von Region zu Region unterschiedlich.«

»Aber insgesamt ist alles ganz einfach.«

Viele Frauenstimmen sprachen durcheinander, einzelne setzten sich durch, darunter hörte Burmeester Yasmins Stimme heraus.

»Schreib mit, wenn du kannst. Das ist Familienthema, du brauchst dich nicht genieren.«

Schon rollte er sich aus dem Bett und griff nach Kugelschreiber und Notizblock, bemühte sich, alles festzuhalten, was ihm die munteren Frauen mitteilten, blätterte emsig die Seiten um, schrieb und schrieb. Nach ewig langer Zeit beendete er das Gespräch unter dem johlenden Beifall der Cousinen.

Er sichtete seine Notizen, lauter einzelne Begriffe, die er schon jetzt kaum noch zu deuten wusste, manche widersprüchlich, manche exotisch, und fasste einen Entschluss. Mit feuchten Fingern tippte er die Nummer vom K1. Gero von Aha meldete sich.

»Gero?«

»Klar, einen anderen von Aha habt ihr nicht.«

»Sollen wir uns am Abend auf ein Bier treffen?«

»Schon recht, ich habe nichts anderes vor. Liegt was Besonderes an?«

»Du musst mir helfen.«

»He, Alter, das klingt nicht gut. Was ist los?«

»Erzähl ich dir nachher am Kornmarkt. Um acht im Fasskeller, okay?«

»Na gut. Gib mir ein Stichwort, damit ich vorbereitet bin.«

»Ich, äh, ich brauche einen Emissär.«

»Was brauchst du? Ein Mittel gegen Sonnenstich? Ist doch gar nicht so heiß heute.«

»Erkläre ich dir alles, sag einfach Ja.«

»Solange ich dich dann nicht heiraten muss, ja.«

»Gut.«

***

Johanna Krafft hörte das Geräusch als Erste. Metall auf Metall, dröhnend, wohl durch einen großen Resonanzboden. Sie rüttelte Henner aus seiner Schlummerstunde am Nachmittag.

»Hörst du das da draußen?«

»Was denn?«

Wieder schallte es in kurzen Abständen von der Straße her bis hinein in ihre gute Stube. Henner befreite sich von der dünnen Decke und setzte sich auf.

»Das kommt anscheinend von gegenüber. Ob Paul doch daheim ist?«

»Selbst wenn er zu Hause wäre, es ist Sonntag, da wird doch nicht laut gewerkelt.«

Johanna begab sich zu dem kleinen Fenster in der Diele, ihrem Beobachtungsposten, wie Henner diese Stelle ironisch betitelte. Gegenüber sah sie drei Männer in der Einfahrt von Paul Aengenholt. Frank, Stefan und Bert, der ein Werkzeug in der Hand hielt, eine Art Hebel. Gemeinsam blickten sie in Richtung Garage. Von den Aengenholts war niemand zu sehen.

»Komm mal her, das ist merkwürdig.«

Henner schlurfte in die Diele. »Ach, Johanna, musst du wieder die Straße überwachen?«

»Was du immer hast. Nein, schau mal, die Männer stehen drüben in Pauls Einfahrt, nur ist er nicht zu sehen. Und, da, jetzt geht der Bert zur Garage.«

»Wie kommst du darauf? Die kannst du von hier aus nicht sehen.«

Da war das Geräusch wieder. Johanna erhob ihren Zeigefinger. »Ein großer Resonanzboden, das ist ein Garagentor. Bert versucht, das Tor aufzuhebeln, der hatte so ein gebogenes Werkzeug in der Hand, das haben wir auch im Keller. Du hast damit die Nägel aus den kaputten Latten von unserem Zaun entfernt.«

»Einen Kuhfuß, bist du sicher?«

Johanna schaute ihn zweifelnd an. »Jetzt erinnere ich mich. Ich glaube, es ist ein Brecheisen.«

»Das ist ein und dasselbe.«

»Ob wir uns einmischen müssen?« Johanna verließ ihren Posten und ging zur Wohnungstür, öffnete sie lautlos und spähte hinaus. Von dort war die komplette Einfahrt des Nachbarn einzusehen. Sie zog sich kurz zurück und flüsterte: »Sie machen sich tatsächlich an der Garage zu schaffen.«

Bert, der Kräftigste der drei, legte sich mächtig ins Zeug, mit einem großen Knall gab das Schloss nach, gemeinsam schoben die Männer das Tor in die Höhe.

Henner wollte nicht selbst schauen, war jedoch neugierig. »Nun sag schon, was siehst du?«

»Die starren in die Garage. Sie ist leer.«

»Du meinst, Paul ist weggefahren?«

Bevor sie antworten konnte, hörten beide, wie die Nachbarn in Wallung gerieten. Johanna hatte Stefan nicht zugetraut, dass er so derbe Flüche kannte.

Frank beschwichtigte. »Mensch, das kann doch einen ganz einfachen Grund haben. Vielleicht ist er schon am Freitag in ein Wochenende gefahren und weiß noch gar nichts von unserem Glück. Jaja, die Blumen, die Zeitung, immer ist er besorgt und ordentlich, hör doch auf. Der kann seine Barbara spontan ins Auto gesetzt haben, und ab ging es ans Meer.«

Stefan reagierte aufgebracht. »Nein, nein, nein, das Schwein ist abgehauen. Mit dem Schein und dem Geld.«

Bert betrachtete den Kuhfuß in seiner Hand. »Wenn wir schon mal hier sind, dann können wir auch gleich die Verbindungstür zum Haus aufbrechen und drinnen nachgucken.«

Frank baute sich vor ihm auf.

Stefan lachte verächtlich. »Du bedrohliche Reiswaffel, geh zur Seite. Ich will Klarheit, und zwar jetzt.«

Frank blieb standhaft vor der Verbindungstür stehen. »Moment, wie sollen wir das rechtfertigen? Kaputtes Garagenschloss und aufgebrochene Tür, das ist Einbruch.«

»Ich sorge nachher dafür, dass die Garage wieder geschlossen wird, und ich lege einen Zettel auf den Küchentisch und schreibe auf, dass wir dachten, es sei etwas geschehen.« Bert schob Frank brüsk zur Seite und machte sich an der Tür zum Haus zu schaffen. »Ihr seid doch meiner Meinung, dass wir nachschauen müssen, weil wir uns Sorgen um die beiden machen, oder?«

Frank wehrte sich. »Wir brauchen nicht im Haus nachzuschauen, weil die Garage leer ist. Kommt, wir gehen und warten geduldig. Der wird schon wieder auftauchen, der muss doch morgen zur Arbeit wie alle anderen auch.«

Schon hatte Bert das Brecheisen unter das Türblatt gestemmt.

Johanna und Henner fuhren vor Schreck zusammen, eine donnernde Stimme erhob sich ganz in ihrer Nähe. Der menschenscheue Nachbar Kunstmann stand vor Aufregung bebend in Höhe ihrer Einfahrt auf dem Bürgersteig und brüllte über die Straße.

»Harmlose Nachbarn, jaja. Jetzt habe ich Sie auf frischer Tat ertappt! Ist das immer noch so legal, wie Sie mir vorhin weismachen wollten?«

Bert ließ von dem Werkzeug ab und rannte, so schnell es sein Körpergewicht zuließ, auf den meckernden Mann zu.

Johanna streckte sich, wies zur Straße, und Henner verstand ihre Botschaft. Ohne Worte sagte sie, ich muss dahin und schlichten, das geht sonst nicht gut aus. Henner ließ sie vorbei, schloss jedoch dicht hinter ihr auf. Man wusste ja nie, wozu diese Frau fähig war.

Bert Schreiber stand Arndt Kunstmann noch dichter vor der Nase als wenige Stunden zuvor. »Pack dir an den eigenen Hintern, das hier geht dich überhaupt nichts an, das ist unsere Sache, verstehst du?«

Kunstmann ließ nicht etwa locker. Bevor Johanna ihn erreichte, setzte er nach.

»Sie siezen mich gefälligst und halten einen anständigen Abstand ein. Und dann lassen Sie von Ihren geldgierigen Plänen ab. Ich habe jetzt genug Material zusammen, wir werden gemeinsam ab sofort auf Verhandlungsmodus umschalten.«

»Warum sollte ich das machen, du Großkotz.«

»Weil ich Sie, Sie alle, sonst anzeigen werde, darum.«

Bert erhob die Faust, Johanna sah es in seinen Augen glitzern.

»Männer, was soll das! Bitte benehmt euch zivilisiert. Damit meine ich auch Sie, Herr Kunstmann. Und in Anwesenheit einer alten Frau wird sich schon gar nicht geprügelt. Bert, weiß Isolde, was du hier gerade treibst?«

Es gab einfache Sätze, die immer wieder wirkten. Johanna schaffte es durch ihre Präsenz, klein, schmächtig, mit resoluter Miene, Distanz zwischen die Kampfhähne zu bringen.

Sie wies auf die Männer in der Einfahrt. »Ihr schließt sofort die Garage. Wir alle werden Paul berichten, dass ihr drei für den Schaden aufkommt.«

Betretene Blicke zu Boden.

»Und Sie, Herr Kunstmann, lassen sich nicht auf diese Kindereien ein und gehen wieder nach Hause. Es ist besser so, glauben Sie mir.«

»Aber die drei haben –«

»Die haben zu viel getrunken, sind seit gestern im Tran, werden übermütig und unvernünftig wie kleine Jungs. Das Garagentor wird sich wieder richten lassen. Hauptsache, alle Beteiligten bleiben friedlich. Mein Henner kann zur Not Krav Maga, das hat er in Israel bei Ausbildern der ersten Stunde gelernt, der schreitet zur Klärung körperlich ein, wenn es sein muss. Also, meine Herren, bitte.«

Sie blieb einfach mit verschränkten Armen zwischen den aufgebrachten Nachbarn stehen, sah im Augenwinkel Henners fragenden Blick, ignorierte ihn, wartete wortlos. Sie schaute mit strengem Ausdruck von einem zum anderen. Die Männer setzten sich in Bewegung, widerwillig, wie es schien. Dieser Konflikt war nicht geklärt, er war nur beruhigt und aufgeschoben, das wusste sie.

Kunstmann schlurfte auf der linken Straßenseite zurück, die drei anderen begaben sich auf dem anderen Gehweg zu Bert Schreiber. Johanna verharrte regungslos.

Henner stand hinter ihr, sah den Männern nach und flüsterte ihr ins Ohr: »Ich habe also in Israel Krav Maga gelernt. Woher nimmst du die Dreistigkeit für solche Lügen?«

»Ich wollte nur etwas Imposantes in den Köpfen verankern, was sie abkühlen lässt. Hat doch prima funktioniert.« Johanna nickte zufrieden.

»Hast du mitgekriegt, was hier abläuft? Der Kunstmann versucht, die Männer zu erpressen, weil er etwas von dem großen Glück abkriegen will. Der sammelt Material gegen uns. Ich hätte ihm glatt etwas von meinem Anteil geschenkt, aus lauter nachbarschaftlichem Mitgefühl. Aber so? Nie und nimmer. Komm, lass uns reingehen, ich muss telefonieren.«

***

»Karin, hör mal, du musst hier was unternehmen.«

»Mutter, was ist los? Vielleicht erklärst du mir erst einmal, worum es geht? Und gut, dass ich dich in der Leitung habe, ich wollte dir den ganzen Morgen schon etwas zu deinem Vorhaben –«

»Du musst hier als Hauptkommissarin einschreiten, sonst wird etwas Schlimmes geschehen.«

»Ich bin zuständig für Mord und Totschlag. Wurde jemand bedroht oder verletzt? Dann ruf doch bitte in der Leitstelle an, die schicken einen Wagen. Mutter, ich muss –«

»Aber Karin, hier geht es eher um die Vereitelung einer Straftat. Drei Männer von der Straße wollen einem anderen an den Kragen, weil der immer nur herumstänkert. Wenn man genau hinsieht, könnte es dafür einen triftigen Grund geben.«

»Mutter, hörst du mir bitte mal eben zu? Ich möchte mit dem Geld nichts –«

»Genau, um das Geld geht es. Der Paul Aengenholt hat den Spielschein, ist aber das ganze Wochenende lang nicht in Erscheinung getreten. Bert, Frank und Stefan haben seine Garage aufgehebelt, um in das Haus zu gelangen. Die wollten angeblich nachschauen, ob Paul etwas passiert ist, aber die suchen den Lottoschein. Pauls Wagen steht nicht in der Garage, also ist er weg. Und dann kam Kunstmann und wollte an dem Gewinn beteiligt werden, weil er sonst die Polizei einschaltet. Fast wäre es zu einer Schlägerei zwischen Bert Schreiber und ihm gekommen.«

»Da passiert genau das, was ich befürchtet habe. Geld verdirbt den Charakter. Wie gesagt, was bei dir gerade geschieht, fällt nicht in mein Ressort. Ist Burmeester zu Hause? Kann der nicht mal eben einen respektablen Auftritt hinlegen?«

»Ach, der hat doch mitgesoffen und schläft, der hätte das Geschrei sonst gehört. Du musst mit den Männern reden.«

»Wenn es dich beruhigt, komme ich morgen am Vormittag eben vorbei und statte allen einen offiziellen Besuch ab, um die Lage einzuschätzen.«

»Das wäre prima, ich danke dir. Und übrigens, wenn du selber das Geld nicht annehmen möchtest, dann schenke ich es Maarten und den Kindern. Es wird schon bei dir ankommen. Reichtum verdreht nicht allen das Gemüt, Karin, man kann auch ganz normal bleiben. Trotz eines prall gefüllten Kontos.«

Johanna verabschiedete sich, ohne Karin eine Chance auf Erwiderung zu lassen, und lächelte. Ihre Tochter würde sich schon an den Gedanken gewöhnen, dass ihr Leben in Zukunft mit einem Sahnehäubchen gekrönt wäre.

***

Zeit für den Abendspaziergang. Maria Steinbrink hatte den ungewollten Ausflug des Zwergschweins nicht registriert und schalt ihre Söhne Tiez und Köbes, wenigstens einmal an diesem Tag mit dem Tier eine Runde zu laufen. Es täte dem Vierbeiner ebenso gut wie ihnen beiden.

»Ihr kriegt sonst allesamt Übergewicht. Los, nehmt das Tier und lauft einmal durch Büschken oder zum Rheinufer runter, ich will keine Ausrede mehr hören, Abmarsch.«

Tiez hielt Herta fest, und Köbes legte ihr das Geschirr für die Leine um. Missmutig verließen sie die Einfahrt. Schließlich konnten sie unmöglich zugeben, dass das kleine, eigensinnige Tier sie den halben Nachmittag auf Trab gehalten hatte. Jeder konnte ihnen ansehen, wie ihre aktuelle Stimmung war.

Aus Schreibers Einfahrt hörten sie Musik, blickten sofort auf und beschleunigten ihre Schritte. »Sie feiern schon wieder.«

»Aber wir können nicht mitmachen, Köbes, wir müssen Herta

ausführen und früh ins Bett, weil wir morgen in die Werkstatt müssen.«

»Arbeiten, genau.«

Mit gesenktem Kopf näherten sie sich der Einfahrt, sahen die Männer mit Bierdosen und Flasche in den Händen auf dem Bürgersteig stehen. Mit schrägen Tönen sangen sie bei einem Lied mit, das aus Berts alter transportabler Anlage über die Straße schallte. Stefan hielt sein Smartphone den anderen zur Ansicht hin, offenbar mussten die drei den Text ablesen.

»Wenn ich einmal reich wär, oi je wi di wi …«

Sie hielten ihre Getränke hoch und wiegten sich fast im Takt.

»… alle Tage wär ich wi di bum, wäre ich ein reicher Mann!«

Tiez und Köbes stoppten und beäugten die Szene, während die Männer versuchten, sich an den Text und auf den Beinen zu halten.

»Brauchte nicht zur Arbeit, oi je wi di wi di wi di wi di wi di wi di bum, wäre ich ein reicher wi di wam.«

Köbes überlegte angestrengt. »Das kennen wir, das ist ein Lied aus einem Musical. Das hat sich im Theater schöner angehört. Tiez, warum singen die das hier?«

»Ich glaube, die wollen den Nachbarn da drüben ärgern.«

»Mit schlechtem Gesang?«

Zwergschwein Herta zog an der Leine.

»Warte, Herta, wir wollen sehen, was hier passiert.«

»… ein Spektakel weit und breit! Und jeder hört: Hier wohnt ein reicher Mann.«

Die Tür neben Kunstmanns Garage glitt auf, er kam zum Vorschein, hielt einen Gartenschlauch in der Hand, offensichtlich bereit, den Vorgarten zu gießen. Die Sängerknaben von der Himmelsstiege ließen nicht locker.

»… beladen mit Geschmeide und aufgedonnert wie ein Pfau …«

Kunstmann drehte sich zur Seite und das Ventil auf, schoss aus der Hüfte, und ein kühler Regen traf die musikalischen Nachbarn. Bevor sie reagieren konnten, war Kunstmann wieder hinter seiner Tür verschwunden.

Aus der Sangeslaune wurde blanke Wut. Köbes, Tiez und ihre Herta machten, dass sie an den Männern vorbeikamen.

»Du alter Wichser, wir machen dich fertig!«

Köbes schmunzelte. »Gut, dass Mama das nicht hört, sie würde schimpfen, wenn wir uns so benähmen.«

Bert überschlug sich fast. »Du wirst hier nicht mehr glücklich, glaube mir, und lass dein Auto ja nicht auf der Straße stehen! Und wehe, wenn ich dir im Dunkeln begegne, geh bloß nicht mehr aus dem Haus, wenn es dunkel ist!«

Immer weiter liefen die Zwillinge mit ihrem Haustier. Und während sich die Männer in Rage schrien, öffneten sich in der kleinen Straße einige Fenster und Türen, um nachzuschauen, was da schon wieder los war. Im wütenden, hasserfüllten Geschrei ging der Text des Sängers fast unter.

»… Herr, du schufst den Löwen und das Lamm, sag, warum ich zu den Lämmern kam? Wär es wirklich gegen deinen Plan, wenn ich wär ein reicher Mann?«

Bert Schreiber setzte mit inzwischen heiserer Stimme zum letzten Statement an. »Deine Schale knack ich noch, du verfaultes Kunstei!«

Köbes konnte nicht fassen, was er gerade gehört hatte. »Was meinst du, ist der Bert so böse wegen dem bisschen Wasser? Dann müssen wir in Zukunft aufpassen, wenn wir den Garten gießen.«

»Nein, die mögen sich nicht. Ich glaube, das hat mit dem Geld zu tun. Der Herr Kunstmann hat nichts gewonnen.«

»Und warum ist Bert so sauer auf ihn?«

»Weiß ich auch nicht.«

Herta bog freiwillig in Richtung Wald ab, die beiden Männer folgten ihr.

»So böse ist der Bert noch nie gewesen.«

»Dabei ist es so einfach. Wir fragen die Mama, ob wir dem Herrn Kunstmann ein wenig abgeben dürfen, dann sind wieder alle gleich und müssen sich nicht …«

»… allemachen.«

***

»Hallo, mein Tiger.«

»Na, Barbara, ich habe dich heute vermisst.«

»Oh, wie süß. Aber wir waren doch gar nicht verabredet.«

»Das weiß ich doch. Dein ganzes Dorf hat heute gefeiert, ich habe mich mit einigen der starken Männer hier angelegt, sie sind außer Rand und Band.«

»Ich dachte es mir. Deshalb rufe ich dich ja an.«

»Barbara, du wusstest, dass heute hier die Post abgeht?«

»Nein, aber es war damit zu rechnen. Sie können eben nichts für sich behalten.«

»Und warum feierst du mit deinem Gockel nicht mit? Die werden hier tagelang einen Lottogewinn begießen und machen das schamlos in eurer Abwesenheit.«

»So sind sie eben, Tiger, du kennst sie mittlerweile. Paul hätte jemandem wegen der Blumen und der Zeitung Bescheid sagen sollen, hat er bestimmt vergessen.«

Arndt Kunstmann schwieg einen Moment. »Sie sagen, dein Mann hat den Schein.«

»Ja, Tiger, er sollte ihn pünktlich vor der Samstagsziehung zur Annahmestelle bringen.«

Kunstmann richtete sich auf. Was hatte dies zu bedeuten? »Barbara, klär mich auf.«

Sie kicherte leise. Als halte sie die Hand vor das Telefon, um heimlich zu sprechen, presste sie die nächsten Worte hervor. »Er hat es vergessen. Regelrecht verpennt.«

Kunstmann sprang auf, nach ein paar Sekunden wurde er von hysterischem Lachen geschüttelt, bis er nach Atem ringen musste. Er sackte zusammen, Tränen rannen über seine Wangen.

»Tiger? Alles in Ordnung?«

»Das ist eine Farce, daraus könnte ich eine schwarze Komödie drehen. Hier tanzt der Mob auf den Tischen und feiert etwas, das es nie geben wird. Seit der Ziehung der Lottozahlen jonglieren sie hier mit möglichen Millionen, planen, geben Geld aus, das nie auf ihren Konten landen wird.«

Barbara Aengenholt antwortete nicht.

Arndt Kunstmann wurde seltsam still. »Was wolltest du mir

mitteilen? Barbara, mach schnell, ich glaube, ich werde mich gleich in Whisky einlegen.«

Jetzt lachte sie auf, konnte sich kaum bremsen, schien sich die Hand vor den Mund zu halten. Sie gluckste, es dauerte, bis sie wieder sprechen konnte. »Stell dir vor, Tiger, er hat den Schein vergessen. Aber ich nicht. Ich habe ihn pünktlich abgegeben. Was er nicht weiß.«

»Da hat dein Mann ein großes Problem. Ist er deshalb nicht zu sprechen? Wo ist er eigentlich, verbirgt er sich im Haus?«

»Tiger, du hörst mir nicht zu.«

»Doch, doch. Da wird viel Geld in den nächsten Jackpot fließen, und man wird deinen Mann teeren und federn, wenn er hier wieder auftaucht. Es sei denn, er kann den Schein vorweisen. Aber das wird ihm nicht gelingen.«

»Tiger, versteh doch endlich, ich halte den riesenreichen Schein in Händen, weil ich ihn abgegeben habe.«

»Was hast du gesagt?«

»Ich halte die Chance auf sechzig Millionen Euro in Händen.«

»Aber Lämmchen, du hast –«

Barbara konnte nicht anders, heulte, jubelte ins Telefon. Beschränkte sich umgehend wieder. Eine brüchige Stimme im Hintergrund rief nach ihr.

Sie antwortete laut: »Nichts, Mutter, alles ist in Ordnung. Ich telefoniere.« Dann wieder leise. »Jetzt hast du mich verstanden. Ich rücke den Schein nicht heraus. Dein Lämmchen ist vergoldet und hat an jeder Locke einen dicken Brilli hängen.«

»Und das sagst du mir, weil …?«

»Ich habe mir überlegt, mit wem ich das alles teilen möchte.«

Arndt Kunstmann musste sich setzen. »Du willst es nicht mit dem Dorf …«

Ihre Stimme hüpfte, sie schien sich tänzelnd zu bewegen. »… sondern mit meinem Tiger teilen.«

»Bist du dir sicher?«

»Aber Tiger, natürlich. Wir müssen sehr vorsichtig sein, damit niemand etwas merkt. Ich habe auch schon Pläne. Darüber reden wir aber in den nächsten Tagen, okay?«

Er hasste dieses »Okay«, diesen Amerikanismus, sie zog es lang wie Kaugummi, er mochte es nicht hören, verzog das Gesicht, sparte jedoch, anders als sonst, mit Kritik.

»Lämmchen! Von mir erfährt niemand etwas.«

»Dann sei im Dorf so muffelig wie immer, was anderes würde dich verdächtig machen.«

»Ich werde ungenießbar sein, das kann ich, das weißt du. Ich habe mich sowieso schon mit allen Männern der Stiege angelegt. Lämmchen, du bist meine Königin, meine Muse.«

»Ich weiß, im Bett und anderswo. Und jetzt bin ich eine superreiche Wuchtbrumme, die mit ihrem Tiger den Rest des Lebens teilen will.«

Was? Was hatte sie vor? Arndt Kunstmann fiel für einen Moment in ein tiefes Loch. Er brauchte Geld. Aber brauchte er für den Rest seines Lebens diese »Wuchtbrumme«? Schnell schwenkte er um. Es würde für alles eine Lösung geben. Später.

»Das wird gut, glaube mir, Lämmchen, das wird … phantastisch«, log er.

Barbara flüsterte: »Ich muss aufhören, sie wird schon ungeduldig. Du weißt nicht, dass ich momentan mein ehemaliges Kinderzimmer in Mutters Wohnung in Moers bezogen habe, verstanden?«

»Versprochen.«

»Schlaf gut, Tiger.«

»Träum schön, Lämmchen.«

Mit zitternden Händen legte er das Telefon zur Seite, schüttelte den Kopf. Das konnte nicht wahr sein. Diese bescheidene, einfache, liebesbedürftige Frau, mit der er regelmäßig ein Schäferstündchen verbrachte, um seine Hormone auf Vordermann zu halten, hatte mit nahezu krimineller Energie den Entschluss gefasst, das gesamte Dorf zu betrügen und ihn daran teilhaben zu lassen. Er bräuchte diese Deppen da draußen nicht, er hielt ab sofort ein Bündel von Fäden für ein sorgloses Leben in Händen.

Ob er auf Dauer mit Lämmchen glücklich werden würde, war fraglich. Sie war so provinziell. Er gönnte sich einen dreifachen Whisky, Single Malt, pur, ohne Eis.

Arndt Kunstmann würde ihnen allen zeigen, wo der Hase langlief. Er lachte, dröhnend, aus dem Bauch heraus, bis ihm erneut die Tränen über die Wangen rannen.

Der Tiger und das Lämmchen wussten, wo der Hase langlief. Ein unschlagbares, verdammt reiches Paar.

Kein Paar, ein Duo.

***

Gero von Aha verschluckte sich an seinem ersten, langen, beherzten Schluck Bier. Was Burmeester ihm erzählte, konnte nicht wahr sein, musste ein Scherz sein, nicht witzig, aber wirkungsvoll.

»Ein Lottogewinn? Du Outlaw spielst so etwas etabliert Konservatives wie Lotto? Und gewinnst auch noch satt. Was machst du jetzt? Kündigen und auswandern, ich kann es mir schon denken.«

Burmeester schüttelte den Kopf, leerte sein Glas in einem Zug und bestellte gleich eine neue Runde.

»Ich bleibe euch erhalten. Etwas Farbe braucht das K1.«

»Und?«

»Wie, und?«

»Na, du sagtest, du brauchst mich. Soll ich dir helfen, das Geld wahlweise anzulegen oder auszugeben? Ausgeben kann ich.«

Burmeester druckste herum. »Da ist noch was. Ich, äh, also ich habe Yasmin einen Heiratsantrag gemacht.«

Gero von Aha schwankte zwischen Ungläubigkeit und Mitfreude. Irgendwas stimmte noch nicht, Burmeester wirkte eher verzweifelt als unsterblich verliebt.

»Donnerwetter, du gehst ja aufs Ganze. Glücklich siehst du aber nicht aus. Hat sie abgelehnt? Ah, ich verstehe, jetzt soll ich mit ihr reden, um alles zu einem guten Ende zu bringen. Mein Charme ist gefragt, so ist das also.«

Wieder stießen sie an, zwei Männer im intimen Gespräch unter Hunderten von ausgelassenen Gästen auf dem sommerlichen Kornmarkt, von Aha ganz nebenbei mit Seitenblicken auf die weiblichen Gäste. Seine Marlene war noch nicht von ihrer

Tante in Schleswig-Holstein zurück, da konnte er mal einen Blick wagen.

»Das kriege ich noch allein hin. Nee, zwischen uns ist alles ausgesprochen und klar. Es gibt aber noch eine entscheidende Hürde.«

Von Aha lehnte sich ungeduldig im Stuhl zurück und verschränkte die Arme vor der Brust, nicht ohne einen Blick zu einer hübschen Frau am Nebentisch zu werfen. Erfolglos. Ruckartig beugte er sich vor, sein Gesicht näherte sich Burmeester. »Jetzt pack endlich aus, Mann, oder muss ich meine speziellen Verhörmethoden anwenden?«

Burmeester bestellte das nächste Bier. Das hier war wesentlich schwerer, als er gedacht hatte. Jahrelang hatte er an der Blockade seiner Gefühlswelt gearbeitet, und nun sollte er sich an einem Tag gleich zwei Mal offenbaren. Nicht einfach.

Mit dem nächsten Schluck nahm er gleichzeitig allen Mut zusammen. »Sie hat Ja gesagt.«

»Das ist grandios.«

»Sie kann mich aber erst heiraten, wenn ihr Vater dem zustimmt.«

»Wer? Und was soll das?«

»Der muss gefragt werden und seinen Segen geben. Sie besteht auf dieser Tradition.«

Burmeester musste sich sammeln, um zu erklären, was sein Kollege für ihn machen sollte.

Von Aha wurde ungeduldig, seine Sprache verlor langsam an Klarheit. »Wieso fährst du nicht hin und erledigst das? Ich will deine Tochter heiraten, ich habe Geld und Gold, so oder ähnlich. Blumen für die Mutter, du zeigst ihr deine Verehrung. Wo ist das Problem?«

»Es ist die Aufgabe des Bräutigamvaters, die Brauteltern zu überzeugen. Besser gesagt, um die Hand ihrer Tochter anzuhalten. Ein Ritual, das unkompliziert sein kann oder so schwierig, dass der Ausgang ungewiss ist. Onkel und Großeltern reden auch mit. Jedenfalls höllisch aufregend. Wenn ich nur daran denke, überkommt mich das große Zittern. Daran komme ich nicht vorbei, nur habe ich keinen Vater. Zumindest kenne ich ihn nicht, du weißt, meine Mutter wurde während ihrer fernöstlichen Sinnsuche als junge Frau schwanger.«

Nikolas Burmeester nestelte an seinem Pullover und stierte Gero von Aha an. Der ahnte, dass etwas auf ihn zukommen würde. Was ihm Schweißperlen auf die Stirn trieb.

»Deshalb geht die Aufgabe an meinen Bruder über. Leider habe ich keinen vorzuweisen. Und sonst nur sehr alte Verwandte. Ein Freund, ein sehr guter Freund ist auch akzeptabel.«

»Jetzt meinst du nicht mich ...« Von Aha schaute sich demonstrativ um.

»Doch. Um Yasmins Hand zu bitten ist die Aufgabe meines Freundes Gero. Die erste Wahl, das bist du. Ein eloquenter Emissär, der sich in die Situation einfühlen kann. Ein weltgewandter Mann, der fremdartig wirkende Rituale respektiert.«

Bevor Gero von Aha dagegen etwas einwenden konnte, sprach Burmeester schnell weiter. »Der Vater wird sich nach meinem Lebenswandel erkundigen, nach meinem Beruf, ob ich ein guter Mann bin. Und er wird sich in blühenden Farben ausmalen lassen, wie ich Yasmin ein gutes und glückliches Leben bereite. Und erst wenn er Ja sagt, dann können wir heiraten.«

»Du brauchst einen Vermittler, der bei Papa vorspricht? Du willst mich verarschen. Oder? Nein? Alter, was ist denn los? Ist sie schwanger?«

»Nein, aber ich habe demnächst so viel Geld, ich könnte eine ganze Stadt davon gut leben lassen. Deshalb kam mir die Idee. Ich weiß doch, wie Frauen ticken, Yasmin lebt und denkt völlig modern, aber heiraten wollen sie doch alle. Und ich will genau diese Frau. Zwischen ihr und mir steht nur ...«

»... der Papa.«

Dieses Mal bestellte Gero von Aha zweimal Herrengedeck, wartete auf die Getränke und bedeutete Burmeester, das Pinnchen mit dem Hochprozentigen zu nehmen. »Es ist mir eine Ehre, dein Freund zu sein und den Papa von deinen lauteren Plänen zu überzeugen. Und jetzt trinken wir Brüderschaft.«

Ungeschickt verhakten sie die Arme, kippten das scharfe Getränk in die Kehlen und küssten sich auf die Wangen. Zwei ziemlich betrunkene Freunde lagen sich in den Armen. Burmeester bekam glasige Augen.

»Du bist mein erster wirklicher, wahrer Freund, weißt du das? Ich werde nie vergessen, was du für mich tust, hörst du? Nie werde ich das vergessen. Mein bester Freund Gero.«

Gero von Aha war sich nicht so sicher, ob sein Freund das alles am Ende nicht doch lieber vergessen würde. Weil es sein konnte, dass durch ihn als Emissär die Brautwerbung zu einem Desaster mutierte.

VIER

Es regnete. Auch das noch. Immer dieses Hin und Her mit dem Wetter. An einem Tag feierst du draußen, am nächsten brauchst du eine dicke Jacke. Mit einem dicken Schädel, der nach Aspirin und einem starken Kaffee verlangte, stand Bert Schreiber am Montagmorgen in seiner Küche und fand einen Zettel neben der Kaffeemaschine. Seit die Kinder aus dem Haus waren, gab es nur einen Adressaten für Botschaften seiner Frau, groß genug geschrieben, er brauchte weder Brille noch drei Meter Abstand, um ihn zu entziffern.

»Du benimmst dich und streitest gefälligst nicht mehr mit Herrn Kunstmann. Denk an unsere Abmachung.« Hinter jedem Satz hörte er förmlich ihre drei Ausrufezeichen.

Er drückte auf den Schalter, wenig später brummelte der Automat, brummte er sich einen Kommentar in die Bartstoppeln seines Doppelkinns. »Ist ja schon okay.«

Bevor er am Vorabend in sein Bett gefallen war, hatte sie ihm eine Predigt vom Feinsten gehalten, die längste ihres gemeinsamen Lebens. Was das für eine Aktion gewesen sei, er könne nicht einfach grobe Drohungen über die Straße brüllen, und es wäre kein Wunder, dass der Mann mit seinem Gartenschlauch darauf reagiert hätte. Wasser würde auch bissige Hunde auseinanderbringen. Primitiv sei das gewesen und peinlich, und hoffentlich habe nicht die ganze Straße mitgehört, sie müsse sich ja schämen, wenn sie vor die Tür ging. Und so war es weitergegangen, bis sie mit ihrem Bettzeug ins Wohnzimmer umgezogen war, nicht ohne ihm das Versprechen abzunehmen, dass er sich am nächsten Tag bei dem Nachbarn entschuldigen werde.

Dieser Satz hatte sich bei ihm eingeprägt, so besoffen konnte er gar nicht sein, dass er einen wichtigen Befehl seiner Frau nicht abspeicherte, auch wenn ihm von den Stunden davor das eine oder andere Detail nicht mehr in Erinnerung war. Hatte er wirklich auf Stefans Handy gestarrt, das er weit von seinem Gesicht entfernt hielt, um die kleinen Buchstaben eines Liedtextes ablesen zu können? Hatten sie zu dritt auf der Straße gestanden und gesungen? Hatten sie.

Der Kaffee floss fast lautlos in seine Schalke-Tasse, der Blick aus dem Fenster, geradewegs auf das Haus seines Kontrahenten gerichtet, ließ Isis Worte in seiner Erinnerung auflodern. Er hatte ihr versprochen, sich bei dem Schnösel, diesem intellektuellen Kunstei, pardon, bei Herrn Kunstmann, zu entschuldigen. Sie würde es ihm an der Nasenspitze ansehen, jeden Versuch, sie zu belügen, sofort erkennen. Ihm blieb nichts anderes übrig, als es wenigstens in Angriff zu nehmen. Halbherzig. Flott. Vielleicht mit anderen Worten.

Isi war zu ihrem Teilzeitjob in der Verwaltung des Kieswerks in Bislich unterwegs, zum Putzen. Er hatte jetzt drei Stunden Zeit, um drüben anzuklingeln und seinen Spruch bestenfalls vor die geschlossene Tür zu brabbeln.

Der erste lange Schluck tat gut.

Wenn er grimmig genug schauen würde, käme der Mann nicht auf die Idee, auf sein Klingeln hin zu öffnen. Vielleicht war er ja auch gar nicht daheim, schließlich wusste jeder hier, dass er zu unregelmäßigen Zeiten einer merkwürdigen Form des Broterwerbs nachging. Ein Künstler.

Er würde an den Überwachungskameras vorbeigehen und die Zähne blecken, die eine oder andere Drohgebärde inszenieren, erhobene Faust, Finger die Kehle entlangziehen, Hieb unters Kinn andeuten, dann schellen und, er war sich sicher, ohne Kunstmann begegnet zu sein, wieder die Straßenseite wechseln. Auftrag ausgeführt. Und am Mittag selbstsicher den Isi-Test bestehen.

Bert nahm die Tasse und stellte sich unter das Vordach seiner Eingangstür, übte schon mal den bösen Blick über die Straße. Ein gewaltiges Fahrzeug schob sich langsam vor sein Sichtfeld, eine Art ziviler Panzerwagen mit Bullgitter an der Front in leuchtendem Metallicblau, offenbar mit Allradantrieb, gewaltig großen Reifen und mit überdachter Ladefläche.

Es stoppte vor seiner Einfahrt, skeptisch schaute Bert zu dem Vehikel. Noch so ein Angeber wie Kunstmann in seiner Straße? Bert Schreiber straffte sich.

Durch das getönte Glas konnte er nicht ausmachen, wer sich im Inneren des Wagens befand. Die Scheibe des Fahrerfensters glitt langsam und gleichmäßig herab. Das breit grinsende Gesicht eines älteren Mannes lugte hervor, mit einem Mal erhellte sich Bert Schreibers Miene, der Regen hielt ihn davon ab, näher an den Wagen heranzugehen.

»Alfons, altes Haus, was ist denn das für eine aufgemotzte Karre?«

Hinter dem Fahrer lugte ein zweiter Kopf hervor. Bert Schreiber erkannte Heinz-Hermann Trüttgen. Der auch noch, dachte er.

»Sprich nicht schlecht über den neuen Dienstwagen von O.P.A., du weißt, das heißt ›Optimale, präzise Arbeit‹, angesichts dieses Qualitätsversprechens brauchen wir Dienstleister ein angemessenes Fahrzeug. Wenn ich hier irgendwelche Kritik höre, dann helfen wir nie wieder beim Schnitt deiner Hecke.« Alfons Mackedei stellte den Motor ab, stieg aus und gesellte sich zu Bert unter das Vordach.

»Da staunst du, was? Unser alter Bulli ist im letzten Jahr bei einem brisanten Einsatz der Kripo zu Schrott verwandelt worden. Du erinnerst dich an die Geschichte mit dem Terroranschlag auf die Betuwe-Linie in Mehrhoog? Auf die Bahnstrecke dort? Der Kommissar hatte meinen Wagen genutzt, um das Schlimmste zu verhindern. Der Oldtimer war nicht mehr zu retten. Wir haben lange überlegt, ob wir überhaupt weitermachen. Meine Frau bestand darauf, dass wir uns ein sicheres Fahrzeug zulegen. Sie sprach von Volvo. Und du kennst die Sache mit den übertriebenen Sorgen von Ehefrauen. Meine hätte mich in einem Oldtimer nicht mehr auf die Straße gelassen.«

Bert nickte. »Ja, Befehl ist Befehl.«

»Da habe ich mir gesagt, gut, sie hat es so gewollt. Das ist ein Toyota Hilux Pick-up, ich sage dir, darin fühlst du dich gut, und der bricht nicht so schnell zusammen.«

»Donnerwetter.«

Es folgte ein angeregter Dialog über technische Details, den aktuellen Spritverbrauch und über die Spielereien, die Alfons mit einigem Besitzerstolz erläuterte. Bert nickte anerkennend. Das wäre auch was für ihn. Nicht für Isi, die konnte schlecht einparken. Und der Preis wäre in Kürze kein Thema mehr. Er behielt seine Gedanken für sich.

»Und? Was macht ihr heute im Dorf?«, fragte er.

»Erst bei Johanna Krafft die Steine bei der Eingangstreppe ebnen, und dann werden wir im wunderschönen Kirchengarten in Bislich Unkraut jäten. Damit sind wir ein paar Tage beschäftigt. Und ausgerechnet jetzt schlägt das Wetter um, wir sind nicht gerade begeistert, aber ein Mann, ein Wort.«

»Hm«, sagte Bert.

»Regenzeug haben wir dabei und Thermoskannen mit Kaffee. Eine Menge Arbeit, deshalb sind wir auch wieder zu dritt unterwegs. Gesthuysen ließ sich unschwer überzeugen, der hat immer akuten Geldmangel. Ich glaube, Heinz-Hermann hat wieder unschlagbar gut belegte Brote von seiner Frau in die Tasche geschoben bekommen. Wir sind gut versorgt. Man wird schließlich nicht jünger. Bei dir ist alles im Lot?«

Alfons bekam Berts wortloses Nicken nicht mit, es schien ihn magisch zurück auf den Fahrersitz zu ziehen. »Ja, ich muss dann mal weiter. Du meldest dich, wenn die Hecke wieder dran ist, in Ordnung?«

Der Motor heulte kurz auf, dann setzte sich das blaue Monster langsam in Bewegung, die Scheibe glitt hoch, und Bert grüßte mit kurzer Kopfbewegung zum Abschied, sah, wie der Wagen mit höchster Vorsicht einige Meter weiter in Johannas Einfahrt glitt, um gleich wieder rückwärts herauszufahren. Zu eng für einen Panzer. Das gäbe bei ihm auch Probleme.

Musste er denn überhaupt hier wohnen bleiben? Mit dem Geld konnte er das Fährhaus in der Nähe des Anlegers der »Keer Tröch« kaufen und aus dem Restaurant auf dem Deich ein richtig schickes Wohnhaus machen. Eine Traumlage mit grandiosem Blick auf den Rhein.

Bert Schreiber schaute auf die Hausfassade des Nachbarn

Kunstmann. Er erhob seinen Kaffeebecher, ließ ihn wieder sinken. »'tschuldigung, du Arschloch.«

So. Erledigt. Mehr war nicht drin.

***

Hauptkommissarin Karin Krafft warf zunächst einen Blick auf den in sich zusammengesunkenen Kollegen Burmeester, der ihren Gruß nicht erwiderte, weil er ihn nicht gehört hatte. Er sah schlimm aus, verstrubbelt und zerknittert, offensichtlich kämpfte er mit den Folgen eines langen Abends mit viel Alkohol.

Dienst ist Dienst, und Schnaps ist Schnaps. Sie ließ ihren ledernen Rucksack auf den Schreibtisch plumpsen. Burmeester schreckte hoch, nicht sehr überzeugend, eher in Zeitlupe, jedoch schenkte er ihr endlich seine Aufmerksamkeit.

»Mensch, musst du so laut sein?«

»Guten Morgen, der Herr. Mann, musst du am Montag verkatert zum Dienst kommen?«

»Sorry, ich … äh, es war wichtig.«

»Ich werde das jetzt mal unkommentiert lassen.«

»Mensch, Karin, du wirst es erfahren. Es ist privat.«

Sie fuhr den PC hoch und schaute in ihr Postfach. Fast beiläufig entfuhr ihr die nächste Frage. »Und? Alles in Ordnung in Bislich-Büschken?«

Burmeester schaute seine Chefin mit gekrauster Stirn an. »Wie meinst du das? Du bist doch über die Direktverbindung zu deiner Mutter meist besser informiert als ich.«

»Mich interessiert eine zweite Meinung. Mutter hat mir erzählt, dass es nachmittags Differenzen zwischen einzelnen Nachbarn gab, die grenzwertig waren. Hast du irgendetwas davon mitgekriegt?«

Er kratzte sich am Hinterkopf. »Ehrlich gesagt nicht viel. Ich habe mit ihnen gefeiert. Und danach bin ich unterwegs gewesen, mit Gero am Kornmarkt, die übliche Runde, weißt du, nur die Weinzeit hatte zu am Sonntag. Wir hatten was Wichtiges zu besprechen. Also die Nachbarn waren gut drauf gestern, wegen dem, äh, dem …«

Karin Krafft schaute sich um, die anderen Kollegen waren alle im Sitzungsraum, sie waren unter sich. Und schon ging es los mit schleichender Heimlichtuerei, einem unbeabsichtigten Was-sage-ich-wem-Zustand. »Du kannst es ruhig aussprechen. Alle drehen am Rad, weil ihr im Lotto gewonnen habt.«

»Ach, du weißt also Bescheid.«

»Mutter stellt mir ein großzügiges Geschenk aus ihrem Anteil in Aussicht. Das bereitet mir jetzt schon Kopfschmerzen.«

»Kann ich verstehen. Es hat bei mir keine vierundzwanzig Stunden gebraucht, um eine multiple Art von Gehirnwäsche zu bewirken. Ich habe gestern nach dem Mittagessen im Art …«

»Ach, der Herr speist schon im Art?«

»… ein Trinkgeld hingeblättert, für das ich eine Woche lang arbeiten muss. Das ist krass, oder?«

»Kommt drauf an, wie blau du zu dem Zeitpunkt schon warst.«

Burmeester schüttelte den Kopf. »Nein, da war ich total nüchtern, glaub mir, aber schon völlig durch den Wind, weil mir eine unglaubliche Geldsumme durch das Hirn waberte wie dicker niederrheinischer Nebel. Sichtweite unter zwei Meter.«

Karin Krafft hörte die Kollegen über den Flur poltern, sie flachsten und schienen guter Laune zu sein. Sie wies mit dem Kopf zur Tür. »Kein Wort darüber zu irgendjemand, verstanden?«

Burmeester wollte protestieren, doch die Tür sprang auf, und gemeinsam strebten Tom Weber, Jerry Patalon und Gero von Aha in den Raum, drängten sich vor Burmeesters Schreibtisch, überschlugen sich fast.

»Ey, du hast den dicken Gewinn gemacht? Glückwunsch. Und? Bleibst du uns erhalten, oder gehst du in die selbst gewählte Frühpension?«

»Ich gratuliere, Mann, das ist ja ein Ding. Gero sagte, du kannst ein sorgenloses Leben führen. Das ist doch mehr, als man sich wünschen kann.«

Karin saß starr hinter ihrem Tisch. Sie wussten also schon Bescheid über Burmeesters Gewinn. Bald würde die Nachricht die Runde durch die Polizeibehörde machen. Hilflos sah sie zu, wie Staatsanwalt Haase im Türrahmen stand und Worte wie »Multimillionär« und »mir persönlich bekannt« und »Karin wird auch reich« aufnahm, während Burmeester die Hände seiner Kollegen schüttelte. Haase schien durch die Tagespresse halbwegs informiert zu sein.

»Sagen Sie mir, dass es nicht wahr ist. Der Jackpot ging an den Niederrhein, und Burmeester, Sie haben …«

Burmeester korrigierte, nicht er habe gewonnen, sondern die Tippgemeinschaft in seinem Dorf, und erst Karins Mutter, bei der er seine Bleibe hatte, habe ihn darüber informiert, dass auch er zu den Glücklichen gehöre.

Vier Männer schauten nacheinander Karin Krafft an, die mit erstarrtem Gesichtsausdruck von ihrem Schreibtischstuhl aufsprang. »Ich sehe in euren Augen, was ihr gerade denkt.«

»Ich gratuliere.«

Karin nahm die ausgestreckte Hand des Staatsanwalts nicht an. »Hört jetzt alle mal ganz aufmerksam zu. Sie auch, Herr Haase. Ich will auf keinen Fall, dass entweder der Pförtner oder irgendein anderer Kollege mich in Zukunft mit dem gleichen Ausdruck im Gesicht anschaut wie ihr. Ich will keine Gratulationen oder Spekulationen, nichts dergleichen. Das ist doch wie Pfannkuchen aus ungelegten Eiern backen. Geld hin oder her, ich will nicht, dass weitergetragen wird, was hier am heutigen Morgen besprochen wurde. Verstanden?«

Haase nickte und entschuldigte sich bei Karin.

»Sie brauchen sich nicht zu entschuldigen, vergessen Sie einfach, was Sie gerade erlebt haben. Es gibt eine Option auf unmoralisch viel Geld, das ist die eine Seite. Und es gibt in Bislich-Büschken einen Mann, der den Schein verwaltet, das ist die andere Seite. Und Paul Aengenholt, so heißt der Mann, ist momentan anscheinend nicht auffindbar.«

Haase horchte auf. »Dann schauen Sie doch mal nach.«

Die Hauptkommissarin brauste auf. »Darf ich Sie daran erinnern, dass es bei uns um Tötungsdelikte geht? Und nicht etwa um abwesende Lottospieler.«

»Ich sehe da einen gewissen Ermittlungsbedarf. Es gibt kaum ein größeres Motiv für eine kriminelle Handlung, die zum Tode eines Menschen führen kann, als die Aussicht auf rund sechzig Millionen Euro Beute. Kümmern Sie sich darum. Sie haben meine Rückendeckung.«

Er betrat das Büro erneut, kurz nachdem er die Tür hinter sich geschlossen hatte.

»Und, Frau Krafft, Sie haben völlig recht, keiner von uns sollte mit anderen über diese, wie Sie sagten, mögliche Option sprechen. Das bleibt alles im K1. Verfassen Sie die Berichte entsprechend, schreiben Sie über Glücksspielgewinne oder wie auch immer. Aber werden Sie aktiv.«

***

»Paul, wo bist du?«

»Ich kann dir das nicht sagen, versteh doch, wenn die Meute aus dem Dorf dich bei deiner Mutter findet, dann wirst du ganz schnell ausplaudern, wo ich mich aufhalte, und dann bin ich dran.«

Aus Barbaras Hintergrund kam eine weitere Stimme dazu, dünn, brüchig, sie reagierte. »Aber Mutti, nun geh schon mal ins Wohnzimmer und setz dich, ich bin gleich da.«

»Ist das Paul am Telefon? Grüß ihn schön.«

»Mach ich, hast du gehört? Grüße von Mutti.«

»Habe ich gehört.«

»Mutti, nun sei vernünftig, du sollst doch nicht so lange auf den Beinen sein.«

Sie verließ nicht den Raum. Es war schwierig, bei einem Smartphone auszumachen, wie man es halten musste, damit der andere Teilnehmer nichts von dem Geschehen mitbekam. Barbara hielt vermeintlich den Hörer ihres Telefons zu, während die alte Dame weitersprach.

»… und sag Paul, ich will gar nicht von hier fort. Ich habe

doch immer in Moers-Meerbeck gelebt, das ist meine Heimat. Ich kann nicht einfach diese Wohnung aufgeben, dein Vater, Gott hab ihn selig, würde sich im Grabe umdrehen. Hier bist du aufgewachsen, wir hatten so glückliche Jahre hier.«

»Mutti, es ist ja gut, ich werde es ihm sagen, aber du gehst jetzt rüber und setzt dich.«

Ihre Stimme wurde leiser, verlor sich. »Ich geh ja schon. Und ich will auch nicht, dass sich fremde Menschen um mich kümmern. Ich kann die gar nicht verstehen, ich will …«

»Paul, bist du noch dran?«

»Jaja, sag mal, was ist da los? Wieso spricht sie davon, die Wohnung aufgeben zu müssen?«

Barbara stockte. Das war schlecht, Paul durfte keinen Verdacht schöpfen. Eine Antwort musste her, schnell. »Sie wird dement. Was meinst du, wieso ich so häufig bei ihr war in letzter Zeit? Sie vergisst Dinge und bringt vieles durcheinander.«

»Wir könnten sie doch zu uns nehmen.«

Barbara lachte auf. »Zu uns nach Bislich-Büschken?«

»Genau. Du kümmerst dich um sie und –«

»Wie stellst du dir das vor? Soll ich ihr sagen, dass sie ihre Demenz um ein, zwei Jahre verschieben soll, weil Gras über die Lottosache wachsen soll? Meinst du, es wird nett und kuschelig für mich, wenn ich jetzt zurückfahre? Nein, ich bleibe erst mal hier. Ich geh mir gleich ein neues Handy kaufen, das halbe Dorf hat meine Nummer, und ich wundere mich sowieso schon, warum noch niemand angerufen hat. Ich bin auch fort und nicht erreichbar.«

»Neues Handy, ach, schau an. Du willst ja nur wieder ein anderes Modell haben. So ein Schickimicki-Teil, mit dem du angeben kannst. Echt, manchmal spinnst du total.«

»Und solche Sätze will ich auch nicht mehr hören. Ich überlege mir noch, ob du meine neue Nummer kriegst.«

»Barbara! Mach keinen Scheiß! Du musst mir doch helfen.«

»Wie denn?«

»Das weiß ich auch nicht. Ich brauch dich doch.«

Sie klickte das Gespräch weg. »Ob ich dich in Zukunft noch brauche, darüber werde ich ganz intensiv nachdenken.«

Ein dünnes Stimmchen ertönte aus dem Wohnzimmer. »Ist alles in Ordnung mit Paul?«

»Ja, Mutti. Ich gehe eben einkaufen, hast du einen besonderen Wunsch für das Mittagessen?«

»Kriegst du noch frischen Spargel?«

Ihr erster Impuls war, zu sagen, der sei viel zu teuer. Barbara lächelte. Nie wieder Einschränkungen.

»Bringe ich mit. Und Kochschinken. Bis gleich.«

***

»Anordnung vom Staatsanwalt persönlich. Ihr habt gehört, was Sache ist.«

Karin Krafft widmete sich wieder ihrem PC, die Kollegen standen ratlos im Raum. Gero von Aha bewegte sich als Erster zur Tür, er habe die Berichte zu sichten und die Protokolle der letzten Fälle zu versenden.

Jerry Patalon wandte sich an seine Chefin. »Karin, du kennst dich doch am besten aus in dem Ort, diesem kleinen idyllischen Ort.«

»Nenn es ruhig beim Namen. In diesem Dorf. Ja, ich kenne mich aus. Deshalb werde ich mich auch dezent zurückhalten. Und Burmeester, du bist auch befangen. Macht das unter euch dreien aus.«

Burmeester erkannte seine Vorgesetzte nicht wieder, Aufgaben und Einsätze delegieren, das ließ sie sich sonst nicht aus der Hand nehmen. »Was ist los mit dir? In Büschken brennt es, und du willst nicht löschen?«

»Nikolas, was brennt dort? Ein Mann und eine Frau sind nicht daheim. Das kann zweihundert ganz normale Gründe haben. Niemand ist dazu verpflichtet, sich bei seiner Nachbarschaft abzumelden, wenn er mal ein paar Tage fort ist. Wir haben nichts, und dem Staatsanwalt reicht die Aussicht auf einen Lottogewinn, um uns damit zu beschäftigen.«

»Und wenn sie, Pardon, wenn ich das so einwerfe, wenn sie entführt worden sind?«

»Eine Entführung? Wozu? Weshalb und wer? Um an das Geld zu kommen, braucht man nur den Schein. Da steht kein Name drauf, nichts, was auf den Eigner hinweist. Weshalb sollte jemand die beiden entführen?«

»Sind sechzig Millionen Euro kein brillantes Motiv?«

Karin scrollte missmutig in ihren E-Mails.

Jerry hatte noch eine Idee. »Und wenn sie einfach mit dem Schein abgehauen sind? Bye-bye Tristesse, hello New York, oder so?«

Karin schüttelte den Kopf. »Das ist eine abwegige Idee. Aus solch einer Dorfgemeinschaft haut niemand einfach ab. Guck dir die alten Frauen an, die nach dem Tod der Männer allein in den viel zu großen Häusern leben. Die bleiben Teil der Gemeinschaft, nein, da macht man sich nicht einfach aus dem Staub.«

Burmeester schaute nachdenklich aus dem Fenster auf die Linden vor dem Gebäude. »Mysteriös ist es schon.«

Karin lehnte sich mit verschränkten Armen zurück. »Was? Dass Paul und Barbara nicht mitgefeiert haben? Vielleicht haben die noch gar nicht auf den Schein geguckt. Und ich werde mich da raushalten. Die kennen mich alle und nehmen mich garantiert nicht ernst. Genauso wenig wie dich. Also, Tom und Jerry sind gefragt. Und Gero, wenn der wieder auftaucht. Sucht einen Zugang zu einem Fall, der noch keiner ist. Ortet doch zunächst mal die Handys der beiden. Wir haben ja eine Generalvollmacht von Haase, das sollten wir auskosten.«

***

Henner Jensen hatte sich die ersten Kataloge über Kreuzfahrten aus dem Reisebüro mitgenommen, und statt seinen gewohnten Mittagsschlaf zu halten, saß er am Esstisch, hatte diverse Hefte schon aufgeschlagen und bestimmte Angebote mit Notizzetteln an den Rändern bepflastert.

Johanna hatte sich wortkarg zurückgezogen, aber aus dem Schlafzimmer heraus noch protestiert, sie würde nie einen Fuß auf so eine schwimmende Großstadt setzen, da könne er die

Präsidentensuite anmieten. Henner kannte diese Widerstände und wusste, dass er seine Lebensgefährtin nur mit Beharrlichkeit überzeugen konnte. Und der frühe Vogel fing den Wurm.

Er war gerade dabei, die Karibikroute zusammenzustellen, als es klingelte. Jerry Patalon stand vor der Tür. Henner erkannte ihn unschwer, es gab nur einen farbigen Kollegen von Karin, und sie waren sich diverse Male im Kommissariat begegnet.

»Kommen Sie doch rein. Darf ich Ihnen einen Tee anbieten?«

Jerry lehnte ab und ließ sich von Henner die Beobachtungen vom Vortag schildern, ging mit ihm vor die Tür, um sich zeigen zu lassen, wer wo gestanden und bis zu welchem Punkt die Männer sich auf das Nachbargrundstück begeben hatten.

»Kommen Sie, Herr Jensen, zeigen Sie mir, was bei der Garage geschah. Ich habe dort bereits geschellt und rund ums Haus geschaut, es scheint wirklich niemand da zu sein.«

Henner griff in der Diele nach zwei Schirmen aus dem Ständer und reichte einen weiter an den Kommissar. »Scheißwetter.«

Kaum standen sie vor dem Garagentor, kam Stefan Rutkowsky hinzu, der sie von seinem Küchenfenster aus beobachtet hatte. »Was ist hier los?«

Jerry wies sich aus und befragte ihn gleich vor Ort zu seiner Beteiligung am Aufbrechen des Garagentors. Er berichtete von Idee und Umsetzung auf Initiative von Bert Schreiber.

»War nicht richtig, das dachte ich mir im Nachhinein. Aber wo Sie schon mal da sind, könnten Sie gleich nachschauen, ob den Aengenholts wirklich nichts passiert ist. Sie dürfen doch offiziell nachsehen. Und man weiß ja nie. Raubüberfälle, bei denen die Bewohner im eigenen Haus gefesselt zurückgelassen werden, nehmen bundesweit zu.«

Das Regenwasser lief ihm ins Gesicht, der dünne, edle Sommerpulli war im Nu durchnässt.

Jerry wies auf sein Handy. »Ich warte noch eine Information ab und entscheide dann. Sie wissen sicherlich, dass Ihre Aktion eine Anzeige zur Folge haben wird.«

»Aber immer mit der Ruhe, Herr Kommissar. Ich habe Ihnen doch erklärt, dass die Aktion auf die wachsende Besorgnis über den Verbleib und das Wohlbefinden der geschätzten Nachbarn zurückzuführen war. Wir stehen dazu. Wir werden für den entstandenen Schaden aufkommen und garantiert nicht weglaufen.« Henner nahm den triefenden Nachbarn unter seinen Schirm.

»Fragen Sie Karin, hier ist die Welt noch in Ordnung, und die Nachbarn achten aufeinander. Manchmal eben auf unkonventionelle Art und Weise.«

Jerry Patalons Handy meldete sich, er wandte sich ab, lief bis zum Bürgersteig. Gero von Aha war am anderen Ende.

»Na, bisschen feucht in Bislich-Büschken? Hör mal, der Aengenholt ist in Bewegung. Wir haben das Handy auf der anderen Rheinseite zwischen Geldern und Aldekerk geortet. Ich habe sein Autokennzeichen durchgegeben, die dortigen Streifen werden auf ihn achten. Das Handy von der Frau ist übrigens nicht im Netz.«

»Wie seid ihr so schnell an die Nummern gekommen?«

»Zauberhand. Nee, Quatsch, aber Karin hat bei Bert Schreiber angerufen, und dessen Frau hatte beide Nummern in ihrem Speicher. Wie sieht es vor Ort aus?«

»Feucht und undurchsichtig. Man könnte alles für völlig nichtig halten, andererseits aber ein großes Ding draus machen. Sag mal, sind die Leute hier so, wie man mir weismachen will? Man achtet aufeinander, blablabla?«

»Natürlich, frag Karin. Auf dem Land kennt man sich und hält zueinander. In eher seltenen Fällen lehnt man sich ab, und dann aber mit Schmackes und allen Fiesheiten, die es gibt. In Büschken herrscht das gute alte Nachbarschaftsgefühl, ein dörfliches Gefüge, da kannst du Burmeester fragen. Und denk daran, wie wir in dem Sommer, als Karin schwanger war, unsere Dienstbesprechungen auf die Terrasse ihrer Mutter ausgelagert haben.«

»Stimmt, es gab selbst gemachte Limonade damals, das hatte was.«

Jerry schaute zu den beiden Männern, die vor dem Garagentor standen und ihn beobachteten. Es ließ sich nicht greifen, was hier vor sich ging.

»Man präsentiert mir die harmonische Nachbarschaft, aber ich sage dir, der Haase wird recht haben, hier ist was faul. Ich werde diesen Bert Schreiber gleich noch aufsuchen, der scheint der Initiator zu sein. Mehr kann ich nicht machen, die werden alle ganz verständnisvoll dasselbe berichten, und da es keinen Anlass für offizielle Befragungen gibt, muss das reichen.«

»Wenn du meinst. Wir behalten Aengenholt im Blick. Mensch, was ist das denn? So ein Mist.«

»Was ist los?«

»Er hat sein Handy vom Netz genommen.«

Jerry lachte. »Ein Phantom, das sich nicht verfolgen lässt. Mann, das wächst doch zu einem verdächtigen Ding.«

Er wandte sich den Männern zu. »Ich werde nicht im Haus nachschauen, wir wissen, dass Herr Aengenholt unterwegs ist, und haben sein Handy im Blick. Ich verabschiede mich somit. Wo finde ich Herrn Schreiber?«

Henner wies ihm die Richtung, zwei Häuser weiter. Jerry reichte ihm den geliehenen Schirm und steuerte im Laufschritt das angegebene Ziel an.

Stefan Rutkowsky raunte Henner zu: »Habt ihr die Bullen informiert?«

»Brauchen wir nicht, wir haben die Kripo unterm Dach. Aber du hast doch gehört, der Paul ist unterwegs, also geht es ihm gut.«

»Wenn das mal stimmt. Und was ist, wenn das Handy zum Diebesgut gehörte und mit irgendeinem Einbrecher durch die Gegend fährt?«

Er blickte zu den Fenstern des Hauses, es gab keine Bewegung hinter den Gardinen. »Die beiden können sich durchaus noch im Haus befinden.«

»Das hat der Kommissar bestimmt in Erwägung gezogen.«

Sie verabschiedeten sich knapp. Stefan Rutkowsky rannte los, schüttelte sich an seiner Haustür aus und blickte noch einmal rüber zu dem unbelebt wirkenden Nachbarhaus.

»Wenn die mal nicht abgehauen sind.«

***

Das alles konnte nicht wahr sein. Arndt Kunstmann starrte mit glasigen Augen ins Nichts. Eine goldene Zukunft stand ihm bevor, nie wieder Einschränkungen, nie wieder geplatzte Träume eines talentierten, in der Vergangenheit oft unterschätzten Filmemachers. Er würde sich ab sofort die Perlen herauspicken, müsste sich keine Gedanken mehr um Geld für seine Projekte machen. Sein Telefon riss ihn aus der Traumschleife, in der er sich befand.

Er stand auf, räusperte sich. »Kunstmann, was gibt's?«

»Ich bin es. Ich gebe dir meine neue Nummer, die alte habe ich entsorgt. Hast du was zum Schreiben?«

Kunstmann schaute auf das Display seines Telefons. »Ich sehe die Nummer bei mir, ich werde sie gleich speichern. Wenn du willst, dass niemand dich finden kann, dann musst du die Nummer unterdrücken.«

Barbara Aengenholt wirkte gelöst, nahezu euphorisch. »Jetzt kann nicht einmal mein Mann mich erreichen, es sei denn, du verrätst mich. Würdest du das tun?«

Er musste nett bleiben, unbedingt, setzte auf Säuseln und seine angelernte Charmeoffensive.

»Aber Lämmchen, warum sollte ich unser Glück aufs Spiel setzen. Aber du musst vorsichtshalber in den Einstellungen deines Smartphones herausfinden, wie die Nummer nicht überall im Display erscheint, sonst ist es schnell vorbei mit deiner Anonymität.«

»Dann ist es ja gut. Morgen werde ich mich vielleicht mit der Lottogesellschaft in Verbindung setzen, um zu erfahren, wie das Geld in meinen Besitz gelangt. Und ich werde die ersten Informationen darüber einholen, welche Voraussetzungen man braucht, um dauerhaft dort zu leben. Ob es ärztliche Versorgung und die gewohnten Medikamente geben wird, wie es mit der Ernährung aussieht.«

Damit konnte er nichts anfangen. Was hatte sie vor? »Lämmchen, du bist doch gesund, und um meine Pillen und das Notfallspray kümmere ich mich selber. Und wo bitte stellst du dir vor, dass wir leben?«

»Ich brauche nichts, das stimmt, aber Mutti, die hat lauter Baustellen, das Herz, die Gefäße, die Verdauung.«

»Mutti?«

»Ja, natürlich wird sie mitkommen, die Wärme löst schon mal die rheumatischen Beschwerden, so viel ist klar.«

»Welche Wärme? Lämmchen, du überraschst mich.« Ihm wurde mulmig. Die nächsten Worte erreichten ihn wie in Trance.

»Also in Thailand herrscht durchgängig tropisches Klima, da spürt man seine Knochen nicht. Das sagt jeder, der mal dort gewesen ist.«

Thailand! Was sollte er in einem Land, wo die Mücken elende Krankheiten übertragen konnten?

»Das meinst du nicht wirklich, Lämmchen, man kann doch einen so alten Menschen wie deine Mutter nicht einfach in ein Land am anderen Ende der Welt verpflanzen.«

»Wenn sie erst mal da ist, wird sie schnell merken, dass es den alten Tag nicht gibt.«

»Den was?«

»Stimmt, mein Tiger, du bist ja aus der Stadt. Bei uns sagt man zu den Beschwerden im fortgeschrittenen Alter, man hat ›den alten Tag‹. Die Knochen schmerzen, alles wird schwerfällig, so was eben.«

Im Hintergrund konnte er die dünne Stimme der alten Frau rufen hören, Barbara wirkte plötzlich ungehalten.

»Ich muss, sie ruft wieder, es geht ihr nicht gut. Aber das wird sich ja bald ändern. Ich melde mich wieder, Tiger.«

»Ja, Lämmchen, mach das, bis dann.« Nachdenklich hielt er das Telefon in Händen.

Sie wollte gemeinsam mit ihm und ihrer Mutter nach Thailand auswandern. Und mit dem Geld aus dem Lottogewinn. Auf ewig Thai-Food. Mit Mutti. Für Jahre zu dritt. Er war doch gerade angekommen und wollte nicht schon wieder weg. Jedenfalls nicht so weit fort von allem.

Seine Euphorie wandelte sich in Sekundenschnelle in spürbare Verzweiflung. Er brauchte eine Strategie, eine richtig gute. Er musste sie davon überzeugen, ihm einen Teil des Geldes zu überlassen. Dann würde er sie regelmäßig im Dschungel besuchen, könnte aber hier seine Träume verwirklichen.

Vielleicht gelang es ihm auch, sie zu überzeugen, den Gewinn rechtmäßig mit allen aus der dörflichen Tippgemeinschaft zu teilen. Sie bräuchte nicht weglaufen, sich verbergen, alle könnten ganz offiziell Geld ausgeben. Es wäre für jeden mehr als genug, sie müssten sich nicht mehr verstecken, und Lämmchen würde garantiert mit Tiger teilen.

Tiger würde mit dem Geld nicht nur seine beruflichen Träume verwirklichen. Einer plötzlichen Eingebung folgend sprang Kunstmann auf, strebte die Treppe hinauf in sein Arbeitszimmer, setzte sich an den Schreibtisch und skizzierte mit eiligen Strichen den Grundriss eines Geländes mit unterschiedlichen Gebäuden, angeordnet um eine überdimensionale Kuppel. Darunter deutete er Palmen und fliegende Vögel an. Er hob das Blatt, lehnte sich zurück und betrachtete sein Werk mit zufriedener Miene. Und er befand, es sei gut.

Kunstmann und Kompagnon würden eine riesige luxuriöse Wellness-Anlage bauen, hier, hinein in diese schöne, grüne, unverfälschte Landschaft. Und den Mittelpunkt würde eine kolossale gläserne Kuppel bilden, unter der üppige tropische Flora und Fauna zum Verweilen und Erholen einluden. Mit allem Pipapo und schön warm. Und mit eigenen Räumen für den Eigentümer. Das würde Barbara überzeugen.

Schon lief er mit der Skizze wieder die Treppe hinab, schnappte sich das Telefon. Er hatte nicht nur einen genialen Plan. Kunstmann kannte auch jemanden, der ihn verwirklichen würde. Er tippte die Düsseldorfer Vorwahl ein und atmete währenddessen schon wesentlich ruhiger.

»Hallo, Titus, Arndt hier … na, Arndt Kunstmann … richtig, der Filmemacher. Ich habe da einen Plan …«

***

Tiez und Köbes hatten ihre alten gelben Regenjacken an, die Friesennerze, die sie schon vor zwanzig Jahren ganz stolz durch das Dorf getragen hatten und die heute noch immer passten. Fast, sie spannten nur ganz wenig über ihren Bäuchen. Jedenfalls hielten sie den Regen ab, und so konnten die Zwillinge den heutigen Spaziergang mit Herta machen, ohne eine Erkältung zu riskieren. Die Gummistiefel waren nicht ganz so alt, aber ausgetreten und erdverkrustet. Schön trocken bleiben, sagte Mama immer, sonst rast der Schnupfen auf euch zu.

Beide standen mit dem angeleinten Zwergschwein auf dem Bürgersteig vor ihrer Einfahrt und starrten dem besonderen Auto entgegen, das aus Richtung Bislich die Straße herabfuhr. Nicht der Schnupfen, etwas Außerirdisches kam auf sie zu. Riesig, im Regen glänzend, mit hellen Scheinwerfern und einem Gitter an der Front. Tiez stand der Mund offen, Köbes fand spärliche Worte.

»Boah. Ein Ufo. Männer vom Mars.«

Das Fahrzeug kam näher, und zu ihrer Überraschung stoppte es auf ihrer Höhe. Zwei Männer in alten gelben Regenjacken starrten auf die getönte Scheibe, die sich lautlos herabschob. Erst jetzt erhellten sich die Gesichter der beiden, den Mann hinter dem Steuer kannten sie.

»Wo ist dein alter VW Bus? Warum fährst du jetzt so ein großes Auto?«

Alfons Mackedei erklärte mit einfachen Worten den Wechsel von Fahrzeug und Automarke.

»Und was machst du mit den anderen O.P.A.s hier bei uns?«

»Wir arbeiten im Kirchengarten in Bislich.«

Tiez wagte sich weit vor. »Au fein, können wir euch da helfen?«

Köbes widersprach, sie müssten doch immer zur Arbeit in den Werkstätten.

»Ich will aber mal mitfahren.«

»Dann sag doch Mama, die soll uns auch so ein Auto kaufen, wenn das Geld da ist.«

Jetzt hakte Alfons nach. »Habt ihr geerbt?«

Tiez plauderte mit einem Freund, da kannte er keine Grenze. »Nö, aber alle in unserem Büschken haben im Lotto gewonnen.

Wir werden ein Haus am Meer kaufen. Ihr könnt dann auch mal dort Urlaub machen.«

Vom Rücksitz her beugte sich Gesthuysen vor, schien nicht zu glauben, was er da hörte. »Äh, ihr habt den Jackpot geknackt?«

Tiez war in Plauderlaune und merkte nicht, dass Köbes an seinem Ärmel zupfte. »Ja, die haben hier schon tüchtig gefeiert. Auch über den Durst.« Er musste kichern. »Wir auch, mit Prickelwasser.«

»Kann man so viel Geld denn gut allein ausgeben? Also wenn ihr Hilfe braucht, ich biete mich da an.« Zwischen den Vordersitzen hauchte Gesthuysen mit jedem Wort seinen schlechten Atem in Alfons' Gesichtsfeld, dem das Verhalten seines Kollegen peinlich zu sein schien.

»Wir müssen weiter«, sagte er.

Tiez hüpfte aufgeregt in seinen Stiefeln. »Ich will mal mitfahren.«

Alfons lachte laut. »Das kriegen wir hin, wir sind ja noch ein paar Tage hier beschäftigt.«

Das riesige blaue Auto entfernte sich mit sonorem, dunklem Motorengeräusch. Die Brüder starrten ihm hinterher, setzten sich erst in Bewegung, als es in der Ferne verschwunden war.

Köbes gab Tiez eine mehr symbolische Kopfnuss. »Du sollst doch nicht über den großen Topf reden.«

»Aber den Alfons kennen wir doch.«

»Auch nicht mit Leuten, die wir kennen.«

Tiez schien nachzudenken, merkte nicht, wie Stefan Rutkowsky an ihm vorbeilief, nahm ihn erst wahr, als er beide eilig grüßte, bevor er in Bert Schreibers Einfahrt verschwand.

»Der kriegt Schnupfen, der hatte keine Jacke an.«

»Ja, Tiez. Und du sollst mit keinem über das Geld reden.«

Tiez nickte. Er hatte verstanden. »Mit keinem.«

»Genau.«

»Nur hier.«

»Richtig.«

»Aber Alfons war doch gerade hier.«

»Ja, aber der ist nicht von hier.«

So liefen sie in Richtung Deich, das Schweinchen Herta trippelte munter zwischen den beiden, während sie darüber prakesierten, wer nun zum Dorf gehörte und wer nicht. Plötzlich blieb Köbes stehen und schaute zurück. Er sah in der Ferne Frank Lürsen die Straßenseite wechseln und ebenfalls bei Bert verschwinden.

»Ob die heute wieder saufen?«

***

Bert Schreiber blickte seiner Frau tief in die Augen und wies mit dem Finger zur Tür seiner Gartenlaube.

»Isi, das verstehst du nicht, das ist Männersache.«

Isi hatte sich in der Herrenrunde sichtlich wohlgefühlt, suchte krampfhaft nach Argumenten, die ihre Anwesenheit rechtfertigten. »Im Geldausgeben sind Frauen genauso gut wie Männer.« Sie gab ihr Bestes.

Bert schüttelte den Kopf, sie schien nichts kapiert zu haben. »Hier geht es nicht um Klamotten und Möbel, hier geht es um die Zukunft von Bislich-Büschken, das ist echt Männersache. Wenn du uns ab und zu ein kühles Bier bringst, dann reicht das völlig.«

Isi knallte die Tür des Gartenhäuschens hinter sich ins Schloss. Die Männer schauten ihr nach, Frank wollte, um Harmonie bemüht, hinter ihr herlaufen, wurde jedoch von Bert aufgehalten.

»Lass, die beruhigt sich wieder. So, Stefan, du wolltest uns was mitteilen.«

»Erst mal will ich wissen, ob dieser farbige Sheriff bei euch gewesen ist.«

Bert berichtete, dass Kommissar Patalon bei ihm vorbeigeschaut hatte, zum Glück noch bevor seine Frau von der Arbeit heimkam.

»Die wäre durchgedreht. Ich konnte den Mann beruhigen, da kommt nichts nach. Entstandener Schaden wird von uns übernommen oder gerichtet und basta. Jetzt erzähl mal, Stefan, was willst du von uns?«

Stefan Rutkowsky setzte sich zurecht und nahm erst noch

einen Schluck Bier. Er packte mit großer Sorgfalt einen Stapel Papier aus seiner Tasche und legte ihn vor sich auf den Biertisch.

»Ich habe mir den ganzen Tag Zeit genommen, recherchiert und telefoniert und gegoogelt, und hier ist das Ergebnis.« Er lehnte sich selbstversonnen zurück, ruderte kurz mit den Armen. Er hatte vergessen, dass Bänke von Biertischgarnituren keine Lehnen haben.

FÜNF

»Ich weiß nicht, warum ich das getan habe. Diese total beschwipste Kumpanei mit Nikolas Burmeester erst auf dem Kornmarkt und zum Schluss ein paar Meter weiter beim Griechen am Großen Markt.«

Gero von Aha hockte in seiner Wohnung im Eckhaus der Arkadenhäuser am zentralen Platz der Stadt und sinnierte.

Es war am Ende reine Gefühlssache gewesen, dass er zugesagt hatte. Sie wollten noch in das neue Café Extrablatt nebenan weiterziehen. Nikolas kannte es noch nicht, alle anderen Weseler schon, es war in kurzer Zeit nach oben auf die Beliebtheitsskala katapultiert worden. Sie hatten vorher schlappgemacht.

»Doch, doch, ich weiß noch, dass ich Ja gesagt habe. Ich, der Single, der bei seiner besten Freundin Marlene stets auf Distanz achtet, soll um die Hand einer Frau anhalten. Und große Reden schwingen. Was heißt ›soll‹, ich muss, nach meinem Versprechen. Ausgerechnet ich.«

Ihm stand der Schweiß auf der Stirn, wenn er nur daran dachte. Seine Hände zitterten.

Er sah Burmeesters Bedrängnis, der als vermögender Lottogewinner nur seine Liebste heiraten wollte. Aber nicht so einfach konnte, wie Mitteleuropäer es kannten. Und er fühlte sich geschmeichelt, als Retter in der Not der auserwählte Botschafter der Liebe zu sein.

»Ja, ich finde mich großartig, Nikolas Burmeester, der Provinzler, benötigt den weltgewandten Städter Gero von Aha, den es an den flachen Niederrhein verschlagen hat. Er hat mich auserwählt, der Brückenbauer zwischen den Kulturen zu sein.« Es änderte nichts an seinem Dilemma, wenn er unentwegt vor sich hinmurmelte.

Wer sollte es sonst tun? Marlene würde sagen, er sei ganz schön eingebildet. Doch er, der Kommissar mit den buschigen Augenbrauen und den wirr abstehenden Haaren, von manchen

Kollegen »die Eule« genannt, fühlte sich nicht wohl in seiner Haut. Er wälzte trübe Gedanken, statt sich mit Energie auf diese ehrenvolle Aufgabe vorzubereiten. Er war nervös.

Bisher hatte er über Junggesellenabschiede mit kindischen Spielchen und viel Alkohol oder über Brautentführungen, die witzig zu sein vorgaben, gelächelt. Diesmal musste er Konventionen erfüllen, und wenn er unfähig vor sich hinstammelte, statt um den Segen des Familienoberhaupts zu buhlen, würde Yasmin Ögülsan als alte Jungfer sterben. Und Nikolas Burmeester ihn für immer hassen.

***

Man prostete sich zunächst ausgiebig zu, noch immer in einer Art Euphorie im Licht des zugrunde liegenden Gedankens, dass das Leben sich gehörig verändern würde für alle, die vom großen Kuchen ein Stück abbekamen.

Bert deutete auf den Stapel Papier. »Und? Sollen wir das jetzt alles lesen, oder gibst du uns eine Zusammenfassung?«

»Ich fange ganz vorn an. Der furiose Gewinn, der uns allen ins Haus steht, das ist so ungeheuer viel Kohle, damit können wir alles kaufen, was das Herz begehrt. Und wir könnten was bewegen, dieses Dorf zu einem ganz besonderen machen. Was haltet ihr von einer Art dörflicher Genossenschaft mit Teilhabern, die sich finanziell einbringen, und Nutzern, die, wenn sie nicht im Vertrag stehen, eine Gebühr zahlen, die niedriger sein wird als alles, was man an Ausgaben für den häuslichen Energiebedarf jeglicher Art zahlen müsste? Und die Teilhaber, die mit ihrer Einlage die Genossenschaft gründen, die zahlen nichts und bekommen sogar noch den Gewinn zusätzlich ausgezahlt.«

Bert schwirrte der Kopf. »Jetzt mal langsam, worum geht es hier genau?«

»Um die optimale Art, uns mit autarker Energiegewinnung unabhängig zu machen. Ein Dorf versorgt sich selbst.«

Frank Lürsen hörte aufmerksam zu und wurde unruhig. »Was genau hast du vor?«

Stefan nahm die obersten Blätter von seinem Stapel und breitete sie sorgfältig in der Mitte des Tisches aus. Bert und Frank trauten ihren Augen nicht. Sie erkannten den Rheindeich und die Kirche von Bislich, alles von der linken Rheinseite aus gezeichnet. So weit war die Welt in Ordnung. Doch direkt hinter den niedrigen Dachfirsten und Schornsteinen von Bislich-Büschken, die sich hinter die Deichkrone duckten, erhoben sich sieben Windräder mit Flügeln, die schon rein optisch alles abzurasieren drohten, was ihnen zu nahe kam. Bert und Frank waren sprachlos.

Frank sprang auf, kippte dabei seine Bierflasche um, der Gerstensaft ergoss sich über die Pläne. Bert fing die Flasche auf, bevor sie quer über den Tisch zu Boden rollen konnte.

»Mensch, passt doch auf, das sind Originalzeichnungen«, meuterte Stefan, »ich hatte noch keine Zeit zum Kopieren. So was Tollpatschiges, ein halber Tag Arbeit für die Katz.«

Frank war selten so aufgebracht, temperamentvoll und fast schon aggressiv in Erscheinung getreten. »Das kannst du nicht ernst meinen, das geht überhaupt nicht, damit verschandelst du die gesamte Gegend hier.«

Bert stimmte ein. »Und bei genauer Betrachtung sind die Dinger viel zu groß für eine unmittelbare Nähe zu den Häusern. Und überhaupt – du kriegst niemals eine Genehmigung dafür, das Gelände hinter Büschken ist als Landschaftsschutzgebiet ausgewiesen.«

Stefan, der die Blätter behutsam mit Papiertaschentüchern abtupfte, schaute kurz auf. »Mit Geld kannst du überall solche Windräder aufbauen. Wir müssen nur eine Vorrangfläche ausgewiesen bekommen. Ein gutes Konzept für ein Energie-Musterdorf, bei dem die Stadt einfach einschlagen muss. Ein paar Spenden an der richtigen Stelle, das klappt schon.« Er ereiferte sich. »Denkt doch mal nach, wir könnten das Land kaufen, die Mega-Riesen aufstellen, Strom erzeugen und zusätzlich Wärme aus einer zentralen Heizanlage nutzen. Die bauen wir ebenfalls. Wir könnten auch noch ein eigenes Klärwerk betreiben und wären für Generationen von allen Energieanbietern, der Stadt und dem Kreis unabhängig. Den überschüssigen Strom verkaufen wir.«

Bert schüttelte den Kopf. »Und als Nächstes bauen wir einen Zaun um das Dorf, weil jeder Depp sich denken kann, dass wir alles selber finanziert haben und dementsprechend reich sind. Windräder. Es reicht doch, dass man die Dinger von hier aus in der Ferne sieht, aber direkt hinter der Himmelsstiege? Hältst du das für landschaftsverträglich?«

Stefan saß wie ausgebremst vor den Resten seiner Planung und fühlte sich offensichtlich unwohl. »Was wollt ihr denn? Jeder klagt über die gewinnorientierte Ausrichtung der großen Stromerzeuger. Wenn ein ganzes Dorf mit allen Haushalten unabhängig werden soll, dann muss man eben nicht kleckern, sondern klotzen. Mit drei zusätzlichen Rotoren könnten wir die Energie bis nach Wesel und Rees anbieten, von mir aus zu Vorzugspreisen, damit man uns die alternative Grundidee auch abnimmt. Strom nicht aus dem Großkraftwerk, sondern produziert vor Ort. Was meint ihr, wie viele Kunden auf so ein Angebot warten? Und die Anlagen brauchen ja nicht viel Grund, sie breiten sich schließlich erst in der Höhe aus.«

Frank brauste auf. »Das ist doch eine Milchmädchenrechnung. Und dieses ganze Projekt bereichert uns nicht, sondern wir sind verdammt arm, wenn wir dem Wahnsinn zustimmen. Arm an Verantwortung für die Umwelt und arm an unberührter Landschaft und im Endeffekt arm an Flora und Fauna. Das Gleichgewicht wird total zerstört, guckt euch doch den Boden in den Windparks an, Monokultur wird da betrieben, sonst nichts. Abgesehen davon, dass unsere angeborenen Instinkte uns ständig melden werden, dass Gefahr auf uns zufliegt, wenn wir die Rotoren im Augenwinkel wahrnehmen. Geht überhaupt nicht.«

Auch Stefan wurde laut. »Du bist doch hier der Ober-Öko, Frank. Was ist wichtiger? Dass wir unsere Energie umweltfreundlich herstellen und die Luft sauber halten oder dass der letzte Kiebitz hier eine Zuflucht findet? Wir holzen doch keinen Wald ab. Und wie die Landwirtschaft betrieben wird, können wir dann selber bestimmen.«

»Dir geht's nur ums Geld. Du glaubst doch nicht, dass sich bei dem Affront gegen die Natur noch ein einziger Storch hier in die Gegend verirrt? Die werden diese Gegend meiden, da werden reihenweise Zugvögel gegen die Rotoren knallen und zu Boden fallen. Eine mörderische Idee ist das.«

***

»Ich kann das nicht!« Gero von Aha schrie die Wand seines Wohnzimmers an.

Er konnte auch kein Kurdisch oder Türkisch, um die vorgeschriebenen Formeln mit Burmeesters zukünftigen Schwiegereltern in aller Form zu wechseln. Wahrscheinlich würde er »hayir« mit »evet« verwechseln.

Der gestandene Gero von Aha sah einen inneren Film ablaufen, in dem er glanzlos scheiterte. Er fühlte sich irgendwo zwischen Nervenzusammenbruch und Herzinfarkt. Er musste raus, durchatmen, sich bewegen. Eine Radtour würde ihm helfen, den Kopf auszulüften. Eine gute Strecke strampeln, am platten Niederrhein war das eines der schönsten Dinge. Zum Glück ließ der Regen gerade nach. Ein Zeichen.

Er eilte kurz entschlossen die Treppe hinunter, schnappte sich sein Rad, das er im Hausflur abgestellt hatte. Vorbei am Willibrordi-Dom radelte er zügig durch die Fischertorstraße zur Weseler Rheinpromenade, passierte die Nachkriegsruine der alten Eisenbahnbrücke, das Welcome Hotel, wo er einst auf dem Dach einen Kampf mit einem Kriminellen hingelegt hatte, das Rheinbad, die Vereinsheime und Gaststätten am Yachthafen. Er erreichte den Deich. Er ließ die Augen schweifen, eine einmalige Aussicht und das Gefühl der großen Freiheit begeisterten ihn. Wie Urlaub, sagten seine Gäste dazu.

Er würde stramm nach Rees durchfahren und dort am Markt anhalten. Bei dem türkischen Gastwirt, bei dem er schon öfter eingekehrt war, könnte er Tipps einholen, falls der sich mit kurdischen Riten auskannte.

»Warum habe ich nicht gleich daran gedacht«, schrie er in

den Gegenwind. Er fühlte sich erleichtert, und die körperliche Anstrengung beseitigte das Nervenflattern. Verdammt, tat das gut.

Er passierte den eingedeichten Campingplatz, die Grav-Insel. Vorbei an Flüren, an dem abseits gelegenen Büschken und Bislich mit seinem markanten Kirchturm, das schaffte er in guter Zeit. Er war echt fit, erreichte auf dem Deichweg Richtung Rees den Stummen Deich. Selbst an so einem grauen Abend waren noch einige Radler unterwegs, die Route war beliebt.

Storchenpaare standen auf den Nestern, die man extra angelegt hatte. Ihm gefielen diese großen Vögel. Die Gegend war zum Storchenland geworden, die Natur begeisterte Anwohner und viele Touristen.

Weiter, schneller, spornte er sich an, er wollte sich auspowern.

Atemlos raste er an der Auskiesung des Reeser Meers vorbei, durch das üppig grüne Rheinvorland. Da kam der pittoreske Ort Rees mit seiner Stadtmauer und der charmant gestalteten Promenade am Fluss in Sicht. Direkt am Skulpturenpark sauste er das steile Wegstück zur Wasserseite runter, um ein paar Meter weiter abzusteigen und seine Fiets durch einen Durchgang auf den Marktplatz zu schieben.

Der Kopf war frei geworden.

Optimismus durchflutete ihn. Plötzlich war er sich sicher, einen unvergesslichen Auftritt vor den Brauteltern und dem Familienclan hinzulegen. »Sie werden meine Weltgewandtheit in Nullkommanichts zu schätzen wissen. Mit angemessener Ehrerbietung, das passt schon.« Er murmelte wieder zu sich selbst, das wurde zu einer bedenklichen Angewohnheit.

Jetzt noch ein paar Infos beim Dönerteller von seinem türkischen Unterstützer. Ein Blick, ein zweiter, der Angstschweiß auf seiner Stirn kehrte zurück. Die Tür zur Gaststätte war geschlossen. Ein Schild verwies auf den wohlverdienten Urlaub, den die Betreiber angetreten hatten. Er fluchte so laut und unflätig, dass sich einige Passanten nach ihm umdrehten.

Peinlich für einen Kommissar, auch wenn er in der Freizeit unterwegs war. Er schickte entschuldigende Worte in Richtung einer ältlich gekleideten vierköpfigen Seniorengruppe, die vor dem Rathaus für einen bieder ausgerüsteten Fotografen posierte. Doch die Betongestalten rührten sich nicht.

***

Argumente flogen über den schmalen Tisch, rote Wangen zeugten von einem lebhaften Disput. Bert sah die Zeit gekommen, seine eigenen Ideen, die beschwichtigend auf die erhitzten Gemüter wirken würden, in die Runde zu werfen.

»Frank hat recht, du bist da übers Ziel hinausgeschossen. Wir können doch besser einzelne Felder großflächig mit Sonnenkollektoren bestücken, den Strom nutzen und den Überschuss speichern und verkaufen. Oder vielleicht die Bislicher zu Nutzern der Genossenschaft machen und sie mitversorgen.«

Frank war kaum wiederzuerkennen. Als Isi die Tür der Gartenlaube öffnete, um einen Korb mit Nachschub hineinzureichen, ging er ihr entgegen.

»Ich halte das kaum aus. Ihr seid doch völlig verantwortungslos. Auf so einem Solarfeld lebt nichts außer der Gier nach Profit. Und wo bitte bleiben die Nahrungsressourcen für die Störche? Mensch, habt ihr noch nie was über sanften Tourismus gelesen? Die Gegebenheiten nutzen und unter ökologischen Gesichtspunkten aufwerten. Wir können keine Solarfelder oder Windräder bauen und glauben, dass uns noch mehr Störche zu überregionalem Ruhm verhelfen und die Leute herradeln, um sich das Schauspiel von März bis Oktober anzuschauen.«

Frank Lürsen war in seinem Element. Zu oft war er als spinnerter Öko verlacht worden. Jetzt war es an der Zeit, seinen Traum vom Naturraum Niederrhein zu teilen.

»In meiner Vision kehren Besucher im ökologisch orientierten Bauerncafé ein, gehen ins Infozentrum des NABU und übernachten hier in Heuhotels, um an geführten Exkursionen in die unberührte Landschaft teilzunehmen. Die Stiftung Störche NRW in Isselburg baut bei uns ein neues Projekt auf. Wir alle gründen das Storchenland. Wir haben schon die Bislicher Storchenroute. Die Radtouristen kommen in Scharen. Da ist etwas in Bewegung.

Und ihr? Ihr zerstört mit euren größenwahnsinnigen Ideen alles, was wir haben, was wir bewahren und fördern sollten. Das geht gar nicht.«

Er begeisterte sich an sich selbst, warf einen abschätzigen Blick in Isis Korb. »Und außerdem schmeckt das Zeug nur nach Chemie. Schluttweiler ist das einzig wahre Bier.« Fast rempelte er die verdutzte Isi an, als er an ihr vorbei zur Tür ging.

Noch während sie ungläubig in den Korb starrte und den Mund zu einer Erwiderung öffnete, stand er unvermittelt wieder neben ihr. Er würde noch nicht gehen. Frank Lürsen wollte den Windrad-Befürwortern endgültig den Wind aus den Rotoren nehmen. Der aufgebrochene Konflikt sollte mit seinem Sieg enden.

»Und wenn ihr glaubt, dass ihr die Wiesen hinter Büschken einfach so für eure wahnsinnigen Projekte kaufen könnt, dann irrt ihr euch gewaltig. Die gehören alle zum Waldhof, das ist der größte Bauer hier in der Gegend. Würde er seine Wiesen verkaufen, brächte es ihm wenig Gewinn, aber dafür Gesichtsverlust in der gesamten Region. Das wird der nicht machen, so viel Geld könnt ihr dem gar nicht bieten. Wir hatten ja schon Schwierigkeiten, ein paar Quadratmeter für den Heimatverein zu pachten, um die beiden Masten für die Storchennester aufzustellen.«

»Es wird eine Pacht für die Nester bezahlt?«

»Nennen wir es eine Art Obolus. Im Leben ist kaum was umsonst. Mir war es ernst mit dem Vorhaben, den Störchen, die seit vielen Jahren endlich wieder über unsere Region segeln, ein Zuhause anzubieten. Ein stilles Projekt zusammen mit dem Heimatverein. Inzwischen schauen Menschen aus aller Welt täglich in die Webcam, um die Jungtiere aufwachsen zu sehen. Und ihr wollt das alles zerstören.«

Ohne eine weitere Reaktion abzuwarten, rauschte Frank Lürsen nun in der Abenddämmerung davon.

Stefan Rutkowsky packte ungläubig und sichtlich sauer seine feuchten Unterlagen zusammen und verabschiedete sich unwirsch. »Wenn man der Menschheit was Gutes anbietet, dann ist das manchmal wie Perlen vor die Säue werfen.«

Isi, die entgegen ihrem Naturell noch kein Wort gesagt hatte, stellte den Korb ab und setzte sich zu Bert auf die Bank. »Erklär mir bitte in einfachen Worten, die auch eine Frau vom Dorf versteht, was hier passiert ist. Spinnen die?«

Bert nahm einen langen Schluck aus seiner Flasche. »Es handelt sich hier um drei Bekloppte, die im Lotto gewonnen haben und mit phantastischen Plänen eine glückliche Zukunft für ihr Dorf planen. Was Nachhaltiges.«

»Aber das ist doch gut.«

Bert nickte versonnen. »Das Problem ist nur, dass jeder was anderes plant.«

Isi öffnete sich eine Flasche Bier und stieß mit ihrem Mann an. »Verstehe. Männer unter sich, jeder hat den besten Plan, und keiner will von seinem abweichen. Typisch.«

***

Gero von Aha fasste sich an den Kopf. »Alltagsmenschen« sah er auf dem Schild, als er näher hinschaute.

»Ich habe mich soeben bei einer täuschend echt wirkenden, lebensgroßen Skulpturengruppe entschuldigt. So was nenne ich einen lebendigen Anziehungspunkt.«

War er verrückt? Redete mit bemalten Betonfiguren, mit sich selbst. Konnte er nicht mehr klar denken, war er so fixiert auf diese Rolle als Bräutigam-Elternersatz?

Er nahm sein Rad und entfernte sich von den »Alltagsmenschen«, ging entschlossen auf das einzige historische Haus zu, das am Reeser Markt den letzten Weltkrieg überstanden hatte. Er las das Schild »Stadtbücherei« und betrachtete das einladende Plakat an der Tür. »Willkommen zur Nacht der Geschichten aus eintausendundeins Büchern. Eintritt frei.«

Er trat wie von einem Magnet angezogen ein und fragte nach dem Buchbestand über ungewöhnliche kulturelle Bräuche. Er stieg die Schweißwolke eines angestrengten Radlers hinterlassend die Treppe hoch.

Ich muss echt alles vergessen, was ich je über die seltenen

Fälle gehört habe, in denen Deutsche oder andere Mutige beim Vater und der Familie der Auserwählten um Erlaubnis baten, die Tochter ehelichen zu dürfen, dachte er nach eingehender Lektüre. Bei den Türken funktioniert das alles ein bisschen anders, bei den Kurden erst recht.

Er fasste in Gedanken zusammen: Mit Blumen für die Brautmutter und erlesener Schokolade ausgestattet, besucht die eine Familie die andere. Gut, das werden also ich als Papa-Vertreter und der erwartungsfrohe Bräutigam Burmeester sein. Man isst, spricht über Alltägliches, trinkt Çay und verköstigt die mitgebrachte edle Schokolade, neben den Blumen für die Mutter das erwartete Gastgeschenk. Auch das noch, ich muss einen Chocolatier aufsuchen. Meine Kenntnisse über Süßigkeiten bewegen sich auf Discounterniveau. Und Blumen von der Tanke werden gewiss nicht reichen.

Er wusste, seine Lernkurve hinsichtlich überzeugender Geschenke musste gewaltig ansteigen. Das käme auch Marlene zugute.

»Eine nicht zu unterschätzende Herausforderung«, glaubte er zu murmeln, war aber in seiner nervösen Wirklichkeit ziemlich laut. Andere Besucher der Bücherei quittierten das mit bösen Blicken. Die waren nicht aus Beton. Schon wieder aufgefallen.

Er plante ein Rollenspiel für die angemessene Übergabe der Geschenke. Beruhigend, dass sich das Geschehen bei der Zeremonie betulich entwickeln sollte. Während die Braut in spe die Gäste ganz traditionell bewirtete und den erlesensten türkischen Mokka aller Zeiten brühte. War ein wenig Zeit vergangen und man sich ein wenig nähergekommen, servierte die zukünftige Braut besagten Mokka, der den wesentlichen Teil des Besuchs einleitete, so las er. »Kinderleicht.«

Jetzt wurde es interessant. Er wusste, wie leicht sich seine Laune mit einer so optimistischen Information bessern ließ. Denn war der Mokka getrunken, hielt der Bräutigamvater für seinen Sohn mit einem traditionellen Satz beim Vater der hoffentlich zukünftigen Braut um die Hand der Tochter an. Normalerweise stimmte dieser zu, und der Hochzeit stand nichts mehr im Wege. So jedenfalls die theoretische Kurzfassung für den Idealfall.

Doch da stand »Bräutigamvater« in diesem Buch der Sitten und Gebräuche, kein Wort über einen Vertreter, der noch nicht einmal mit dem Bräutigam verwandt war. Stattdessen wurde beschrieben, wie der Brautvater theatralisch mit dem Ja zögerte, um die Bedeutung des Akts zu unterstreichen, mit dem er sein Kind ziehen ließ.

Mit anderen Worten: kein Tipp, was ein Nicht-Kurde am besten tat oder vermied.

Gero von Aha dachte weiter. Wenn mich die Familie auflaufen lässt, dann bin ich Burmeesters engster Freund gewesen. Dafür gibt es keine Handlungsanweisung. Ich, Gero von Aha vom K1, wünsche mir auf der Stelle einen mysteriösen Mordfall und einen Einsatz bis an den Rand der Legalität. Eine Fahndung, die alles von mir fordert.

Er wollte schnellstmöglich zurück zu dem, was ihn packte. Und was er kannte. Als Emissär wusste er nicht, was genau ihm bevorstand. Genauer gesagt, in Kürze bevorstand.

Es wurde dunkel. Er wollte zurück nach Wesel, schwang sich auf den Sattel. Ein Gedanke ging ihm nicht aus dem Sinn. An feinen Mokka, der mit Salz, Pfeffer oder Zitrone gereicht wird. So stand es in einem der Sittenbücher. Pfui Deibel. Was hatte das zu bedeuten?

***

Jeden Abend spielten sich im Haus von Maria Steinbrink und ihren Zwillingssöhnen Szenen ab, die eine gewisse Ähnlichkeit mit dem Ritual in einer alten Fernsehserie aufwiesen. »Die Waltons« wünschten sich quer durch das Haus eine gute Nacht.

Die Brüder lagen in den Betten, jeder in seinem Zimmer. Die Türen standen wie üblich auf.

»Gute Nacht, Tiez.«

»Gute Nacht, Köbes.«

»Und träum schön von dem neuen Mountainbike. Mama hat gesagt, es wird morgen geliefert. Dann kannst du lossausen.«

»Danke, Köbes, ich bin jetzt schon ganz aufgeregt.«

Aus dem Erdgeschoss des Eckhauses war eine strenge Stimme zu vernehmen. »Ruhe da oben, ihr sollt endlich schlafen. Schließlich steht morgen früh der Bus pünktlich vor der Tür, um euch zur Werkstatt zu fahren.«

Köbes hielt sich die Hände trichterförmig vor die Lippen und rief, so laut es ging: »Ist ja schon gut, wir schlafen gleich, versprochen. Gute Nacht, Mama.«

»Nacht, ihr beiden.«

Köbes konnte es nicht lassen, das letzte Wort des Abends war seins. »Und gute Nacht, Herta, und gute Nacht, ihr vielen bunten Geldscheine, bald flattert ihr in unser Sparbuch.«

Maria Steinbrink konnte das nicht stehen lassen. »Köbes! Du sollst nicht drüber reden.«

»Auch nicht zu Hause?«

»Doch, hier schon, aber nur ganz leise. Schlaf jetzt endlich.«

Minutenlang war nichts mehr aus der oberen Etage zu hören.

Dann kicherte es aus Tiez' Zimmer, er bemühte sich zu flüstern. »Du hast Ideen, Köbes. Flatternde Geldscheine. Und alle fliegen am Haus von dem fiesen Mann vorbei, den keiner leiden kann.«

»Und unsere Scheinchen fliegen mit uns zu einem Haus am Meer. Wir haben es schön, Tiez.«

»Morgen schellen wir bei Paul und fragen, ob der große Topf schon angekommen ist.«

»Und dann tragen wir unseren Pott zu Mama.«

SECHS

Missmutig zog sich Alfons Mackedei die Regenjacke über. »Kein Verlass auf den Wetterbericht, es sollte doch zumindest am Morgen trocken bleiben.«

Heinz-Hermann Trüttgen schaute zum Himmel, deutete auf die andere Rheinseite, er lebte dort keine zwei Kilometer vom Strom entfernt. »Schaut rüber, da ist der Himmel eine Spur heller. Als ich losfuhr, kam noch nichts von oben. Wir sind hier spät dran, da müssen wir durch.«

Gesthuysen pellte sich vom Rücksitz und spähte skeptisch aus dem Fahrzeug, weder das Wasser von oben noch die eigentliche Tätigkeit waren in seinem Sinne.

Er hatte sich in der Früh schlecht gelaunt auf sein altes Mofa gesetzt und war völlig durchnässt am Treffpunkt angekommen. Und das auch nur, weil Mackedei ihn tags zuvor unter Druck gesetzt hatte. Er könne sich nicht andauernd auf seine minimalistische Tätigkeit, die Pflege der O.P.A.-Homepage, berufen und dann das Geld beanspruchen, das ihm für körperlichen Einsatz zustand. Und er brauchte Geld, immer.

War es vorhanden, rann es ihm durch die Finger wie Wasser. Gesthuysen war chronisch pleite, wagte sich manchmal wochenlang nicht in Voerde zu Aldi, weil er dort garantiert jemandem über den Weg laufen würde, der ihn an die Rückzahlung seiner Schulden erinnerte.

Da drüben in der Himmelsstiege, quasi in Sichtweite, lebten Menschen, die in naher Zukunft in Geldscheinen baden würden. Alfons hatte sich am Vorabend von Bert Schreiber bestätigen lassen, dass die Zwillinge ihnen eine Tatsache verraten hatten, die nicht öffentlich werden sollte.

Auf der Fahrt nach Bislich hatten Alfons Mackedei und Heinz-Hermann Trüttgen darüber sinniert, wie Berge von Geld das dörfliche Leben verändern würden. Gesthuysen hatte sich zurückgehalten, scheinbar uninteressiert aus dem Fenster geschaut, innerlich die Lauscher aufgespannt und den Kopf mit Gedanken darüber strapaziert, wie er einen Teil, nur ein winziges Sümmchen davon ergattern könnte. Jetzt schaute er gedankenversunken in Richtung Bislich-Büschken und hatte die Lösung für sein Dilemma noch nicht gefunden.

Sollte er sich eine Frau ausgucken und anbändeln? Er schaute in den Seitenspiegel, erkannte ein hageres, schlecht rasiertes Gesicht, eine Haarpracht mit Lücken und ohne Konzept und einen schmuddeligen T-Shirt-Kragen. Keine Frau aus dem Dorf würde ihm etwas anderes anvertrauen als den Komposthaufen zum Umsetzen.

Alfons Mackedeis Stimme holte ihn aus seinen Gedanken. »Was ist? Brauchst du eine Extra-Einladung? Ich wette, du träumst wieder von der Kohle, die dahinten in Büschken bald ausgezahlt wird. Vergiss es, das ist ein geschlossener Kreis. Komm, an die Harke, dann sind wir bald fertig.«

Betont lässig stieg er aus. »Ist ja gut, man darf doch wohl mal nachdenken.«

Trüttgen war schon mit der Schuffel in den Beeten und lockerte das Unkraut, hatte mitgehört und kannte den für seinen gemäßigten körperlichen Einsatz bekannten Kollegen.

»Hau rein, du Memme, nass sind wir alle. Also, wenn ich so einen Gewinn hätte, dann würde ich den am nächsten Tag auf alle Kinder und Enkel verteilen. Ich hab genug, man kann nichts mitnehmen, wenn man stirbt. Ich wollt den Pott nich haben. Bringt nur Ärger.«

Gesthuysen nahm sich die Harke und stützte sich auf den Stiel. »In dem Fall könntest du mich adoptieren, dann käme ich auch in den Genuss.«

Trüttgen schaute auf. »Nee, danke.«

»Hast du zufällig noch eine Tochter im heiratsfähigen Alter?«

»Wenn du mein Schwiegersohn wärst, dann hättest du längst schon Schwielen an den Händen statt Hämorrhoiden vom Rumsitzen vor irgendeinem Bildschirm.«

Wieder starrte Gesthuysen zu dem Dorf, dessen Bewohner er gern wäre. Alfons Mackedei ging diese Grübelei auf den Geist.

»Geh und harke schon mal die Lindenblüten auf, da kannst du nichts verkehrt machen«, wies er an. »Also ich finde so eine Summe einfach unmoralisch, es ist ganz gut, dass sie geteilt wird. Ich würde das Geld auch nicht haben wollen, ich habe in meiner berufstätigen Zeit genügend Menschen erlebt, die abgehoben sind, als das Konto übervoll war.«

Gesthuysen schlurfte zu der Linde. »Die könnten ruhig noch ein paar Leute mehr teilhaben lassen.«

»Warum sollten sie?«

Gesthuysen gab sich ernsthaft. »Bei den Buddhisten steigert eine gute Tat das gute Karma und erleichtert den Weg zum Nirwana.«

Mackedei drehte sich in seine Richtung. »Seit wann bist ausgerechnet du Buddhist?«

»Bin ich nicht, hört sich aber schlau an. Und es hätte dich fast überzeugt.«

»Na ja, mehr überrascht als überzeugt. Und jetzt fang endlich an.«

Trüttgen wechselte zum nächsten Beet. »Vorhin, als ich die Brötchen beim Bäcker holte, habe ich Bert getroffen. Der ist echt fertig. Gestern haben sich die Männer wie die Kesselflicker gestritten, jeder hat eine andere Idee, was man für das Dorf machen kann. Ihr werdet et sehen, nichts wird bleiben, wie et war, et geht jetzt schon los mit Streit und Zwist, und du, Gesthuysen schielst sogar aus der Ferne nach fremdem Hab und Gut. Hau lieber rein, anstatt als Arbeiterdenkmal die Landschaft zu verschandeln, wir müssen spätestens morgen hier fertig werden.«

»Ist ja gut. Haben wir noch Zeit für die Kaffeepause?«

***

Frank Lürsen hatte sich freigenommen. Den ganzen Tag telefonierte er und schrieb E-Mails mit unterschiedlichen Leuten, die sich für Störche einsetzten, um hieb- und stichfeste Argumente für sein Projekt zu sammeln. Er konnte an nichts anderes mehr denken und wollte namhafte Fachleute an seiner Seite wissen, um Bislich-Büschken vor den Plänen seiner Nachbarn zu retten.

Er grüßte beiläufig seinen Sohn, der von seinem Schülerjob heimkam und sich auf das Sofa fläzte. Lucius führte täglich die beiden jüngeren Hunde von Alma Argond aus, die beiden alten schafften es gerade bis in den Garten. Der Job kam allen zugute. Lürsens mussten sich keinen eigenen Hund anschaffen, den Lucius sich lange schon wünschte, und er besserte sein Taschengeld auf, während die beiden Hunde sich über den Freilauf freuten, den Alma ihnen nicht mehr bieten konnte.

Frank Lürsen schaute von seiner Arbeitsecke an der Wohnzimmerwand auf. »Kannst du dich nicht umziehen? Du bist ganz nass, das tropft doch das Sofa voll.«

Der Junge starrte ihn an, gab mit Gesten zu verstehen, dass er Kopfhörer trug, die den Rest der Welt nicht zu ihm vordringen ließen.

Lürsen wurde laut. »Lucius, geh dich umziehen und abtrocknen.«

»Mann, die Runde mit Almas Hunden war heute echt anstrengend, ich muss mich eben ausruhen.«

»Aber trocken, bitte.«

Widerwillig erhob sich der Junge und hinterließ mit seinen feuchten Socken Abdrücke auf dem Holzboden. »Ich war nicht allein da draußen, du glaubst nicht, wen ich gesehen habe.«

Lürsen schaute hoch. »Und, wer ist dir begegnet?«

»Erzähl ich dir gleich, ich muss mich ja erst umziehen. Nur so viel, der Kunstmann stand mit dem alten Bauern, dem das Land hinter dem Wald gehört, mitten in der Wiese.«

Lürsen horchte auf. »Was, neben dem alten Staymann?« Er lief hinter seinem Sohn die Treppe hinauf. »Was hast du gesagt? Bist du dir sicher?«

Lucius war im Badezimmer verschwunden. »Ich bin mir ganz sicher, ich kenne doch den Bekloppten von nebenan. Da war noch jemand.«

»Noch einer? Wer denn?«

»Keine Ahnung, so ein Großer mit glänzenden Gummistiefeln.«

»Aus dem Dorf?«

Lucius erschien in Boxershorts und lief an seinem Vater vorbei in sein Zimmer. »Nein, ich kannte den nicht. Aber da stand so ein total fettes Auto am Wegrand.«

Er streifte sich ein T-Shirt über und zerrte eine Hose aus dem Schrank, wobei drei andere zu Boden fielen. Frank Lürsen übersah es ausnahmsweise.

»Jetzt lass dir nicht alles aus der Nase ziehen, konntest du erkennen, wo der Typ herkam?«

Lucius ging auf seinen Vater zu. »Bin ja nicht blöd und im Gegensatz zu dir technisch voll drauf.«

Er nahm sein Smartphone zur Hand, suchte in seinem Fotospeicher und hielt Frank Lürsen ein Bild vor das Gesicht. Der starrte ungläubig auf das Foto.

»Das darf nicht wahr sein. Den kenne ich, über den habe ich gerade etwas in unserer Verbandszeitschrift gelesen, die von den Naturschützern. Titus Diekhaus, der Baulöwe aus Düsseldorf, bekannt für exklusive Großprojekte, Hoch- und Tiefbau. Dem sind Schutzgebiete egal. Der hasst uns Naturfreunde, weil wir ihm schon oft das Geschäft vermiest haben.«

Lucius blickte erstaunt auf seinen Vater. So bitter hatte er ihn lange nicht mehr erlebt.

Frank Lürsen ging aufgeregt auf und ab. »Der Titus Diekhaus bei uns in Bislich. Das gefällt mir nicht. Der Kerl hat sich schon so oft mit dem NABU angelegt, der baut einem reichen Kunden alles exakt dorthin, wo er es hingesetzt haben will. Der Baulöwe in der Provinz. Und der stand mit Kunstmann in der Wiese?«

»Sag ich doch, Mensch, Alter, hörst du mir überhaupt zu?«

»Doch, doch, mein Junge, hast du gut gemacht. Und jetzt räum die anderen Hosen wieder in den Schrank, deine Mutter ist hier nicht das Hausmädchen. Ich muss telefonieren.«

Wieder an seinem Arbeitstisch wählte er die Nummer eines Nachbarn. »Bert? Frank hier, ich muss dir was erzählen.«

»Ach, wir sprechen noch miteinander? Na dann, leg los.«

Frank berichtete von der Beobachtung seines Sohnes, dokumentiert auf einem Handyfoto.

»Woher kennst du den Namen?«

»Der baut dir eine Villa ins Naturschutzgebiet, wenn du das

bezahlen kannst. Und jetzt steht der mit Kunstmann auf dem Weideland. Genau auf dem Boden, den wir alle für unsere verschiedenen Projekte haben wollen.«

Noch einer im Ring, es sah danach aus. Auch wenn man nichts Genaues wusste. Eine Pause entstand.

Bert formulierte, was ihm durch den Kopf ging. »Wieso mit Kunstmann? Der hat gar kein Geld.«

Frank dachte nach. Er zögerte, wagte dann, das Ungeheuerliche auszusprechen. »Und wenn er doch Geld hat?«

»Wie soll das denn funktionieren?«

»Sag mal ehrlich, weißt du, wo Paul und Barbara sind? Können wir sicher sein, dass sich der Siegerschein in ihren Händen befindet? Kann es sein, dass Kunstmann sich bereichert hat?«

Bert hörte etwas scheppern, Frank schien aufgesprungen zu sein und hatte wohl etwas umgerissen. »Alles gut bei dir?«

»Jaja, die Kaffeetasse ist umgekippt. Ich kann das nicht weiterdenken. Ich halte es für möglich, dass der Kunstmann …? Was meinst du?«

Bert nickte, wurde sich bewusst, dass sein Gesprächspartner dies nicht sehen konnte. »Ich kann mir alles vorstellen und im Moment sogar, dass Kunstmann gewaltig Dreck am Stecken hat.«

Frank Lürsen war völlig fertig, es gab Phantasien, bei denen sich alles in ihm weigerte, sie zu Ende zu denken. Doch diese Phantasie musste eine reale Basis haben, sonst hätte sich der Tycoon aus Düsseldorf nicht nach Bislich-Büschken bemüht. »Normal ist das jedenfalls nicht«, sagte er.

»Kann man so sagen«, bestätigte Bert. »Ich informiere Stefan, der muss auch Bescheid wissen.«

»Mach das, und wir treffen uns nachher.«

»Gut, aber nicht so spät, ich muss mit zum Geburtstag von Schwiegermutter. Sonst bringt Isi mich um.«

»Dann bis gleich.«

»Ich melde mich.«

***

»Haben wir zu der Akte Bislich-Büschken noch etwas anderes als ein demoliertes Garagentor und einen Anwohner, der sich laut Ortung in Aldekerk aufhält?«, fragte Karin Krafft.

Jerry Patalon verneinte.

»Ihr wisst, dass unser Staatsanwalt dem K1 außer der Handy-Ortung wahrscheinlich einen SEK-Einsatz, Unterstützung aus der Luft und auch zu Pferde genehmigen würde. Ich möchte, dass der sogenannte ›Fall‹ mit der gleichen Professionalität untersucht wird wie jeder andere. Also kleine Lage, was haben wir?«

Jerry Patalon stöhnte auf. »Sollen wir wirklich unsere mittelmäßig dotierte, gebündelte Energie weiter auf dein Dorf verschwenden? Ich glaube echt nicht, dass dort irgendwas zu finden ist.«

»Nicht so negativ. Meine Herren, gibt es genaue Angaben, wo Aengenholt sich in Aldekerk aufhält? Der Ort ist ja nicht gerade groß, eine Tankstelle, ein Edeka, eine Fabrik, ein Stadtkern um eine Kirche herum.« Karin kannte den lebhaften Ortsteil von Kerken mit den teilweise stilvoll hergerichteten alten Häusern, mit Heimatverein und einem eigenen Kulturprogramm. »Hat Aengenholt dort Bekannte, bei denen er wohnt? Ich glaube, da gibt es keine Pension, allenfalls Fremdenzimmer.«

Jerry ging in Verteidigungshaltung. »Im Dorf konnte mir niemand etwas Relevantes über ihn sagen. In unseren Dateien taucht er auch nicht auf. Ein unbescholtener Bürger. Der hat das Haus in Büschken vor zehn Jahren gekauft, dort lebte früher jemand, der illegal mit antiken Waffen handelte. Ihr erinnert euch an den Fall in Karins Dorf? Damals kam ein Nachbar deiner Mutter durch ein römisches Schwert zu Tode.«

Burmeester horchte auf. »Ja klar, das war einer meiner ersten Fälle, damals noch als Assistent.«

Karin Krafft schmunzelte. »Und du hast die Kabelbinder zur Festsetzung von Personen eingeführt und für ziemlichen Wirbel damit gesorgt. Jerry, was gibt es noch?«

»Wir wissen, dass Frau Aengenholt in Moers bei ihrer Mutter sein könnte. Die lebt im Stadtteil Meerbeck, da fahren wir heute vorbei. Und Paul Aengenholt müssen wir verfolgen, warten, bis sich sein Handy wieder einloggt, Ortung auf dem Laptop, dann gleich hinterher, statt in den Diensträumen über seinen aktuellen Aufenthaltsort zu spekulieren.«

»Gute Idee.« Karin deutete auf Gero von Aha, der intensiv und hoch konzentriert mit der Technik beschäftigt war. »Gero, das machst du.«

Er wirkte wie aus der Ferne in diese Welt katapultiert. »Wie, was?«

Jerry half nach. »Aengenholt verfolgen per Handy-Ortung, das Los fiel auf dich, du bist der Beste in stationärer und transportabler Technik.«

Seine Chefin bestätigte das energisch. »Genau, und nimm Burmeester zur Unterstützung mit, der kann in Bislich-Büschken nichts ausrichten, ist dem Gesuchten jedoch bei diversen Dorffeiern über den Weg gelaufen und wird ihn erkennen. Und unterwegs könnt ihr beide eurem Tatendrang nachgehen und die auflodernde Männerfreundschaft pflegen.«

Von Aha horchte auf. »Wie meinst du das?«

»Ihr beide wirkt im Moment wie zwei Stürmer aus der gleichen Mannschaft. Und damit ist nicht das K1 gemeint. Im Auto könnt ihr die Dinge besprechen, die in euren Köpfen kreisen und anscheinend zu umfangreich für Mittagspausen und abendliche Jausen sind. Und heute Abend will ich Ergebnisse, nicht nur einen lapidaren Satz wie ›Aengenholt auf dem Weg nach Aldekerk geortet‹. Ihr habt den Knall noch nicht gehört, oder? Der Haase meint es ernst, der will, dass wir uns kümmern. Also los, kümmert euch.«

Gero fuhr seinen PC runter, nicht ohne alle wissen zu lassen, dass Aengenholts Handy wieder im Netz und aktuell auf dem Weg nach Geldern war. Die beiden beauftragten Kommissare verließen ohne ein weiteres Wort den Raum.

Jerry Patalon und Tom Weber wollten ihnen nachgehen, Karin hielt sie auf.

»Ihr beide schaut euch weiter im Dorf um. Irgendetwas stimmt da nicht, das habe ich im Gefühl. Die sind völlig durch den Wind. Erstens liegen sie seit Langem mit dem Neuen, diesem Arndt

Kunstmann, im Clinch. Er hat alle gegen die Wand laufen lassen, die sich ihm in freundlicher Absicht nähern wollten. Später konnte und wollte ihn niemand in seinen Dunstkreis lassen. Ein komischer Zeitgenosse, der sich laut meiner Mutter mit pöbelnden Dorf-Paschas anlegt. Und zweitens bringt die Aussicht auf Geld dort jeden, nahezu jeden um den Verstand. Danach fahrt ihr nach Meerbeck. Mag sein, dass Paul Aengenholts Frau etwas Näheres über sein nomadenartiges Verhalten sagen kann. Hat die eigentlich kein Handy?«

»Doch, aber es ist aktuell nicht im Netz.«

Kaum waren die Männer außer Haus, erschien Haase auf der Bildfläche. Er sei in der Nähe gewesen und wolle sich über den Stand der Dinge informieren.

Kein Wunder, dass er in der Nähe war, dachte Karin, sein Büro befand sich schließlich in dem Gebäude auf der anderen Straßenseite. Sie beschrieb mit kurzen Worten den Sachstand und verwies auf eine weitere kleine Lage am nächsten Tag. »Morgen wissen wir mehr.«

»Das will ich hoffen, sonst öffnen Sie das Haus des vermeintlich Vermissten.«

»Gefahr im Verzug?«

»Genau.«

***

Zwei Männer huschten durch den Landregen und begrüßten den dritten, der sie nach ausgiebiger Nutzung der Fußmatte aus Kokosfasern eintreten ließ, mit freundschaftlichem Schulterklopfen. Wer das Trio am Abend zuvor vor Wut schäumend und an ihren Plänen krallend erlebt hatte, dem wäre der Gedanke an diesen solidarischen Auftritt nicht in den Sinn gekommen. Frank Lürsen spielte den perfekten Gastgeber, lotste die Männer an den Esstisch.

»Bei diesem Wetter biete ich euch lieber was Warmes an, der Regen zieht heute richtig unangenehm in die Kleidung, wenn man sich auch nur kurz draußen aufhält. Mögt ihr lieber einen grünen Tee aus China oder Kaffee, fair gehandelt aus Bolivien? Wir unterstützen damit eine Initiative, die den Bauern –«

Bert Schreiber unterbrach ihn harsch. »Nur keine Umstände, mir reicht am frühen Nachmittag ein kühles Blondes. Wärmt auch.«

Frank dachte einen Moment lang nach. Bier vor vier lag trotz jahrelanger Übung als Mitglied einer niederrheinischen Nachbarschaft immer noch außerhalb seiner Vorstellungskraft, und der bodenständige Nachbar würde das Besondere an seiner Öko-Marke weder schmecken noch zu schätzen wissen. Und er hatte nur noch diese eine Flasche. Er öffnete den Kühlschrank.

»Ich habe vorhin erst das allerletzte Schluttweiler hineingestellt. Es ist noch lau. Aber wenn du warmes, naturtrübes Bier magst?«

Bert wandte sich ab, bereute innerlich, das Haus der Lürsens für das Treffen gewählt zu haben. »Dann lieber deinen ach so fairen Kaffee.«

»Ich schließe mich an.«

Stefan und Frank hatten sich bei ihren Arbeitgebern krankgemeldet, Bert war im vorzeitigen Ruhestand, man konnte sich also in aller Ruhe dem drängendsten Thema widmen.

Bert wartete, bis Frank die Kanne mit dem manuellen Druckfilter auf den Tisch gestellt hatte. »Erzähl mal genau, was hat Lucius beobachtet?«

Frank wiederholte, was sein Sohn gegen Mittag hinter dem Wäldchen beobachtet hatte.

Dieses Mal war es Bert, der Papiere auf den Tisch legte, die er zum Schutz vor dem Regen klein gefaltet in der Brusttasche seines Hemdes transportiert hatte. Ungelenk versuchte er, sie mit beiden Händen zu glätten.

»Ich habe mal im Internet nachgeschaut, was da über diesen Titus Diekhaus zu finden ist. Der nimmt alle Aufträge an, die hoch dotiert sind, und erfüllt die extravagantesten Wünsche seiner Kunden. Man behauptet auf Facebook, er wisse bis hinauf zur obersten Baubehörde alle zu überzeugen, die etwas gegen seine Pläne haben könnten. In Wesel hat der damals einem Banker eine

Villa mit garantiert unverbaubarem Blick ins Naturschutzgebiet gesetzt.«

Stefan blickte auf. »Ich erinnere mich, war das nicht der Kerl mit dem Kronleuchter aus Italien, der von zwei Fachleuten eine Woche lang montiert werden musste? Er glaubte sich einen Gefallen damit zu tun, wenn er in der Öffentlichkeit damit prahlte. Das schicke Haus des Finanzmanns ist solch ein skandalöser Bau von Diekhaus.«

Frank drückte den Filter auf den Kannenboden und goss das heiße Getränk in handgetöpferte Becher.

»Wieso stand der Kunstmann neben dem alten Staymann vom Waldhof mit diesem Baumagnaten aus Düsseldorf auf der Weide? Der Mann hat doch gar kein Geld für ein großes Projekt, sonst würde er nicht so merkwürdig durch das Dorf scharwenzeln. Der platzt doch bald vor Neid.«

Bert lehnte sich zurück, der einfache Stuhl aus unbehandeltem Buchenholz knarzte bedenklich. Ein Möbel für Leichtgewichte. »Fakt ist, dass er nicht zur Gemeinschaft gehört. Es kann doch sein, dass sein Konto voll genug für einen Auftrag an diesen Titus Diekhaus ist.«

Stefan schnupperte an seiner Tasse. »Sehr aromatisch. Wenn du mich fragst, dann ist der Kerl ein brotloser Künstler, der sein Vermögen bei der Ausstattung seines Hauses verpulvert hat. So oft, wie der hier ist, kann der nicht an gut bezahlten Aufträgen arbeiten. Einen Film, der für den Oscar nominiert ist, hat der nicht gedreht, da wären Medienvertreter bereits in unsere Idylle eingefallen wie die Schwärme der Stare in herbstliche Streuobstwiesen. Aber vielleicht hat Kunstmann ja geerbt.«

»Klar, und das hat er gestern erfahren, und ohne die übliche Prozedur mit Erbschein und allem geht er gleich, ab die Post, mit Titus Diekhaus auf die Weide. Der Stararchitekt und Baulöwe eilt auf seinen Ruf herbei. Nein, nein, das stinkt. Da ist was faul. Der hat Dreck am Stecken. Der plant mit viel Geld etwas, was auf Staymanns Grund entsteht. Etwas, was unsere Idylle versauen wird.« Bert schaufelte drei Löffel Rohrzucker in seinen Kaffee.

Frank schaute jeder Portion nach, die in der braunen Flüssigkeit, ökologisch angebaut und fair unter die Leute gebracht, verschwand. »Wir gehen rüber und fragen ihn.«

Mit dem Zucker nicht genug, goss Bert noch eine gehörige Portion Milch in die Tasse, so würde er das besondere Aroma nicht mehr schmecken. »Aber sicher doch, nach unserem Auftritt am Sonntag wird er uns freudestrahlend in sein Haus bitten und uns bereitwillig seine Pläne offenbaren. Der wollte nie mit uns zu tun haben und hat die Nachbarn entweder ignoriert oder neidisch beäugt.« Bert schob den Becher von sich und forderte Aufmerksamkeit ein, indem er sich vorbeugte und einen Zeigefinger erhob. »Ich sage nur eins: Wieso hat der uns so lautstark daran gehindert, in Pauls Haus nachzuschauen?«

Frank verstand nicht, worauf er hinauswollte. »Ein aufrichtiger Mann eben. Wenn ihr drüber nachdenkt, dann hatte er völlig recht. Wir durften das nicht.«

Stefan überlegte, Bert ließ ihm nicht die Zeit, die Antwort auf die Frage zu finden.

»Er will vermeiden, dass jemand das Haus betritt. Weil er selber dort gewesen ist und den Schein an sich genommen hat.«

Frank drehte sich zur Seite. »Der soll den Lottoschein geklaut haben?«

»In meiner schmutzigen Phantasie sehe ich noch was ganz anderes. Leute, es ist mehr als fraglich, ob Paul den Schein freiwillig aus den Händen gegeben hat, oder?«

Darüber hatte jeder bereits nachgedacht, jetzt lag diese These auf dem Tisch.

Drei Männer saßen im Esszimmer, starrten auf die Tonbecher, die Tischsets aus Stoff, ausgebleicht vom vielen Waschen, die, durchzogen von Knitterfalten, auf dem gelaugten Buchenholz lagen. Vier Scheußlichkeiten auf bloßem Holz, für die sie keine Augen hatten. In den drei Köpfen hatte sich ein schauderhafter Gedanke festgefressen.

Die Gesichtsfarbe von Frank wechselte von aufgeregtem Rot zu Aschfahl. »Du meinst, er hat Paul …?«

Bert nickte. Blickte zu Stefan. Der räusperte sich.

»Denkbar ist vieles. Und gar nicht so abwegig. Da passt eins zum anderen. Und wie kommen wir jetzt zu unserem Geld?«

»Was anderes fällt dir nicht dazu ein?« Frank sprach mit tonloser Stimme. »Wir müssen die Polizei informieren.«

Bert widersprach. »Bleib auf dem Teppich, Frank, die Kripo ist doch gestern schon da gewesen und unverrichteter Dinge wieder gefahren. Wenn ihr mich fragt, dann muss unser erstes Ziel sein, den Lottoschein in unsere Hände zu bringen. Es gibt nur diesen kleinen Schein aus dünnem Papier, das ist der einzige Nachweis, der zu den Millionen führt. Bevor der konfisziert wird oder jemand ihn aus Wut verschluckt, müssen wir ihn finden. Dann können wir immer noch die Polizei informieren.«

Stefan richtete sich auf. »Ich verstehe, was du meinst. Erst das Geld sichern und dann sollen andere nachgucken, ob in dem Haus der Aengenholts eine Leiche liegt.«

Bert nickte. »Oder vielleicht sogar zwei«, sagte er.

Frank sprang auf und lief ins Bad. Durch die geschlossene Tür konnten sie hören, dass er sich übergeben musste. Die Männer am Tisch schauten sich an.

»Was für ein nervöses Hemd, unser Öko-Freak.«

»Ob Baldrian da hilft?«

Frank Lürsen ließ das Handy sinken. Er war ein sanfter Mann. Es gab Leute im Dorf, die ihn für entschlusslos und nicht von dieser Welt hielten. Doch das Geld, das ins Dorf fließen würde, drohte es nun zu zerreißen und nachhaltige Ideen zu zerstören. Nachhaltig war ein geschundenes Wort, aber ihm fiel kein besserer Begriff ein. Diese Entwicklung machte ihn wütend.

Der Baulöwe war sicher nicht ohne konkreten Anlass in Büschken aufgetaucht. Natürlich. Es gab nur eine Erklärung dafür. Arndt Kunstmann hatte gemordet, um den Lottoschein zu bekommen. Wahrscheinlich – wobei Frank Lürsen die Bestätigung der Vermutung nicht unlieb gewesen wäre.

Windrad- und Solarfeldfreunde mit ihrer fixen Idee, sich mit Energie selbst zu versorgen, hatten keine Bedenken, in die Natur einzugreifen. Energie-Genossenschaft würde nur ein schönes

Wort sein, um das Dorf auszupressen. Im Endeffekt ging es ums Geschäft und nichts anderes. Er, Frank Lürsen, der Sanfte, würde in die friedliche, wohlgeplante Offensive gehen. Er würde die Kontrahenten versöhnen und blitzartig Befürworter für seinen Plan sammeln. Versammeln.

»Visionen brauchen Fahrpläne«, erinnerte er sich an einen Satz aus seinem Studium. Ernst Bloch, der berühmte Philosoph, hatte ihn gesagt. Das Storchendorf, seine Vision, es würde wachsen und gedeihen. Die Lottomillionen würden seine Idylle, sein Bislich-Büschken, nicht zerstören.

Niemand traute ihm die logistische Leistung zu, solch einen Protest zu organisieren, keiner vermutete solch ein Durchsetzungsvermögen bei ihm. Der Überraschungseffekt würde auf seiner Seite sein. Frank Lürsen griff erneut zu seinem Fairphone.

***

Offener Widerstand schlug Arndt Kunstmann entgegen. Und das ausgerechnet von einer Frau.

»Aber Lämmchen, ich meine es doch nur gut. Ich finde, deine Mutter sollte hier in ihrer Heimat einen geeigneten Platz finden. Alte Menschen verpflanzt man nicht, schon gar nicht in einen fremden Kulturkreis.«

»Was weißt du über alte Menschen? Hast du noch Kontakt zu deinen Eltern? Nein, das passt nicht zu dir. Du liebst nur dich selbst, und irgendwo ist eine winzige Nische für mich in deinem Leben.«

»Sei nicht so ungnädig mit mir, mein Lämmchen, du weißt doch, dass mein Herz dieses warme, feuchte Klima nicht verträgt. An schwülen Sommertagen gerate ich immer in Atemnot. Eine derartige Wetterlage ist zu anstrengend für meine Pumpe.«

Jetzt hieß es, mit viel Geschick die Laune der Frau, deren Attraktivität sich einzig durch die Aussicht auf Millionen fulminant gesteigert hatte, wieder ins Lot zu bringen.

»Lämmchen, sei nicht so hart zu deinem Tiger. Ich meine es doch gut. Schau, du kannst doch wirklich nicht einschätzen, ob dich in der Ferne nicht ein fürchterliches Heimweh plagen würde. Mein guter Freud Titus hat sich das Gelände hinter dem Wald angeschaut. Es ist groß genug und einfach ideal. Dort kann ein Wellness-Resort der Extravaganz entstehen, etwas nie Dagewesenes. Ich baue eine riesige Kuppel, unter der Platz für einen tropischen Garten ist. Ein Biotop mit den originalen Pflanzen und Tieren, die es in Thailand gibt. Natürlich ohne die gefährlichen Giftschlangen und die Moskitos, die alle möglichen Krankheiten wie Malaria übertragen.«

Hörte sie überhaupt noch zu? Kunstmann vernahm keine Regung am anderen Ende der Leitung.

»Deine Mutter kann den ganzen Tag in angenehmer, wohltuender Atmosphäre bunte Vögel und Schmetterlinge beobachten. Und sie wird vom besten Personal gepflegt, das wir anheuern können. Für uns selbst gibt es alles, was das Herz begehrt, alles in einem nicht öffentlich zugänglichen Teil. Ayurveda, Hot Stones, Lomi-Lomi-Massagen, such es dir aus, und wir werden es einkaufen, nein, einfliegen lassen mit unserem eigenen Jet, den wir bei eurem Provinz-Airport in Weeze stationieren. So etwas hat die Welt noch nicht gesehen, Besucher und Gäste aus aller Welt werden den öffentlichen Teil bewundern, die einmalige Architektur bestaunen.«

Es herrschte Stille am anderen Ende der Leitung. Kunstmann stand der Schweiß auf der Stirn. Hatte er sie überzeugen können?

»Lämmchen? Bist du noch dran?«

»Du bist so ein …«

»Ja? So ein Genius?«

»… so ein Spinner. Glaubst du wirklich, ich will zurück in dieses Dorf? Und meinem Mann erzähle ich, hör mal, ich bin jetzt mit dem da zusammen? Das ganze Dorf glotzt mich abschätzig an, weil klar ist, wo das Geld für diesen Wahnsinn herkommt.«

»Wir bauen das unter anderem Namen, niemand wird wissen, wer es finanziert.«

»Träum du weiter, bis die ersten geworfenen Steine deine Kuppel treffen. Nein, danke. Kein Bedarf. Ich will mit dem Geld ganz weit weg von hier, verstehst du? Wenn alles perfekt ist, steigen wir sang- und klanglos in einen Flieger nach Bangkok, und ein Container mit den wichtigen Dingen kommt nach.«

»Aber Lämmchen.«

»Nix Lämmchen. Wenn du nicht mitkommst, dann hat es sich ausgelammt.«

Eine düpierte Liebschaft, die über Millionen verfügte und damit abhauen wollte. Da half nur Plan B. Seine Stimme schaltete von Gesäusel auf kühl.

»Barbara, was meinst du, was deine Nachbarn aus der Tippgemeinschaft dazu sagen würden, wenn eines Morgens plötzlich Zettel mit der ganzen Wahrheit über den Lottogewinn in ihren Postkästen liegen? Wie lange würde es wohl dauern, bis der erste bauernschlaue Mensch bei deiner Mutter vor der Tür steht?«

Barbara blieb stumm.

»Leg jetzt nicht auf. Es wäre sehr schade, wenn deine Träume und meine Visionen sich in diesem Moment in Luft auflösen würden.«

Er hörte sie laut und hektisch atmen.

»Die netten Leutchen aus diesem Nest werden nichts erfahren, wenn du das Geld mit mir teilst.«

»Was?«

Der Klang ihrer Stimme war für ihn nicht zu deuten. Der Tiger sah das Lämmchen im dichten Dschungel verschwinden. Zeit für den knallharten Geschäftsmann.

»Ich glaube, du hast mich gut verstanden, eine Hälfte für dich, und eine Hälfte wird auf ein Konto auf den Cayman Islands transferiert. Und dann verwirklichst du in aller Ruhe deinen Traum, und ich baue mir meinen.«

Sie sagte noch immer nichts.

»Und das Beste ist, dass niemand hier etwas davon erfahren muss, wenn du zustimmst.«

Barbara nahm einen tiefen Atemzug. »Lass mich eine Nacht darüber schlafen, okay?«

Fast hätte er laut mit den Zähnen geknirscht. Da war es wieder, dieses Wort, das ihm, ebenso wie das Kaugummikauen bei jeder

Crew, mit der er je gearbeitet hatte, als absolutes Tabu galt. Ruhig bleiben.

»Das hört sich doch nach meinem Lämmchen an. Brav, so liebe ich dich, verständig und voller Hingabe. Komm, sag deinem Tiger was Nettes.«

»Da muss ich auch eine Nacht drüber schlafen.«

Sie beendete das Gespräch.

Das gefiel Kunstmann überhaupt nicht, es war blöd gelaufen. Zahnloser Tiger.

***

Burmeester hatte seine Mucke mitgenommen und in den CD-Player des Dienstwagens geschoben. »Polizisten fahren stets zu zweit um dunkle Ecken durch die Nacht ...«

Von Aha gab sich verwundert. »Du hörst Extrabreit?«

»Ist doch ein geiler Song aus der Zeit der Krautrocker. Und wenn die von der Angst vor Terroristen singen, dann waren damit andere Elemente gemeint als die, die heute in der Welt ihr Unwesen treiben. Hör mal, meine Lieblingsstelle.«

»... Sie rauchen ›Milde Sorte‹, weil – das Leben ist doch hart genug.«

Die beiden fuhren durch den Landregen in Richtung Geldern, passierten die Weseler Rheinbrücke, auf deren linker Spur dicke Tropfen von den Spannseilen auf das Autodach prasselten. Burmeester lehnte sich tief in den Sitz und loggte sich auf dem Laptop auf seinen Knien in das Ortungsprogramm ein. Von Aha trommelte den Takt aufs Lenkrad.

»Da ist er, an Kerken vorbei auf der B 9 immer noch in Richtung Geldern unterwegs. Gib Gas, geliebter Bräutigamspapa.«

Von Aha stutzte, grinste breit. »Wehe, wenn du mich jetzt küsst, ich hau dich aus der Karre.«

»Keine Sorge, so weit reicht meine Liebe zu dir nicht. Ich könnte dir gefühlvoll das Knie tätscheln.«

»Vergiss es, ich bin ein Vater von der unberührbaren Sorte.«

Beide prusteten los, lachten so herzhaft, dass Burmeester den

Laptop festhalten musste. Erst an der Ampelkreuzung beim ehemaligen Restaurant Grünthal beruhigten sie sich wieder.

»Jau. Das Leben ist hart genug.«

»Du sagst es, Nikolas, aber verrate mir lieber, wohin uns die Ortung führt.«

Burmeester erkannte, dass das Signal mittlerweile am Holländer See vorbei in den Stadtbereich Geldern eintauchte.

»Er ist in der Stadt.«

»Wir sind jetzt bei Issum, nur noch wenige Kilometer, dann haben wir ihn.«

»Blaulicht?«

»Blaulicht.«

Burmeester steckte den Aufsatz auf das Dach, die Straße öffnete sich vor ihnen. Die nächsten Kilometer flogen nur so dahin. Eile war auch nötig.

»Mist. Da, er verliert sich im Bereich von Gelderstraße und Heilig-Geist-Gasse.«

»Was heißt das, er verliert sich?«

Burmeester vergrößerte die zugrunde liegende Karte des Innenstadtbereichs. »Weg. Aus. Er hat das Gerät ausgeschaltet.«

»Wir haben sein Autokennzeichen, er fährt einen zehn Jahre alten Opel Astra in Silber. Lotse mich, so nah es geht, an den Punkt des letzten Signals, und dort halten wir die Augen auf.«

Sie fuhren über die B 58 an Aengenesch und am See der Auskiesung am Hartefelder Dyck vorbei in Richtung Innenstadt. Es ging über die Issumer Straße bis in die Nähe des Marktplatzes, und dort stellten sie den Wagen ab.

»Kannst du nicht ein Phantombild anfertigen lassen? Dann könnten wir nicht nur beide nach dem Kennzeichen, sondern auch nach dem Mann suchen.«

»Gute Idee, ich weiß nur nicht, ob das Bild dem Mann ähnlich sein wird. Es ist lange her, dass ich ihn gesehen habe, und ich glaube, bislang haben wir keine zehn Worte miteinander gewechselt. Ich bin ein schlechter Augenzeuge, wenn es um das Aussehen von Männern geht. Die Barbara Aengenholt, die könnte ich zeichnen lassen.«

Von Aha schlug den Kragen seiner Jacke hoch. »Alter Chauvi, das lass aber nicht deine Zukünftige hören. Du links, ich rechts?«

Burmeester bestätigte, sie teilten sich auf und eilten mit flotten Schritten durch die Innenstadt. Von Aha fiel der Wasserlauf ins Auge, der sich längs des Platzes schlängelte, ein nettes Detail im Stadtbild. Sie verabredeten, sich auf dem Platz zu treffen, nachdem sie die kleinen Straßen rundum systematisch abgesucht hätten.

Beide liefen durch kleine Gassen und Straßen, schauten auf den Parkplätzen nach, die rund um das Zentrum angelegt waren. Keine Spur von dem silbernen Fahrzeug mit dem Weseler Kennzeichen.

Der Außeneinsatz bei pladderndem Regen verlangte eine schnelle Entscheidung, als sie sich auf dem Markt wiedertrafen. Burmeester wies mit dem Kinn auf das Mühlencafé an der Ecke Bahnhofstraße.

»Du bestellst einen Kaffee, und ich hole den Laptop aus dem Wagen.«

Im Café mäkelte der verwöhnte Kaffeefreund von Aha an dem Heißgetränk herum, während Burmeester zufrieden war.

»Warum bestellst du denn auch Kaffee, den du nicht selber nach deiner berühmten italienischen Methode gebraut hast? Du weißt doch, dass dir niemand etwas Zufriedenstellendes reichen kann. Und der Aengenholt ist immer noch nicht zurück im Netz.«

»Ob der das Fahrzeug gewechselt hat? Das kann doch nicht sein.«

Burmeester klappte den Laptop zu. »Klar liegt das im Bereich des Möglichen. Genauso wahrscheinlich ist aber, dass er nur eine Schleife durch die Stadt gemacht hat und schon längst woanders ist.«

Angewidert schob von Aha die Tasse von sich. »Können wir ihn zur Fahndung ausschreiben?«

»Mit welcher Begründung? Haase kann viel, aber das wird nicht drinsitzen. Wir können allerdings die Kollegen in der hiesigen Wache bitten, ein Auge auf das Kennzeichen zu haben.

Die Wache ist am Nierspark, am besten fahren wir nachher dort vorbei.«

Von Aha beäugte den geschmacklich abgehärteten Burmeester, der den Kaffee bis zum letzten Tropfen in sich hineinschüttete. Der türkische Mokka spezial, das präparierte Gebräu zur Brautwerbung, kam ihm in den Sinn. Er grinste. Dann schüttelte er sich. »Bäh.«

»Was meinst du?«, fragte Burmeester arglos.

»Sage ich dir nachher auf der Rückfahrt. Wir sollten uns heute mal zu einer Generalprobe verabreden.«

»Gute Idee. Weißt du denn mittlerweile, wie die Zeremonie bei Ögülsans abläuft?«

»Alter, ich bin im Bilde, erkläre ich dir gleich im Wagen, da hast du keine Chance, mir abzuhauen.«

»So schlimm?«

»Ansichtssache. Da musst du durch. Wenn wir beide uns gut präsentieren, lacht dir eine goldene Zukunft.«

Burmeester zahlte den Kaffee. »Und dir meine ewige Freundschaft.«

***

»Mein Lämmchen, bist du mir noch böse? Ich will doch nur das Beste für uns. Ich vertrage die Thaiküche so schlecht. Schärfe bekommt meinem Magen nicht, das einzige Scharfe in meinem Leben bist du. Komm, sei wieder gut.«

Barbara schwieg, Arndt Kunstmann war erleichtert darüber, dass sie seine Nummer nicht blockiert hatte. Er konnte an ihrer Atmung hören, dass sie sich das Lachen verkniff. Er musste noch ganz schnell was richtig Passendes draufsetzen.

»Ich kann kein Thai, und mein Englisch ist erbärmlich. Wenn ich dir dort rote Rosen schenken will, komme ich bestimmt mit einer Ananas und drei Orangen zurück.«

Geschafft, sie lachte laut auf.

»Deshalb hast du mir noch nie Blumen geschenkt …«

»Gott sei Dank, du sprichst noch mit mir.«

»Warum auch nicht? Du hast versucht, mir meine Idee madigzumachen, und wolltest mich erpressen, ist doch alles okay mit uns. Bestens.«

Er verzog das Gesicht, ihr »Okay« traf ihn bis ins Mark. Diese Ironie kannte er nicht aus ihrem Mund. Und Barbara war noch nicht fertig.

»Ich habe inzwischen eine ganz andere Idee. Ich könnte zum Beispiel die New Yorker Wohnung von Sting kaufen, dem Sänger, zwei Etagen direkt am Central Park. Für schlappe sechsundfünfzig Millionen, dann bleiben noch vier Millionen, um bis ans Lebensende gut versorgt zu sein. Da könnte eine Pflegekraft mit einziehen und eine Haushälterin, Platz satt und ein geniales Stadtpanorama.«

Was war das denn? Sie wollte ihn bestimmt nur testen.

»Aber Lämmchen, du und Trump? Wie stellst du dir das Leben in den USA vor? Alles ist teurer als hier, das Gesundheitssystem miserabel. Und vielleicht lässt dieser Präsident niemanden mehr dauerhaft ins Land, der denkt sich ständig neue Schikanen aus, du weißt doch, *America first.*«

»Das war auch ein Scherz, ich kann kein Englisch, aber in Thailand sprechen viele Deutsch, besonders in den Residenzen.«

Er erschrak, sie war alles andere als überzeugt. Jetzt half nur devote Sanftmut.

»Lämmchen, verzeih, ich habe mich furchtbar benommen. Das Geld hat mir echt das Hirn vernebelt. Natürlich gehört es dir, alles, die ganze Summe, und du entscheidest, was damit geschehen wird. Und ich könnte dir niemals die Dorfmeute auf den Hals hetzen.«

»Okay.«

Knirsch.

Was würde passieren, wenn sie wirklich zusammenlebten, statt sich bei Gelegenheit auf ein kurzes Nümmerchen im Hinterzimmer seines Duisburger Studios zu konzentrieren? Kunstmann wollte sich die gemeinsame Zukunft nicht schönmalen. Um an das Geld zu kommen, das war ihm klar, gab es nur eins: Friss oder stirb. Und wenn in Asien alles geregelt wäre, gäbe es einen Weg zurück. Bangkok – Frankfurt.

»Willst du mich noch immer mitnehmen und an einem wunderschönen Strand unter Palmen mit mir alt werden?«

»Ich werde es in Erwägung ziehen.«

Das war schon mal kein eindeutiges Nein wie Stunden zuvor.

»Ach, Lämmchen, was wäre ich ohne dich.«

»Ein einsamer Tiger.«

»Wann sehen wir uns?«

»Bald, schon ganz bald.«

SIEBEN

Gero von Aha stand vor seiner Wohnungstür in dem Arkadenhaus am Großen Markt. Eigentlich hätte er Überstunden schieben müssen. Der verschwundene Provinzler aus Büschken musste irgendwo untergetaucht sein, und sie hatten einige Spuren. Im Dorf brodelte es, die gierige Lottogemeinschaft traute keinem über den Weg. Er hatte sich freigenommen, kollegial war das nicht. Doch es gab höhere Mächte.

Er klingelte bei sich selbst, er hatte die Hände zu voll, um nach dem Schlüssel zu greifen. Er hatte sich angemeldet. Marlene erwartet mich. Ein verlockend liebevoller Empfang, ein Glas Rotwein. Und dann.

Marlene überrascht mich mit einem verführerischen Lächeln. Sie ist unglaublich schön in ihrem eng anliegenden Kleid mit dem tiefen Dekolleté. Keiner von uns sagt ein Wort. Das aufgestaute Begehren erfasst uns.

Wir gehen in das große, ruhige Schlafzimmer mit diesem altmodischen breiten Metallbett. Nach einer Weile legt sich die Hitze. Ich merke, wie der Schweißfilm vom Laken aufgesogen wird. Meine Fingerspitzen gleiten über ihren glänzenden Körper. Marlene schiebt sich an mich und liegt mit geschlossenen Augen in meiner Armbeuge.

Er stand vor der Wohnungstür. Es hätte ein schöner Abend werden können. Der Traum verflog.

Nikolas Burmeester öffnete. Er hatte eine hautenge Hose mit einer Art Tigermuster an. Ein weit geschnittenes T-Shirt, dem man seine Stoffqualität ansah, meldete in handgezeichneter, großzügiger Schrift: »Fuck the police«. Darunter rauchte ein Colt. Burmeester sagte mit belegter Stimme: »Selam.«

Gero von Aha hatte mit einem anderen Auftritt gerechnet. Er schaute an sich selbst herunter. Gedeckter Anzug, ein edler Gürtel, handgemacht in einer Ledermanufaktur, Businesshemd mit dezenten Streifen, die nachtblaue Krawatte. Sie hatte den

Kampf gegen die Versuchung gewonnen, sie durch ein lässig geschlungenes seidenes Halstuch zu ersetzen. Keine Extravaganzen für diesen erlesenen Augenblick, der Seriosität verlangte.

Er hatte gedacht, ein Familienoberhaupt empfange ihn ebenfalls dem feierlichen Anlass entsprechend. Ein konservativer Mann, der auf seine Erscheinung achtete und stilvoll auftrat. Jedenfalls nicht im T-Shirt mit diesem Polizeispruch. Hatten sie nicht ein Rollenspiel vereinbart? Ein Training unter realistischen Bedingungen, damit bei der Brautwerbung sämtliche Schritte und alle Konventionen eingehalten würden?

Gero von Aha, der Botschafter des Bräutigams, stand da mit seinem Silbertablett. Die durchsichtige Verpackung türmte sich voluminös in die Höhe. Eine elegante Schleife hielt sie zusammen und ließ doch den Blick auf diverse Köstlichkeiten frei. Sie stammten aus einer Packung vom Discounter für zwei Euro neunundvierzig.

***

Tiez konnte sein Glück nicht fassen. Er streichelte den Lenker seines neuen Rades mit Hingabe und betrachtete das Gefährt mit glückseligem Grinsen. Ein Mountainbike. Wie lange hatte er gebraucht, seine Mutter davon zu überzeugen, dass er genau so ein Rad besitzen musste! Und jetzt stand es im Schuppen, blitzte und blinkte, die Felgen, der Sattel, die Form, alles gefiel ihm, er wäre am liebsten sofort losgeradelt.

Aber Mama war dagegen. Heute war Dienstag, und da war er zum Abendbrot dran mit Tischdecken und anschließend Spülen. Und danach musste er noch sein Zimmer aufräumen. Außerdem sah es nach einem sonnigen Nachmittag wieder nach Regen aus. Das würde ihm nichts ausmachen, aber seine Mama schimpfte immer mit den Zwillingen, wenn sie nass wurden. Und er konnte sich nicht vorstellen, mit der gelben Regenjacke auf dieses schicke Rad zu steigen. Erst morgen zum ersten Mal raus auf den Deich? Das ging nicht. Da, sie rief ihn schon wieder. Noch einmal fuhren seine Finger über das satte Rot des Sattels.

»Ja, Mama, ich komme.«

Schweren Herzens musste er seine Hand von dem Lenker lösen. Er beugte sich zu dem hohen Rückspiegel und schaute hinein, sprach so leise es ging mit seinem Spiegelbild.

»Ich komme nachher wieder. Wenn es dunkel wird. Und dann zeige ich dir, wie ich auf dem Deich sausen kann.«

Lächelnd verließ er den Schuppen, die Augen auf den größten seiner Schätze gerichtet. Handkuss.

***

Wenn es ernst wurde, würde sich Burmeester hoffentlich nicht lumpen lassen. Jetzt hatte er gespart, auch bei seinem optischen Auftritt. Gero von Aha lächelte gequält und überreichte dieser Schlampe von Brautvater das makellos glänzende Schoko-Tablett. Er drückte es vor den rauchenden Colt. Von Aha musste balancieren. In der anderen Hand hielt er einen ausladenden Blumenstrauß. Es handelte sich um einen Blumentopf, dessen mickrige Grünlilie sonst auf dem Fensterbrett im Hausflur vor sich hindämmerte. Burmeester wechselte die Rolle. Jetzt war er die Brautmutter. Er nahm den Blumentopf mit einem glückseligen Lächeln entgegen.

Als sei ich sein, äh ihr, Traumschwiegersohn, dachte von Aha.

Er sagte: »Merhaba, ben Gero.«

Falsch.

»Merhaba, ben Nikolas.«

Der Brautvater schaute ihn an. Oder war es die Brautmutter? Er oder sie sagte nichts. Von Aha hatte eine ausgefeilte kurdische Anrede erwartet, ein »Danke« und ein wortreiches Geleiten hin zum bequemen Besuchersessel. Ein bisschen Vorbereitung konnte man doch wohl erwarten!

Er küsste die Hand von »Fuck the police«, bevor er sie zu seiner Stirn führte. Wie man ihm gesagt hatte, war dies eine Geste des Respekts gegenüber der Brautmutter und sollte den Wunsch nach ihrem Segen symbolisieren.

»Iih«, sagte Burmeester mit tiefer Stimme.

Ein Rollenspiel lebte von Vorstellungskraft, und die war hier offensichtlich nötig. Von Aha drängte sich an Burmeester vorbei, der wie paralysiert im Türrahmen stand. Immerhin hatte er jetzt die Hände frei, während Brautvater und Brautmutter in der Person des Kollegen Burmeester die Mitbringsel verstauen mussten. Er ging in sein Wohnzimmer.

Niemand forderte ihn auf, Platz zu nehmen. Er setzte sich in seinen Fernsehsessel. Burmeester kam aus der Küche, wo er in die dritte Rolle geschlüpft war. Als sittsame Tochter Yasmin servierte er mit züchtig niedergeschlagenen Augen den türkischen Mokka. Von Aha sah in der Küche das Glas Nescafé, davon steckten ein paar schnell lösliche Löffelchen voll in dem offensichtlich nach allen Regeln der Kunst gebrauten Trank. Seine Vorstellungskraft setzte wieder ein.

Burmeester ging erneut in die Küche, und Gero von Aha hörte von dort Gläserklirren. Er kam irgendwie beschwingt zurück. Sie gerieten ins Plaudern. Nebenbei vertilgten beide die billigen Pralinen. Sie fragten sich gegenseitig nach ihren Familien. Sie lobten ihre zusammengerückten Kulturen. »Fuck the police« ruderte mit den Armen. Neben ihm saßen anscheinend zahlreiche Onkel und Cousins. Sie rieten ihm, zu ernsthaften Fragen überzuleiten. Auf dem direkten Weg zum »Ja«.

Burmeester hielt die Hand hoch und rieb Daumen und Zeigefinger aneinander. Aha, er hielt in seiner momentanen Brautvater-Rolle die Finanzen für das Wichtigste. Von Aha warf selbstbewusst etwas von den standesgemäßen Verhältnissen ein, die Tochter Yasmin erwarteten. Den Lottogewinn erwähnte er nicht. Der Brautvater schien's zufrieden. Er reckte den Daumen hoch, und Gero von Aha rätselte, ob dies eine traditionelle kurdische Geste war.

***

Gesthuysen weigerte sich, einzusteigen. Alfons Mackedei schüttelte den Kopf.

»Du bist genauso durchnässt wie wir, Gesthuysen, wieso willst du hierbleiben? Die Gaststätte hat bestimmt keine Fremdenzimmer, also kannst du hier nicht übernachten. Du hast niemanden, der dich zu deinem Mofa bringt. Wie kommst du nach Hause? Morgen sind wir noch einmal hier beschäftigt, da brauchen wir dich.«

Der dünne Mann in den nassen Klamotten, die ihm am Körper klebten, blieb im Regen stehen. Er wolle sich ein Feierabendbier vor Ort genehmigen, sagte er den beiden Kollegen. In Wirklichkeit hatte er vor, in der einzigen Kneipe des Dorfes seine Fühler auszustrecken, um jemanden kennenzulernen, der zu den Glücklichen gehörte, ein wenig näher an das große Geld heranzurücken, anzubandeln mit dem Reichtum. Das verschwieg er.

»Irgendwen werde ich finden, ist ja nicht weit bis zum Treffpunkt. Und keine Sorge, ich bin morgen pünktlich wieder auf dem Teppich. Nur ein Bier. Vielleicht zwei. Versprochen.«

In der Gaststätte »Zum Schützen« schien die Zeit stehen geblieben zu sein. Und das vor mindestens fünfzig Jahren. Gesthuysen fühlte sich auf Anhieb zu Hause zwischen vergilbten Fotos auf verblichener Tapete, der man jahrelange Benebelung mit Nikotinschwaden ansah, Spinnweben in den Ecken und dem Sparclubkasten, an dem ein Gast gerade hoch konzentriert einige Eurostücke in einen Schlitz mit der Nummer zweiundzwanzig plumpsen ließ. Auf jedem Tisch lag eine steif gemangelte Decke mit gefranstem Saum, deren Oberfläche entweder fadenscheinig oder fleckdurchzogen oder beides war.

Das Beste waren die Kunstblumenbuketts, deren sattes Blattgrün sich in schmutziges Weiß mit zartgrünen Rändern verwandelt hatte. Alles wirkte wie ein großes Paket für den Trödelmarkt. Selbst Wilma, die Wirtin, schien sich der Einrichtung angepasst zu haben, die tiefen Furchen in ihrem Gesicht erzählten nicht nur von harter Arbeit und durchzechten Nächten. Sie berichteten auch von einer Raucherkarriere, die durch das Reibeisentimbre ihrer Stimme bestätigt wurde.

Am Tresen hockten breite Hintern auf schmalen Hockern, Gesthuysen gesellte sich dazu. Bert Schreiber erkannte er, kurzer Gruß durch angedeutetes Kopfnicken. Er hockte sich neben das bekannte Gesicht.

»Ein Pils.«

Ein vorgefülltes Glas wurde mit einer beachtlichen Blume versehen und Wilma aus der Hand genommen.

Gesthuysen nahm einen langen Zug und wischte sich den Schaum von der Oberlippe, neigte sich zu seinem Nachbarn. »Ist ja eine aufregende Neuigkeit.«

Bert Schreiber schien zu überlegen und rückte näher. »Du hältst die Klappe, verstanden? Es reicht, dass du zufällig davon erfahren hast.«

Gesthuysen schaute sich um, es waren deutlich mehr Gäste im Raum, als die Straße Anwohner hatte, bei genauem Hinsehen erkannte er die Wimpel des Heimatvereins auf zusammengeschobenen Tischen. Leute aus Bislich und dem Ortsteil Büschken. Perfekt. Er ging voll auf Risiko. Warum sollte er flüstern?

»Warum soll denn niemand davon erfahren?«

Bert horchte auf und blickte seinen Nebenmann an.

Der grinste breit zurück. »… ist doch 'ne tolle Sache, wenn man sich gemeinsam freuen kann über so viel –«

Wie aus Versehen stieß Bert die beiden Gläser um, die vor ihnen auf dem Tresen standen. Bier tropfte auf den nassen Overall von Gesthuysen, bevor der reflexartig aufsprang.

Bert gab sich schuldbewusst. »Oh, 'tschuldigung. Wilma, mir ist ein kleines Malheur passiert, wirf mal einen Lappen rüber.«

Schon kam etwas von diffuser Farbe in seine Richtung geflogen, von dem niemand getroffen werden wollte. Bert fing es geschickt auf und beugte sich rüber zu Gesthuysen, während er den Tresen wischte.

»Ich dreh dir den Hals um, wenn du noch einen Ton in die Richtung sagst.«

»Dagegen hilft kein Bier auf der Hose. Wenn ich still sein soll, hilft nur eins.«

»Du alte Ratte willst mich jetzt nicht etwa erpressen?« Bert wischte unwirsch weiter.

»Nein, keinesfalls. Nennen wir es aus sozialen Gesichtspunkten heraus: mittels eines Schweigegeldes unterstützen.«

Der Tresen trocknete gestreift.

Bert sah eine Chance auf einen dörflichen Eklat, den er nicht selbst auslösen musste. »Seit heute ist klar, dass du leider gerade mit dem falschen Mann sprichst.«

Gesthuysen hob die Scherben auf und legte sie auf den trockenen Tresen, bückte sich runter zu Bert, der mit dem gleichen Lappen eine Pfütze auf dem Boden wischte. »Wie meinst du das? Ich dachte, alle hier hätten –«

Bert unterbrach ihn. »Falsch. Erfolg hat, wer den Schein besitzt. Und ich verfüge über die Information, dass einer der Nachbarn, derjenige, der diesen Schein in Händen hält, die anderen übers Ohr hauen will. Wir sind vielleicht sauer, das kannst du dir vorstellen.«

»Das ist ja unverschämt. Wer soll das denn sein?«

Bert warf Wilma den Lappen wieder zu, sie ließ ihn ins Spülwasser gleiten und zapfte schon zwei neue Gläser. Bert nutzte diese Chance für einen genialen, fiesen Schachzug. Diesem dünnen Kerl, den die O.P.A.-Männer mitschleiften wie ein unliebsames Anhängsel, traute er einiges zu.

Er suchte konspirative Nähe und flüsterte ihm ins Ohr: »Ich sage nur: Kunstmann. Dieses asoziale Element wohnt im Haus gegenüber von mir.«

Sie setzten sich wieder, Bert und Gesthuysen, einer, der auf den Hocker passte, der andere mit Überhang, und prosteten sich wortlos zu.

So war das also. Gesthuysens Hirn lief auf Hochtouren.

Wirtin Wilma hatte die fünf Männer bereits taxiert, als sie mit einem beiläufigen »'n Abend« hereingekommen waren. In der Art, wie eine erfahrene Dorfwirtin ihre Gäste betrachtet, wenn sie nicht von hier waren. Vor allem, wenn sie nicht der Norm entsprachen. Ihrer Norm. Und das taten diese Männer nicht.

Nicht wegen ihrer Kleidung. Die war eher nachlässig. Aber wegen der Entschlossenheit und Selbstsicherheit, die sie ausstrahlten und die aus ihrem Gemurmel hervorklangen. Kein Zögern, keine Unsicherheit. Einer war Wilma gut bekannt, vom Sehen zumindest. Er fragte immer nach Schluttweiler, gab es bei ihr nicht.

Frank Lürsen hielt einen ausgestopften Storch im Arm. Wilma war sprachlos, die anderen Gäste starrten ihm ebenfalls nach. Der Storch sah aus, als wäre er soeben unter Lürsens Achsel geflogen und direkt dort eingeklemmt. Waagerecht, den Schnabel vor dem Mann, die dürren roten Stelzenbeine dahinter. Ein komisches Bild.

Frank Lürsen ging aufrecht, selbstbewusst und trug einen energischen Ausdruck zur Schau. So hatte sie ihn lange nicht gesehen. Niemals so gesehen, korrigierte sich die Wirtin.

In einem eigentümlichen Gleichschritt begleitete ihn ein Mann mit Stoppelhaarschnitt. Er hielt eine professionelle Kamera und einen Beamer in Händen. In einem für den Niederrhein unüblichen Tonfall sprach er auf seinen Nebenmann ein. Es klang nach österreichischem Zungenschlag.

Hinter den beiden kam ein Duo, ebenfalls nahezu im Gleichschritt. Ein kleinerer Mann mit wilden Locken und vergeistigtem Blick. Er trug Fachbücher unter dem Arm, mit Vogelbildern auf dem Titel, und Landkartenskizzen. Ein vierter und ein fünfter hatten eine Leinwand, einen Laptop und eine große Papierrolle dabei, die aussah wie eine architektonische Planskizze.

Die Männer verstummten plötzlich und traten strammen Schrittes in den hinteren Raum des »Schützen«. Hier fanden sonst Familienfeiern statt, Schützenversammlungen oder Auftritte des Laientheaters der Pfarrgemeinde. Eine kleine Bühne, links und rechts über einige Treppenstufen zu erreichen, und ein schwerer roter Vorhang zeigten, dass dörfliches Theaterspiel seit Langem von Bedeutung war.

Bert Schreiber stutzte. Wieso wusste er nicht, was hier gespielt werden sollte? Er löste sich vom Barhocker an der Theke, um besser durch die Tür in den Saal schauen zu können. Keine lauten Stimmen, das Team dort drin wirkte konzentriert und gut eingespielt. Bert schickte mit einem »Horch mal nach« den schlaksigen Kellner in den Saal.

Der Kellner kam mit einer Bestellung zurück – die Männer verlangten nach naturtrübem Apfelsaft von der Streuobstwiese – und berichtete, was sich so beobachten ließ, wenn eine Präsentation aufgebaut wurde. Der Beamer ließ jetzt die ersten Bilder auf die Leinwand flackern, ein Architektenplan eines Holzhauses mit Teich davor wurde angepinnt. Frank Lürsens Storch stand aufrecht zwischen Leinwand und Plan, als überwache er die Arbeiten. Sein Revier.

Langsam wurde Bert Schreiber nervös. Die Männer strahlten Entschlossenheit aus, und er konnte sich keinen Reim darauf machen. Auch nicht darauf, dass Alma Argond kopfnickend an ihm vorbeischlurfte. Dann Johanna Krafft und Henner Jensen, dazu die anderen aus dem Dorf. Bert Schreiber prostete ihnen zu, tat wissend, doch der Moment würde kommen, da er sich die Blöße des Ahnungslosen geben müsste.

Als auch noch Arndt Kunstmann mit grimmigem Blick folgte, Seite an Seite mit einem elegant-sportlich gekleideten Mann, in dem er den Baulöwen Titus Diekhaus vermutete, musste Bert seine allwissende Rolle aufgeben. Zumal ihm der Anblick seines Kontrahenten die Zornesröte ins Gesicht trieb.

Selbst Gesthuysen, den er gerade noch mit düsteren Andeutungen auf die Spur Kunstmanns und des vermissten Lottoscheins geschickt hatte, passierte lässig die Saaltür. Als gehöre er dazu.

Einige andere Einwohner Büschkens folgten. Erst bei Stefan Rutkowsky fand Bert den Mut, nachzufragen.

»Ist das dein Ernst?«, rief er aus. Etwas anderes fiel ihm nicht ein.

»Doch, doch, unsere erste öffentliche Besprechung über die Zukunft Büschkens. Öffentlich unter uns.«

»Lürsen ruft, und du gehst hin? Einfach so?«

»Warum nicht? Man muss reden. Vielleicht gibt es einen Weg, Störche und Windräder miteinander zu versöhnen.«

»Quatsch nicht. Das sind Öko-Fundamentalisten. Eines Tages sprengen die deine Windräder. Einfacher ist es für sie, sofort dein Energie-Dorf zu verhindern.«

»Bert, hast du einen perfekten Plan? Nur Dollar-Zeichen in den Augen reicht nicht.«

Stefan Rutkowsky ging zielstrebig in den Saal. Bert Schreiber beschloss, sich eingeladen zu fühlen, eilte mit knallendem Schritt auf dem alten Holzboden hinter ihm her und schlug die Saaltür rumsend zu. Er sah, wie Frank Lürsen aufstand, sich ruhig vor die Versammlung stellte und sie freundlich begrüßte.

Was weder er noch sonst jemand sah, war die sich öffnende Tür zum Gasthaus, durch die leise eine Frau trat. Sie kannte sich aus, schlich an der Wand entlang. Ungesehen von Wirtin und Kellner, die damit beschäftigt waren, die Getränke für die kleine Saalgesellschaft zu zapfen. Sie öffnete eine Nebentür. Dort ging es zu den Toiletten, aber auch zur Hinterbühne. Von hier ließ sich durch den roten Vorhang blinzeln. Und zuhören, was gesprochen wurde.

Der Mann mit dem österreichischen Akzent ergriff das Wort. Auch vierzig Jahre Niederrhein hatten seine Herkunft nicht auslöschen können. Ein begabter Naturfotograf und ein beredter Mann, wie der Saal schnell feststellte.

Die niederrheinische Welt schien in seiner Fotoshow voller Störche zu sein. Ganze Vogelfamilien staksten durch das Grün und stachen ihre langen Schnäbel in das weiche Vorland des Rheins. Sie segelten auf hohe Nester zu, fütterten Junge, standen in ihren Nestern und schienen geradewegs auf die Ferngläser der Touristen zu blicken. Der Fotograf ratterte ein paar Zahlen herunter.

»Vor fünfundzwanzig Jahren gab es in ganz Nordrhein-Westfalen noch drei Weißstorchpaare. 2016 sind es zweihundertachtundzwanzig gewesen. Davon siebenundvierzig Paare am Niederrhein. Davon wiederum neun Paare auf der Bislicher Insel auf der Xantener Seite und in Bislich selbst. Und erstmals brütet dort auch der Seeadler. Hier in Bislich waren drei Storchennester besetzt. An der Kirchenwoy brütet ein Paar seit 2014, das über Winter im Ort bleibt. Bisher hat es neun Jungstörche großgezogen, 2017 wurden außerdem vier Tiere ausgebrütet. Im ganzen Dorf noch mehr.«

»Ja und? Ist doch genug!«, krakeelte Kunstmann dazwischen.

»Rührt Sie diese schöne Entwicklung für die Natur gar nicht? Eine Erfolgsgeschichte«, erwiderte der Österreicher sanft.

Das war Stefan Rutkowsky zu schlaff. »Was macht dieser zugereiste Querulant Kunstmann überhaupt hier? Der versteht nicht, was uns die Heimat bedeutet. Raus hier!«

Er war kurz davor, den Filmemacher am Hemdkragen hinauszubefördern. Bert Schreiber sah seinen Gefühlsausbruch mit Genugtuung.

Frank Lürsen blickte beseelt in die Runde. »Nein, bitte, lasst uns eine Gemeinschaft sein. Wir alle lieben diese Störche doch.«

So viel Harmoniesucht wirkte so naiv, dass vor Erstaunen Ruhe einkehrte.

»Am früheren Forellenstübchen am Deich bekam der rot geschnäbelte Nachwuchs sogar Namen, Johannes und Georg. Das zeigt doch, wie nah die Tiere unseren Herzen sind. Da spielt Emotion mit.«

Stefan Rutkowsky sprang auf. »Gesülze. Für die Tiere haben wir genug getan. Genug der Storchen-Show, ich kann's nicht mehr hören. Wir könnten hier ein Musterdorf bauen, mit Photovoltaik, Blockheizkraftwerk mit Brennstoffzellen, mit Stromtankstelle. Mit eigenen Brunnen zur Wasserversorgung. Und mit den modernsten Windrädern, leise und effektiv, natürlich am äußersten Dorfrand, Nordrhein-Westfalens sauberste Energie im Musterdorf Bislich-Büschken.«

Gesthuysen war verdattert. »Nee, nee, da werden die schönen Flieger von den Rotoren zerstückelt. Also ich bin für die Störche.«

Neben ihm reckte sich ein Dorfbewohner in die Höhe. »Was hat der Kerl hier zu suchen? Der ist doch für den Kirchengarten zuständig. Lohnabhängige von außen haben hier die Schnauze zu halten.«

Gesthuysen fühlte eine harte Hand auf der Schulter, die ihn zu drehen und langsam in Richtung Saalausgang zu schieben begann. Das gelang nur bedingt. Denn der Österreicher von der Bühne forderte Aufmerksamkeit. Um die stürmischen Wogen zu glätten, zeigte er auf den Plan des urwüchsigen Holzhauses. Es entstand tatsächlich ein Moment der Ruhe. Der Naturfreund erläuterte, ein Storchenzentrum könne so aussehen wie auf diesem Plan.

»Wir feiern die Wiederkehr des Storches. Für die Gäste, die sich an der Natur freuen und ihr Geld hierlassen. Zusammen mit der ›Keer Tröch II‹, unseren Gasthäusern und Pensionen, Landcafés, dem Heimatmuseum, dem Teeladen und dem Hofverkauf der Familie Clostermann. Die hat übrigens einen eigenen Horst aufgestellt, und durch ihre Apfelplantage führt heute schon der sogenannte Storchenradweg. Zusammen mit den anderen Routen per Rad die Landschaft zu erkunden lockt noch mehr Leute an. Sanfter Tourismus. Davon werden noch unsere Kindeskinder profitieren.«

Kunstmann kochte. »Und Provinzler bleiben.«

Bert Schreiber ballte die Faust und schrie: »Das sagt einer, der kein Geld in der Kasse hat und sich wer weiß wie einen gewissen Lottoschein besorgen will.«

Die Frau hinter der Bühne zuckte zusammen. Sie war plötzlich froh, sehr froh, heimlich über diese Veranstaltung informiert worden zu sein. Sie griff nach ihrem Handy, wählte eine Nummer. Dann flüsterte sie: »Du musst zuhören, was hier abgeht. Die rechnen alle mit dem Geld.« Sie hielt das Handy hoch.

Der fein gekleidete Baulöwe aus Düsseldorf sprang Kunstmann bei und schob Berts Faust zurück. Er hatte seine elegante Brille ins Haar gesteckt und zückte Bilder von Animationen eines Hotelkomplexes, die er als professionell vorbereiteter Fachmann mitgebracht hatte.

»Lassen Sie uns nüchtern analysieren. Wir müssen groß denken. Natur in Verbindung mit einer Wellnessoase, eingepasst in die Landschaft, niedrige Gebäude, abgesehen von einer gläsernen Kuppel, so etwas wäre ein Alleinstellungsmerkmal. Sie alle würden davon profitieren, und Büschken würde zum Wallfahrtsort für Erholungssuchende werden.«

So cool und so beherrscht. So aufreizend selbstbewusst und geschäftsmäßig.

Stefan Rutkowsky warf seinen Stuhl zur Seite. Er tippte Diekhaus auf die Brust. »Hier wird kein Öko-Dorf für reiche, gestresste Pinkel gebaut, keine Schickimicki-Anlage, die zu fein für uns Dörfler ist. Die rollen mit dicken Autos über die Himmelsstiege und beglotzen uns, die Dorfdeppen, wie Tiere im Zoo. Nix da, verstanden?«

Frank Lürsen rang die Hände. Er streifte den Storch, der bedenklich wackelte, drängte sich durch den Pulk. Johanna und

Henner versuchten ihn zu beruhigen, doch dem sonst sanftmütigen Vogelfreund war nach Attacke. Sein Gleichmut war gewichen, ein großes Ungerechtigkeitsgefühl verwandelte sich in Angriffslust.

»Kunstmann, erst werfe ich deinen Baulöwen aus meiner Veranstaltung. Dann kommst du an die Reihe. Draußen klären wir dann, was du mit Paul Aengenholt gemacht hast.«

Die Luft flirrte in dem altbackenen Raum. Kunstmann fasste sich an den Kragen, mit hochrotem Kopf stand er auf. »Seit wann duzen wir uns, Lürsen?«

Im selben Moment verpasste ihm Bert Schreiber einen Leberhaken. Seine Isi verlor völlig ihre Sanftmut und setzte eine schallende Ohrfeige hinterher, über die sie im Nachhinein mit Klein-Mädchen-Entsetzen erschrak.

Frank Lürsen klatschte Beifall und schrie dem zusammensackenden Mann ins schmerzverzerrte Gesicht. »Dich kriegen wir noch, Kunstmann.«

Hinter dem Vorhang entfuhr der Frau ein mitleidvolles »Oh, mein armer Tiger, was macht man mit dir«, bevor sie sich ihrer Lautstärke und des zum Mithören eingeschalteten Handys bewusst wurde.

Inzwischen hatte Rutkowsky dem Düsseldorfer die Fotos entrissen und ihn am seidenen Schal gepackt. Den zog er zusammen, bis Diekhaus röchelte. »So sieht es aus, wenn du mit deinem sauberen Freund versuchen solltest, unser Dorf zu verschandeln.«

Alma Argond warf ihren Stock zwischen die Kontrahenten. Sie musste die Eskalation stoppen, sie, als die Seniorin, rief mit brüchiger Stimme, man möge auseinandergehen, drängte sich mit Hilfe von Johanna und Henner zwischen die Männer.

Maria Steinbrink dankte in einem Stoßgebet, dass sie ihren Zwillingen verboten hatte, an dieser Zusammenkunft teilzunehmen. Tiez und Köbes hätten mit Vergnügen mitgemischt. Sie verließ den Saal kopfschüttelnd, das war nichts für sie.

Die Frau auf der Bühne hatte den Tumult per Handy übertragen. »Du ahnst nicht, wie das hier abgeht. Entweder kriegen die sich ein, oder es passiert noch was ganz Schlimmes.«

Sie hörte genau, was der Mann am anderen Ende sagte. »Wieso nennst du Kunstmann ›Tiger‹? Erklär mir das.«

»Da hast du was falsch verstanden.«

Frank Lürsen drückte inzwischen mit beiden Knien auf die Brust des zu Boden gegangenen Arndt Kunstmann, der heftig atmete und röchelnd um Hilfe rief. Bert Schreiber feuerte Frank Lürsen an. Wie von Sinnen.

Inzwischen hatte sich Titus Diekhaus aus den Fängen von Stefan Rutkowsky befreit. Ein paar Dorfbewohner drängten den Düsseldorfer aus dem Saal. Gesthuysen hatte sich den Storch gegriffen und wedelte wie mit einer Keule hinter ihm her. Auf Nimmerwiedersehen.

Bert Schreiber half dem angeschlagenen Kunstmann hoch. Isi keifte dem Benommenen ins Gesicht. »Hau bloß ab, du machst unser Dorf nicht kaputt.«

Zusammen mit ihrem Mann schob sie den Zugereisten zur Tür. Arndt Kunstmann hielt sich Kopf und Seite gleichzeitig. Er stöhnte.

Isi ließ nicht locker. »Wo ist der Paul? Kunstmann, sag endlich die Wahrheit.«

Kunstmann war mit seinen Schmerzen und seinem Blut beschäftigt, das ihm in den Hemdkragen tropfte. Er presste zwei Sätze hervor. »Der betrügt euch, dieser ehrenwerte Paul. Dieser verdammte Lottoschein. Und wieso fragt hier keiner, wo seine Frau ist?«

Die Beobachterin hinter dem Vorhang hielt den Atem an. Kunstmann sollte schweigen.

Bert Schreiber hielt inne. Der weiß doch nichts über Pauls Schicksal, dachte er. Oder konnte er in so einem Zustand noch lügen?

Halb humpelnd, halb von den Schreibers geschoben, verließ Arndt Kunstmann den »Schützen«. Gesthuysen warf ihm den Storch hinterher, der lange Schnabel verfehlte sein Ziel. Das ausgestopfte Tier landete ramponiert vor dem Barhocker.

Ein Sinnbild für den Zustand des Dorfes.

Isi und Bert dampften vor lauter Aggression, wirkten ausgepumpt. Nichts, aber auch nichts hatte sich geklärt. Jeder gegen jeden und alle gegen Kunstmann. Sie spürten, dass diese Auseinandersetzung ein großer Fehler war. Sie fragten sich, ob ihr zerrissenes Dorf je wieder zusammenfinden würde.

Frank Lürsen, der konsternierte Österreicher und sein Team, Gesthuysen und die anderen verließen den Saal wie geschlagene Krieger. Es blieben ungute Gefühle, und die Wirtin blickte prüfend, ob es kaputtes Mobiliar zu ersetzen galt. Dem Lürsen würde sie Schadenersatz in Rechnung stellen.

»Klopperei nach fünfzehn Minuten, das ist ein Rekord.«

Die Frau im Hintergrund atmete tief durch, nahm ihr Handy wieder an ihr Ohr. »Das war die Live-Übertragung für dich, Paul. Wenn die erfahren, dass du den Schein vergessen hast, dann gehen die auf dich los, garantiert. Du musst dir was überlegen.« Warum sie ihn auf Kunstmann hetzen wollte, verschwieg sie.

»Ja, ich bin dabei.« Er legte eine Pause ein, bevor er weiterredete. »Aber wieso hast du ihn Tiger genannt? Das hast du früher immer zu mir gesagt, wenn wir …«

Sie beendete das Gespräch und verließ ihr Versteck genauso unbemerkt, wie sie dorthin gelangt war.

***

Burmeester hatte entschieden, dem künftigen Bräutigam seine Tochter anzuvertrauen.

Das ging aber schnell, dachte Gero von Aha. Er hatte sich die Nacht zuvor ausgemalt, wie der Brautvater »Nein« schrie oder gar einen Säbel wetzte, ihm nach seinem Leben trachtete und hinter ihm herrannte. Er war nicht einmal dazu gekommen, seine auf Kurdisch auswendig gelernte Ansprache loszuwerden. Der Job des Emissärs blieb unvollendet.

Burmeester, der Brautvater, hatte sich gegen eine langatmige orientalische Zeremonie entschieden. Der ist wie wir, ein gelungenes Zeichen der Integration, dachte von Aha.

Jetzt blickte er grimmig auf Burmeester, der wieder in die

Küche ging und lockeren Schrittes zurückkam, wobei er von Aha erleichtert anschaute. »Das läuft ja ausgezeichnet. So muss es sein, Gero, du hast meinen Segen. Jetzt wird gefeiert«, sagte er.

Er stellte ein Tablett ab. Zwei Gläser, eins davon benutzt, eine Wasserkaraffe und eine halb volle Flasche Yeni Raki standen auf dem Tisch. Der Brautvater, der froh war, einen solchen Botschafter wie Gero getroffen zu haben und einen solchen Schwiegersohn wie Nikolas zu bekommen, mischte die Flüssigkeiten. Er hielt von Aha ein Longdrink-Glas mit dem jetzt milchig trüben Anisschnaps entgegen. Er hatte sogar daran gedacht, das schlanke, hohe Glas zu frosten.

Sieh mal einer an, Burmeester versteht doch etwas von den Vorbereitungen. Von Aha staunte. »Bist du sicher, dass Muslime bei einer Hochzeit Alkohol reichen?«, fragte er.

Wortlos gab Burmeester ihm das Glas rüber. Er riss seins hoch und prostete von Aha mit einem lauten »Skål« zu. Leider die falsche Sprache für diese Probe. Das Raki-Glas schwappte bei der ruckartigen Bewegung über. Die Hälfte des Getränks landete auf dem rauchenden Colt. »Fuck the police« schwankte. Er hatte in der Küche zu sehr vorgeglüht. Er war wieder er selbst.

Nicht gerade eine gelungene Premiere, dachte von Aha. Er war nicht dazu gekommen, den Mokka der Angebeteten mit Salz oder sonst etwas zu verfeinern. Sozusagen der dramatische Schlussakt. Dabei hätte der standhafte Bräutigam in spe üben können, seine Liebe zu beweisen und runterzuschlucken, was runterzuschlucken war. Das hätte zum Rollenspiel gehören sollen, fand von Aha.

Sein Handy klingelte. Er blickte aufs Display. Yasmin Ögülsan. Sie wollte wie verabredet wissen, wie sie sich geschlagen hatten. Gero von Aha erzählte in den schönsten Farben. Der Brautvater wankte derweil geräuschvoll im Hausflur die Treppe hinab. Oder war es der Bräutigam?

ACHT

Endlich wieder ein regenfreier Morgen. Der Abend war turbulent verlaufen, Isi war vor Bert nach Hause gegangen, er wusste nicht genau, wann er ihr gefolgt war. Sie hatten es Kunstmann gezeigt. Das hatte gutgetan. Alles sah perfekt aus.

Bert hatte vor, etwas für den Ehefrieden zu tun und die Scherben vom sonntäglichen Gelage auf seinem Mäuerchen endlich aus dem Vorgarten zu entfernen, bevor Isi sie entdeckte. Nach dem ersten Blick hinter den Liguster traute er seiner Wahrnehmung nicht. Konnte es nach fünf Pils und erhöhtem Blutdruck am Vorabend zu Halluzinationen kommen?

Erst beim zweiten Blick und einer gewagten Berührung dessen, was er nicht glauben wollte, wich er erschrocken zurück. Kalt. Tot. Er rannte ins Haus und suchte krampfhaft nach einer Lösung, einem Ausweg, nahm das Telefon zur Hand, legte es zurück. Erst nachdenken, erst mal dafür sorgen, dass niemand sonst das »Problem« per Zufall entdeckte. Kaschieren. Verdecken. Die Augen schließen, und wenn er sie wieder öffnete, hockte kein toter Mann mit blutüberströmtem Kopf mehr an seiner Hauswand.

Die schwarze Plane fand er im Keller, panisch und mit zitternden Fingern. Dabei rutschte eine Kiste mit alten Blumenübertöpfen aus dem Regal und besprenkelte den Steinboden scheppernd mit bunten, scharfkantigen Scherben. Die galt es zu beseitigen, bevor Isi heimkam. Beim Hochlaufen stolperte Bert Schreiber auf der Treppe und schlug hart mit dem Ellenbogen auf, wovon er in seinem schockartigen Zustand nichts merkte.

Nun stand er wie versteinert in seiner Einfahrt, schaute sich dann hektisch um, suchte erneut den schmalen Durchgang durch die dichte Hecke. Das Problem hatte sich nicht von selbst gelöst. Es hockte da wie zum Hohn, mit auf der Brust hängendem Kopf und einem Speichelfaden, der ihm von der Unterlippe hing. Alles, Haut, Haare, Kleidung, war durchnässt und gezeichnet von verblasstem Blut.

Arndt Kunstmann war tot, erschlagen, und befand sich bestimmt seit dem letzten Abend dort, wo Bert Schreiber nun fassungslos vor ihm stand.

In der Nacht hatte der Regen irgendwann nachgelassen. Passte das alles zu dem, was Isi beim Frühstück von Scheinwerferlicht hinter der Buchenhecke zur Streuobstwiese erzählt hatte? Unheimlich sei das gewesen, als sie nach Hause ging. Hatte er ja nicht mitgekriegt, er musste sich ja bei Wilma wegen seiner erfolgreichen Schlägerei besaufen.

Ergo gab es noch etwas anderes, wesentlich Schwierigeres zu beseitigen als die verdammten Scherben im Keller, bevor seine Frau Feierabend hatte. Sie durfte den Toten auf keinen Fall sehen, würde sich aufregen, in einem nahezu hysterischen Anfall mit Fäusten auf ihn einhämmern, »Warum, warum?« schreien, ihn des Mordes bezichtigen, ja mit Scheidung drohen.

Dabei war gestern am Abend nichts Außergewöhnliches mehr geschehen. Er war nur ein wenig spät heimgekommen, hatte bei Wilma noch das eine oder andere Pils mit diesem dürren Schlappschwanz von den O.P.A.s gepichelt und ihm gut zugeredet, dass niemand sonst hier reich werden würde außer diesem blöden Kunstei.

Und dem hatten sie es ordentlich gegeben. So gab es seine Erinnerung preis, obwohl ihm nicht mehr ganz bewusst war, wie er den Weg nach Hause gefunden hatte. War er allein gegangen? Hatte Isi ihn, von Wilma rechtzeitig vor dem Absturz alarmiert wie so manches Mal in all den Jahren, abgeholt, und war er an ihrem Arm hängend hergewankt? Nein, nein, er war mit dem Loser aus dem Dorf, diesem »Wolle« aus den Sozialbauten, und dem Rattenschwanzträger von O.P.A. gemeinsam nach Hause geschwankt. Schön leise, um Almas Hunde und seine Isi nicht zu wecken. Er hatte die Faust in Richtung von Kunstmanns Haus gereckt. Lag das Ergebnis seiner Aggression zu seiner Strafe in seinem Vorgarten? Kein Mensch würde ihm glauben, dass er nichts mit diesem Fund vor seinem Haus zu tun hatte.

Er schüttelte die Plane auf und stülpte sie über den Mann, ohne dem reglosen Körper nahe zu kommen, wollte ihn nicht noch einmal berühren. Was nicht gelang. Der Körper fiel in

Zeitlupentempo zur Seite, die Totenstarre hatte eingesetzt, und so lag die Leiche jetzt wie in Sitzposition gekrümmt da. Bert musste die Plane gut feststecken, damit sie nicht verrutschte. Als er sich aufrichtete, fiel sein Blick auf die geklinkerte Hauswand. Dort prangte ein dunkler, aufdringlicher Fleck. Blut, vom Regen verschont, angetrocknet. So ein Driss. Hilfe.

Er brauchte Hilfe. Wen sollte er holen? Frank Lürsen? Den wollte er nicht sehen, diesen Verräter. Stefan Rutkowsky? Nein, der würde es seiner Frau erzählen, und die konnte garantiert den Mund nicht halten. Die Polizei? Die würde ihn festnehmen nach allem, was sich zwischen dem Kunstei und ihm in den letzten Tagen und ganz besonders am Vorabend abgespielt hatte. Bert schlüpfte wieder durch die Hecke und blickte auf das gegenüberliegende Haus. Plötzlich fiel ihm ein, dass es einen Menschen gab, der ihm trauen und helfen würde. Er lief ins Haus und griff nach seinem Telefon.

»Frau Mackedei? Kann ich Ihren Mann sprechen? Ja, es ist sehr dringend.«

Es dauerte. Er blickte durch das Küchenfenster auf das Haus gegenüber, auf die Kameras, die beidseitig an der Traufe befestigt und genau in seine Richtung justiert waren.

»Bert, was gibt es? Wir sind in einer Stunde wieder im Ort.«

»Schneller wäre besser. Ich habe zwei Probleme. Eins davon ist verdammt schwer und heikel. Du musst mir helfen.«

»In einer halben Stunde.«

***

Burmeester hatte tiefe Ränder unter den Augen, er musste sich eingestehen, dass Raki mehr Prozente hat als kühles Bier. Dennoch starrte er auf den Weg, den der Ortungspfeil auf der aktuellen Straßenkarte nahm. Er und Gero von Aha saßen erneut im Dienstwagen, nachdem sich Paul Aengenholts Handy in Geldern wieder ins Netz eingewählt hatte.

»Der bewegt sich in Richtung Kevelaer.«

»Von wo aus?«

»Von der Heilig-Geist-Gasse in Geldern. Das ist nicht zu fassen. Wir sind ihm gestern ganz nah gewesen.«

»Dann muss er seinen Wagen in einem Hinterhof oder sogar in einer Garage geparkt haben. In einem versteckten Winkel, wir haben doch alles sonst abgesucht.«

Burmeesters Augen klebten am Bildschirm. »Ich gehe jede Wette ein, dass der mit einem anderen Fahrzeug unterwegs ist. Was soll ich davon halten? Und ich bin gespannt, ob er weiter nach Weeze fährt.«

»Du meinst, er will sich absetzen? Dann werden wir es bald erfahren. Ist Kevelaer nicht der Wallfahrtsort, zu dem ab Mai die Pilger massenhaft unterwegs sind? Mein erster Fall am Niederrhein, weißt du noch? Der bis nach Erfurt zu DDR-Zeiten reichte. Ich hatte damals in Thüringen eine flotte Nacht mit einer Fremdenführerin, echt heiß.« Von Aha lächelte angesichts der lustvollen Erinnerung in sich hinein.

Er wurde von Burmeester wieder in die Realität zurückgeholt. »Stimmt, es gab viele Tote am Niederrhein durch diesen inszenierten Lkw-Unfall.«

Von Aha wurde nachdenklich. »Das ist doch pervers, dass diese Art des Massenmords inzwischen von Salafisten ausgeführt wird. Ich war damals ziemlich geschockt über die Verletzungen der Todesopfer und über die Kaltblütigkeit, mit der jemand so etwas anrichtet.«

Burmeester nickte. »Ein alter Stasi-Skandal und eine dubiose Sekte. Eigentlich gleich zwei explosive Fälle.«

Beide hingen ihren Erinnerungen nach, Burmeester behielt die Ortung im Blick.

»Er fährt tatsächlich an Kevelaer vorbei, du kannst also gleich die Strecke über Kervenheim nehmen. Garantiert will er zum Flughafen, und vorbei an Schloss Wissen bist du am schnellsten dort.«

»Hilfe durch die dortigen Streifen?«

Burmeester verneinte. »Solange wir nicht wissen, mit welchem Wagen er unterwegs ist, bündeln wir nur unnötige Energie. Schau, da liegt das alte Bauernhaus, das im letzten Jahr als Unterschlupf für diese militanten Bahngegner diente. Es sieht bewohnt aus.«

»Stimmt, Wäsche auf der Leine, offene Fenster, Spielgeräte im Garten.«

Beide schwiegen für einen Moment, Burmeester dachte zurück an seinen Krankenhausaufenthalt, hervorgerufen durch einen Sturz die Böschung hinunter zu den Gleisen der Regionalbahn, die er durch eine dort abgelegte Bombe in Gefahr gesehen hatte. Geros Gedanken waren bei seiner tapferen Marlene, die im selben Fall mitanschauen musste, wie er den alten Bulli der Rentner-Truppe O.P.A. aus Wesel über die Gleise in Mehrhoog bis zu dem vermutlich explosiven Material fuhr, das, kurz nachdem er auf dem nahe gelegenen Parkplatz verschwunden war, mit einem Höllenspektakel in die Luft geflogen war.

»Es gibt Dinge, die vergisst man nicht so schnell«, sagte von Aha.

»Wie Karin das alles verpackt, die Entführung, die Verletzungen, die sie in dem Verlies davongetragen hat, das ist echt bewundernswert. Pass auf, die Wald- und Feldstrecke hinter Kervenheim wird jetzt kurvig«, wies Burmeester an.

»Blaulicht?«

»Ist nicht hilfreich, du kannst dadurch nicht schneller fahren.«

»Wieso kennst du dich hier so gut aus?«

»Ich bin schon mehrmals von Weeze aus nach London geflogen. Was meinst du, wo ich meine flippigen Klamotten herhabe? Man kann tolle Städtetouren machen, morgens hin und abends zurück.«

»Burmeester, so was machst du?«

»Dank meiner Angebeteten erweitert sich mein Horizont. Obwohl sie meine Einkäufe im Ausland nicht gutheißt.«

Gero von Aha schaute ihn von der Seite an. »Du bereist die Welt mit deiner Zukünftigen. Wehe, du schaust bei der Brautwerbung so tief ins Raki-Glas wie gestern, dann wird das nichts mit der Hochzeit.«

»Ist ja schon gut.« Grinsend schaute Burmeester auf den Laptop. »Du musst einfach auf mich aufpassen, Papa.«

***

Gesthuysen stand nicht am Treffpunkt, dafür entdeckte Mackedei sein Mofa an derselben Stelle, wo er es am Vortag abgestellt hatte. Er stöhnte auf. Trüttgen verstand, zückte sein Handy, schob sich die Brille auf die Stirn und suchte die Nummer des abtrünnigen Kollegen in seinem Speicher.

»Wo bist du?«

Die Tatsache, dass er sofort zu sprechen war, überraschte Trüttgen ebenso wie die Antwort.

»Ich bin schon in Büschken. Echt nette Leute hier. Ich habe einen Kumpel gefunden, der mir sein Sofa für die Nacht angeboten hat. Der ist wieder bei seiner Frau eingezogen, nachdem er eine Weile im Knast gesessen hat. Ein ganz Netter, der Wolle. Hat Brötchen zum Frühstück geholt und so. Ihr findet mich in dem großen Eckhaus gegenüber vom Supermarkt, ich stehe da im Eingang. Wann seid ihr da?«

»In zehn Minuten. Wir sammeln dich ein. Dann fahren wir zuerst zu Bert Schreiber, der hat ein Problem.«

Gesthuysen kicherte. »Dann war das letzte Bier doch schlecht.«

»Du hast mit ihm gesoffen?«

»Nicht, wie du denkst. Der verträgt nix und hat ziemlich früh aufgegeben.«

Trüttgen beendete das Gespräch.

Mackedei wunderte sich. »Er hat dort übernachtet? Wer nimmt so einen auf?«

»Jemand mit dem verheißungsvollen Namen Wolle.«

»Hauptsache, er ist einsatzbereit.«

»Er hörte sich munter an. Den werden wir zur Arbeit treiben müssen, wie immer.«

»Was Bert wohl hat?«

***

Die Aufgabe, Paul Aengenholt zu finden, war nicht einfach zu bewältigen. Zwar waren die technischen Voraussetzungen gegeben, sie konnten die Wege verfolgen, die Paul nahm, jedoch ohne konkrete Informationen über das aktuelle Fahrzeug. Ohne

Foto konnten sie nur berichten, wo er sich aufgehalten hatte. Das war frustrierend.

Karin Krafft ließ ihrer Unzufriedenheit freien Lauf. »Ich will, dass jemand sämtliche Leihwagenfirmen überprüft, da müsste er unter seinem richtigen Namen registriert sein, wenn er ein Auto geliehen hat.«

Jerry warf ein, dass er genauso gut ein Fahrzeug von einem Freund nutzen könnte. »Erst wenn wir die Ortung auf den Punkt bringen, wenn wir sehen, wo er telefoniert, dann haben wir ihn.«

Karin wusste, dass Burmeester und von Aha alles versuchen würden. »Wie ist es in Meerbeck gelaufen?«

Tom legte den Bericht vor, den er gleich am Morgen verfasst hatte.

»Die Mutter von Barbara Aengenholt heißt Hannelore Pölke. Sie öffnete die Tür lange nach dem Klingeln und erst nachdem sie die Kette vorgelegt hatte. Sie hielt sich einen dünnen Morgenmantel vor der Brust zu und wirkte ein wenig desorientiert. Sie wollte die Türkette nicht lösen und behauptete, ihre Tochter sei nicht da, sie würde ein neues Haus suchen.«

»Stell dir vor, sie erzählte in einem fort, als hätte sie es auswendig gelernt, sie wolle nicht fort aus Meerbeck, da könne ihre Babsi sagen, was sie wolle. Und sie sei vor Monaten zuletzt da gewesen. Das steht im Widerspruch zu dem Bericht deiner Mutter. Sie hat Barbara noch am Samstag im Supermarkt gesehen, wo diese ihr vom zunehmenden Betreuungsbedarf der Mutter erzählt hatte. Sie müsse immer öfter nach ihr schauen, denn die Mutter könne immer weniger allein sein.«

»Du konntest nichts Konkretes erfahren?«

»Nein.«

»Hattest du den Eindruck, Barbara Aengenholt hielt sich im Hintergrund versteckt?«

»Nein, die alte Dame hätte das nicht durchgehalten. Die wirkte ganz authentisch, aber eben von der Rolle.«

»Auch dort also nichts Neues. Wenn Burmeester und Gero den Paul Aengenholt am Nachmittag nicht mitbringen, dann öffnen wir das Haus. Sag schon mal dem Kollegen Heierbeck

Bescheid, er soll sich mit kleinem Besteck in Bereitschaft halten. Es gibt wie bei fast allen Häusern in alten Siedlungen bestimmt noch ein einfach zu öffnendes Schloss bei den Aengenholts.«

Die Tür öffnete sich, und die Behördenchefin van den Berg trat ein.

»Lagebesprechung? Da bin ich ja richtig. Sie können mir gleich mal berichten, woran Sie aktuell arbeiten. Ich höre seit gestern, dass Sie außer Haus sind, bin jedoch nicht über einen neuen Fall informiert worden.«

Jerry und Tom blickten zu unterschiedlichen Seiten. Es lag an Karin Krafft, die richtigen Worte zu finden.

»Das ist so. Wir verfolgen unterschiedliche Spuren, um zu prüfen, ob ein Mann, der sechzig Millionen im Lotto gewonnen hat, noch lebt, und wenn ja, wo.«

»Gibt es Anzeichen für ein Tötungsdelikt?«

»Nein.«

»Wurde der Mann als vermisst gemeldet?«

»Im Grunde ja.«

»Soll heißen?«

»Die Tippgemeinschaft vermisst ihn. Und den Schein. Beide sind verschwunden.«

»Dann schließen Sie sich doch mit der Lottogesellschaft kurz. Irgendwer wird versuchen, den Schein einzulösen. Das sollen die an Sie weiterleiten, und schon haben wir die Person, die den Schein hat.«

Karin Krafft musste zugeben, dass die Idee gut war.

Van den Berg verließ den Raum, drehte sich in der Tür noch einmal um. »Sechzig Millionen. Da können Menschen schwach werden, denen man es nicht zutraut.«

***

Gesthuysen ließ sich nicht einsammeln, auch nicht abholen, er wartete unter den Augen eines aufmerksamen Publikums auf seinen Chauffeur. Während er am Straßenrand stand, unternahm er den vergeblichen Versuch, breitschultrig zu wirken, während sein neuer Freund Wolle in der zweiten Etage des Sechs-Familien-Hauses im Fenster hing.

Zwar zog der Pick-up immer wieder neugierige Blicke auf sich, mit Gegröle und Applaus war jedoch noch niemand von ihnen empfangen worden. So stieg Gesthuysen in seinen stinkenden Klamotten mit ungewaschenem Haar und einer furchtbaren Fahne ein. Keine hundert Meter weiter parkte Mackedei elegant in der Einfahrt von Bert Schreiber.

Gesthuysen staunte nicht schlecht, als er seinen Kumpan vom Vorabend wiedersah. »Ich denke, wir sind heute noch mal im Kirchengarten. Macht der jetzt auch noch mit?«

Mackedei öffnete die Tür. »Der hat ein Problem, scheint was Größeres zu sein.«

Trüttgen rümpfte die Nase, als Gesthuysen ins Fahrzeuginnere hustete, und wedelte mit den Händen. Er musste raus hier.

Drei Männer quollen aus dem Wagen, der knapp in die Einfahrt passte.

»Hallo, Bert. Was können wir für dich tun?«

Bert schaute von einem zum anderen. »Es ist heikel, und ich habe nichts damit zu tun, ich bin unschuldig.«

Mackedei schaute ihn mit zweifelndem Blick an. »Du bist ganz schön durch den Wind, was ist denn los? Erzählst du uns endlich, um was es sich handelt?«

»Erst müsst ihr mir glauben, dass ich nix damit zu tun habe, auch wenn euch die Leute was anderes erzählen, wenn ihr sie fragt.«

»Ich weiß doch, dass du ein Guter bist. Komm, rück raus.«

Bert schaute noch einmal von einem zum anderen, sein Blick blieb an Gesthuysen haften. »Du hast von ihm gewusst. Hast du ihn gestern noch besucht?«

Gesthuysen schaute sich um, niemand sonst da, er war gemeint. »Wie? Was? Ich bin doch mit Wolle versackt, da hab ich übernachtet. Du warst wesentlich mehr an der Klopperei in der Kneipe beteiligt.«

Mackedei horchte auf.

Bert schwitzte, ganze Bahnen tropften ihm von den Schläfen

in den Hemdkragen. »Alfons, schau hinter die Hecke. Ich kann nicht hinsehen. Ich habe nichts gemacht, du musst mir glauben.«

Mackedei drehte sich wortlos um, gefolgt von Trüttgen verschwand er hinter dem Liguster. Ein kurzes Rascheln zeugte vom Anheben der Kunststoffplane, rasch erschienen beide wieder in der Einfahrt, bleich und stumm. Mackedei wies mit dem Finger in den Vorgarten und schüttelte den Kopf.

Gesthuysens Neugier siegte, auch er ging nachschauen. Im Gegensatz zu den anderen beiden von der O.P.A.-Initiative blieb er nicht stumm, als er wieder zu ihnen stolperte. »Ach du Scheiße, wer ist das denn?«

Bert hielt sich den Kopf. »Musst du wie blöde durch die Gegend brüllen?«

Gesthuysen wiederholte seine Frage in gedämpfter Lautstärke. »Ey, das da ist eine Leiche. Wer ist das?«

Bert wies mit dem Kopf zum Haus auf der gegenüberliegenden Straßenseite.

In Gesthuysens Hirn öffnete sich ein schmales Zeitfenster und verschaffte ihm einen Einblick in den gestrigen Abend. Erinnerung loderte auf, er wies in den Vorgarten. »Nee, nicht dein Sparringspartner von gestern, oder?«

Bert nickte.

Trüttgen versagte die Stimme, er flüsterte heiser. »Das hatten wir schon mal vor ein paar Jahren. Da haben wir geglaubt, jemanden aus Versehen erschossen zu haben, und wollten ihn verschwinden lassen. Hat nicht geklappt.«

Er öffnete die Tür des Autos, Mackedei nickte.

»Genau. Skandal am Friedhof an der Caspar-Baur-Straße in Wesel. Eine Leiche zu viel im Sarg. Das waren Schlagzeilen in der überregionalen Presse. Das waren die unangenehmsten Erfahrungen meines Lebens, der ganze Ärger, den es mit sich bringt, wenn man einen toten Menschen bewegt und kein Bestatter ist. Kollegen, einsteigen, und Bert, du hast doch damit nichts zu tun, dann hol die Polizei, die werden das rausfinden. Da ist bestimmt dein junger Nachbar zuständig, dieser Kerl mit den unmöglichen Klamotten.«

»Eben. Die werden rausfinden, dass ich einen ziemlichen Ärger mit dem Kerl hatte. Wir haben uns angegiftet in den letzten Tagen, ich bin ihm mitten auf der Straße fast an die Gurgel gegangen, und gestern Abend, da konnte ich nicht mehr. Und da soll mir die Polizei glauben, dass er plötzlich aus Versehen tot hinter der Hecke liegt? In meinem Vorgarten?«

Fast verschwörerisch fügte er hinzu: »Ihr müsst mir helfen. Ich habe nichts damit zu tun. Bitte, ihr könnt mich nicht hängen lassen. Und noch eins, es muss eine Lösung her, bevor meine Frau zurückkommt.«

»Wie viel Zeit bleibt?«

»Eine halbe Stunde. Vielleicht.«

Die Männer hielten inne. Bert Schreiber hörte sich verzweifelt an und sah auch so aus.

Er setzte noch eins hinterher. »Es soll auch euer Schaden nicht sein. Wenn der Gewinn ausgezahlt ist, dann …«

Gesthuysen horchte auf, schaute seine Kollegen an. Urplötzlich hatte er eine Meinung. »Wir können ihn nicht alleinlassen, ich meine, wenn wir es dieses Mal richtig machen, dann …«

Trüttgen reagierte aufgebracht. »Wie willst du das anstellen? Gerade du mit deinem Geschick und deiner Energie redest von perfekter Arbeit? Du bist käuflich wie eine Hure, hast was von Geld gehört, und da machst du alles.«

Er ging einen Schritt auf den dünnen Mann zu, Mackedei hielt ihn auf. »Nicht, keinen Streit, wir müssen zusammenhalten. Wir haben gesehen, dass da jemand liegt, und reden seit Minuten darüber, wir sind eigentlich schon involviert, ohne es zu wollen.«

Er wandte sich an Bert Schreiber. »Ich will kein Geld von dir, wenn wir dir helfen, ich will nichts davon haben, auch wenn ich es gut gebrauchen kann. Denn wenn das rauskommt und meine Frau davon erfährt, dann wird sie sich scheiden lassen, und dafür würde ich viel Geld benötigen.«

Trüttgen kratzte sich am Kopf, wie er, der Praktiker der Gruppe, es immer tat, wenn er überlegte. »Ich brauch dein Geld nicht. Je länger wir warten, desto mehr Leut sind hier op de Strat, eine Entscheidung muss her.«

Bert beschwor fast stimmlos leise die nachdenklichen Männer.

Gesthuysen schien zu allem bereit. »Packen wir es doch an.«

Mackedei drehte sich abrupt zu ihm um. »Du meldest dich hier erst wieder, wenn es eine einstimmige Entscheidung gibt. Und eine praktikable Idee.«

Trüttgen bemerkte, dass Bert Schreiber zitterte. »Setz dich auf die Treppe. Kannst sicher sein, ich bin dabei.«

Gesthuysen steckte sich eine weitere Selbstgedrehte an, sprach mit der Kippe zwischen den Zähnen. »Ja, natürlich, ich auch, gleich, hatte nie meinen Zweifel.«

Mackedei wies ihn unwirsch darauf hin, er sei nur wegen des Geldes überzeugt. Zu Bert Schreiber sagte er: »Ich glaube an deine Unschuld, und dass die Kripo dir zunächst nicht glauben wird, klingt plausibel. Ich, wir helfen dir.«

Mackedei verschwand hinter der Hecke, kam zurück. »Der ist völlig steif und dann die gekrümmte Haltung. Das wird schwierig.«

Gesthuysen wischte über sein Smartphone, Mackedei wurde wütend. »Verdammt, musst du jetzt rumspielen? Hier geht es um eine Lösung für ein verdammt großes Problem.«

Gesthuysen nickte und zeigte ihm sein Display. »Eben drum. Ich habe ›Totenstarre‹ gegoogelt. Die setzt nach sechs bis zwölf Stunden ein und löst sich nach vierundzwanzig bis achtundvierzig Stunden. Wir brauchen also eine Idee, die seine, wie soll ich es nennen, seine jetzigen, eher sperrigen Ausmaße berücksichtigt.«

Das klang so abgebrüht, dass es Trüttgen schon fast schlecht wurde. Dennoch lief sein Hirn auf Hochtouren.

Nach unendlich lang scheinenden Minuten kam schließlich der erlösende Satz. »Wir haben die Rampe auf der Ladefläche, um schwere Last mit einer Karre hochzufahren. Alles, was wir brauchen, ist deine Schubkarre, Bert.«

Mackedei blickte ihn fragend an.

Trüttgen wies die Männer an, zusammenzurücken.

»Du, Alfons, wendest den Wagen und fährst das Heck nah an die Hecke. Gesthuysen, du klappst die Ladefläche auf und holst die Rampe. Bert holt die Schubkarre, und wir hieven ihn in der schwarzen Folie ins Auto. Dort kann er bleiben, bis wir die Lösung haben.«

Sie standen da wie eine Mannschaft, die sich auf ein Spiel einschwört, warteten darauf, dass Trüttgen weitersprach. Er schwieg.

Mackedei wurde ungeduldig. »Und?«

»Was, und?«

»Sag schon, wie geht es weiter?«

»Wie es weitergeht?«

»Ja, von welcher Lösung sprichst du?«

»Ganz einfach. Wir werden ihn ordentlich begraben, dahinten in Bislich auf dem Friedhof an der Schifferstraße. Wir haben da drei Gräber zu pflegen, das fällt nicht auf, wenn unser Wagen dort steht. Und es ist noch früh am Tag.«

Mackedei brach aus der Runde aus, es schien, als wollte er flüchten. Drei Männer starrten ihm hinterher, wie er mitten auf der Straße stehen blieb. Keiner traute sich, ihn anzusprechen.

Langsam kehrte er zurück, flüsterte beschwörend auf die Männer ein. »Nein, da mache ich nicht mit. Damals am Friedhof in Wesel ging das gründlich daneben. So etwas will ich nicht noch einmal erleben. Ich bin strikt dagegen. Nein, ein anderer Plan muss her, einer, dem wir gemeinsam zustimmen.«

Trüttgen klopfte ihm auf die Schulter. »Lass mich mal machen. Dieses Mal wird alles klappen, schließlich nehme ich die Durchführung des Plans in meine Hände. Da pfuscht niemand hinein.«

Ein Seitenblick galt Gesthuysen, der damals maßgeblich an der Pleite beteiligt gewesen war. Statt die Schrauben zu nutzen, die Sargdeckel und Sarg miteinander verbinden, hatte er vier einfache Nägel kraftlos in dem Holz versenkt. Der Sargdeckel war aufgesprungen und hatte einer Beerdigungsgesellschaft aus älteren Herrschaften das Debakel offenbart.

Trüttgen nickte immer noch, schien bereits vor seinem geistigen Auge den Ablauf zu sehen. »Da sind zwei neue Gräber ausgehoben, ich hab den kleinen Bagger von Weitem gesehen. Wir nehmen die abgelegene Grube, da liegt schon der Kunstrasen auf den Rändern bereit, bestimmt wird heute noch beerdigt. Wir müssen jetzt flott handeln, einer passt auf, dass wir nicht entdeckt werden. Das macht Gesthuysen. In die Gegend gucken kann der. Ich garantiere euch, mein Plan geht auf.«

Mackedei wandte sich an Bert, der sich langsam zu beruhigen schien. »Du sprachst von zwei Problemen, da gibt es nicht zufällig noch eine Leiche bei dir im Keller?«

Bert schüttelte den Kopf und wies auf das Haus auf der anderen Straßenseite. Die Männer schauten hinüber, Gesthuysen, der Hobbytechniker, erkannte auf Anhieb, was Bert meinte. »Ach du Scheiße, Kameras. Es gibt Aufnahmen.«

Mackedei und Trüttgen erkannten die offen sichtbaren Geräte an den Seiten des Hauses, die auf sie gerichtet waren.

Das war die Sternstunde des dünnen Mannes, Gesthuysen richtete sich auf, das war sein Spezialgebiet. »Keine Sorge, Männer. Heinz-Hermann, du wolltest ja nicht, dass ich mich um dieses tote Problem hier kümmere, ich schlage vor, ich nehme das andere da drüben in Angriff.«

Er wurde skeptisch beäugt.

»Was? Bin ich der Fachmann für Computertechnik? Was meint ihr, wo die Aufnahmen hingeleitet werden? Bestimmt nicht auf einen alten Videorekorder. Das läuft alles über PC-Programme. Ich geh da gleich mal rein und sorge für technisches Vergessen. Keine Sorge, Jungs, das wird klappen.«

Eine Frauenstimme hinter ihnen schreckte sie auf. »Was wird klappen?«

Vier Männer starrten in Isis freundlich lächelndes Gesicht.

***

Beim Blick aus dem Küchenfenster wunderte sich Maria Steinbrink darüber, dass Bert mit seiner Isi Arm in Arm in Richtung Supermarkt ging. Er schien zu plaudern, seltsam. Bert war nicht der Typ, der seine Frau zum Einkaufen begleitete.

Vielleicht hatten sie Hochzeitstag, und er lud sie auf einen Kaffee beim Bäcker Pooth ein, der in Bislich außer dem Haus Pooth selbst den Brot- und Kuchenverkauf im Rahmen eines kleinen Cafés betrieb. Jedenfalls verschwanden sie im Markt.

Maria schälte weiter die Kartoffeln für die Mahlzeit am Abend, die Arbeit ging ihr schnell von der Hand. Die Zwillinge mochten so gern Möhrendurcheinander essen. So, fertig.

Wenig später bemerkte sie, dass dieses protzige Auto mit den Männern von der O.P.A.-Initiative aus Schreibers Einfahrt fuhr. Komisch. Doch keine Zeit, um über die Eigenheiten der Nachbarn nachzudenken, sie musste noch in den Keller. Die Jungs waren zwar immer noch recht genügsam, was ihre Kleidung anbelangte, aber der Wäscheberg wuchs täglich, und heute waren Unterwäsche, Socken und die dunklen Hosen dran.

Sie durchsuchte wie gewohnt die Hosentaschen nach gebrauchten Papiertüchern und wunderte sich über den Zustand der Hose, die Tiez am Vortag getragen hatte. Die rechte Hosentasche war zerrissen, als habe er mit Gewalt an etwas Scharfkantigem gezerrt. Klamm war sie, verdreckt, die Vorderseite sah aus, als habe er sich im Matsch gesuhlt. Und die Hosenbeine rochen ein wenig nach, sie suchte in ihrer Erinnerung, genau, sie rochen nach gutem Kompost. Wo hatte er sich nur herumgetrieben?

Gestern hatte er die Hose zum Abendessen noch angehabt, danach seine Hausarbeit erledigt und war ins Bett gegangen. Sie schaute bei den T-Shirts nach und entdeckte auch seins, ebenfalls vom Vortag und genauso feucht und verdreckt wie die Hose. Merkwürdig, sie würde ihn am Abend fragen, wie das geschehen war.

Sie entnahm der Maschine die fertige Wäsche, viel aufzuhängen, diese ganzen Sockenpaare zusammenzusuchen, sie stöhnte auf, das Kreuz, und füllte die Hosen ein. Das Wetter war gut, auf der Leine würde alles schnell trocknen.

Herta begrüßte sie im Garten und wuselte ihr um die Beine. Maria Steinbrinks Blick fiel zwischen zwei Sockenpaaren auf die Tür des Schuppens, in der Herta gerade verschwand. Das sollte sie nicht. Eigentlich war die Tür immer geschlossen, es befanden sich Tulpenzwiebeln dort, die im Herbst eingesetzt werden sollten und die ganz bestimmt einem gefräßigen Schweinchen schmeckten.

»Herta, komm da raus, los, komm schön.«

Das kleine Schwein kam ihr mit wippenden Ohren entgegen.

Maria warf einen Blick in den Schuppen, die Kiste mit den Zwiebeln schien unberührt.

Etwas anderes bemerkte sie, kurz bevor sie sich umdrehte. Das neue Fahrrad war fort. Einfach nicht im Schuppen. Konnte es gestohlen worden sein? Oder hatte Tiez es heimlich am Morgen genommen und war auf eigene Gefahr damit zur Werkstatt der Lebenshilfe gefahren? Bis nach Rees-Groin? Zuzutrauen war es ihm, diesem Kindskopf.

Sie ging ins Haus und rief in der Werkstatt an. Ja, der Tiez ist da, ist mit dem Bus gekommen wie immer, hieß es. Sie legte den Hörer auf. Herta war ihr ins Haus gefolgt und schubbelte sich an ihrem Bein. Maria Steinbrink bückte sich und kraulte Herta.

»Na warte, mein Sohn, komm du nach Hause.«

***

Burmeester und Gero von Aha mussten nur den Schildern zum Airport Weeze folgen, genau dort leitete der Ortungspfeil auf dem Laptop sie hin. Sie fuhren durch die Heidelandschaft und blickten auf die Landebahnen, bevor sie rechts abbogen, leer stehende oder genutzte ehemalige Unterkünfte der britischen Soldaten passierten, die dort bis in die neunziger Jahre stationiert gewesen waren.

»Die nutzen hier nicht nur die Anlagen für den Flugverkehr, sondern auch die Gebäude offenbar für andere Zwecke.«

Nachdem sich für zwei Euro eine der Zufahrtsschranken öffnete, durch die sie auf das Gelände des Flughafens gelangten, wies Burmeester nach rechts. »Ein Militärmuseum in einer ehemaligen Kirche, kann man als Zeichen des Friedens deuten, oder?«

Wie ein Tourist schaute er sich um und entdeckte ständig Neues. »Da! Schau, da brennt es, sieht echt dramatisch aus.«

»Nein, lies doch, das ist Fire Training für Feuerwehren. Dort kann alles geübt werden, auch das Löschen von brennenden Triebwerken.«

Auf dem Parkplatz direkt vor dem Terminal fiel ihnen auf,

dass es mehr gelbe als weiße Nummernschilder gab. Viele Niederländer nutzten den Flughafen, der unweit der Grenze zum Nachbarland lag.

Von Aha blickte über den riesigen Parkplatz, den angrenzenden Dauerparkplatz mit der Überdachung, die mit Solarflächen bestückt war, und zögerte mit seiner Frage. »Was machen wir hier? Wir sind nur zu zweit, das heißt, wir suchen die Nadel im Heuhaufen.«

»Er muss definitiv hier sein, er bewegt sich minimal. Näher waren wir ihm bislang noch nie.«

Von Aha mochte diese Art der Ermittlung nicht sonderlich, es war, als jagten sie einem Phantom hinterher, er reagierte unwirsch. »Einfach anrufen wäre die Lösung.«

»Klar, das wäre die Warnung schlechthin. Da stimmt doch was nicht. Der fährt quer durch den Niederrhein, seit klar ist, dass er einen Millionen-Schein in Händen hält, der ihm nur zum Teil gehört.«

»Also die Augen nach dem Wagen offen halten und dem Signal so nah wie möglich kommen. Moment, ich glaube, wir müssen nicht über den Parkplatz, die Ortung bewegt sich ins Gebäude.«

Im Laufschritt betraten sie den Terminal durch eine der großzügigen Drehtüren. Schlangen an unterschiedlichen Flugschaltern, Passagiere, die bereits im Abflugbereich verschwanden, Gäste in der Gastronomie neben dem Eingang und auf der Empore, Angestellte in Dienstkleidung, geschäftsmäßig angezogene Vertreter der Fluggesellschaft, die flotten Schrittes mit Funkgeräten oder Papieren die Halle durchquerten. Kleine Kinder erfreuten sich an der hallenden Akustik des Gebäudes, trampelten laut oder schrien. Die beiden Kommissare standen mitten in dem Gewusel reisefreudiger Urlauber und eiliger Passagiere, die man der Business-Klasse zuordnen konnte, wenn es die bei der Airline gab. Irgendwo unter all den Menschen befand sich mit hoher Wahrscheinlichkeit Paul Aengenholt.

Burmeester versuchte krampfhaft, sich zu erinnern, wann er den Nachbarn zum letzten Mal bewusst auf der Himmelsstiege wahrgenommen hatte. Wie war er wohl gekleidet? Lässig, in Jeans und T-Shirt? Stoffhose, Hemd und Krawatte? Er trug sein graues Haar zurückgekämmt, ja, das hatte sich in den letzten Jahren nicht geändert. Was tun? Ihm brannten die Augen.

Ein Angestellter des Airports mit einer Legitimation an der Knopfleiste des Polohemds näherte sich vom Eingang her. Burmeester sprach ihn an und zückte seinen Ausweis.

Der Mann lächelte. »Da schau, die Kripo. Wird das jetzt ein filmreifer Einsatz wie im ›Tatort‹? Nein, Scherz, was kann ich für euch tun?«

»Wir haben jemanden in der Handy-Ortung, und diese Person muss sich momentan im Gebäude aufhalten. Ein Mann, ungefähr fünfzig. Wir haben seine Handynummer.«

»Ratlose Kommissare, das sieht im Fernsehen immer anders aus.«

Ratlos. Genau so fühlte sich das an, Burmeester wollte es nicht zugeben, nicht sich selbst und auch nicht einem Angestellten des Airports gegenüber. »In echt sind wir auf kooperatives Verhalten unserer Mitbürger angewiesen. Sie helfen uns, und wir beschützen Sie.«

»Win-win, ich verstehe. Es gibt zwei Möglichkeiten. Ihr lasst ihn ausrufen und zum Info-Desk kommen.«

Von Aha schaute auf das Namensschild seines Gegenübers. »Nicht schlecht, Norman, ich bin gespannt auf deine zweite Idee.«

Norman wies nach oben. Im Gebäude gab es eine Etage mit Büros, offene Gänge führten an den Längsseiten der Halle entlang, einer mündete zum Rollfeld hin in einem Restaurant mit Außenterrasse. »Von dort habt ihr den Überblick. Kann sich hier eine Gefahrensituation entwickeln? Soll ich den Sicherheitsdienst benachrichtigen?«

»Nein, wir suchen ihn aus anderen Gründen.«

»Ruft ihn doch einfach an, ihr könnt ruhig mein Handy benutzen. Eine völlig fremde Nummer, da geht er vielleicht eher dran.«

Er wies auf die Menschenmenge. »Schaut, hier telefoniert niemand, der nicht gerade muss. Bei der Geräuschkulisse ist das nicht einfach, aber wenn das Handy klingelt, versucht man zunächst, das Gespräch anzunehmen. Und ihr beobachtet von oben, wer ans

Handy geht. Ich könnte unten mit der Security im Ausgang stehen, und falls er sich rausbewegt, halten wir ihn auf, bis ihr da seid.«

Aus der Höhe wirkte das Gewusel in der Halle ein wenig übersichtlicher. Burmeester nahm das Telefon von Norman dankbar entgegen und wählte die Nummer. Alle starrten in die Tiefe. Norman hatte recht, in dem Lärm war ein Klingelton nicht auszumachen. Es schellte, einmal, zweimal, beim dritten Mal nahm jemand ab. Zu erkennen war von oben niemand.

»Ja?«

»Äh, Paul?«

»Ja. Wer ist denn da?«

»Ich bin's, der Nikolas, ich wohne in Büschken, quasi gegenüber von dir. Ich bin froh, dich zu erreichen, ich muss …«

***

Sie asteten, wuchteten und schwitzten. Schweigend. Dieses Mal im Verborgenen, die drei Männer der O.P.A.-Initiative, stets mit einem Seitenblick die Umgebung sichernd, damit ja niemand sie bei ihrer außergewöhnlichen Mission entdeckte.

Gesthuysen fühlte sich wie einer der Panzerknacker aus einem Micky-Maus-Heft, er musste ungesehen und geräuschlos in das Haus des Toten einsteigen und die wichtigsten Dinge mitnehmen.

Gleich in der Diele entdeckte er eine große blaue Ikea-Tüte, stabil genug für einen Rechner. Wo könnte der wohl stehen? Er arbeitete sich von Raum zu Raum und fühlte sich ein wenig wie im Paradies. Es gab hier viele interessante Gegenstände, die Dollarzeichen vor seinen Augen erscheinen ließen. Nein, er hatte einen Auftrag. Der Rechner musste mit.

Nur der Rechner? Das wäre bloße Verschwendung von wertvollen Ressourcen. Und in diesem Kaff ging es schließlich um Nachhaltigkeit und Nutzung der Gegebenheiten. Da war er in diesem Haus genau richtig.

***

Die Konversation begann hoffnungsvoll. Burmeester wünschte, es ginge so weiter, es kläre sich alles, bis Aengenholt in diesem Moment das Gespräch ohne ein Wort beendete.

»So ein Mist. Ende. Und ich kann ihn nirgendwo da unten erkennen.«

Niemand, der sich mit verdächtig schnellen Schritten dem Ausgang näherte. Warum auch, denn er hatte keinen Hinweis darauf, dass man ihm so nah auf den Fersen war.

Eine Weile blieben die drei noch auf der Empore, und Burmeester schaute sich alle Männer mit grauem, zurückgekämmtem Haar genau an, bis von Aha aufgab.

»Das hat keinen Sinn. Der muss in die Personenfahndung, mit Beschreibung und allem.«

Burmeester schaute auf seinen Laptop, schüttelte den Kopf. »Na klar, jetzt ist er wieder offline.«

Der freundliche Helfer vom Airport sah Idee Nummer eins bestätigt. »Lasst ihn ausrufen, schnell, wie heißt er?«

»Paul Aengenholt aus Bislich-Büschken.«

Norman grinste. »Der Mork vom Ork. Ich sage schnell unten Bescheid, ihr seht den Info-Schalter am anderen Ende der Halle, da müsste er sich hinbegeben.«

Ein paar Sekunden später wurde Aengenholt von einer freundlichen Frauenstimme zum Informationsschalter gebeten. Nichts. Keine Bewegung in die Richtung. Die Aufmerksamkeit in dem hohen Gebäude richtete sich auf ein Kind, das trällernd durch den riesigen Raum rannte und das Echo der eigenen Schritte genoss, ein kleines Mädchen, das sich unter die Empore stellte und mit erhobenen Armen »Das ist mein Papa!« rief.

Norman winkte hinunter. »Meine Kleine, und da kommt meine Frau, die holen mich ab.«

Von Aha hatte noch eine Idee. »Bitte, einen Moment noch. Um zu fliegen, muss er doch zumindest seinen Namen angeben, oder?«

»Klar, das wird kontrolliert.«

»Können wir irgendwo Einblick in die Fluglisten nehmen?«

»Natürlich, folgt mir runter zum Serve-to-fly-Schalter, da

werden alle Passagiere registriert. Die können euch dort sagen, ob er eingecheckt hat.«

»Vielen Dank, Norman, das nenne ich Kooperation.«

Norman verabschiedete sich. Das kleine Mädchen sprang in seine Arme, die Frau küsste ihn. Burmeester lächelte.

Von Aha stieß ihn in Richtung Schalter. »Von Familie kannst du später träumen.«

***

Die Glocken von Sankt Johannes in Bislich klangen hinaus bis Büschken. Johanna Krafft verabschiedete sich von Henner, es galt, in einer würdevoll gestalteten Beerdigung den Sangesbruder Hinrich Bucks unter die Erde zu bringen.

Es würde eine große Beerdigung sein, und der Verstorbene hatte sich eine Trauerfeier in seiner Kirche unmittelbar am Deich gewünscht. Am liebsten wäre er wie schon einige seiner Vorfahren auf dem ehemaligen Friedhof zu Grabe getragen worden. Doch dort standen nur noch vereinzelte historische Grabmäler im heutigen Kirchengarten, der einem verwunschenen Park ähnelte. Schmale Wege, die Holzschilder als Lerchenweg, Meisenweg oder Drosselgasse betitelten, zogen sich dort durch den gepflegten Garten unter hohen Eichen. Eine kleine Kapelle ragte turmartig auf, davor eine Bank zum stillen Gebet. Ein geheimnisvoll wirkender Ort, von dem aus sich ein Nistbaum mit Störchen beobachten ließ, wenn man nicht die Bilder der Webcam über dem Nest bevorzugte. Die Vögel überwinterten sogar am Niederrhein, eine Ganzjahres-Attraktion für Vogelfreunde. Während Artgenossen in der kalten Jahreszeit nach Spanien flogen und nicht nach Afrika, wie viele meinten. Wie gern hätte ihr Hinrich eine Grabstätte mit diesem Ausblick gehabt, hatte seine Witwe beteuert.

Die O.P.A.-Initiative sorgte hier für Ordnung, man sah ihren Wagen auch manchmal am wesentlich funktionaleren kommunalen Friedhof an der Schifferstraße, wo der Sangesbruder nun seine letzte Ruhe finden sollte.

Angesichts der dunklen Wolkendecke konnte Johanna Krafft

wohl mit strömendem Regen rechnen. Währenddessen wollte Henner sich eine Pause gönnen, was die Sichtung der Kreuzfahrtkataloge betraf, und stattdessen eine Folge »Traumschiff« gucken. Johanna mochte diese, wie sie es nannte, »Schmonzette« nicht.

»Nimm einen Schirm mit, es ist wahrscheinlich, dass es heute noch einmal so schüttet wie vorhin. Du wirst dich sonst erkälten. Es gibt zwar immer einen Arzt an Bord, aber in unserem Alter sollten wir nichts riskieren.«

»Du mit deinem Traum vom großen Schiff!«

»Dann bringt ihn mal würdig unter die Erde.«

Johanna war froh, den Schirm mitgenommen zu haben, das Wolkenspiel über ihr war lebhaft und bedrohlich dunkel. Die Spuren des letzten heftigen Schauers waren überall zu sehen, breite Rinnsale flossen die Himmelsstiege hinab und stauten sich vor den Gullys, auf deren Stäben sich abgerissene Blätter, Halme und abgeworfene Lindenblüten sammelten. Sie war froh, sich für die dicken schwarzen Schuhe entschieden zu haben, die Wege auf dem Friedhof würden durchweicht sein.

Die Abschiedsmesse für den Verstorbenen war würdevoll, der Chor sang zwei getragene Lieder. Jedenfalls sangen die meisten Chormitglieder, einigen ging es zu nah, für jemanden aus ihrer eigenen Mitte Trauermusik zu machen.

Als der Geistliche sich gerade Hinrichs Sangesfreude mit rührenden Worten widmete, betrat einer der Sargträger die Kirche durch die Sakristei und flüsterte ihm ins Ohr. Eine Unterbrechung, wie unsensibel. Johanna beobachtete die Szene, sah, wie sich der Gesichtsausdruck von Kaplan Kurski veränderte. Gab es Probleme?

Zum Ende der Messe verkündete der Kaplan mit klaren Worten, es täte ihm leid, aber man könne aufgrund der Folgen des heftigen Regens die Beisetzung nicht fortsetzen. Er bat um Nachsicht, Sarg und Blumen könnten im geschützten Raum verbleiben. Man bemühe sich um schnelle Lösungsfindung und würde die Familie auf schnellstem Weg darüber informieren.

»Gehet hin in Frieden.«

Draußen nahm Johanna zuckendes blaues Licht wahr, das auf der Straße zum Friedhof hin rotierte. Polizei. Sie ließ sich nichts anmerken, verabschiedete sich von den anderen, die sich vor dem Ausgang sammelten, um mit Bucks' Familie über das jähe Ende der Beerdigungszeremonie zu lamentieren. Man konnte doch nicht zu Streuselkuchen und Kaffee übergehen, ohne den Toten unter die Erde gebracht zu haben. Oder doch? Schließlich war im Gemeindehaus schon eingedeckt.

Sie nahm den kürzesten Weg zum Friedhof, lief so schnell sie konnte über regennasse Wege. Es dauerte, bis sie zu der Stelle hinter dem Eingang gelangte, an der sich uniformierte Beamte sowie Männer und eine Frau in Zivil aufhielten. Da sieh an, Karin war hier. Etwas sehr Ernstes war also geschehen, und zwar an der offenen Grabstelle des Hinrich Bucks.

Ungehindert gelangte Johanna in die unmittelbare Nähe der Grube, die das Objekt der Aufmerksamkeit zu sein schien. Alles blickte nach unten, niemand dachte an so etwas Simples wie Trassierband, um Neugierige wie sie aufzuhalten. Mit festen Schritten ging sie an den ersten Beamten vorbei, alles oder nichts, sie musste sich in die Nähe ihrer Tochter schleichen, denn die würde ihr freiwillig nicht verraten, was ihrer aller kriminalistisches Interesse fesselte.

Mit einem lapidaren Satz gelangte sie an ihre Seite. »Karin, das sieht doch eindeutig aus«, sagte sie in beiläufigem Ton und schaute dabei in die Grube. Der Grund war mit Wasser bedeckt. Starkregen ließ den Wasserspiegel steigen.

Bevor die Hauptkommissarin »Mutter, was machst du denn hier?« sagen konnte, hatte Johanna entdeckt, warum das K1 sich auf dem Friedhof ihres friedlichen kleinen Dorfs versammelte. Durch das Regenwasser schimmerte etwas Helles. Ein Unterarm, sie erkannte die Hand. Eine Leiche in einer Grube, in der keine Stunde später ein Sarg vergraben worden wäre. Ein fast perfekter Mord? Zeitgleich blickten Karin Krafft und ihre Mutter auf, schauten sich an.

»Mutter! Was machst du denn hier?«

»Nachschauen, wieso die Beerdigung von Hinrich Bucks unterbrochen wurde.«

»Du darfst hier nicht sein, das ist ein Tatort.«

»Aber Karin, allenfalls ein Fundort, schau, die Kunstgrasabdeckung ist nicht verrutscht oder verdreckt. Wenn du mich fragst, dann liegt der Mensch schon ein paar Stunden da unten, und der einzige Grund, weshalb du hier bist, ist der nicht vorhergesehene Starkregen, der das Grubeninnere aufgeweicht hat.«

Rundherum verstummten alle, Jerry und Tom, die Streifenbeamten, die beiden Männer der Spurensicherung in den weißen Overalls mit den Koffern in den Händen, deren Füße merkwürdig gesprenkelt aussahen. Hinter den Polizisten sammelten sich erste Neugierige aus der Trauergemeinde und lauschten, versuchten, einen Blick auf das Geschehen zu erhaschen. Johanna nahm sie nicht wahr, genoss diesen Augenblick der ungeteilten Aufmerksamkeit ihrer Tochter und deren Kollegen.

»Das könnte der vermisste Nachbar Aengenholt sein, du erinnerst dich, dass ich bereits am Sonntag wegen seines Verschwindens angerufen habe.«

Karin Krafft fiel mit ihrer Reaktion völlig aus ihrer Rolle als Hauptkommissarin. »Das war etwas anders. Du hast mich angerufen, weil sich die anderen Nachbarn vor Aengenholts Haus fast geprügelt haben, nicht weil du vermutet hast, dass er bereits begraben ist.«

Jerry tippte seiner Chefin auf die Schulter, Karin wies ihn mit einer unwirschen Handbewegung ab. Johanna ließ sich nicht beirren.

»Es ging darum, dass die Männer in sein Haus einbrechen wollten und der Nachbar Kunstmann angepöbelt wurde, weil er versuchte, dies zu verhindern, genau. Fakt ist, dass Paul Aengenholt da schon nicht mehr im Dorf aufgetaucht ist. Jedenfalls nicht, nachdem klar war, dass er den Lottoschein mit dem Jackpot hat.«

Verflixt. Da war es ihr entglitten.

Johanna knipste Karin ein Äugsken, erhob ihre Stimme und bemühte sich, den Inhalt ihres Satzes zu relativieren. Innerlich wusste sie, dass dies vergeblich sein würde. Einmal gesagt war in der Welt.

»Ich meine, da hat jeder geglaubt, er habe den Schein. Stimmt aber gar nicht. Jemand anders hatte ihn abgegeben. Und die Zahlen stimmten mal wieder nicht. Kein Gewinn. Nicht mal drei Richtige.«

Karin nahm ihre Mutter zur Seite, sie machten Platz für die Spurensicherung. Sie gingen ein paar Schritte.

Johanna zitterte. »Ich hab's verraten. Ich wollte das nicht. Ich garantiere dir, es wird als stinkendes Gerücht durchs Dorf ziehen.«

»Du kennst meine Meinung zu dem Riesenhaufen Geld.«

»Ja, ist ja schon gut.«

Karin legte ihrer Mutter einen Arm um die Schulter. »Geht es wieder?«

»Ich ärgere mich nur über mein ungezügeltes Mundwerk.«

»Du gehörst nach Hause. Wir sind hier zuständig. Und glaube mir, wenn der Tote aus Büschken ist, dann werden wir im Dorf mit aller Schärfe ermitteln. Aber wir wissen es noch nicht.«

Johanna machte sich auf den Weg.

»Das Traumschiff« lief noch immer, als sie sich mit Schirm und den tropfnassen schwarzen Schuhen neben Henner auf das Sofa setzte.

»Du wirst es nicht glauben.«

Er stoppte den Film und setzte sich auf. »Was ist passiert?«

»Da liegt schon ein Toter in Hinrichs Grab.«

»Wie, da liegt schon einer?«

Sie berichtete von dem Abbruch der Beerdigung und von ihrem unvermuteten Treffen mit Karin. »Ich tippe mal, es ist Paul Aengenholt.«

Beide saßen auf dem Sofa. Das Standbild auf dem Fernseher zeigte einen Taschendieb auf dem großen Schiff, der einem Passagier unbemerkt in die Jackentasche griff.

»Überall nur Kriminalität.«

***

»Ich geh noch im Gartenhaus Ordnung machen. Ruf mich, wenn das Essen fertig ist, ja?«

»Jaha, mein Schnucki.« Isi sang ihre Antwort förmlich, hatte sie doch diese spontane Einladung zum zweiten Frühstück sichtlich genossen.

Bert klopfte sich immer noch innerlich auf die Schulter, weil es ihm gelungen war, sie von seinem riesigen Problem erfolgreich abzulenken. Er schloss die Tür hinter sich und beobachtete den Garten. Wenn er besonders nett zu seiner Frau war, dann lief sie ihm schon mal hinterher, um ihn mit Küssen zu überhäufen.

Hastig wählte er Mackedeis Nummer. »Alfons? Ist alles gut gelaufen?«

»Es war aufregend, aber es hat funktioniert. Wenn Heinz-Hermann etwas übernimmt, dann klappt es.«

»Und die Kameras, ich meine, die Aufnahmen? Hat euer Gesthuysen ebenfalls ganze Arbeit geleistet?«

»Hat er. Ist unbemerkt durch ein Kellerfenster ins Innere. Er hat einen Einbruch vorgetäuscht. Es gab in dem Haus eine Alarmanlage, sagt er, die war nicht aktiviert. Den Rechner hat er mitgenommen und ein paar Schubladen durchsucht, zwei Kameras eingesteckt und eine Uhr. Damit es authentisch aussieht.«

»Hoffentlich hat der nicht übertrieben.«

»Er ist hinter dem Garten in den kleinen Wald verschwunden, und wir haben ihn auf der anderen Seite aufgegabelt, wo niemand ihn mit der Himmelsstiege in Verbindung bringen konnte.«

Bert schaute zum Haus. Es geschah, was er vorausgesehen hatte, Isi lief auf das Gartenhaus zu. »Ich muss Schluss machen, meine Frau kommt. Wir hören voneinander.«

Bert nahm sich den Korb mit den leeren Flaschen und trat vor die Tür, bevor sie ihn erreichte. Keine Küsserei, sie wirkte aufgeregt.

»Er ist tot, Bert, Johanna hat mich gerade angerufen. Sie haben ihn gefunden, auf dem Friedhof.«

Der Blutdruck von Bert stieg, er spürte den Herzschlag an der Halsschlagader. Hatten die Kerle von O.P.A. doch Pfusch abgeliefert? Wann würde die Polizei bei ihm klingeln? Jetzt blieb erst einmal nur eins. Ganz normal gucken. »Von wem sprichst du?«

»Von Paul. Johanna sagt, es ist Paul Aengenholt.«

Überrascht gucken war nicht schwer. Eine zweite Leiche in Bislich-Büschken? Noch ein Mord?

»Paul? Tot?« Bert stellte den Korb ab. Das konnte alles nicht wahr sein. »Das erklärt natürlich, wieso er nicht aufzufinden war und sein Telefon durchklingelte. Weiß man was über den Schein?«

Isi schaute ihn entsetzt an. »Du hast Sorgen. Mensch, unser Nachbar ist tot, und du denkst an den Lottoschein.«

»Entschuldige mal, es geht doch hier seit Tagen um nichts anderes. Tu nicht so, als wär dir die Kohle egal. Man wird sich doch wohl Gedanken machen dürfen.«

Er nahm den Korb und machte sich auf den Weg zum Haus. »Na, komm. Ist das Essen endlich fertig?«

NEUN

Es brodelte im Dorf. Sooft viele Bewohner dem widerspenstigen Zugezogenen das Schlimmste an den Hals gewünscht hatten, so sehr waren sie nun entsetzt. Gerüchte und gegenseitige Verdächtigungen machten die Runde, jeder hatte etwas beizutragen zu einem Todesfall, der den Frieden im Dorf gestört hatte. Zerstört hatte.

Man musste zusammenhalten, jetzt erst recht. Die Aufklärung eines Mordes war das eine, der Erhalt der Dorfgemeinschaft das andere, ein hoher Wert. Die Schnüffler würden kommen, erst die Kripo und dann die Journalisten. Jerry Patalon fürchtete, er werde auf schweigsame Bewohner treffen. Leicht würde diese Recherche nicht werden.

Bei Schreibers schien niemand da zu sein. Jerry hatte es übernommen, die Nachbarn des Toten zu befragen.

Als die Leiche aus der Grube geborgen war, hatte schnell festgestanden, um wen es sich handelte. Karin Krafft erkannte eindeutig den Nachbarn ihrer Mutter, Arndt Kunstmann. Es war nicht, wie Johanna Krafft vermutet hatte, der Mann mit dem Jackpot-Schein.

Maria Steinbrink öffnete ihm, sie trug eine altertümliche Kittelschürze und sah erschöpft aus. Sie wirkte nicht sehr betroffen über die Nachricht.

»Wissen Sie, der wollte hier mit niemandem was zu tun haben. Da lebt man neben jemandem und weiß nur, was die Leute so erzählen, weil er nicht zugänglich ist. Ich verrate Ihnen etwas. Gestern hat es in der Kneipe drüben eine Auseinandersetzung gegeben, nicht nur eine Rangelei, sondern heftige gegenseitige Angriffe zwischen den Männern. Ich war richtig aufgebracht, dass es so etwas bei uns gibt, ich bin dann gegangen.«

Jerry Patalon horchte auf, sofort war die Neugierde des Fahnders geweckt. Er hatte schneller als erwartet jemanden gefunden, der ihm die erste Spur legte.

Er hakte nach und notierte sich Frank Lürsen und Bert Schreiber sowie dessen Frau als Beteiligte.

Als Maria gegangen war, hätten alle noch auf eigenen Beinen stehen können, und als sie sich im Regenschleier umgeschaut hatte, wäre ihr Kunstmann auf dem Heimweg aufgefallen. Mit einem anderen Mann, der auf ihn eingeredet habe. Dieser Architekt oder Investor oder wie man solche Leute bezeichnete. Beide wären vorher auch im »Schützen« gewesen.

»Meinen Söhnen war der Kunstmann immer unheimlich. Der hat sich andauernd über sie aufgeregt, stets aus der Ferne, nie direkt. Sie haben ihn gemieden.«

Sie sah nicht aus wie eine Mutter junger Kinder.

»Ihre Söhne?«

»Ja, meine Zwillinge.«

»Können die mir mehr zu Arndt Kunstmann erzählen, haben die beiden in den letzten Tagen ungewöhnliche Beobachtungen gemacht?«

Maria Steinbrink lachte, dabei wirkte sie für Sekunden um Jahre jünger. »Die beiden entdecken täglich die Welt neu. Meine Söhne haben eine Behinderung, es gab Komplikationen während der Geburt, beide sind geistig zurückgeblieben. Das sind zwei Vierzigjährige, die sich benehmen, als seien sie zwölf. Lieb, kindlich und harmlos. Sie sind noch zur Arbeit und erst gegen fünf zurück. Ich glaube aber nicht, dass sie Ihnen weiterhelfen können.«

»Trotzdem, dann komme ich später noch einmal vorbei.«

Kurz bevor er das Törchen zur Straße hinter sich schloss, rief sie hinter ihm her.

»Das sind solche Kindsköpfe. Mein Tiez hat doch tatsächlich sein neues Mountainbike über Nacht verloren. Ich kann es nirgendwo entdecken. Also, wenn Sie sowieso im Ort sind und sich umschauen, dann halten Sie die Augen auf, es ist ein nagelneues Fahrrad mit einem roten Sattel.«

»Gut, ich werde es mir merken.«

Jerry Patalon war mit der ersten Befragung zufrieden. Eine richtige kleine Vorgeschichte war dabei herausgekommen. Das war mehr, als er bei seiner weiteren Runde den übrigen Dorfbewohnern entlocken konnte.

***

Johanna freute sich über den Besuch, das halbe Kommissariat 1 rückte an und trat sich rücksichtsvoll die Schuhe auf der Matte ab. Karin, Tom und Jerry trafen sich bei ihr zu einem kurzen Austausch und zur Befragung. Nicht zum ersten Mal hatte sie ihre Tochter und deren Kollegen vom K1 zu Gast und scheuchte Henner zum Teekochen in die Küche. Sie selbst wollte kein Wort versäumen. Was Karin nicht verborgen blieb.

»Mutter, lass uns eben allein.«

»Papperlapapp, ich stand mit dir am Grab und habe Pauls Leiche gesehen, da werde ich –«

»Es ist Arndt Kunstmann, Mutter, nicht Paul.«

Johanna setzte sich. »Ein hoch dotierter Lottoschein, das ist für mich ein Mordmotiv. Habgier. Was für ein Motiv soll denn hinter Kunstmanns Tod stecken? Das bisschen Gekeife und Gezanke zwischen den Nachbarn auf der Straße? Und zwar nur dort, der war in keinem der Häuser zu Gast. Ein Eigenbrötler eben.«

Karin ließ sich ihre Erinnerungen an die Auseinandersetzung vom Sonntag vor ihrem Haus schildern, Johanna bemühte sich, über den Ablauf und die Wortwahl der beteiligten Männer genau zu berichten.

»Das war eine hitzköpfige Situation, mehr nicht. Die Männer hatten wohl gepichelt und mit erhöhtem Pegel den Entschluss gefasst, bei Paul nach dem Rechten zu sehen. Die fühlten sich völlig im Recht, und ich glaube, die waren von ihrem Vorhaben ernsthaft überzeugt. Das Gute war auf ihrer Seite. Nachschauen, ob Paul nichts passiert ist. Und dann erschien Kunstmann auf der Bildfläche und plusterte sich gleich ganz bedrohlich auf. Es schwang nicht nur Besorgnis von seiner Seite mit. Der war bestimmt zum ersten Mal neidisch auf uns, auf diese kleinen, unbedeutenden Menschen, diese einfachen Dörfler, die nur unverschämtes Glück hatten.«

Henner brachte Tee und Becher auf einem Tablett und verteilte alles auf dem Tisch. Er konnte den Schilderungen nichts hinzufügen.

»Viel schlimmer fand ich die Eskalation gestern im ›Schützen‹. Das war kritisch, und ich war froh, dass alle zum Schluss noch lebendig und halbwegs heile nach Hause gingen.«

Karin ließ sich detailliert von Henner erzählen, was vorgefallen war. Das warf ein völlig neues Licht auf die Beteiligten, sie bat Johanna, eine Liste anzufertigen.

Henner stellte die Kanne auf das Stövchen. »Steht denn schon fest, wie er umgekommen ist?«

Johanna lächelte ihn an. Ihr Henner hatte dazugelernt und stellte die richtigen Fragen. Nur ihre Tochter, die Hauptkommissarin, ließ sich nicht beeindrucken und schwieg. Sie blickte auf Jerry Patalon und Tom Weber.

Jerry konnte dem Blick nicht standhalten. »Er hat eine Verletzung am Kopf, aber nach erster Einschätzung war die nicht tödlich. Wir müssen das Ergebnis der Rechtsmedizin abwarten.«

Karin blitzte ihn an. »Wir sind zu einer Befragung hier, nicht zu einer inoffiziellen Pressekonferenz.«

»Deine Mutter stand neben dir am Fundort und hat genau gesehen, was der Regen zutage gefördert hatte. Da können wir doch hier eine Spur offener sein und müssen nicht um den heißen Brei herumreden.«

Karin beugte sich zu ihm und deutete mit dem Kopf auf Johanna, die unschuldig lächelnd Tee einschenkte.

»Wäre diese Frau hier nicht dem Wunsch ihres Mannes nach geordneten häuslichen Verhältnissen gefolgt, dann gäbe es mich nicht, und sie wäre als erfolgreiche Kriminalistin in die Geschichte des Kreises Wesel eingegangen. Glaub mir, man muss sie vor sich selber retten, wenn es um unsere Arbeit geht. Also gebt bitte keine internen Informationen an sie weiter, das ist ein Fall für das K1.«

Johanna reichte Jerry Patalon eine Tasse mit dampfendem Getränk und zwinkerte ihm zu. »Zitrone oder Milch?«

***

Die Nachricht vom Ableben und Auffinden des Arndt Kunstmann verbreitete sich in der ganzen Region rasant. Wie bei allen Geschichten, die von Mund zu Mund weitergegeben wurden, schmückten viele Köpfe die Fakten innerhalb weniger Stunden aufs Erstaunlichste aus.

So war an der Fleischtheke des Supermarktes zu erfahren, dass der Mann nur deshalb gefunden worden sei, weil eine Hand aufrecht aus dem Wasser in der Grube geragt habe. Beim Bäcker wusste man sogar, dass Kunstmann eine niederrheinische Begräbnissituation inszenieren und filmen wollte und dabei in die Grube gestürzt war.

Es war eine sonst eher zurückhaltende Kassiererin, die zwischen den einzelnen Posten, die Nicole Rutkowsky bei ihrem Einkauf nach Feierabend auf das Band legte, eine weitere eigenwillige Theorie in Umlauf brachte. »Wenn Sie mich fragen, dann hat alles zu tun mit der zunehmenden Gleichgültigkeit.«

»Wie meinen Sie das?«

»Na, die Menschen achten nicht mehr wie früher aufeinander. Der hat hier gelebt, aber nicht dazugehört. Nirgendwo. Nicht in der Nachbarschaft, nicht in der Bruderschaft, jeder wusste, wer das war, aber keiner hat ihn gekannt. Haben Sie den Porree nicht abgewogen? Legen Sie den eben auf die Waage, ja? Eins, null, sieben.«

»Von wem sprechen Sie?«

»Na, von dem Toten auf dem Friedhof.«

Nicole Rutkowsky reichte das Preisetikett angenervt weiter. So viel redete die sonst nie. »Dort soll es ja mehrere Tote geben, genau genommen sehr viele.«

Jetzt schaute die Kassiererin auf. »Hä?«

»Na, auf dem Friedhof, das ist der Ort, wo sie hingehören, die Toten.«

»Ich meine doch den Toten ohne Sarg. Den haben sie in der Grube gefunden, die für Hinrich Bucks ausgehoben war.«

»Hört sich ja gruselig an. Weiß man denn, wer es ist?«

»Die Leute sagen ja, es ist der Filmheini aus Duisburg.«

Hatte sie richtig gehört? Vorsichtig nachfragen, die neugierige

Kundin mimen. »Sie meinen den Einsiedler von der Himmelsstiege?«

»Genau. Und alles wegen der Gleichgültigkeit.«

Jetzt wusste sie, über wen die Frau sprach. Kunstmann tot? Sie ließ das Toastbrot in ihre Einkaufstasche gleiten und suchte ihr Portemonnaie. »Gleichgültigkeit?«

»Ja, niemand kümmert sich mehr um den anderen. Wenn wir alle ihn nur öfter gefragt hätten, ob er mitmachen will. Bei den Schützen oder auch nur in der Tippgemeinschaft, vielleicht würde der noch leben. Achtundvierzig fünfzig.«

Wieso wusste sie von einer Tippgemeinschaft? Jetzt bloß nicht ertappt gucken, das hatte Nicole jahrelang bei ihrem Mann geübt, wenn eine neue Beule das aktuelle Auto zierte.

»Sie meinen also den Zugereisten, der wie mein Mann und ich aus dem Ruhrpott stammt? Der ist tot? Aber der ist doch ständig gefragt worden. Kontaktaufnahme hat der immer abgelehnt, niemanden gegrüßt und weggeschaut, wenn jemand an ihm vorbeilief. Sind Sie sicher, dass Sie Kunstmann meinen?«

Die Kassiererin nickte lange und schweigend, bevor sie fast flüsternd fortfuhr. »Die Leute sagen, der hat in der Grube gelegen, und der Hinrich konnte nicht beerdigt werden. Und die Traude sagte sogar, es war wegen dem Lotto. Geld macht einen schlechten Charakter.«

Das Wechselgeld verschwand im Nebenfach, und Nicole schaute auf. Was hier im Laden die Runde machte, wurde großflächig in der Gegend verteilt. Was wusste das Dorf? »Wie, wegen dem Lotto?«

»Brauchen Sie den Bon?«

»Nein.«

»Treuepunkte?«

»Auch nicht. Erzählen Sie schon, was ist das für eine Geschichte mit dem Lotto?«

»Na, der soll scharf auf das Geld gewesen sein, das wer anders gewonnen hat. Eben die Lottogemeinschaft, in der er nicht mitmachen durfte. Gehören Sie nicht auch dazu?«

Das war genug. »Nein, so ein Quatsch. Ich weiß von nichts.

Und der Kunstmann wollte nicht integriert werden. Und wer weiß, ob das alles stimmt.«

»Das stimmt. Die Leute sagen, die Kripo geht von Haus zu Haus und nimmt Fingerabdrücke, wie im Fernsehen. Und die reden mit allen.«

»Polizei in Bislich-Büschken?«

»Ja, die suchen doch jetzt den Mörder. Hoffentlich finden sie den bald, sonst kann man sich ja nicht mehr sicher fühlen, wenn man nach Feierabend durch den Ort geht. Da würde einem niemand helfen. Die Welt ist so gleichgültig geworden.«

»Tschüss.«

»Ja, tschüss und einen schönen Abend.«

Nicole Rutkowsky eilte zum Ausgang. Kunstmann tot? Ob das stimmte? Sie würde es ihrem Stefan erzählen.

Die Kassiererin rief hinüber zur Brottheke. »Was sage ich? Grüße und Wünsche werden überhört. Glaub mir, Gleichgültigkeit ist das Grundübel.«

***

»Tiez? Komm mal eben zu mir in die Küche.«

Tiez kannte das genau. Sätze, die so anfingen, die seine Mutter mit dem gewissen Unterton streng aussprach, bedeuteten nichts anderes als Ärger. »Gleich, Mama.«

»Nein, jetzt, mein Sohn.«

Ganz gefährlich, da half nur, mit schuldbewusst gesenktem Kopf flott bei ihr auftauchen.

Er stand neben dem Kühlschrank wie ein begossener Kater, Maria forderte ihn auf, sich zu setzen.

»Tiez, wo ist das neue Fahrrad?«

»Ich, ich, ich …«

»Das ist ganz neu und nicht im Schuppen. Die Polizei war heute hier, und ich habe den Kommissar gebeten, seine Augen offen zu halten, der hat es nicht gefunden. Also, weißt du, wo es ist?«

Alles Mögliche ging ihm durch den Kopf, er konnte eine Geschichte von einem Fahrraddieb erfinden, der es ihm aus den

Händen gerissen hatte, oder von einem Monster, das es gefressen hatte, oder einfach sagen, dass er es nicht wisse. Es ging nicht. Er durfte doch nicht lügen. Manches verschweigen, ja, aber lügen war nicht erlaubt. Und außerdem interessierte ihn, warum die Polizei hier gewesen war. Ob Mama sie wegen dem Rad gerufen hatte?

»Ich kann nichts dafür, ehrlich. Ich hatte solche Angst und habe dich sogar gerufen, aber du hast mich nicht gehört.«

»Wann hast du mich gerufen?«

»Na, gestern, als es schon dunkel war. Du warst zurück von der Versammlung, zu der wir nicht mitkommen durften.«

»Da warst du doch im Bett? Ich hätte dich gehört.«

Er schaute zu Boden und erzählte die ganze Geschichte, wie er heimlich aus dem Haus geschlichen war und das wunderbare neue Rad ausprobiert hatte, ja, auch auf dem Deich, und, ja, er durfte nicht dorthin, aber es hatte niemand gesehen. Außer dem Mann mit dem Auto ohne Motor. Der habe ihn verfolgt.

»Tiez, jetzt bleib bei der Wahrheit.«

»Aber das ist wahr. Ich habe immer nur das Licht gesehen, nie einen Motor gehört, und immer war er hinter mir. Auf dem Deich und auf der Straße und sogar auf dem Weg bei der Streuobstwiese hinter unserem Garten. Da habe ich Angst gekriegt und das Rad in die Sträucher geschleudert und mich bei Bert im Garten versteckt.«

Er holte tief und unrhythmisch Luft, wie es Kinder machen, die zu schnell eine aufregende Geschichte erzählen. Maria Steinbrink erschrak. Ihr Sohn hatte sich nicht nur gefürchtet, er musste große Angst gehabt haben.

»Der ist ganz nah an mir vorbeigegangen, und der hatte eine Stange in der Hand.«

»Und wo hast du dich versteckt?«

»Ich bin in den Kompost gestolpert und einfach ganz still liegen geblieben. Das war so schwer, ich wollte nach Hilfe rufen, aber dann hätte er mich entdeckt.«

Das passte zum Zustand der Kleidung, die sie im Keller gefunden hatte. Maria kannte ihren Sohn. Er würde herumdrucksen und vielleicht das eine oder andere Detail spontan vergessen. Lügen würde er nicht.

War ihr Sohn einem Mörder begegnet? Auf jeden Fall war es etwas Außergewöhnliches, dass ein Mann ihm nachgestellt hatte. Hatte Tiez etwas gesehen, was verborgen bleiben sollte? Würde er jemanden wiedererkennen? Kunstmann war tot, und sein Mörder lief frei herum. Wenn es denn ein Mord war.

Maria Steinbrink stand auf und lief durch die Küche. Sie musste ihre Gedanken für sich behalten, um ihren Sohn nicht zu verängstigen. Sie durfte ihm nicht sagen, dass er sich unter Umständen noch immer in Gefahr befand. Sie würde auf ihn achten.

»Wer war das denn, Tiez, kam dir irgendwas an dem Mann bekannt vor?«

»Ich weiß es doch nicht. Heute wollte ich das Rad heimlich wieder in den Schuppen stellen. Mama, ich wollte es nur ausprobieren. Du sagst immer, ich bin wie ein Kind. Aber ein Kind fährt nicht so gut wie ich. Und, Mama, wieso war die Polizei hier?«

»Der Herr Kunstmann von schräg gegenüber lebt nicht mehr.«

Tiez überlegte kurz. Was war die angemessene Reaktion, wenn jemand, den man nicht mochte, tot war?

»Der hat uns nicht gemocht, Mama, und ich ihn auch nicht. Jetzt schimpft niemand mehr so böse mit uns, wenn Herta wieder ausgerissen ist oder wir auf der Straße laut lachen. Der war ein fieser Möpp.«

»Aber so darf man nicht denken, Tiez. Der Mann ist tot.«

»Ja, still und ruhig für immer.«

Maria tätschelte seine Hand. Das war bestimmt nicht leicht für ihn gewesen. »Und jetzt geh dein Fahrrad holen. Ich bleibe im Garten, und du kannst mich rufen, falls du Hilfe brauchst.«

Erleichtert sprang Tiez auf.

»Und wehe, du schleichst dich noch einmal im Dunkeln aus dem Haus.«

»Mach ich nie wieder, versprochen.«

***

Burmeester wollte nicht glauben, wohin Karin Gero von Aha und ihn selbst zitierte.

»Ja, in Bislich-Büschken gibt es einen Toten. Arndt Kunstmann, ein Mann aus deiner Nachbarschaft.«

»Klar, den kenne ich. Der war in den letzten Tagen Thema, weil er nicht zu den Gewinnern gehört.«

»Mutter hat selbst mich wegen ihm angerufen, ich weiß um den ganzen Ärger. Wir werden nachher die gesamte Himmelsstiege rauf und runter befragen. Bislang hat Jerry Maria Steinbrink erreicht, aber ihre Söhne nicht. Ich will eine zügige Befragung, damit sich hier niemand absprechen kann. Wo seid ihr?«

»Gleich im K1.«

»Dann bitte durchstarten und herkommen.«

»Meinst du, es ist günstig, wenn du und ich die Befragung durchführen? Wir sind eng mit dem Dorf verbunden. Man könnte uns Befangenheit nachsagen.«

»Deshalb kommt ihr beide her und geht als Duo rund, ich werde mich Tom anschließen, und Jerry ist raus, der hatte Dauerdienst. Und sag mal, gibt es Neuigkeiten zu Aengenholt?«

Burmeester berichtete kurz von ihrem vergeblichen Einsatz auf dem Airport. »Der verarscht uns doch. Wir haben vorhin auf der Rückfahrt überlegt, ob der sein Handy an eine andere Person weitergereicht hat, die uns bewusst in die Irre führt.«

»Wir warten die Ergebnisse der Pathologie ab, und dann geht Aengenholt offiziell in die Fahndung, das ist doch eine Lachnummer. Ich schicke zwei Kommissare durch das Land ohne Aussicht auf Erfolg.«

»War nett bis jetzt.«

Karin wirkte humorlos. »Macht euch auf den Weg, unverzüglich, ich will hier fertig werden.«

»Trink doch einen Tee bei deiner Mutter.«

»Den habe ich bereits hinter mir, im Gegensatz zu dir. Spar dir bitte weitere Tipps und komm her. Ich mache ein paar Minuten Pause. Im Storchennest beim Kirchengarten findet gerade eine Beringung statt, vier Jungstörche sind im Nest, sensationell viel.«

Sosehr das K1 es richtig fand, dass die Chefin zum Durchatmen kam, so erstaunlich war es, dass sich Karin Krafft von der momentan in manchen Medien und bei vielen Niederrheinern herrschenden Storcheneuphorie mitreißen ließ.

»So kann man später ihre Herkunftsorte bestimmen«, fuhr sie fort. »Wenn die Ornithologen sich zum Nest hochheben lassen, stellen sich die Jungtiere tot. Sie liegen regungslos auf dem Rücken, blinzeln aber. Kurios. Hat mir ein Fachmann bei einer Exkursion in das Brutgebiet in der Dingdener Heide berichtet«, erzählte die Hauptkommissarin, als sei sie froh, einen Moment lang nicht an Mord und Totschlag denken zu müssen, sondern an beginnendes Leben.

Von Aha hatte mitgehört, Karin Kraffts Begeisterung für die Störche fand er etwas übertrieben. Er entschied, gleich auf der Reeser Landstraße in Richtung Flüren zu bleiben.

Burmeester dachte nach, er wollte das eine mit dem anderen verbinden. »Fahr doch auf dem Weg nach Bislich bei der Klinik in der Aue raus, ein paar Minuten mehr oder weniger machen den Mann nicht wieder lebendig. Ich will kurz mit Yasmin reden. Die bereitet gerade eine Abendveranstaltung für die Pflegekräfte vor und ist noch dort.«

Von Aha bog ab und hielt vor der Klinik. »Beeil dich aber, ich will heute auch irgendwann bei Marlene anklingeln.«

Burmeester öffnete die Tür. »Wie sich das Leben verändert. Da kennen wir uns schon so lange, und zum ersten Mal wollen wir zu unseren Frauen.«

»Ich will zu meiner guten Bekannten, immer schön korrekt bleiben, und du zu deiner Verlobten.«

Schon verschwand Burmeester durch die Gartenanlage im Eingang.

Kaum hatte von Aha die aktuelle Ortung kontrolliert, stieg sein Kollege auch schon wieder ein.

»Alles klar.«

»Wie, alles klar, das ging aber echt schnell.«

»Es ging um die Frage, wann wir beide bei ihren Eltern sein sollen.«

Von Aha reihte sich als Linksabbieger zur Weiterfahrt auf

der B 8 ein. »Jetzt sag schon, wann und wo? Denk dran, ich bin maßgeblich beteiligt.«

»Nächste Woche Freitag, zwanzig Uhr in Dinslaken-Lohberg.«

»Auweia, das ist …«

»… nicht mehr lange, genau. Ich werde wohl die Nächte durchmachen.«

Von Aha blickte ihn von der Seite an, zweifelnd, schmunzelnd. »Was hast du vor?«

Sie bogen rechts ab auf die Bundesstraße und gleich weiter links in Richtung Rees, um nach Bislich zu gelangen.

Burmeester lehnte sich zurück. »Ich muss meinen Kleiderschrank durchwühlen.«

»Keine schlechte Idee.«

»Höre ich da Kritik?«

»Ich, der Vater des Bräutigams, ein konservativer Mann, der mit seinem Auftreten auch seinen Respekt ausdrücken will, bestehe auf geschmackvolle, konventionelle Kleidung.«

»Na gut. Dann werde ich meine Schuhe durchschauen. Und mal putzen. Socken, passende Socken brauche ich. Und ich sollte zum Friseur gehen.«

Kurz vor Bislich-Büschken war er bei den Brautgeschenken angelangt und hatte drei Chocolatiers aus der näheren Umgebung und deren Angebote gegoogelt. Er klickte sich durch die Bilder.

***

Die Telefone und Smartphones liefen heiß in manchen Häusern der Himmelsstiege. Besonders die Herren mit den hochtrabenden Plänen tauschten im Minutentakt ihre Spekulationen über den Tod des Nachbarn aus, den keiner gemocht hatte. Sie wagten sich nicht aus ihren Häusern, es hätte ja sein können, dass die Polizei ein weiteres Mal bei ihnen anklingelte, und dann stünden ihre Ehefrauen ratlos im Türrahmen und müssten sagen, dass sich die Männer gerade trafen, um die Lage zu besprechen.

Keinen Verdacht erwecken, das war das besondere Ansinnen von Bert Schreiber. Er verzichtete auf das abendliche Bier, es galt, einen kühlen Kopf zu bewahren und den Fragen nüchtern entgegenzuschauen, die ihm eventuell noch gestellt würden.

»Schatzi, wie kam es eigentlich, dass du mich heute zum Frühstück eingeladen hast? Ich meine, ich habe mich ja gefreut, aber ungewöhnlich war das schon.«

Damit hatte er nicht gerechnet. Etwas Schlaues musste her, etwas, das sie nachhaltig beeindruckte. »Carpe diem.«

»Was?«

»Latein. Heißt so viel wie ›Nutze den Tag‹. So was wie heute sollten wir öfter machen. Du weißt doch, gutes Essen ist der Sex des Alters. Demnächst besuchen wir noch andere Cafés und Restaurants in ferneren Städten. Und danach nehmen wir uns ein sündhaft teures, luxuriöses, schnuckeliges Hotelzimmer, dann haben wir beides an einem Tag.«

Isi lachte auf, so hatte sie ihren Bert noch nie erlebt. Das musste am Geld liegen.

Sie wollte sich gerade neben ihn auf das Sofa kuscheln, als das Telefon klingelte. Ungeachtet der zu erwartenden intimen Nähe riss er es an sich und ging in den Flur. Isi sollte nicht mithören.

»Ja?«

Stefan war am anderen Ende. »Sie fahren los. Für heute haben wir Ruhe vor der Kripo. Die kommen aber bestimmt noch mal zurück. Ich kann nicht fassen, was Nicole erzählt hat. Im Supermarkt weiß man vom Gewinn.«

»Wer hat denn da nicht dichtgehalten?«

»Keine Ahnung. Vielleicht haben wir auch einfach eine Spur zu laut gefeiert. Wir müssen auf jeden Fall den Paul finden. Ich will endlich wissen, worauf ich mich verlassen kann. Geld oder kein Geld, das ist hier die Frage. Aber er geht ja nicht ans Handy und kontrolliert seine Mailbox nicht. Und die Sache mit dem Kunstmann ist einfach nur ärgerlich, mehr noch, sie ist katastrophal. Sich zu kloppen ist ein anderes Ding. Hast du eine Ahnung, wer ihn angegriffen haben könnte?«

»Ich, äh, nein, keine Ahnung.«

»Und weißt du, dass in sein Haus eingebrochen wurde?«

»Was? Ein Einbrecher? Ja, dann war es vielleicht ein klassischer

Raubmord, der vertuscht werden sollte. So ein Ding. Dann geht es jetzt hier auch los mit den Einbrüchen. Wir sind ja lange verschont geblieben. Es war hier immer unwichtig, ob das Garagentor dicht ist oder nicht. Jetzt müssen wir die Fenster und Türen kontrollieren, wie schade.«

Stefan hörte zu, es dauerte, bis er Berts Sermon kommentieren konnte. »Du bist echt total abgebrüht. Offenbar geht es dir am Arsch vorbei, dass der Mann, mit dem du in den letzten Tagen gestritten hast, plötzlich nicht mehr lebt.«

»Soll ich um diesen Fiesling trauern?«

»Ein wenig nachbarschaftliches Interesse wäre schon angebracht, sonst verdächtigt dich noch jemand der grässlichen Tat.«

Bert richtete sich auf, es fiel ihm schwer, ruhig zu bleiben, jedoch bezichtigte er Stefan der schwachsinnigen Unterstellung, woraufhin der sich brüskiert zurückzog.

»Wir reden weiter, wenn das alles hier vorbei ist.«

Kaum war das Gespräch beendet, da klingelte es erneut. Frank Lürsens Stimme klang matt und kränklich, er ersparte sich jegliche Anrede und kam gleich zur Sache.

»Ich habe ihnen alles erzählt.«

»Was hast du?«

Er habe der Polizei alles über die großartigen Pläne erzählt, die das Dorf nachhaltig verändern würden, sobald das Geld in Umlauf käme. Auch das fragwürdige Treffen mit dem Baulöwen aus Düsseldorf habe er erwähnt, alles sei aus ihm herausgebrochen, er konnte einfach nichts verschweigen in so einem scharfen Verhör mit zwei Kommissaren. Erst recht nicht diese wahnsinnige Versammlung im »Schützen«, diese Aggressivität und Unversöhnlichkeit.

»Selbst wenn ich mich damit verdächtig mache. Ich kann so etwas nicht gutheißen oder unter den Tisch kehren.« Auf die Frage, ob er sich vorstellen könne, wer Kunstmann ermordet hatte, da habe er geschwiegen.

Bert konnte das nicht verstehen. »Du hättest einfach sagen können, dass du keine Ahnung hast. Was sollte das?«

»Weißt du eigentlich, was für gemeine Magenschmerzen ich

habe? Ich wälze mich schon den ganzen Abend mit der Wärmflasche auf dem Sofa. Die Vorstellung, du, Bert, du könntest etwas damit zu tun haben, bringt mich noch ins Krankenhaus.«

Erregt schritt Bert mit dem Telefon am Ohr durch den Flur. »Das sagst du nicht noch einmal, hörst du?«

»Wer hat denn Auge in Auge und mit Schaum vor dem Mund mit dem Blödmann auf der Straße gestanden? Das warst du. Und ich habe immer noch im Ohr, was du alles über ihn gesagt hast und wie du auf ihn geschimpft hast. Wer hat ihn gestern geboxt? Und Isi, deine sonst so nette Frau, hat ihn geohrfeigt. Du warst stinkwütend.«

»Frank! Das hast du nicht etwa den Bullen erzählt?«

»Nein, ich habe doch gesagt, ich habe einfach geschwiegen. Aber mir kannst du es sagen, ich brauche Gewissheit.«

»Was soll ich dir sagen?«

Frank Lürsen stöhnte auf, starke Schmerzen schienen ihn zu beuteln. »Hast du ihn umgebracht und in die Grube geworfen?«

»Wie kannst du es wagen, so etwas auch nur zu denken!« Bert war erbost und über alle Maßen laut, sodass Isi besorgt zu ihm gelaufen kam.

»Ist alles in Ordnung mit dir?«

Er legte das Handy aus der zittrigen Hand. »Alles okay. Ich bin nur völlig fertig. Das war etwas viel in den letzten Tagen.«

So leicht war Isi nicht abzuwimmeln. »Aber du hast doch mit jemandem geschimpft.«

Jetzt brauchte er doch ein Bier, ging selbst in die Küche und holte sich eins. Isi war das alles nicht geheuer. Sie musterte ihn misstrauisch, während er mehrere große Schlucke nahm. Im Nu war er wesentlich ruhiger, der Mann mit dem hochroten Kopf.

»Ach, Frau, manchmal muss man eben seine Meinung sagen, laut und deutlich. Das ist aber nicht schlimm. Weißt du doch, wenn wir uns streiten, ist es ähnlich.«

»Ja, aber zur Versöhnung lässt du mich immer ein Bier holen. Bert, du hast doch nichts zu verbergen, oder?«

»Was geht denn in deinem Kopf vor sich, Isi? Unerhört. Wenn du so über mich denkst, dann schlafe ich heute auf dem Sofa.«

»Aber –«

»Lass mich in Ruh.« Das war zu viel, jetzt auch noch seine Ehefrau. Sollte sie sich doch im Schlafzimmer verkriechen und heulen.

Er hatte das Problem aus dem Vorgarten beseitigt, ohne dass jemand außer den Freunden von O.P.A. etwas mitbekommen hatte, da war er sich sicher. Die ganze Zeit über hatte er sich umgeschaut, schon allein wegen Isi, deren Rückkehr von der Arbeit über der Aktion hing wie ein Damoklesschwert.

Bert Schreiber begann an sich zu zweifeln, versuchte krampfhaft, jede Minute des Vorabends zu rekonstruieren, anders als bei der Befragung der beiden Kommissare. Schritt für Schritt, jedes Bier, jeden Satz mit diesem dürren Mann von O.P.A., Walter Gesthuysen, genau, sag doch Walter zu mir, hatte er gelallt, alle würden immer nur Gesthuysen sagen.

Dann war Wolle aus dem Mehrfamilienbunker dazugekommen und hatte sich mit dem alten Spielautomaten neben der Tür beschäftigt. Und als der sich festgebissen hatte mit dem tragischen Wunsch, das Gerät zu besiegen, war Frank Lürsen aufgetaucht. Wenig später war er mit »Walter« zu Lürsens Versammlung gegangen. Ein Desaster.

***

Barbara Aengenholt schaute auf ihr neues Smartphone. Es gab nur eine Nummer in ihrem Speicher, die von ihrem Tiger. Und der meldete sich nicht. Hatte sie ihn für immer vergrault?

Nachdem sie den ganzen Tag über versucht hatte, ihn zu erreichen, die Mailbox zugequatscht hatte, nahm sie allmählich Abstand von ihm. Der Mann war scharf auf ihr Geld und hatte bereits eigene Pläne, was er damit anfangen würde. Er hätte sowieso nicht nach Thailand gewollt, das scharfe Essen, die Sprache, die Moskitos. Obwohl Tiger in den Dschungel gehörten. Verflixt. Es lief eben anders, als sie es sich vorgestellt hatte. Es ging ihr mal so, mal so.

Sie konnte sich nicht einfach von ihm lösen. Sie hatten doch

Spaß miteinander gehabt. Und auf eine ganz eigene Art und Weise liebte sie diesen schrulligen Eremiten. Im Saal der Kneipe hatte sie erlebt, wie er bedrängt worden war, und sich gerade noch bremsen können, ihrem Tiger aus ihrem Versteck heraus nicht zu Hilfe zu eilen. Dieser alternden, stinkenden, hinterhältigen Raubkatze.

Ihre Mutter schlief bereits. Sie holte ihre Tasche aus der Garderobe, öffnete das Seitenfach und entnahm ihm einen Briefumschlag. Sie setzte sich in den Fernsehsessel ihrer Mutter, dicht vor ihrer Nase der Fernseher mit dem stumm geschalteten Programm, da die Kopfhörer eingestöpselt waren. Barbara öffnete den Umschlag.

Vorsichtig, zwischen zwei Fingerspitzen entnahm sie den Lottoschein an einer winzigen Ecke, als könnte der Handschweiß die Zahlen verschwinden lassen. Sechzig Millionen Euro. Damit konnte man in Weltstädten eine noble Wohnung kaufen oder sich in Thailand bis zum Lebensende bedienen lassen.

Sie wendete den Schein und sah die Hotline-Nummer, die sie sich schon mehrmals angeschaut hatte. Wie würde das laufen mit dem Geld? Würde der Betrag überwiesen werden? Und auf welches Konto? Ihr Girokonto bei der Sparkasse, auf das sie seit Jahren so stolz war, ihr eigenes Konto würde unter der Zahl zusammenbrechen.

Sie stellte sich die junge Mannschaft in ihrer Filiale vor, wie sie die Nullen hinter der Sechs zählte, ungläubig auf den Zahlungseingang starrte, mutmaßte, dies könne nur ein Irrtum sein. Im zweiten Schritt würde jemand bei ihr anrufen und sie darauf aufmerksam machen. Und sie würde um Diskretion bitten und die Sachlage erklären. Und bevor alles auf eine Bank nach Thailand oder die Cayman Islands überwiesen war, würden sich diese ordentlich gestylten, karrieregeilen Youngster in ihrem Hunger nach Erfolg und Boni mit Plänen zur effektiven Anlage überbieten.

Sie wählte die Nummer der Hotline, stoppte bei der letzten Ziffer. Nein. Was, wenn die Leute aus Bislich-Büschken schon dort nachgehakt hatten? Ach, Sie haben also den Schein, man sucht Sie bereits.

Ein plötzlicher Impuls ließ sie zum Fernsehbild schauen. Barbara riss die Augen weit auf. Das Gesicht kannte sie. Ihr Tiger in der Aktuellen Stunde im WDR. Hastig nahm sie die Kopfhörer ihrer Mutter.

»... der Dokumentarfilmer Arndt Kunstmann, der die preisgekrönte Serie über die Begräbnisriten am Niederrhein gedreht hat, ist unter mysteriösen Umständen tot auf einem Friedhof gefunden worden. Noch gibt es keine offizielle Presseerklärung ...«

Barbara nahm den Kopfhörer wieder ab und hielt ihn kraftlos in den Händen. Das konnte nicht wahr sein. Tot auf einem Friedhof? Was war mit ihren Plänen, egal wo, ob in Bislich-Büschken unter einer Glaskuppel oder am Strand von Phuket?

»Barbara? Bist du noch wach? Ich habe Durst.«

Sie verstaute den Schein wieder vorsichtig in dem Briefumschlag, den sie im Seitenfach sicherte, und rieb sich durch das Gesicht.

»Mutter, ich komme.«

Toter Tiger.

***

Alfons Mackedei stand in seiner Weseler Garage und wählte ungelenk Heinz-Hermann Trüttgens Nummer, zeitgleich versuchte der alte Praktiker aus Xanten, den Mann in Wesel zu erreichen. Natürlich besetzt. Dachten sie zur selben Zeit und drückten auf die Wahlwiederholung, bis Mackedei die Lesebrille aufsetzte, um seinem Kollegen eine WhatsApp-Nachricht zu schreiben. Das hatte er mittlerweile gelernt. Nur brauchte er mehr Zeit als alle jungen Leute, die er blitzschnell in die Geräte tippen und übers Display wischen sah.

»Kunstmann gefunden. Regen weichte Erde auf. Und jetzt?«

Während er seine Nachricht noch einmal durchlas, er hasste es, Rechtschreibfehler zu versenden, klingelte das Handy. Trüttgen hatte es geschafft.

»Die haben ihn gefunden. Kann nich wahr sein, die haben den echt entdeckt.« Trüttgen verfiel in seinen niederrheinischen

Dialekt, wenn er nervös war. Mackedei fiel es nach all der Zeit immer noch schwer, ihn zu verstehen.

»Wie konnte das passieren, du hast gesagt, es sei todsicher.« Mackedei biss sich auf die Zunge, »todsicher« im Zusammenhang mit dem Verschwindenlassen einer Leiche auszusprechen, wie konnte er nur! Ihm war nicht nach makabrer Ironie.

»Isset ja auch. Hatt ich letztens in en Krimi aus Schweden gesehn, guck ich immer, wenn et Sandmännchen mich vergessen hat. Da hat et funktioniert.«

»Das passt zu der Behauptung einer Journalistin, dass Friedhöfe nachts hell wären, wenn für jeden unnatürlichen Tod eine Kerze brennen würde. Bloß wir sind wieder die Blöden. Bei uns muss es schiefgehen. Dabei wollten wir nur helfen. Ich ärgere mich darüber, diesen Auftrag angenommen zu haben. Wie konnten wir so bescheuert sein und glauben, dass es gut geht?«

Trüttgen wanderte offenbar mit seinem Handy, und seine Stimme wurde leise. »Ich muss hier gucken, dat mich keiner hört. Die bringen mich nach Bedburg in die Klapse, wenn dat rauskommt. Glaub mir, et war einfach Pech. Keine drei Stunden später hätten se den Sarg runtergelassen, Blümkes und en Schäufelken Erd eingeworfen, en Tränken vergossen, und im Nu wär die Grube dicht und mit den Blumenkränzen belegt gewesen. Kunstmann wär für alle Zeit von der Bildfläche verschwunden.«

»Jetzt ist er aufgetaucht und wird als Kriminalfall eingestuft. Als Gewalttat! Wer ihn dort verschwinden lassen wollte, muss auch der Mörder sein, so werden die denken.«

»Et war der verdammte Regen. Dat konnten wir nich einkalkulieren. In Xanten is heute auch die Stadt abgesoffen, et hat nix mehr in de Kanal gepasst, und alles war wadenhoch überschwemmt. In Bislich is nur en Teil davon runtergekommen, aber da hat sich die festgestampfte Erde aufgeschwemmt.«

»Meine Frau wird die Scheidung einreichen, wenn sie das erfährt. Die will schon lange, dass ich mit O.P.A. aufhöre. Ihr hättet schlechten Einfluss auf mich, sagt sie immer. Dabei tut mir das so gut, nach den ganzen Jahren hinter dem Schreibtisch endlich mal was mit meinen Händen zu schaffen.«

»Meine wird mir et Bettzeug in de Laube bringen. Da darf ich dann nächtelang campieren, bis se sich wieder beruhigt hat. Vielleicht sollt ich da schon mal Ordnung machen, dann isset nich so usselig.«

»Weißt du, was ich am liebsten machen würde?«

»Nee. Auswandern?«

»Zur Polizei gehen und alles erzählen.«

»Bist du bekloppt? Lass se doch ers mal suche. Vielleicht kommen se nich auf uns. Regen hat auch wat Gutes. Et gibt bestimmt keine Spuren von uns.«

Mackedeis Augen weiteten sich, er legte die freie Hand auf seine Stirn, als gelte es, die Gedanken zu vertreiben, die sich gerade in seinem Hirn formierten.

»Du hast ganz recht, von uns werden keinerlei Spuren mehr vorhanden sein. Der Regen dürfte alles weggewaschen haben.«

»Also, geh ich jetzt innet Haus und ess Salzstangen beim Abendprogramm.«

»Das kannst du machen. Was bleibt, ist ein Risikofaktor, den wir uns alsbald vorknöpfen sollten.«

»Du meins unser Arbeiterdenkmal. Wat soll der hinterlassen haben, der hat doch nur inne Gegend geguckt.«

»Währenddessen hat er bestimmt zehn Selbstgedrehte geraucht und die Kippen weggeschnippt. Die sind vielleicht auch fortgeschwemmt. Ich darf nicht darüber nachdenken, ob er wirklich die Arbeitshandschuhe angezogen hat, als er in Kunstmanns Haus eingebrochen ist. Wenn er dort Bockmist gemacht hat und alles entdeckt wird, dann kommen wir nicht wieder mit einem blauen Auge davon, das garantiere ich dir. Anstiftung zu einer Straftat. Und wir wissen nicht, was er alles in der riesigen blauen Ikea-Tüte hatte, die er mit sich geschleppt hat.«

Die Männer schwiegen für einen Augenblick. Jeder schien seine Gedanken zu sortieren, bis Alfons Mackedei aussprach, was auch Heinz-Hermann Trüttgen auf der Zunge lag.

»Wir müssen einfach abwarten. Wir machen den Kirchengarten morgen fertig, und danach meiden wir Bislich-Büschken erst mal.«

»Et is noch en bissken zu tun, besonders beim Buchs. Diese vermaledeiten Buchsbaumzünsler zerstören die ganzen Einfriedungen. Et is en Plackerei mit denen.«

»Morgen packen wir es an.«

»Jau. Wenn wir bis dann noch nich in Untersuchungshaft sind.«

»Heinz-Hermann, lass uns positiv denken.«

ZEHN

Für acht Uhr war die große Lage am Vorabend angesetzt worden. Staatsanwalt Haase kam an diesem Donnerstagmorgen überpünktlich und gesellte sich in alter Gewohnheit zur Behördenchefin van den Berg. Man hätte sie für ein altes Ehepaar halten können, das sich Plätze sicherte und mit den Augen verständigte, in Stil und Bewegung einander ähnlich.

Das K1 war komplett bis auf Gero von Aha, der auch um zehn Minuten nach acht Uhr nicht auf seinem Smartphone erreichbar war.

Hauptkommissarin Karin Krafft entschied sich, ohne den technisch versierten Protokollführer zu beginnen und die Erkenntnisse selbst auf den unterschiedlichen Schautafeln zu erfassen. Sollte er doch später schauen, wie er da durchblickte, wer zu spät kommt, den bestraft das Leben.

»Also, Kollegen, stellen wir den Fall der Staatsanwaltschaft vor. Was haben wir? Es gab einen Toten in Bislich auf dem Friedhof, der nicht in das Grab gehörte, in dem er gefunden wurde. Der Mann wies Reste von Leichenstarre auf, eine erste Beschau durch den Pathologen ergab eine mögliche Todeszeit zwischen zweiundzwanzig und dreiundzwanzig Uhr am Vorabend.«

Jerry Patalon fuhr fort. »Wir wissen von einer spontanen Versammlung in der Dorfkneipe, die von einem der Nachbarn des Toten organisiert worden war. Offensichtlich geraten sich aufgrund der Aussicht auf einen riesigen Lottogewinn die Protagonisten mit ihren unterschiedlichen Vorstellungen, wie und durch was der Geldsegen dem Dorf nutzen kann, in die Haare.«

Tom Weber suchte in seinen Aufzeichnungen und fügte Fakten und Namen hinzu. Der Organisator des Abends, Frank Lürsen, befürworte sanften Tourismus und eine Würdigung und Erweiterung des Ortes zum Storchendorf am Niederrhein.

»Der wird als schluffender Alternativer in Öko-Sandalen beschrieben. Nur scheint ihm seine Sanftmut an dem Abend verloren gegangen zu sein, er ist wohl auf den Toten, Arndt Kunstmann, mit Gewalt losgegangen, um ihn des Saales zu verweisen.«

Karin notierte Lürsens Namen auf der gläsernen Tafel, nachdem sie die Fotos vom Fundort der Leiche an die Wand gebeamt hatte.

Der Behördenchefin schwirrte anscheinend der Kopf. »Moment, das gerät mir jetzt zu durcheinander. Was für ein Lottogewinn, und wieso ist da ein ganzes Dorf involviert?«

Karin Krafft wurde bewusst, dass seit Montag das Thema beim K1 die Runde machte und teilweise mit der Handy-Ortung von Aengenholt im Zusammenhang stand. Van den Berg war nicht darüber informiert worden, da es sich um keine offizielle Fahndung handelte. Jetzt galt es, zu taktieren.

»Wir sind gestern von Haus zu Haus und haben die Anwohner befragt.«

Karin musterte jeden der drei anwesenden Kommissare mit strengen Blicken, sie schienen zu verstehen. Das Bild musste Stück für Stück aufgebaut werden, ohne den Fokus zu sehr auf die Suche nach Paul Aengenholt zu richten.

Karin fuhr fort. »Lasst uns den Ausgangspunkt des Konflikts suchen und von da an alle auflisten, die sich in unterschiedlicher Funktion im Dunstkreis von Kunstmann bewegt haben. Und bitte keine Scheu, meine Mutter zu nennen, sie ist eine der Nachbarinnen und gehört ebenso in die Auflistung wie alle anderen.«

Die Behördenchefin horchte auf. »Ach, jetzt weiß ich, wieso der Name mir bekannt vorkam. Bislich-Büschken. Da gab es diesen Mordfall vor ungefähr vierzehn Jahren. Es ging vordergründig um Raubgräberei und Handel mit römischen Waffen. Und im Endeffekt war es die Rache einer zutiefst verletzten Frau, die die geschundene Gattin des Opfers von ihm befreien wollte. Ja, einer meiner ersten großen Fälle hier in der Behörde.«

Die Kommissare stutzten. Die oberste Chefin hatte also ihren ersten Fall damals gelöst.

Van den Berg setzte nach. »Das K1 leistete vorzügliche Arbeit.

Ich war beeindruckt und erhoffe mir auch dieses Mal eine zügige Aufklärung. Ihr Auftritt, Frau Krafft.«

***

Gero von Aha strich sich die langen Haarsträhnen aus seinem Gesicht. Zu lang für ihn. Ungewöhnlich. Er schaute zur Seite, und zwei Informationen drangen fast zeitgleich in sein Bewusstsein. Marlene hatte bei ihm übernachtet. Und nicht nur das, es war eine heiße Nacht geworden, erst im Morgengrauen waren sie erschöpft in die Kissen gesunken. Wie schön.

Ein Blick auf den Wecker ließ ihn hochschrecken. Es war halb neun. Er hatte verschlafen. Große Lage. So ein Mist. Marlene räkelte sich und schaute, wie er in Windeseile frische Sachen aus seinem Schrank fischte.

»So eilig, mein Lieber? Wir hätten die Flasche Raki nicht leer trinken sollen. Wie spät ist es?«

»Zu spät für eine innige Begrüßung, die der letzten Nacht würdig wäre. Halb neun durch.«

Sie blieb liegen. »Ich muss erst um zehn im Referat sein. Sag mal, wieso hattest du eigentlich Raki im Haus? Das ist doch gar nicht dein Stil.«

»Burmeester hat mich zu seinem Brautwerber ernannt, ernste Sache. Da haben wir hier eine Generalprobe gemacht. Verdammt, ich muss mich dringend rasieren, so kann ich nicht ins Büro.«

Sie stand auf, stellte sich, so wie sie war, eng hinter ihn und kraulte seinen Drei-Tage-Bart. »Du könntest dir ruhig einen richtigen Bart gönnen, so einen modernen, dichten, gut geschnittenen, das fänd ich total sexy.«

Gebauchpinselt.

»Findest du? Ja gut. Aber jetzt muss ich los, es geht um einen Toten und viel Geld aus einem Lottogewinn, um das es nur so zundert.«

»Ach, sag nicht, ihr seid an dem Fall um den toten Dokumentarfilmemacher dran.«

»Du kennst Kunstmann?«

»Nein, aber seine Serie über die Begräbnisriten am Niederrhein, die hat mich beeindruckt. Der soll ja auf einem Friedhof gefunden worden sein.«

»Ja, aber ab jetzt gilt Info-Stopp.«

Marlene blickte aus seinem Fenster über den Großen Markt in Wesel. An der gegenüberliegenden Häuserzeile war die alte Rathausfassade aus dem Mittelalter rekonstruiert worden. Sie liebte diesen Ausblick, und ihr fiel auf, dass die Figurenreihe nun komplett zu sein schien. »Da hat offenbar auch jemand viel Geld übrig gehabt. Die Figuren sind ja vollzählig, ein wahrhaft erhebender Anblick.«

»Ja, und alles ohne irgendwelche dubiosen Investoren, alles auf Spendenbasis.«

»Oh, ich weiß, da gibt es ein paar Namen längs des Rheins, van Streeland, Noris und Kampe, Diekhaus, die haben manches Geld mit nicht lupenreinen Geschäften verdient. Die planen schon mal Großprojekte, wo sie nicht sein dürfen, und über Nacht sind Fakten geschaffen, die mit einer Art Ablasshandel im Anschluss legalisiert werden. Aber da drüben die Fassade ist echt vorbildlich.«

Gero von Aha hatte bereits seinen Schlüssel in der Hand und umarmte ein weiteres Mal sein »Prachtweib«, wie er sie überschwänglich nannte.

Er platzte mit einem »'tschuldigung« in die Besprechung und erkannte mit einem Blick, dass nichts, aber auch gar nichts an der Präsentation stimmte. Wie konnte Karin ihm das antun? Seine Chefin an der gläsernen Tafel mit einem Stift für die Flipchart, die Fotos schief auf dem Schirm. Er griff nach dem richtigen Stift, entriss Karin den falschen und setzte sich sofort an seinen Platz.

Sie hatten alle Namen aufgelistet, ganz oben Kunstmann, das Opfer. Dann Lürsen, Steinbrink, Schreiber, Argond, Johanna Krafft und Henner Jensen, Rutkowsky, auch Gesthuysen, der, obwohl Auswärtiger, im »Schützen« aufgefallen war. Dazu die jeweiligen Partner und Titus Diekhaus. Daneben die beiden

Aengenholts als vermisst und zum Schluss Burmeester und Karin Krafft. Die Reihe der Tatverdächtigen oder in die Tat Verwickelten war unübersichtlicher und länger als erwartet.

Gero von Aha wies auf die letzten Namen. »Muss ich das verstehen?«

Karin antwortete knapp. »Das sind alle, die von dem Lottogewinn profitieren. Vorausgesetzt, der Schein taucht wieder auf und wird ordnungsgemäß eingelöst.«

»Wie passt das zusammen?«

Jerry sah, dass Karin unruhig wurde, und übernahm.

»Bis auf Kunstmann und Karin, Diekhaus und Gesthuysen bilden die Aufgelisteten eine Tippgemeinschaft. Kunstmann hat sich aus allem herausgehalten, was im Dorf und in der Nachbarschaft geschah, Karin ist nicht Teil der Gemeinschaft, hat aber von ihrer Mutter ein großherziges Geschenk in Aussicht gestellt gekriegt. Alle Personen profitieren direkt von dem Gewinn, bis auf Kunstmann. Aber auch der hatte offenbar einen Plan. Und jetzt schau nach links.«

Von Aha sah an der anderen Tafel, ebenfalls mit einem falschen Stift aufgeschrieben, eine Reihe von Namen und dahinter Bezeichnungen wie Storchendorf, Energiemodelldorf, unabhängige alternative Energiegenossenschaft, Wellness-Oase.

»Man will für die Gemeinschaft investieren, das nenne ich nobel«, sagte er.

Karin fuhr fort. »Nur gehen die Vorstellungen von Zukunft und Wohlstand weit auseinander. Die Namen der Storchenschützer sind bekannt, die gehen andauernd durch die Presse, besonders dieser Österreicher tut sich positiv hervor. Welche Rolle spielt dieser Titus Diekhaus, und wieso ist Walter Gesthuysen dabei? Der ist weder Investor noch Gewinner.«

Patalon wusste weiter. »Der hat wohl mit Bert Schreiber ein Bier getrunken, als die Versammlung begann, und ist hinter ihm in den Saal gegangen. Der Diekhaus ist ein Bauunternehmer aus Düsseldorf, der mit Kunstmann zusammen erschien. Kunstmann tritt für das Projekt Wellness-Oase ein.«

»Da kommt eine grundsätzliche Frage auf. Ist Kunstmann

überhaupt so reich gewesen, dass er bei der Veränderung der dörflichen Struktur mitmischen konnte?«

Tom Weber hatte neben vielen Detailinformationen auch die finanziellen Verhältnisse gecheckt. »Eben nicht, auf seinen Konten sieht es mau aus, und wenn der nicht noch ein verstecktes Konto hatte, dann könnte man sagen, er war kurz vor der Insolvenz.«

Von Aha beherrschte die Szene, Fragen um Fragen sprudelten aus ihm heraus. »Sagt mal, Diekhaus, den Namen hat Marlene heute Morgen auch erwähnt. Ist das nicht einer, der alles baut, was viel Geld bringt, und das auch am Rande der Legalität? Der hat viel zu verlieren bei seinen Methoden.«

Karin Krafft antwortete. »Richtig, wer sich ein Fleckchen Erde ausguckt, viel Geld hat und noch etwas obendrauf legt, der kriegt sein Traumhaus dort, wo andere nicht einmal spazieren gehen dürfen. Dafür ist er bekannt.«

Von Aha schaute in das Ortungsprogramm, der aktuelle Standort von Paul Aengenholt war nicht sichtbar. Dafür gab es andere, sehr erstaunliche Erkenntnisse.

»Da schau her. Paul Aengenholt ist zwar momentan nicht zu orten, aber die Auflistung seiner Gespräche ist dokumentiert. Hier, er hat vorgestern Abend ein langes Gespräch geführt. Der andere Teilnehmer ist nicht bestimmbar, es handelt sich um ein Prepaid-Handy. Das Interessante ist der Ort, von dem aus Aengenholt, Moment, ich schaue nach, ungefähr zwischen Unterbirten und unserer Rheinbrücke telefoniert hat. Das ist ungewöhnlich, er hat in den Tagen davor sonst nur ein Gespräch geführt, ebenfalls mit einem Prepaid-Handy, aber das war wesentlich kürzer.«

Von Aha schaute konzentriert auf seinen Bildschirm und bemerkte nicht, dass die Runde auf seine Informationen wartete.

Karin Krafft wurde ungeduldig. »Rück schon raus, von wo aus wurde er angerufen?«

»Ja, gleich. Da, ich habe es punktgenau. Das Signal des anderen Teilnehmers kam aus dem aufmüpfigen kleinen Dorf am unteren Niederrhein namens Bislich-Büschken.«

Karin horchte auf. »Geht es auch präziser?«

Von Aha lehnte sich locker in seinem Stuhl zurück und beamte sein Ergebnis für alle sichtbar auf die große Leinwand. »Da seht ihr es. Der Anruf kam zum Zeitpunkt der Versammlung aus der Gaststätte ›Zum Schützen‹ in Bislich-Büschken. Schätze, jemand hat ihm einen kurzen Situationsbericht geliefert.«

Noch bevor die Behördenchefin ihrer Verwunderung über die Ortung, von der sie nichts wusste, Ausdruck verleihen konnte, hatte Karin bereits die Aufgaben an ihr Team verteilt. Van den Berg ließ die Mahnung, korrekte Einsatzanträge zu stellen, Mahnung sein. Sie begriff, dass die Fahndung rundlief und es zum Bremsklotz würde, wenn sie auf Formalien bestünde.

»Jerry, du fährst noch einmal ins Dorf. Vielleicht hat jemand bemerkt, dass während des Abends telefoniert wurde. Und Tom, du machst diesen Österreicher ausfindig. Der ist völlig neutral, der kann die Versammlung objektiv schildern. Burmeester, du kümmerst dich um die Ergebnisse aus der Pathologie, die lassen sich dieses Mal ungewöhnlich viel Zeit. Und von Aha, du managst die Infos um die Außenstehenden, die nicht zum Gewinnerpool gehören. Alle Nachrichten gehen so schnell es geht an mich, ich kümmere mich um die Ergebnisse rund um den Fundort. Kleine Lage heute um siebzehn Uhr. Auf geht's, Männer, das sollten wir schnell aufklären. Wenn da ein Zusammenhang mit den Dörflern besteht, dann brodelt das unter der Oberfläche weiter.«

Karin Krafft vertiefte die Frage nach der Todesursache von Kunstmann lieber nicht. Es machte ihr Sorge, dass das Ergebnis auf sich warten ließ. Burmeester hätte mehr Druck machen können bei der Pathologie, fand sie. Doch er wirkte zeitweise merkwürdig abwesend.

Sie nickte Staatsanwalt und Behördenchefin zu und verließ den Raum vor ihnen. Sollte Haase der van den Berg erklären, warum er dieser vorzeitigen Ortung zugestimmt hatte.

***

Burmeester reagierte auf das Klingeln seines Handys, sehr schnell und mit fragendem Unterton meldete er sich. Er verließ den Raum, stand auf dem Flur und ließ offenbar einen Monolog über sich ergehen, seine Kollegen und Vorgesetzten verabschiedeten sich im Vorbeigehen per Handzeichen. Immer wieder nahm er tiefe Atemzüge, öffnete den Mund zu einer Erwiderung. Sein Gesprächspartner ließ ihm lediglich die Chance zu kurzen Bemerkungen wie »ach«, »so«, »ja«, »nein« und »mach ich«.

Merkwürdig verhalten betrat er erneut den Besprechungsraum, von Aha sah ihn prüfend an. »Was ist dir denn über die Leber gelaufen? Du siehst aus wie ein Gespenst.«

Burmeester ging neben ihm in die Hocke. »Das war Herr Ögülsan.«

»Dein Schwiegerpapa? Schon guter Kontakt, wie schön. Und, was gibt es Neues?«

»Nur Ärger. Der hat mich gefragt, ob ich seine Tochter wirklich heiraten will. Ich würde mich ja nicht melden und mein Vermittler auch nicht. Und überhaupt, man wüsste doch gern, wessen Sohn der Bräutigam ist, wieso ich einen Freund mitbringe. Er könne durchaus Nein zur Vermählung sagen. Furchtbare Vorstellung. Und so ging das volle fünf Minuten. Ich weiß echt nicht, wo mir der Kopf steht.«

»Scharfes Pulver, wir müssen umsichtig sein.«

»Ja, und du musst dich mit ihm in Verbindung setzen wegen des Termins, nicht Yasmin und ich haben das vorzuschlagen, nein, das macht man unter den entscheidenden Männern aus. Tradition, mein Lieber. Ey, du musst mit ihm reden, der glaubt echt, dass ich mich um die Vorbereitungen drücke und den Absprung plane.«

Gero von Aha versuchte, mit einem Spezialreiniger die gläserne Tafel vom falschen Stift zu befreien, nachdem er alles fotografiert und gespeichert hatte. Frauen konnten so unsensibel sein im Umgang mit fortschrittlichen Medien.

»Schick mir seine Telefonnummer, ich mache das.«

»Ehrlich?«

»Klar doch, bin ich hier der Vermittler oder nicht? Das kriegen wir hin.« Gero von Aha hob seine markanten buschigen Augenbrauen. »Ich werde so ehrerbietig wie noch nie in meinem Leben sein. Ich werde dem Familienoberhaupt erklären, dass du der größte Mordermittler weit und breit bist. Und die Familie froh sein kann, dich bald als Mitglied in die Arme nehmen zu können.«

Es war nicht zu deuten, ob Gero von Ahas Worte ironisch gemeint waren oder ob er sich selbst Mut machen wollte. Burmeester erhob sich und schlurfte aus dem Besprechungsraum.

Ob der weiß, was auf ihn zukommt, dachte von Aha, dem seine eigene Hochzeit und die baldige Trennung wieder in den Sinn kamen. Sie hatte ihm seine Sachen an den Kopf geworfen. Kaltherzig sei er und unsensibel. Er grinste bei den aufkommenden Gedanken an die letzte Nacht, fühlte Wärme in sich aufsteigen und Zufriedenheit.

»Es ist alles eine Frage des passenden Gegenübers«, murmelte er.

Auf dem Flur ein kurzer Tumult, offenbar versuchte eine Frau, sich Gehör zu verschaffen, war an der Pforte vorbei ins Gebäude gelangt, als jemand hinausging. Das ergab sich aus den Wortfetzen, die in den Besprechungsraum drangen. Gero von Aha öffnete die Tür und erkannte eine der Bewohnerinnen der Himmelsstiege, die der Pförtner unmissverständlich zum Ausgang bugsieren wollte.

»Halt! Einen Moment. Sie sind doch aus Bislich-Büschken, oder?«

»Ja, und ich muss dringend mit Ihnen sprechen, aber der Mann lässt mich einfach nicht durch.«

Von Aha gab dem Wachhabenden zu verstehen, dass alles seine Ordnung hätte, und bat die Frau, ins Dienstzimmer einzutreten.

»Mein Name ist Steinbrink.«

Burmeester hätte sie fast nicht erkannt, sie hatte sich für die Fahrt nach Wesel in Schale geworfen, trug ihr graues Haar nicht wie sonst zu einem strengen Zopf geflochten, sondern offen und war bekleidet mit Jeans und Bluse.

»Maria, hallo.« Für von Aha fügte er erklärend hinzu, Frau Steinbrink wohne im Eckhaus, schräg gegenüber von Herrn Kunstmann, also, ehemals.

»Was führt dich zu uns?«

»Ich habe Tiez heute nicht zur Arbeit fahren lassen, sondern habe ihn mitgebracht, und bevor das nicht alles geklärt ist, werde ich ihn nicht mehr aus den Augen lassen, das ist mir viel zu gefährlich. Da hat jemand meinen Sohn mit einem Auto verfolgt und ist hinter ihm hergelaufen, bis er sich versteckt hat.«

Burmeester unterbrach, um die Besonderheit von Tiez und seinem Bruder zu erklären. Von Aha entschied, Karin hinzuzuholen, sie sollte sich das anhören.

»Wann war das, und was ist genau passiert?« Karin hatte Maria kurz begrüßt und setzte sich.

Maria Steinbrink berichtete vom neuen Fahrrad ihres Sohns und der heimlichen Ausfahrt am Abend der Versammlung.

»Ich hatte den Jungs verboten, dort hinzugehen, es wird immer viel getrunken. Die beiden kennen kein Maß und jammern am nächsten Tag über Kopfweh. Ich selber bin bis zu der körperlichen Attacke von Bert Schreiber geblieben und habe mich sehr darüber gewundert, dass Isi sich zu einer Ohrfeige hinreißen ließ. Das schaukelte sich gefährlich hoch, da bin ich lieber gegangen. Peinlich fand ich das für unser Dorf.« Sie verzog das Gesicht, als bereite ihr die Erinnerung Pein.

»Tiez muss in der Zwischenzeit aus dem Haus geschlichen sein und hat den Mann schon auf der Himmelsstiege bemerkt. Unheimlich, mit Kapuze, die er bis ins Gesicht gezogen hatte. Und eine Stange hätte er in der Hand gehabt. Ich habe Tiez das erst nicht glauben wollen, weil er auch noch ein Auto erwähnte, das ohne Motor hinter ihm hergefahren ist. Aber er lügt nicht, meine Söhne sind grundehrlich und geben immer zu, wenn sie Mist gebaut haben, die können nicht anders. Aber man muss bedenken, dass sie manchmal nicht die richtigen Worte finden, um etwas zu beschreiben.«

Maria Steinbrink schaute die Chefkommissarin eindringlich an. »Es steht fest, jemand hat meinen Tiez bedroht und ist ihm bis in Schreibers Garten gefolgt, wo er sich verstecken konnte. Wer hetzt jemanden in der Nacht und warum? Im Laufe der Verfolgung hat Tiez sein neues Rad in die Hecke geworfen und sich gestern kaum getraut, es wieder dort herauszuholen.«

Karin schien nachdenklich. »Maria, kann er die Person noch besser beschreiben?«

»Gestern war er nicht mehr in der Lage dazu, und heute mochte er gar nicht mehr darüber sprechen.«

»Und wo ist er jetzt?«

Maria musste schmunzeln. »An einem sicheren Ort. Zusammen mit seinem Fahrrad. Ich habe ja erst bei der Kreispolizeibehörde nach euch gefragt, da mussten wir im Vorraum warten, bis uns ein Beamter einließ. Tiez wollte sich nicht von seinem Rad trennen, und da ich nicht wusste, wie weit es noch bis in euer Büro ist, sollte er in dem Vorraum warten. Da saßen aber schon drei finstere Gestalten, Tiez traute sich nicht zu ihnen. Zum Glück hat ein netter älterer Polizist gesagt, er solle durch die andere Tür kommen mit seiner Fiets und dann zu ihm in den Raum, da sei er sicher.«

Wieder musste sie lachen und sah sich zu einer Erklärung genötigt. »Weißt du, Karin, ich stelle mir gerade vor, wie er die Wache mit seiner kindlichen Art auf Trab hält. Wetten, er kommt gleich mit einem Käppi oder einem Teddy da raus?«

Sie wurde wieder ernst. »So einen lieben Menschen darf man doch nicht im Dunkeln verfolgen, das geht doch nicht.«

Karin schlug vor, Tiez mit einer kleinen Eskorte ins Kommissariat zu holen, als Burmeester mit einer anderen Idee aufwartete.

»Äh, ich weiß, mein Name stand gerade auch an der Tafel, weil ich ein potenzieller Gewinner bin. Dennoch folgender Vorschlag: Ich habe meine Rennfiets unten stehen und könnte mit Tiez gemeinsam nach Bislich-Büschken fahren. Schön durchs Hinterland.«

»Zu welchem Zweck?«

»Na, er kennt mich und kann mit mir zusammen eine lange Tour mit seinem neuen Rad machen. Dabei werden wir zwei Männer ins Gespräch kommen. Gemeinsame Aktion löst Blockaden im Hirn und lockert die Zunge. Glaub mir, wenn wir auf der Himmelsstiege angekommen sind, dann weiß ich jedes noch so kleine Detail von dem Vorfall, und wir können überlegen, ob die nächtliche Begegnung mit unserem Fall zu tun hat. Genau das denkst du doch auch, Karin, ich sehe es dir an.«

»Ja, da liegst du richtig. Und dein Vorschlag ist vielversprechend. Maria, geht zusammen rüber, und Burmeester, du meldest dich umgehend mit Ergebnissen.«

»Logo.«

Er ging mit Maria Steinbrink auf den Flur, kehrte um und suchte in von Ahas Ordnung wirbelnd nach einem Notizzettel, schrieb und reichte ihm die Nachricht.

»Eine Telefonnummer. Von wem?«

»Schwiegerpapa. Ruf gleich an, ja? Sonst brodelt es.«

Karin schaute ihm nach. »Was ist hier los? Schwiegerpapa?«

Von Aha steckte den Zettel in die Hülle seines Smartphones. »Ja, und ich bin der Vater des Bräutigams.«

***

Burmeester war fast ein wenig neidisch auf das Mountainbike, mit dem Tiez freudig strahlend neben ihm auf dem Radweg fuhr. Nicht direkt nach Büschken, Burmeester hatte vorgeschlagen, einen Schlenker über Hamminkeln zu machen. Durch Waldgebiet auf einer anspruchsvolleren Strecke, die Tiez Spaß machen würde.

Direkt von der Kreispolizeibehörde Wesel fuhren sie auf den Rheindeich. Die Stimmung war gelöst, im leichten Gegenwind und mit weitem Blick über die Landschaft ließ es sich gut radeln. Zügig passierten sie den Auesee und wechselten an der Zufahrt zum Riesencampingplatz Grav-Insel die Straßenseite. Über kleine Straßen, an Feldern vorbei Richtung Flüren bogen sie schließlich in den Diersfordter Wald ein. Der Weg führte mitten durch den Forst. Sie strampelten um die Wette eine kleine Steigung hoch. Als Tiez wieder normal atmete, richtete Burmeester seine erste Frage an ihn.

»Sag mal, das Rad ist so toll, da konntest du nicht bis zum nächsten Tag abwarten, um es auszuprobieren, oder? Das wäre mir genauso gegangen. Egal, ob hell oder dunkel, ich wäre losgefahren.«

»Bin ich ja auch, als Mama heimkam, stand ich schon an der Kellertür und hatte den Helm auf. Helm muss sein. Immer.«

»Und dann hast du gewartet? Weißt du noch, wie lange?«

»Bis mir unter dem Helm schon warm wurde. Dann hat sie im Wohnzimmer den Fernseher angemacht, da fiel das Knacken vom Türschloss nicht auf.«

Sie fuhren über den langen, meist geraden Waldweg, entlang uralter Bäume und frisch gerodeter Flächen. Burmeester setzte sich vor Tiez, weil sie die stark befahrene B 8 queren mussten. Er musste hier besonders aufpassen.

Die Strecke führte jetzt durch den Wald in der Nähe des Schwarzen Wassers Richtung Hamminkeln. Meterhoch waren gefällte Bäume und riesige Wurzeln aufgestapelt, die schwere Maschinen aus dem Wald nahe des Heideweihers geholt hatten. Alles ökologisch gedacht, um der ursprünglichen Vegetation wieder freie Bahn zu verschaffen. Aber die schweren Geräte hatten tiefe Spuren auf dem Weg und im Wald hinterlassen. Tiez war begeistert, das hier war das richtige Terrain für sein Mountainbike.

Burmeester geriet außer Atem, er musste kraftvoll strampeln, um seinen Mitfahrer nicht zu verlieren. Der war im Radlerglück und fuhr fort in seinem Redefluss, beschrieb die Freude, mit der er in der Nacht, in der er ausgebüxt war, die ersten Meter in Bislich zurücklegte, dass ihn der Regen gar nicht störte und auch nicht, dass er auf dem Bürgersteig fuhr und erst bei Bert Schreiber auf die Straße wechseln wollte.

»Und da hab ich den Mann gesehen.«

»War es ein Mann oder vielleicht eine Frau?«

»Nein, der lief wie ein Mann, so wie manchmal einer im Film, so zack, zack.« Er hielt inne, schien angestrengt nachzudenken.

»Manchmal läuft unsere Frau Meiser in der Lebenshilfe-Werkstatt auch so, wenn sie sauer ist oder etwas nicht klappt. Und die Mama kann das auch, besonders wenn Köbes nicht auf sie hört. Es war eine Frau. Oder ein Mann.«

Burmeester hakte nicht weiter nach.

»Und dann hat er ja noch so 'ne Stange in der Hand gehabt und damit geschlenkert.«

»Was denn für eine Stange?«

»Eine Stange eben. Bestimmt so lang wie sein Arm. Sah schwer und hart aus.«

»Konntest du sehen, wie er oder sie angezogen war?«

»Na, mit einer Hose eben, und Burmeester, weißt du, was blöd war?«

Burmeester war gespannt auf die große Offenbarung. »Nein, was denn?«

»Der hatte eine Kappe auf mit so einem weißen Zeichen vorn, das leuchtete richtig im Dunkeln, also nicht mit Leuchtfarbe, sondern weil etwas ganz hell ist und deshalb leuchtet.«

»Was war dann so blöd?«

»Na, ganz schnell hat er die Kapuze von seinem Pullover über den Kopf gezogen. Ist doch echt blöd, so was Doppeltes auf dem Kopf.«

Er berichtete von den Lichtkegeln auf dem Deich, über die er sich gewundert hatte, weil er kein Auto hinter sich gehört hatte. So leise war es gerollt. Und wie er erschrocken erkannt hatte, dass es doch ein Auto war, das ihn verfolgte.

»So hin und her bin ich gefahren und schnell wieder vom Deich runter, durch den Zaun, wo er nicht langkonnte. Und dann habe ich schon nicht mehr daran gedacht. Mir war auch ein bisschen kalt, es hat ja geregnet, und ich war ganz nass. Hab aber keinen Schnupfen gekriegt.«

Burmeester und Tiez erreichten offenes Land, radelten zügig weiter über Wirtschaftswege und querten an einem Übergang die Bahnstrecke von Oberhausen nach Elten. Der Kommissar musste konzentriert zuhören, es schien, als befreie jeder Meter auf dem Rad Tiez von seiner Last.

Zurück auf der Himmelsstiege habe er gedacht, nun sei er das Auto los, da sei es wieder aufgetaucht, ihm sogar in die Streuobstwiese hinter den Gärten gefolgt, wo er aus lauter Angst sein Rad ins Gebüsch geworfen habe, um dann zu Fuß durch Berts Garten zu flüchten.

»Da bin ich in den Kompost gestolpert und einfach liegen geblieben. Der hat mich zum Glück nicht erwischt. So nah war der mir gekommen, so ganz nah, und ich habe die Stange in seiner Hand gesehen.«

Er wurde schweigsam. Burmeester mahnte sich zur Geduld. Er hatte eine bewegte Geschichte gehört. Das lautlos fahrende Auto war ein interessanter Hinweis. Doch der Verfolger hatte kein Gesicht bekommen. Aus dem Er war ein Er oder Sie geworden, Burmeester musste zugeben, dass er bei kritischer Sicht auch eine Täterin einkalkulieren musste. Das war neu, und das machte die Lage noch unübersichtlicher. Auch wenn viel für einen Mann sprach. Der Radler neben ihm hatte ein kindliches Gemüt, man konnte nicht erwarten, dass er sich verhielt und äußerte wie ein Erwachsener.

Sie fuhren schweigend an einer neuen, hoch aufragenden Straßenbrücke ohne Anschluss über die Bahnlinie vorbei, an der schon sehr lange gearbeitet wurde. Sie sollte den Übergang beim Café Mutter Busch ersetzen. Wann sie fertig werden würde, wusste niemand. Hamminkeln kam in Sicht, an der Diersfordter Straße sahen die beiden die glänzenden Tanks der Obstkelterei van Nahmen, ein Merkzeichen am Ortsrand. Burmeester bekam sofort Durst auf einen der reinsten Fruchtsäfte, die er kannte. Ein Stopp war angesagt.

»Tiez, lass uns ein paar Meter weiterfahren und eine Pause im Café Winkelmann machen, ich lade dich ein. Ist das eine gute Idee?«

»Au ja, ein Frühstück wäre prima. Jetzt habe ich großen Hunger.«

Burmeester überlegte, ob er genügend Geld im Portemonnaie hatte.

***

Gero von Aha hatte seine Aufgaben erledigt, und die Ortung von Paul Aengenholt ergab auch nichts Neues. Er holte sein Smartphone hervor und zog den Notizzettel mit Vater Ögülsans

Telefonnummer aus der Tasche, nahm das Telefon zur Hand, legte es wieder hin. Verflixt, wenn er jetzt etwas Falsches sagte, dann konnte alles kippen.

Er spürte die Verantwortung, die auf seinen Schultern lag, wurde unruhig, umkreiste den Notizzettel. In diesem Zustand erwischte ihn die Hauptkommissarin mit der Anweisung, er solle Druck beim Pathologen machen.

»Das gibt es doch nicht, Kunstmanns Leiche liegt seit gestern Nachmittag bei dem in der Kühlkammer, und wir haben noch nichts vorliegen. Zeig dich von der energischen Seite, ich nehme die Aussage von Maria Steinbrink auf. Burmeester meldet sich auch nicht.«

»Jetzt mal langsam, der soll mit einem behinderten Mann nach Büschken radeln und sich alles merken, was er dabei erfährt. Der wird sich schon melden. Ich rufe gleich in Duisburg an, bestimmt haben die Sommergrippe oder so.«

Nachdem Karin den Raum verlassen hatte, nahm er zunächst die Nummer des Vaters der Braut, meldete sich als Freund von Nikolas Burmeester und musste sich umgehend in akzentfreiem Deutsch mit niederrheinischem Einschlag anhören, was das für ein respektloses Verhalten sei und ob sich einer der Herren, egal welcher, um die Vorbereitungen kümmern würde, und wieso ein Herr Nikolas Burmeester es nicht für nötig hielt, ihn über den Fortgang zu informieren. Und, ja, ein gewisser Gero von Aha müsse mehr Einsatz zeigen, wolle er die Brautwerbung formvollendet und erfolgreich umsetzen.

»Nikolas will nicht weniger als die Hand meiner Tochter, da kann ich doch wohl Respekt erwarten. Wo ist er eigentlich, ist er gerade in Ihrer Nähe?«, fragte der Schwiegerpapa in spe.

Gero von Aha hatte keine passende Antwort parat. Aber um Verständnis ließ sich werben. »Ähm, wir sind beide im Kommissariat tätig, Sie wissen doch, dass wir bei der Kriminalpolizei sind, das hat Yasmin bestimmt erzählt.«

»Jaja, hat sie, deshalb muss man sich trotzdem Zeit nehmen für die wichtigsten Dinge im Leben.«

»Da haben Sie völlig recht, aber Burmeester, äh, Nikolas ist hier unser wichtigster Mann, und er ist schon den ganzen Morgen mit einer Zeugenbefragung beschäftigt, für die er von höchster Stelle eingesetzt wurde. Der kann da jetzt nicht raus, Sie verstehen das sicherlich. Dem besten Kommissar gibt man so viel Zeit, wie er braucht. Ohne Störung.«

Ögülsans Tonfall wurde ruhiger, er schien zu überlegen. Es sei Zeit für die offizielle Brautwerbung, er habe sich ein besonderes Geschenk für das Paar überlegt, das müsste ja irgendwo angemessen leben, nicht in dieser Dachkammer in Büschken, in welcher der Bräutigam hause. Das Glück brauche einen Ort. Er habe ein interessantes Angebot vorliegen. Also, so schnell wie möglich, bei ihm in Lohberg. Abgemacht.

Erleichtert blickte Gero von Aha auf das Telefon, das nun vor ihm auf dem Tisch lag. Er war heilfroh, dass es in seiner Beziehung zu Marlene nicht solch einen Übervater, einen sich einbringenden und fordernden Patriarchen gab. Es reichte völlig, sich immer wieder neu mit dieser lebhaften, intelligenten Frau auseinanderzusetzen. Er schmunzelte mit verträumtem Blick. Sich mit ihr zusammenzulegen war auch sehr schön.

Also heute. Mit Yasmin war zwar der Freitag nächster Woche ausgewählt worden, ein Termin erhielt aber erst durch den Brautvater seine Gültigkeit, und der sagte heute, zwanzig Uhr in Lohberg. Von Aha erschrak. In wenigen Stunden schon. Wie war das zu schaffen?

Aber der erste Schritt war gemacht. Und nicht einmal so übel. Brautvater beruhigt, Burmeester ins rechte Licht gesetzt. Wichtigster Kommissar im K1. Burmeester musste das sofort erfahren. Mist. Keine Verbindung möglich, der Kerl hatte für diese Radtour sein Handy ausgeschaltet.

Den Pathologen anrufen. Besetzt.

***

An der Grabstätte auf dem kommunalen Friedhof in Bislich war für die Kriminalisten nichts mehr zu finden, was von Interesse sein konnte. Der Kollege Heierbeck von der Spurensicherung, ein akribischer Ermittler, hatte bereits am Vortag den Kopf geschüttelt, als Karin sich nach der Wahrscheinlichkeit erkundigte, verwertbare Spuren zu sichern.

Jetzt stand sie an der Grube und schaute sich um. Wie konnte hier eine Leiche hingeschafft werden, ohne dass es auffiel? Man brauchte mindestens eine große Schubkarre. Oder war er doch gleich hier zu Tode gekommen, einer Exekution gleich? Sie konnte schauen, wie sie wollte, hier gab es nichts zu entdecken.

Heierbeck hatte mit Recht gestern über die Witterungsverhältnisse doziert: »So ein Starkregen schwemmt alles fort, keine Fußabdrücke, nichts mehr zu sehen. Wenn nicht jemand seinen kleinen Plastikausweis oder etwas anderes Handfestes verloren hat, dann ist das hier ein gut gereinigter Fundort. Ein fast perfektes Verbrechen.« Heute war er in Kunstmanns Haus beschäftigt.

Auf dem Weg vom Friedhof aus sah Karin den auffälligen Pick-up der O.P.A.-Initiative beim Kirchengarten stehen und freute sich darüber. Hier waren sie also auch beschäftigt. Mittlerweile hatten sich die fleißigen Männer von O.P.A. einen Namen auf beiden Rheinseiten gemacht. Bestimmt war die rüstige Truppe mit der Instandhaltung des liebevoll angelegten Gartens beschäftigt.

Die Eingangstür zu Kunstmanns Haus stand offen.

»Hallo?«

»Ich bin im ersten Stock im Arbeitszimmer, kommen Sie eben rauf.«

Die Einbruchspuren waren am Vortag bereits aufgenommen worden, Heierbeck wollte sichergehen, dass keine Fingerabdrücke oder DNA-Spuren übersehen worden waren. Er saß am Schreibtisch und schaute in das Regal neben ihm.

»Möchten Sie meine Meinung zu diesem Tatort hören?«

»Aber immer doch.«

»Das sieht fingiert aus. Oder der Einbrecher war extrem dumm. Er nimmt einen Rechner mit und lässt wertvolle Kameras liegen. Außerdem gibt es noch eine Schublade mit altem Silberbesteck und auf der Spiegelablage im Bad einen Goldring mit einem Fünfkaräter. So etwas übersieht man nicht.«

»Also dumm?«

»Andererseits sind die Kameras an den Dachtraufen des Hauses garantiert mit dem Rechner verbunden gewesen. Im Regal liegt eine Reihe von Speichermedien, auf denen frühere Aufnahmen gesichert sind. Hat jemand Aufnahmen von sich selber verschwinden lassen?«

»Doch schlau, oder?«

»Nicht ganz, folgen Sie mir auf die Terrasse. Manches gewinnt erst auf den zweiten Blick an Wichtigkeit.«

Karin ging mit Heierbeck hinaus in eine Art offenen Wintergarten, er deutete auf einen Tisch neben einer Hängematte, die in einem Gestell befestigt war und die Hälfte der Fläche einnahm. Dort stand ein Whiskyglas, in dem jemand eine Zigarette in der Neige versenkt hatte. Die Flüssigkeit hatte die Glut gelöscht, war jedoch nicht in das komplette Papier gezogen. Das Mundende war unversehrt.

»Im ganzen Haus gibt es keinen Aschenbecher, Kunstmann war Nichtraucher. Nach erstem Augenschein befinden sich Abdrücke auf dem Glas, und die Zigarette war selbst gedreht, also haben wir eine hohe Chance auf DNA-Spuren.«

Karin schaute sich um. Wahrscheinlich war der Einbrecher im Wald hinter dem Grundstück verschwunden, auch dort würde der Regen alle Spuren vernichtet haben. Das Glas war ein Glücksfall. Heierbeck nahm die Abdrücke und gab sie gleich in seinen Laptop, um sie mit den Dateien bekannter Kandidaten zu vergleichen.

Also doch dumm.

Jerry meldete sich per Telefon bei Karin. Sie setzte sich in die Hängematte, ließ die Beine baumeln und hörte aufmerksam zu.

Die Befragung des Storchenfachmanns aus Österreich ergab ein Bild, das sich in wesentlichen Punkten mit dem deckte, was bereits bekannt war. Er war von Frank Lürsen in diese sehr kurzfristig anberaumte Versammlung gebeten worden mit dem Ziel, sein Projekt des sanften Tourismus rund um die Störche zu forcieren. Er hatte sich Unterstützer vom Naturschutzbund mitgebracht, um Stärke und öffentliches Interesse zu demonstrieren. Ihm war nicht aufgefallen, dass jemand telefonierte, er sei aber auch zu sehr mit der Beobachtung der Geschehnisse im Saal beschäftigt gewesen. Es war die erste Kneipenschlägerei, in die er je geraten war, und er hatte ernsthaft darüber nachgedacht, schnell seine Kamera aus dem Auto zu holen, um diese zu dokumentieren.

»Hätte er das mal gemacht«, ärgerte sich Karin Krafft.

Jerry Patalon winkte ab. »Der Storchenfreund hat zwar so getan, als könne er nicht glauben, eine solche Erfahrung gemacht zu haben. Aber er schilderte den Fortgang des Konflikts wie eine Filmsequenz. Sehr lebendig. Jeder war auf jeden sauer, so viel geballte Zwietracht und Jähzorn hätte er noch nie erlebt. Das war wohl eine irre aufgeladene Atmosphäre, bedrohlich und faszinierend zugleich. Ein Typ hat ihn nachhaltig irritiert. Einer der Teilnehmer war der Mann mit dem Rattenschwanz am Kopf, er meinte, der heiße was mit -huysen. Wir kennen ihn. Der ist hinter Bert Schreiber hergedackelt und hat sich benommen, als sei er Mitglied der Dorfgemeinschaft. Ein seltsamer Mitläufer ohne Meinung und Niveau, sehr vertraut mit diesem Schreiber, dessen Frau Ohrfeigen verteilen kann, wie sie an diesem Abend bewiesen hat.«

Karin Krafft merkte auf. »Die kennen sich. Gesthuysen ist mit den anderen von der O.P.A.-Truppe wohl heute im Kirchengarten tätig, da steht auf jeden Fall deren Auto. Das ist oben an der St.-Johannes-Kirche, ich werde ihn gleich mal fragen.«

Heierbeck rief die Hauptkommissarin ins Haus. Er wies auf den Bildschirm. »Da haben wir einen Treffer bei den Fingerabdrücken. Ein alter Bekannter, der immer wieder wegen kleiner Delikte aufgefallen ist, Diebstahl, Betrug, Raubkopien. Ein emsiger kleiner Fisch, Walter Gesthuysen, gemeldet in Voerde.«

Wieder dieser Name. Die Hauptkommissarin dachte erst, sie habe sich verhört. Heierbeck wiederholte den Namen auf ihren Wunsch hin. Einer von Mackedeis Truppe, ging es ihr durch den Kopf. Einer von denen, die gerade im Kirchengarten werkelten.

»Das kann nicht wahr sein. Den kenne ich schon lange, nur

hat er bislang immer Glück gehabt und nichts Schwerwiegendes verbockt. Aber das hier, das ist eine Nummer zu groß, um Gnade vor einem Richter zu finden.«

Sie war schon auf dem Weg zur Haustür. »Ich weiß, wo er sich aufhält, den schnappe ich mir.«

»Soll ich Unterstützung ordern?«

»Nein, das schaffe ich allein, das ist ein mickriger Kerl, der keine Schüppe halten kann, weil er nur vor Bildschirmen vegetiert.«

***

»Und da sind Sie sich ganz sicher?«

Der Pathologe duldete weder Zweifel noch Kritik. Von Aha hatte auf die lange Liegezeit des Toten aufmerksam gemacht, was den Mann in Duisburg gleich in schlechte Laune versetzte. Man leide unter eklatantem Personalmangel aufgrund des hohen Krankenstandes. Und jetzt noch aus Wesel angeraunzt zu werden sei höchst unerfreulich.

Er hatte von Aha oberlehrerhaft daran erinnert, gefälligst regelmäßig seine E-Mails zu checken, da stünde das Ergebnis schon seit einer Stunde. Und an dem Fazit gäbe es nichts zu deuteln.

»Wenn ihr meint, er sei eines gewaltsamen Todes gestorben, dann muss ich euch enttäuschen. Es bleibt vielleicht der Verdacht auf unterlassene Hilfeleistung übrig oder das bewusste Inkaufnehmen des Todes. Arndt Kunstmann ist einem Herzinfarkt erlegen. Es muss minutenlang gedauert haben, bis er starb. Er hätte bestimmt Aussicht auf Überleben gehabt, wenn jemand ihm schnell geholfen hätte. Ansonsten habe ich nichts Nennenswertes gefunden.«

Der Kommissar reagierte konsterniert. »Kein Mordfall, verstehe ich das richtig? Wir haben viele Hinweise, dass das Opfer in schwere Konflikte geraten ist. Die Auffindesituation war zudem sehr auffällig. Er lag in einem ausgehobenen Grab. Er wird wohl kaum sterbend hineingefallen sein. Wer hat ihn dorthin geschafft?«

Den Pathologen interessierte das nicht. »Eure Sache. Ich kann nur sagen, der Tote war offensichtlich vor seinem Ableben im Stress. Dazu kann ich mitteilen, dass wir stark erhöhte Hormonausschüttungen festgestellt haben. Bis kurz vor seinem Tod kann er sehr unter Druck gestanden haben. Oder mächtig unter Druck gesetzt worden sein. Dein Hinweis auf Konflikte macht schon Sinn. Vielleicht waren die Auseinandersetzungen zu viel für ihn. Oder er ist vor jemandem davongerannt, wir haben auf seiner Haut starken Schweißauftrag gefunden. Mit aller Wahrscheinlichkeit hat er sich entweder sehr aufgeregt oder war außergewöhnlicher körperlicher Anstrengung ausgesetzt – oder beides. Nur was folgern wir daraus?«

Er machte eine bedeutungsvolle Pause.

»Möglich ist viel, aber der Herztod ist eindeutig. Auch sonst: Er war ein wenig übergewichtig, hatte einen Schlag in die Lebergegend gekriegt. Das war schmerzhaft, aber nicht gefährlich, da sind keine Gefäße verletzt. Dann gab es noch die Verletzung am Kopf, ein Schlag mit einem stumpfen Gegenstand, eher verhalten ausgeführt. Das ist eine oberflächliche Verletzung, die ebenfalls ohne Bedeutung für sein Ableben war.«

Es folgte ein leicht triumphaler Unterton. »So, jetzt seht ihr, wie es zu Verzögerungen bei minimaler personeller Besetzung kommt, der diensthabende Pathologe erläutert sein Ergebnis persönlich und stiehlt damit der nächsten Leiche Zeit.«

Von Aha bedankte sich und brachte sogar eine Entschuldigung für sein Drängeln über die Lippen.

Der Pathologe winkte ab. »Nichts für ungut. Bringt mir nur so schnell nichts Neues, ich habe volle Kammern und ein zum Bersten gefülltes Überstundenkonto.«

Die E-Mail mit dem ernüchternden Ergebnis leitete von Aha gleich weiter auf die Smartphones der Kollegen. Er sparte sich den direkten Kontakt.

Da war der berühmte Filmer einem Herzkasper erlegen. Zwar von jemandem traktiert, aber ansonsten völlig von selbst. Und kurz vorher allein in die Grube gekippt. Mit letzter Mühe hatte er die Erde über sich angehäufelt und festgeklopft. Was wollte dieser Pathologe ihm weismachen?

Es war mehr als unterlassene Hilfeleistung. Jemand hatte versucht, ihn verschwinden zu lassen.

Und dann war da noch diese eigenartige nächtliche Verfolgung mit einem Auto.

***

Karin hörte sie von Weitem. Zwei der Männer schimpften mit einem dritten. Wer da wohl gemeint war?

Erst beim Näherkommen durch die mit niedrigem Buchs gesäumten Wege bestätigte sich, dass ihre Vermutung richtig war. Die beiden Älteren hatten sich »den Mann mit dem Rattenschwanz am Kopf« vorgenommen, der schuldbewusst einen Rechen immer wieder an der gleichen Stelle langzog, eine Verlegenheitshandlung. Jetzt hörte Karin, worum es eigentlich ging.

»Das kann nicht wahr sein, spinnst du eigentlich? Wie konntest du die Uhren verkaufen und die Kamera? Und dann auch noch bei Ebay, wo Millionen Menschen reinschauen und nachvollziehbar bleibt, wer was verkauft.«

»Wieso, das war doch das Konto von einem Nachbarn, ich habe kein eigenes, das gab mal Ärger mit der ARGE, die hatte mir nachgewiesen, dass ich zu viel dort verdient habe. Jetzt nutze ich andere Konten. Keiner kommt auf mich, alles ist sicher.«

Karin hielt sich hinter dem Kapellenhäuschen verborgen. Sie blinzelte hervor und erkannte Alfons Mackedei, der wild gestikulierte.

»Warum kannst du nicht einmal machen, was man dir sagt? Du solltest die Dinge aufbewahren, und nach geraumer Zeit hätten wir sie einfach wieder dort deponiert. Auf dem Rechner solltest du die Dateien löschen, alles blitzsauber hinterlassen. Das war deine Aufgabe, den Rechner zu holen und die Aufnahmen der Überwachungskameras zu eliminieren. Nur das. Nicht sein Haus zu filzen und Profit daraus zu schlagen.«

»Ich habe nix von dem Verkauf, ehrlich, ich habe Schulden bei meinen Kumpels abbezahlt, ich hatte noch einiges ausstehen, und jetzt ist alles glatt.«

»Klasse, du Flasche, und was hast du deinem Nachbarn erzählt, wo die Sachen her sind, die er verscherbelt hat?«

»Dem ist das scheißegal, der kriegt doch vom Gewinn zehn Prozent, da guckt der für weg.«

»Es reicht schon, dass der Starkregen alle Pläne zunichtegemacht hat, jetzt auch noch das. Mit dir erlebt man nur Katastrophen, ehrlich.«

Nicht schon wieder, ging es Karin schlagartig durch den Kopf, diese Blödmänner haben sich doch nicht wie in einem ihrer früheren Fälle um die Beseitigung einer Leiche gekümmert? Oder was meinte Mackedei mit »Starkregen« und »Pläne zunichtegemacht«?

Gesthuysen wurde laut. »Meine Geschäfte im Internet hat noch keiner aufgedeckt. Ihr wolltet doch dafür sorgen, dass der Mann für immer unter die Erde kommt, ganz ohne Begräbnisgebühren. Trüttgen, du hast doch mit einem bombensicheren Plan gewedelt. Und? Wessen Plan ging in die Hose?«

Da war er. Der Zusammenhang zwischen Gesthuysen, seinen Fingerabdrücken auf dem Glas, dem Toten und, verdammich, die Verbindung zur gesamten ach so soliden und freundlichen O.P.A.-Initiative. Die wollten nie mehr etwas Illegales tun, nachdem sie schon einmal die unerfreuliche Begegnung mit dem Kommissariat 1 durchgestanden hatten.

Karin trat aus ihrem Versteck und ging auf die Männer zu. Alfons Mackedei sah sie zuerst, stöhnte auf.

»Ich habe alles gehört, meine Herren. Ich schlage vor, wir fahren gemeinsam ins K1. Sie kennen den Weg und das nun folgende Prozedere.«

Trüttgen kam auf sie zu. »Et is alles anders als et aussieht …«

Karin winkte ab. »Ich will hier nichts mehr hören. Wir unterhalten uns in unserem Vernehmungszimmer. Und Walter Gesthuysen, ich nehme Sie hiermit fest wegen des dringenden Tatverdachts des Raubes und schließe nicht aus, dass es ein Raub mit Todesfolge war. Muss ich Ihnen Ihre Rechte erklären, oder haben Sie noch alles auf der Festplatte?«

Sie holte ihre Handschellen aus der Halterung, er ließ sie sich ohne Widerstand anlegen.

»Meine Herren, packen Sie Ihre Sachen zusammen, hier ist Schluss für heute. Und für wie lange, das entscheide ich nachher gemeinsam mit dem Staatsanwalt. Herr Haase wird sich nicht gerade freuen, Sie unter solchen Umständen wiederzusehen. Und jetzt ab, alle in mein Auto.«

Mit gesenkten Häuptern folgten sie der Hauptkommissarin wie ertappte Kinder und stiegen ein. Gesthuysen vorn, den wollte sie vorsichtshalber im Blick behalten.

ELF

Karin hatte zusammen mit Gero von Aha die Vernehmungen geführt, sich die drei Männer einzeln vorgenommen, bis sich ein schlüssiges Bild ergab. Nun saßen die drei auf dem Flur, und gemeinsam wartete man auf den Staatsanwalt. Von Aha hatte seine persönliche italienische Kaffeemaschine, ein hochglänzender Fremdkörper im verlebten Büroraum, angeworfen und einen seiner edlen Kaffees gebraut, sie hockten bei ihm im Besprechungsraum und konnten nicht glauben, was die Männer berichtet hatten.

Karin hatte von Aha die Geschichte erzählt, die sie vor ungefähr zehn Jahren mit dem Trio erlebt hatte. Ein Mann war in dem Wald bei Xanten erschossen worden, in dem die O.P.A.-Leute illegale Schießübungen machten. Sie glaubten, für dessen Tod verantwortlich zu sein. Sie reagierten panisch und versuchten, die Leiche in einem Sarg, der am nächsten Morgen beigesetzt werden sollte, mit unter die Erde zu bringen.

»Das Ding brach beim Sturz in die Grube auseinander, der Fall war nicht begraben, sondern erst recht ein Fall. Dass sie sich dieses Mal wieder überreden ließen, kann ich nicht verstehen. Ist die Streife schon unterwegs, um Bert Schreiber zu holen?«

»Die müssten jeden Moment hier ankommen. Glaubst du wirklich, er ist für den Tod von Kunstmann verantwortlich?«

Karin hielt von Aha die Tasse hin. Das Gebräu war so lecker, er goss nach. »Vorstellen kann ich mir das nicht. Vielleicht bin ich aber auch befangen. Mensch, das waren lange Zeit meine Nachbarn. Ich weiß nicht, ob ich objektiv bleiben kann.«

Sie nahm die Tasse entgegen und schaute von Aha an. »Ich denke, du solltest die Leitung übernehmen, damit man mir nichts nachsagen kann.«

Er wiegelte ab. »So ein Quatsch. Wir sind doch schon bei der Aufklärung, wir sind mittendrin, und da können wir nicht im Galopp die Leitung wechseln. Karin, hier ist jeder froh, dass du wieder dabei bist. Ich lehne deine Idee strikt ab. Aber solange du den Gedanken an Befangenheit nicht beiseiteschiebst, wirst du unaufmerksam sein.«

»Meine Selbstzweifel haben bestimmt auch ihren Ursprung in der Ankündigung meiner Mutter, mich an dem Lottogewinn teilhaben zu lassen. Das ist mir so unangenehm, dass sich jetzt noch ein Fall darum dreht.«

Von Aha stutzte. »Der Aufruhr im Dorf hängt mit dem Geld zusammen, aber nicht einzig und allein. Und es ist nicht dein Krach, der hier herrscht, oder?«

»Was haben wir denn? Lauter Hoffnungsträger auf eine Verbesserung der dörflichen Zukunft. Und womit soll das finanziert werden?«

»Mit dem Gewinn.«

»Genau. Nur Kunstmann, der nichts hat oder kriegen wird, bringt einen Investor mit, den man nur mit viel Kohle locken kann. Und zeitgleich ist der Mann, nein, das Ehepaar, das im Besitz des Scheins ist, mit ebendem verschwunden.«

Eine Weile schlürften sie das leckere Heißgetränk und schwiegen, bis Karin resümierte.

»Nenne mir einen einzigen Grund in dieser ganzen Geschichte, der nicht mit dem zu erwartenden Geld zusammenhängt. Verdammtes Geld. Ohne geht es dir dreckig, und wenn du zu viel hast, wirst du ein anderer Mensch. Willste die Welt beherrschen, guck dir diesen amerikanischen Präsidenten an. Wie ein reiches Kind, das macht, was es will.«

Karin schaute auf von Aha, der in ihrer Nähe saß. »Wie siehst du überhaupt aus, wird das etwa ein Bart?«

Unsicher fuhr er sich über die stoppeligen Wangen. »Ja, ein dichter Bart mit Frisur, du wirst es sehen. Marlene findet das gut.«

Die Pforte meldete, dass man Bert Schreiber vorfahre. Zeitgleich klingelte bei Karin Krafft das Telefon. Am anderen Ende meldete sich Barbara Aengenholt. Karin Krafft hielt das Mikrofon zu und wies von Aha an, sich Bert Schreiber zu widmen. Dann nahm sie mit völliger Überraschung in der Stimme das Gespräch auf.

»Hallo, Barbara, wie schön, dass du dich meldest.« Mehr als dieser lapidare Satz fiel der Chefkommissarin nicht ein. Zu plötzlich hatte sich die Frau gemeldet, deren Aussage sie dringend brauchte.

Karin Krafft wusste, sie durfte jetzt nicht patzen. Ihre ganze Erfahrung musste sie jetzt aufbringen und Barbara Aengenholt so befragen, dass sie nicht zu Ausflüchten greifen konnte.

Karin Krafft platzte in das Vernehmungszimmer, Bert Schreiber wirkte hochnervös und den Tränen nah. Der Macho der Siedlung in Nöten, ging es ihr durch den Sinn.

»Karin, du musst mir glauben. Ich habe den nicht umgebracht. Der lag einfach in meinem Vorgarten. Vielmehr saß er tot an der Hauswand. Und nachdem ich mich am Vorabend mit ihm gekloppt habe, da hätte mir niemand geglaubt.«

»Bert, keine Panik. Du musst verstehen, dass wir jetzt alle vernehmen, die mit dem Todesfall und dem Ärger um den Lottoschein zu tun haben. Und wer versucht, eine Leiche zu beseitigen, statt die Polizei zu informieren, der macht sich eben verdächtig.«

Er schwitzte. Sollte er doch. War nicht ihr Problem. Sie hatte seit soeben Wichtigeres zu tun, als einen Jammerlappen zu vernehmen. Die Lage hatte sich geändert.

»Gero, ich treffe mich mit einer Zeugin außer Haus. Ich habe die Daten auf meinen Schreibtisch gelegt.«

»Ist in Ordnung. Sehr wichtig?«

»Ja.«

Von Aha schaute sie an. Wenn sie so knapp antwortete, wollte sie nicht mehr sagen. »Eine vielversprechende Spur also.«

Auf dem Weg zum Auto hoffte die Hauptkommissarin inständig, keinen Fehler gemacht zu haben, indem sie sich mit Barbara Aengenholt in Rheinberg verabredet hatte. Die befand sich nach eigenen Angaben in Moers, und um sich so schnell wie möglich zu treffen, hatten sie die Mitte der Strecke gewählt, in zwanzig Minuten in der Bodega im Scheffel am Holzmarkt in Rheinberg. Was, wenn Barbara nicht erschien? Dann hätte sie eine wichtige Person in diesem Fall verloren. Hoffentlich ging das gut.

Unterwegs hatte sie Gelegenheit, ungestört ihren Gedanken nachzuhängen. Einen Mord, den es nach den Aussagen des Pathologen ja nicht gegeben hatte, traute sie Bert Schreiber nicht zu. Eine gewisse Unbeherrschtheit, Hitzigkeit, ja, wenn es nicht so lief, wie er es sich vorstellte. Aber sie sah ihn nicht als Totschläger. Und wenn, dann würde er dazu stehen, schon allein, um seine Isolde aus dem Schussfeld von Anfeindungen zu nehmen. Nein, er war nicht der harte Verbrecher.

Und Gesthuysen? Der war nur dumm. Versenkte eine Kippe in einem Glas, das er noch dazu in Händen hielt. Vielleicht gut, dass er so naiv handelte. Immer flog alles auf. Das hatte ihr Sohn Moritz früher gesagt, wenn er mal wieder bei einem seiner Streiche erwischt wurde.

Sie erkannte Barbara Aengenholt sofort, klein und schmächtig und wie immer den Kopf ein wenig zur Seite geneigt, als leide sie unter Schiefhals. Gut gekleidet und sorgfältig geschminkt. Sie wirkte unaufgeregt und souverän, wie sie so vor dem Eingang des mittelalterlichen Gebäudes neben der Buchhandlung Schiffer stand, in dem es nun spanische Küche gab.

Hoffentlich haben die anderen Kaffee als in Spanien, dachte sie kurz, bevor sie sich begrüßten und schnell hineingingen. Sie lehnten die Speisekarte ab und wählten Kaffee und Mineralwasser.

Barbara kam schnell zur Sache. Sie habe mit all dem nichts zu tun, was sie über die Medien mitbekommen hätte. Und den Lottoschein hätte ihr Mann, und sie wüsste auch nicht, wo der sich gerade befinde.

»Barbara, du hast nicht um das Treffen gebeten, um mir das mitzuteilen, oder?«

»Nein, ich will das nur geraderichten, damit du informiert bist und nichts Falsches von mir denkst.«

»Dann richte es gerade, bitte, ich höre dir aufmerksam zu.«

Demonstrativ entledigte Karin sich der Tasche mit den Handschellen und legte sie, nur für Barbara sichtbar, auf die Sitzfläche des Stuhls, der zwischen ihnen beiden stand. Das Zeichen wirkte, Karin sah Schweißperlen auf der Stirn der Frau, die eben noch so selbstsicher gewesen war. Das war gut, sehr gut sogar, sie sollte wissen, dass dies kein Kaffeeklatsch war.

»Erklär mir bitte, wieso man euch seit Samstagabend nicht mehr auf der Himmelsstiege gesehen hat.«

»Das ist doch unsere Sache, oder?«

»Das wäre es, wenn nicht dein Mann im Besitz eines sehr hoch dotierten Lottoscheins wäre und es nicht inzwischen im Dorf einen Toten gäbe.«

Barbara schaufelte Zucker in die Tasse, vier, fünf volle Löffel, Karin zog es den Mund zusammen, was Barbara nicht verborgen blieb. Die war schnippisch drauf, Karin würde aufpassen müssen, um sich nicht zu verplappern.

»Deshalb muss ich ja mit dir sprechen.«

»Wegen des Lottogewinns oder des Toten?«

»Wegen allem. Ich weiß nicht, wo mein Mann ist. Ich bin am Samstag zu meiner Mutter, die wird langsam dement, und ich muss mich kümmern. Ich habe die Ziehung nicht mitgekriegt, die Zahlen erst in den Spätnachrichten gehört und gedacht, das passt. Ich kenne doch die Zahlen, hab ein gutes Gedächtnis dafür.«

»Und da bist du nicht gleich zurückgefahren, um mit ihm zu feiern?«

»Warum sollte ich? Meine Mutter hat mich gebraucht.«

»Und warum ist Paul jetzt, wie soll ich es nennen, untergetaucht?«

»Vielleicht, weil er mit niemandem teilen will?«

»Wenn du, wenigstens du dich bei irgendwem im Dorf gemeldet hättest, dann wäre einiges einfacher gewesen.«

»Was hätte das verändert?«

»Die Lage dort hätte sich nicht so explosiv entwickelt. Und vielleicht würde Kunstmann noch leben.«

Barbara nahm einen vorsichtigen Schluck Kaffee und goss Mineralwasser ins Glas. »Alles Spekulationen. Und Arndt Kunstmann, ja. Deshalb muss ich ja mit dir sprechen. Mit dem habe ich telefoniert zwischendurch, mehrmals.«

»Du hast mit Kunstmann gesprochen? Ich denke, der hat seiner Putzhilfe Isi nur Zettel mit seinen Anordnungen auf den Küchentresen gelegt und sich sonst mit niemandem unterhalten. Und du hast mit dem telefoniert? Erklär mir das.«

Ihre Stimme wurde leise, sie schaute an Karin vorbei. »Ich, ich hatte ein Verhältnis mit diesem Kerl.«

Karin ließ sich das noch einmal sagen, dachte erst, sie habe sich verhört. »Wer wusste davon?«

»Niemand. Eigentlich. Wir haben uns immer in Duisburg getroffen, der hat ein Studio am Innenhafen. Ich habe das Auto ins nächste Parkhaus gestellt und bin dann zu ihm. Zwischen Paul und mir läuft doch schon lange nichts mehr. Arndt traf ich eines Tages per Zufall in Wesel, als er mit einer Tüte aus dem Sexshop an der Schermbecker Landstraße kam. Ich wollte zum Sonnenstudio und hielt an. Der war ganz perplex, weil ich ihn direkt gefragt habe, ob er auf der Suche sei. Vergnügen ohne Verpflichtung.«

Das hätte sie nie gedacht, für Karin war das Dorf immer moralisch sauber gewesen, es gab keine Intrigen und keine Liebschaften, und nun das. Ein offenes Agreement.

»Karin, der Mann gefiel mir, und wir hatten Sex. Von ihm aus hätte das immer so weitergehen können. Er hielt sich für super. Na ja, und ich dachte mir schon länger, wenn ich jemand anderen finde, dann beende ich es.«

Barbara gefiel der erstaunte Gesichtsausdruck ihres Gegenübers. Die kreuzbrave Nachbarin ihrer perfekten Mutter hatte ein Verhältnis mit dem Außerirdischen. Nicht zu fassen.

»Und warum erzählst du mir das erst jetzt?«

Barbara Aengenholt schob die Tasse von sich. »Ich hab mir gedacht, ihr kommt sowieso dahinter. Vielleicht hat er irgendwo Fotos gespeichert oder Tagebuch geführt. Und außerdem hat der dreckig grinsende Wolle aus dem Sozialbau uns vor Kurzem im Supermarkt gesehen, da traf ich Kunstmann per Zufall bei den hochprozentigen Getränken, und wir wechselten drei Sätze, mehr nicht. Da hat Wolle eine schnippische Bemerkung gemacht, und ich hatte für einen Moment Schiss, dass Paul davon erfährt. Ich wollte ihn doch nicht verlassen.«

Karin lehnte sich zurück und nippte an ihrer Tasse. Nicht so gut wie der vom Kollegen von Aha. Jetzt nicht lockerlassen. »Das ist aber noch nicht alles. Hast du deinen Anteil vom Gewinn mit ihm zusammen verplant?«

»Wie kommst du darauf?«

»Weil Arndt Kunstmann dabei war, viel Geld zu investieren, das er eigentlich nicht besaß.«

»Der wollte bauen im Dorf. Ja, der wollte was richtig Geiles bauen, wo meine Mutter und ich einziehen sollten. Dazu hatte ich keine Lust, Geld statt Liebe. Nebenan hätten alle im alten Trott weitergelebt und mich für den Rest meines Lebens schief angeguckt, weil ich den armen Paul verlassen habe. Nein, danke.«

Das war es also, das Geld, das Kunstmann ausgeben wollte. Barbaras Geld. Die Vermutung hatte sich bestätigt. Titus Diekhaus hätte einen neuen Auftrag der Superlative ergattert.

Diese Frau hatte doch noch mehr zu berichten, tat es aber nicht. Ob das mit Kalkül geschah? War Barbara so abgebrüht?

Sie blickte Barbara an und überlegte, wieso sie den Baulöwen aus den Augen gelassen hatten. Sie würde gleich an das K1 durchgeben, dass jemand mit Titus Diekhaus sprechen musste. Barbara wusste noch mehr. Sie wusste garantiert auch, wo sich ihr Mann versteckt hielt.

Barbara schaute Karin in die Augen und fand ihren Schachzug genial. Ihren Anteil hatte Arndt Kaufmann verplant. Nur ihren Anteil. Davon musste sie Karin überzeugen, damit die Kripo ganz schnell das Interesse an ihr verlor.

»Ich muss mal, du bleibst hier und läufst mir nicht fort, okay?«, sagte Karin.

Barbara nickte.

Kaum im Waschraum, nahm Karin ihr Handy zur Hand. »Jerry? Planänderung. Mach dich kundig, wo du diesen Baulöwen so schnell wie möglich treffen kannst. Der hat mit Kunstmann ein dickes Geschäft verabredet. Die wollten sich über die Interessen des Dorfes hinwegsetzen. Davon müssen wir ab sofort ausgehen.«

Sie erläuterte kurz ihre neuen Informationen und ihren Verdacht, den sie auf Diekhaus ausweitete. Jerry würde sich umgehend kümmern.

Wieder zurück sah sie eine neue Tasse Kaffee vor Barbara stehen.

»Es gibt etwas, das ich tun kann«, sagte Barbara.

»Ein Angebot? Was ist los?«

»Das ist alles ganz unglücklich gelaufen, und ich hätte nie gedacht, dass Paul mich hängen lassen würde. Ich bin echt sauer auf den Mann. Ein Denkzettel würde sich anbieten.«

»Und wie soll der aussehen?«

»Ich werde mich mit ihm verabreden. Ich informiere dich dann, und du kannst Paul in Empfang nehmen.«

»Wie willst du das anstellen?«

»Ich rufe ihn einfach an und schlage ihm vor, dass wir in Xanten im Ristorante Antica Roma essen gehen. Wir sind schon oft dort gewesen. Carmine begrüßt uns immer wie gute Freunde, alle sind höflich und nett, auf der Speisekarte gibt es vieles, was uns schmeckt. Paul wird keinen Verdacht schöpfen. Und dann kannst du ihn fragen, ob er wirklich alle anderen betrügen will, indem er den Gewinn allein einstreicht.«

Gar nicht so übel. Karin kannte das Lokal in der Innenstadt gut. Es hatte einen Eingang und einen Gang, der zum hinteren Teil führte, dem Zugang zu den Toiletten und zum Hotel Nibelungen Hof. Das war einfach zu überwachen. Sie nickte. »Mach das.«

Barbara wirkte zugänglich. Auffallend gesprächsfreudig und kooperativ nach ihrem langen Verschwinden. Gut? Vielleicht. Was bezweckte sie damit? Ablass oder Freiheit?

Beide Frauen verließen die Bodega zeitgleich, auf dem Weg zum Parkplatz stellten sie fest, dass sie fast nebeneinander geparkt hatten.

»Du gibst mir durch, auf welche Zeit sich Paul einlässt, okay? Ich verlasse mich auf dich, sonst muss ich ihn in die Fahndung geben. Das wird unangenehm.«

»Sobald er ans Telefon geht. Er hat es oft ausgeschaltet.«

»Dann schicke ihm eine WhatsApp-Nachricht.«

»Paul und WhatsApp? Das kannst du vergessen. Der hat das Handy nur zum Telefonieren und braucht die restlichen Funktionen nicht.«

Im Vorbeigehen sah Karin auf der Kofferraumablage von Barbaras Kleinwagen eine Kappe mit grellen weißen Symbolen liegen. Sie speicherte es nicht ab. Nicht bewusst.

***

Das Büro von Titus Diekhaus gab zügig und nicht ohne Stolz preis, dass der Chef zum Essen mit dem Bürgermeister von Voerde unterwegs sei. Die Angestellte im Vorzimmer des Bürgermeisters ließ sich hingegen nicht so schnell davon überzeugen, den Treffpunkt zu nennen. Sie hatte da strikte Order.

Letztlich siegte Jerry Patalons Hartnäckigkeit, war es sein Charme oder sein Dienstausweis?

Schon trat er aus dem Foyer des Rathauses ins Freie und wunderte sich über feuchte Schwaden, die über den Marktplatz waberten. Da zog sich eine geschlängelte, feucht sprühende Linie, die aus den Pflastersteinen quoll, quer über den Marktplatz, eine Art künstlicher Nebel. In der Mitte stand eine gigantische, einem modernen Obelisken gleiche Skulptur, die an eine Pegellatte erinnerte, an der man den Wasserstand des Rheins ablesen konnte. Am Haus gegenüber dominierte ein riesiger Bildschirm die Glasfront, auf dem sich ein Schubschiff den Rhein hinaufarbeitete. In Echtzeit und original am Fluss aufgenommen. Was das sollte, erschloss sich Jerry nicht auf Anhieb. Ohne Erklärung war dies der gewagteste Marktplatz, den er kannte.

Der Treffpunkt lag nicht weit von der Innenstadt entfernt, das Wasserschloss Voerde war ein Kleinod, eingerahmt von einer Parkanlage am Rande der Stadt, umgeben von einem Graben mit schnatternden Enten, die tierfreundliche Menschen mit altem Brot versorgten. Jerry suchte sich einen Parkplatz unter den Alleebäumen und hielt Ausschau nach einem dicken Auto, das dem reichen Bauunternehmer gehören könnte. Fehlanzeige, stattdessen stand kurz vor dem Eingang zum Restaurant des Schlosses eine protzige, chromblitzende Harley Davidson quer auf dem Weg. Exzentrisch genug, um anzudeuten, dass Prominenz hier speiste.

Zwei Männer kamen ihm entgegen, der eine wirkte gediegensportlich bis farblos in seinem modisch grauen Anzug, der andere trug edle Motorradklamotten, hielt die Jacke unter den Arm geklemmt. Das musste er sein. Mit einer Portion übersteigertem Selbstbewusstsein erschien man in seinen Kreisen in Kluft zum Essen mit dem Bürgermeister, scheiß was auf Konventionen, wenn es um viel Geld geht, ging es Jerry durch den Kopf.

Die Männer verabschiedeten sich, Jerry wartete neben der Harley, stellte sich mit seinem Ausweis vor.

»Herr Titus Diekhaus?«

»Ja? Oh, Polizei. Bin ich wieder zu schnell unterwegs gewesen? Dann schaut im Normalfall jemand in Uniform bei mir vorbei, nicht die Kriminalpolizei. Was gibt's? Ich habe gerade eine Besprechung mit dem Bürgermeister dieser gut aufgestellten Stadt hinter mir. Seit das Kraftwerk der Steag dichtgemacht hat und viele Arbeitsplätze verloren gegangen sind, sucht man nach neuen Perspektiven, wissen Sie. Da will ich helfen, wo ich kann.«

Der Kommissar wollte nicht mit der Tür ins Haus fallen, sollte der Mann sich ruhig für unantastbar halten.

Titus Diekhaus zog sich die Jacke an, band sich ein Tuch vor Mund und Nase. »Ich liebe es, mein Baby am Niederrhein auszufahren, besonders die kurvigen Strecken wie nach Marienthal bieten sich da an. Und hier in Voerde ein gutes Gespräch bei vorzüglichem Essen zu führen, das hat seinen Wert.«

»Und da haben Sie innovative Ideen mitgebracht, um die Stadt zu unterstützen?«

Diekhaus musterte ihn mit einem Blick, der zwischen Verachtung und Mitleid lag. Armer dunkelhäutiger Bulle, sagte der Ausdruck, du wirst nie begreifen, wovon ich rede.

»Kommen Sie, Sie stellen sich nicht neben mein Baby, um mit mir über die Zukunft von Voerde zu diskutieren. Was wollen Sie? Ich habe mir nichts zuschulden kommen lassen. Was will die Kriminalpolizei von mir?«

»Arndt Kunstmann ist tot.«

Diekhaus seufzte gekünstelt. »Ich weiß, ich habe es aus den Nachrichten erfahren.«

»Der hatte Pläne, aber kein Geld.«

»Hatte er nicht? Er hatte Visionen für ein hochinteressantes Projekt. Einmalige Lage und für alle, die in die Zukunft schauen, von höchster Bedeutung. Ich mag es, mit kreativen Köpfen zu arbeiten, die zunächst ein Bild entwickeln und dann nach Investoren suchen. Er habe was Großes an der Hand, sagte er.«

Diekhaus stülpte sich den nostalgischen Helm über. »Ich sage Ihnen, sein Tod ist ein Verlust für das Dorf, der hatte ein Naturreservat im Auge mit verborgenem Luxus, eine Erholungsoase für gestresste Seelen. Alles auf der Basis von eigenem Strom. Die ganz große Vision, ein Dorf nur mit Elektroautos, einer Mietstation am Dorfeingang und einer Stromtankstelle, die per Photovoltaik die vor Ort produzierte Energie direkt in die Häuser liefert. Ein Pilotprojekt.«

Er schwang sich eine Spur zu jugendlich auf die gleißend blitzende Maschine. Jerry staunte, der erzählte, ohne gefragt zu werden. Wer oder was sprach da? Der abgebrühte Geschäftsmann oder das schlechte Gewissen?

Diekhaus ließ den Motor an, drehte ihn schubweise auf, ein Junge mit seinem teuren Spielzeug.

»Aber wissen Sie, die Dörfler sind an Provinzialität und Borniertheit nicht zu überbieten. Dieses einfache Volk, das nicht von A bis B denkt, und dieser eingebildete Spinner Kunstmann haben mich sofort Abstand von dem ganzen Plan nehmen lassen. Da schaue ich lieber, was ich in Voerde machen kann. Die haben es hier gewagt, mit einem innovativen Marktplatz ein Zeichen zu setzen. Da ist noch mehr drin.« Er drehte eine Kurve um Jerry und hob die Hand zum Gruß.

Das Kennzeichen des Motorrades war untypisch für jemanden mit übersteigertem Geltungsbedürfnis. »D – E 605« – Zufall? Oder sollte es »Komm mir nicht in die Quere« signalisieren?

Was für ein arrogantes Arschloch, dachte Jerry und machte sich Notizen zu dem Gespräch, nein, dem Monolog, dem er beiwohnen durfte.

***

Tiez war erleichtert daheim angekommen, verschwitzt und fröhlich. Der Nikolas wäre ein echter Kommissar, dem habe er alles erzählt.

Auf Marias Frage, wie groß seine Furcht im Vergleich zum Morgen wäre, führte er die Kuppen von Daumen und Zeigefinger einer Hand fast aufeinander. »So winzig. Ich bin ein mutiger Mann. Und ich bin mit Nikolas den ganzen Weg von Wesel aus hergefahren. Die ganz große Runde über Hamminkeln und dann nach Büschken.«

Maria lobte ihn, der zwar Bewegung brauchte, sich jedoch nur ein Minimum gönnte.

»Mein Kommissar Nikolas hat zwischendurch telefoniert. Aber nicht während der Fahrt, wir sind immer stehen geblieben.«

»So? Gab es denn Neuigkeiten?«

»Aber Mama, der darf mir nichts erzählen.« Er grinste sein Ich-weiß-was-was-du-nicht-weißt-Lächeln und würde nicht lange mit seinem Wissen hinter dem Berg halten. »Ich habe gehört, dass man weiß, wer den fiesen Kunstmann in die Erde gebracht hat. Und dass der zuerst bei Bert im Vorgarten gelegen hat. Schon seit der Nacht. Stell dir vor, du bist tot und musst erst die ganze Nacht im Regen liegen und dann noch in der nassen Erde. Schlimm, oder?«

Was sollte sie dazu sagen? Außer, dass er nicht allein aus dem Haus sollte, immer mit Köbes oder mit ihr zusammen.

»Klaro. Oder mit Kommissar Nikolas. Der wohnt da bei Johanna. Den kann ich auch besuchen.«

»Hörst du, Tiez, nicht allein. Ich meine das ernst.«

»Ja doch, habe verstanden.«

Maria schaute ihm nach, wie er mit dem Fahrrad im Schuppen verschwand. Er war an dem Abend wohl einem Mörder kurz nach der Tat begegnet. Und einem Verfolger. Der lief noch frei herum. Hatte ihren Sohn gesehen. Würde vielleicht nach ihm suchen. Weil Tiez ein Zeuge war. Ob ein Kommissar Nikolas in der Nachbarschaft ihren Sohn ausreichend beschützen konnte?

***

Paul Aengenholt würde um achtzehn Uhr im italienischen Restaurant in der Stadtmitte von Xanten sein. Karin Krafft verlegte die große Lage auf den nächsten Morgen, dies hier war wichtiger. Den Mann endlich zu fassen kriegen, ihm die wichtigen Fragen stellen und erfahren, mit wem in der Versammlung er telefoniert hatte und wieso er zu dem Zeitpunkt in Höhe der Weseler Rheinbrücke, quasi in Richtung Bislich-Büschken, unterwegs gewesen war.

Die Hauptkommissarin hatte sich an der Kreispolizeibehörde mit Barbara Aengenholt verabredet. Sie sollte nicht selbst nach Xanten fahren, Karin wollte sie in ihrer Nähe wissen und durch die Begleitung zum persönlich gewählten Treffpunkt verdeutlichen, dass es sich um eine ernste polizeiliche Angelegenheit handelte. Sie wartete vor dem Eingang pünktlich um siebzehn Uhr fünfzehn.

Vom Weitem sah sie, wie Barbara ihren Nissan mit höchster Aufmerksamkeit einparkte. Eine umsichtige Fahrerin. Sie kam lächelnd auf Karin zu, Karin blieb sachlich.

»Hallo, gut, dass du pünktlich bist. Ich habe mir Folgendes überlegt. Du sprichst mit ihm, dann wird er sich freier zu den Umständen und Hintergründen äußern. Ich habe den Techniker informiert, er wird dich verkabeln, damit ich zuhören kann.«

Barbara blieb stehen. »Nein, das mache ich nicht mit. Was soll das denn? Du behandelst ihn wie einen Schwerverbrecher, und ich soll dir helfen, ihn zu – wie nennst du das? –, zu überführen? Das mache ich nicht. Er ist immerhin mein Ehemann. Ich ermögliche dir, Paul zu finden, dann kannst du deine Fragen stellen. Sag zu, sonst fahre ich sofort weiter.«

»Darf ich dich daran erinnern, dass ich die Hauptkommissarin bin und ein Tötungsdelikt aufzuklären habe? Okay, wir lassen das mit der Verkabelung, aber du musst nicht denken, dass dein Mann ohne Vernehmung davonkommt. Wer sich tagelang vor uns verbirgt und auf Nachrichten auf der Mailbox nicht reagiert, der wird zur Befragung vorgeladen.«

Barbara wirkte trotzig, legte ihren Kopf noch ein wenig schiefer als sonst. »Es ist doch nicht strafbar, tagelang unterwegs zu sein.«

»Das stimmt. Nur dreht sich mittlerweile alles um das Geld, das es für den Lottoschein gibt, den dein Mann für die Tippgemeinschaft verwaltet. Komm, lass uns starten, bevor die Ampelkreuzung zur Brücke wieder dicht ist.«

Karin hatte nicht vor, Paul und Barbara aus den Augen zu lassen. Im Restaurant gab es zwischen zwei Tischreihen Raumteiler mit gepolsterten Sitzbänken. Deren Lehnen waren so hoch, dass man auf der Rückseite unbemerkt lauschen konnte. Sie hatte zwei Tische reservieren lassen, auf jeder Seite einen. Man konnte nicht erkennen, wer auf der anderen Seite saß.

Bei der Fahrt über die L 480 nach Xanten kamen sie hinter Ginderich an dem Tümpel zwischen den Wiesen vorbei, der bei Absenkungen durch den Salzbergbau entstanden war. Karin blickte zu der flachen Wasserstelle zwischen den Wiesen und staunte nicht schlecht.

»Wahnsinn, schau, da stehen neun Störche auf einen Streich, ist das ein herrliches Bild! Und ich kann es nicht für meine Tochter fotografieren, weil ich am Steuer sitze. Sie liebt Störche über alles.«

Barbara schien ihre Begeisterung für die niederrheinische Vogelwelt nicht zu teilen, saß stumm neben ihr.

Die Hauptkommissarin parkte hinter dem Rathaus, sie waren gut in der Zeit. Barbara wollte noch eine Zigarette rauchen, langsam gingen sie zur Hühnerstraße.

Von Weitem sah Karin Tom Weber an einem Tisch des Weindepots unweit des Restaurants sitzen. Sie grüßten sich nicht. Gero von Aha würde sich für alle Fälle im Zugangsbereich des Hotels befinden und Burmeester, beide wirkten nervös und schienen in Zeitdruck zu sein, aus einem hinteren Fenster der Taverne Athen den vorderen Eingang des italienischen Restaurants auf der gegenüberliegenden Straßenseite überwachen. Alles war bereit für den Empfang eines mutmaßlichen Betrügers, der sechzig Millionen Euro veruntreuen wollte.

Sie gingen ins Restaurant, der Besitzer, Carmine Rossi, lächelte freundlich wie immer. Er spielte perfekt mit und wies Barbara den Tisch vor dem Raumteiler an. Karin nahm ihr das

Versprechen ab, dass sie sie mit kurzem Signal auf dem Smartphone über Pauls Ankunft informieren würde.

»Ich bin hinter der Tür zum Hotel, also ganz in der Nähe. Und noch einmal, ich will ihn heute sprechen.«

Um kurz vor achtzehn Uhr verschwand Karin hinter dem Raumteiler, öffnete die Verbindungstür, ließ sie besonders laut wieder zufallen und schlich sich derweil unbemerkt in Barbaras Rücken. Carmine hielt einen Finger vor den Mund, knipste ein Äugsken und wies seine Leute auf Italienisch an, sie zu ignorieren. Auch Karin und ihr Mann Maarten gehörten zu den Stammkunden, das zahlte sich aus.

Paul erschien pünktlich. Keine Vorrede, kein Lächeln. Eine herzliche Begrüßung sah anders aus. Er hockte sich ohne ein Wort neben sie. »Was soll das hier? Hast du den Lottoschein dabei?«

Barbara stutzte für einen kurzen Moment. »Wie meinst du das, Paul? Willst du mir dein Versagen in die Schuhe schieben? Wenn jemand den Schein hat, dann doch wohl du. Die Leute rechnen mit dem Geld.«

Sie rückte nah zu ihm, flüsterte. Damit hatte Karin nicht gerechnet.

»Du willst doch nicht, dass ich der Meute erzähle, wo du dich befindest? Ich habe dich bei der Versammlung lauschen lassen, damit du eine Ahnung davon bekommst, was im Ort los ist.«

»Barbara, ich habe den Schein nicht.«

Karin bedeutete Carmine, sie könne nichts verstehen, er schaltete die Hintergrundmusik aus, und seine Frau Rita stellte ihr wortlos eine kleine Schale Zuppa di pesce hin, die traditionelle Fischsuppe, die sie so gern bestellte.

»Red jetzt keinen Mist, Paul. Mich kannst du nicht täuschen. Ich wollte wissen, was im Dorf los ist, Nicole Rutkowsky hatte mir eine Nachricht geschickt und die Versammlung angekündigt. Ich wollte nicht bemerkt werden, nicht als die Frau des abtrünnigen Lottospielers an den Pranger gestellt werden. Daher habe ich mich hinter dem Bühnenvorhang im ›Schützen‹ verborgen. Und bei der Lauschaktion hast du bestimmt mitbekommen, dass Kunstmann, Arndt und ich …«

»Ja, komm, verschone mich, keine Details bitte. Ich habe schon lange mitgekriegt, dass es wen geben muss, aber ausgerechnet dieser Kerl? Ich wollte ihm an die Gurgel, ja, aber du kennst mich, ich bin nicht so.«

Karin traute ihren Ohren kaum. Barbara gehörte also das Prepaid-Handy, mit dem aus dem Gasthaus heraus telefoniert worden war und dessen Sendedaten sie entdeckt hatten. Pauls Frau war heimlich auf der Versammlung gewesen und hatte ihrem Mann berichtet.

Die beiden bestellten in aufgesetztem Plauderton ihre Getränke, Paul nahm einen großen Schluck Bier.

»Erzähl mir lieber, wieso du diese Lauschaktion durchgeführt hast. Warum bist du nach dem Wochenende nicht direkt nach Büschken zurückgefahren?«

»Mutter braucht mich.«

»Guck mich mal an.«

»Nein, was soll das?«

»Barbara, guck mich an.«

»Nein, lass das.«

Karin hörte Paul wütend schnauben.

»Also doch.«

»Was, also doch?«

»Ich kenn dich doch. Du hast den Schein, sonst wärst du reumütig im Ort erschienen und hättest dich für den abtrünnigen Gatten gerechtfertigt. Du hast den Schein, ja, ich bin mir jetzt ganz sicher. Du könntest mir sonst ungehindert in die Augen schauen.«

Barbara zischte ihm zu, mein Gott, er solle doch denken, was er wolle. Vielleicht habe sie ja wirklich den Schein.

»Und? Hast du ihn?«

Kopfnicken. Nicht wahrnehmbar für die verborgene Hauptkommissarin, die einen Löffel Suppe aß und Carmine beobachtete, der um die Ecke kam, mit seinen Händen einen weiblichen Körper formte und heftig nickte. So war das also. Barbara. Diese Schlange.

Er solle leise sein, die Polizei sei in der Nähe. Beide schwiegen eine Weile.

Das wird ja immer interessanter, dachte Karin, konnte sich nicht ausmalen, wohin diese Konfrontation führen würde. Barbaras Zunge schien sich nach einem Glas Rotwein jedenfalls zu lockern, sie flüsterte nur noch halbherzig.

»Du weißt nichts von meiner Solonummer, und ich weiß nichts von deinen Rachegelüsten gegenüber Arndt.«

Das war jetzt zu viel, sie würden sich gegenseitig die Unschuld bezeugen. Karin stand auf und holte von Aha per Handzeichen aus dem Durchgang. Gemeinsam kamen sie aus ihrem Versteck und stellten sich vor das Ehepaar Aengenholt. Metakommunikation würde für Verunsicherung sorgen. Bewusst über jemanden sprechen, der anwesend war.

Karin begann. »Es steht jetzt fest, wer den Lottoschein hat, Gero.«

»Ja, Frau Hauptkommissarin? Ich tippe mal auf Paul Aengenholt.«

»Da liegst du falsch, werter Kollege. Du darfst noch einmal raten.«

»Nein, das gibt es doch nicht. Du meinst, die Frau hat ihn?«

»Ja, und sie hatte ein Verhältnis mit dem Toten.«

»Und ihr Mann, wusste er schon länger davon?«

»Das glaube ich nicht. Der hat sich übrigens versteckt, weil er die Leute aus der Tippgemeinschaft fürchtete. Er glaubte bis eben, niemand habe den Schein abgegeben.«

Barbara und Paul saßen ihnen völlig perplex gegenüber und rührten sich nicht. Wie unangenehm, die ganze Situation, wie auf dem Präsentierteller, die anderen Gäste starrten sie an.

Karin fuhr fort, es bereitete ihr sogar einen gewissen Spaß, dieses Paar vorzuführen. »Sie hat ihren Mann auf die Spur ihres Liebhabers gebracht. Vielleicht nehmen wir gleich beide fest. Ein Tötungsdelikt und eine Anstiftung zur Straftat, das dürfte reichen.«

Barbara reagierte siegessicher. »Nehmt Paul mit. Ja, ich habe gelauscht, und ja, es tat mir gut, die Eifersucht in seiner Stimme zu hören. Aber eins müsst ihr mir glauben. Ich habe den Schein nie in Händen gehalten. Ich weiß nicht, wo er ist.«

»Aufstehen, mitkommen. Danke, Carmine, ich zahle beim nächsten Mal.«

»Nix da, du hast ja nichts gegessen, geht aufs Haus.«

***

Burmeester und von Aha hatten sich eilig verabschiedet. Die Vernehmung der beiden Aengenholts übernahmen Tom Weber und Karin Krafft.

Man konnte sich nie sicher sein, wann Barbara die Wahrheit sagte und wann sie eiskalt log. Eine völlig neue Eigenschaft trat bei ihr zutage, Abgebrühtheit. Letztlich mussten sie beide laufen lassen. Es ergab sich kein eindeutiger Verdachtsmoment, der mit dem Tod Kunstmanns in Verbindung gebracht werden konnte. Und beide beteuerten, den Lottoschein nicht zu haben. Barbara habe ihren Mann im Restaurant verarschen wollen. Paul erwies sich als Angsthase, der sich die Folgen seiner Vergesslichkeit täglich bis ins Detail ausgemalt hatte und immer mehr in Bedrängnis geraten war.

Er hatte versucht zu fliehen, weit weg, wollte von Weeze aus in den Süden fliegen. Konnte es nicht. Die Suchaktion der beiden Kommissare hatte er stumm und verborgen von seiner Sitzreihe aus beobachtet, die quer zum Fenster stand. Eine Kappe hatte seine Frisur verborgen, Burmeester hatte ihn von seinem Posten in der Abfertigungshalle aus nicht erkennen können. In all den Tagen hatte er seine weitläufige Verwandtschaft am Niederrhein heimgesucht und bei unterschiedlichen Leuten übernachtet.

Wer hatte den Schein?

Und wer hatte Kunstmann zu Tode erschreckt oder, was wahrscheinlicher war, regelrecht gehetzt?

Wer vergeblich versucht hatte, den Toten verschwinden zu lassen, war das Einzige, das bereits feststand.

***

Es hatte etwas genutzt. Burmeester und seine Verlobte, Letztere mit Nachdruck, hatten Gero von Ahas dezenten Hinweis begriffen. Wie schräg hatte Burmeester bei ihrer Generalprobe ausgesehen! Eigentlich wie immer. Auf von Ahas lebhafte Schilderungen über Fremdschämen und Schweißausbrüche hatte die Braut radikal reagiert.

Ihre überfallartige spätabendliche Revision des Kleiderschranks im Bislich-Büschkener Dachgeschoss hatte zu einer Revolution geführt. Diverse Hosen mit Leopardenmuster und tierähnlichen Streifen wurden verbannt, ebenso wie Hemden mit Hippiemuster und Stiefel aus Schlangenlederimitat. Was folgte, konnte man keine pädagogisch einfühlsame Stilberatung für angehende Schwiegersöhne nennen. Yasmin hatte energisch eine modisch-elegante, aber angemessene Auswahl an Textilien für den großen Moment herausgelegt.

Sie sagte nur einen einzigen Satz: »So und nicht anders.«

Neben von Aha saß der gehorsamste Bräutigam aller Zeiten in der gepflegten Limousine. Dezenter Anzug, uniblaues, schmal geschnittenes Oberhemd statt wilder Muster, dazu eine farblich sorgsam abgestimmte Krawatte. Nikolas Burmeester hatte sogar daran gedacht, das Holster für die Dienstwaffe abzuschnallen. Mit der Knarre beim Brautvater anzutanzen wäre verdammt gewagt gewesen.

»Ein ganz anderer Mensch«, murmelte von Aha vernehmbar, während er über die B 8 nach Lohberg fuhr.

»Wie meinen?«, antwortete ein geistesabwesender Nikolas Burmeester und knetete seine Hände.

Von Aha bat um Aufmerksamkeit, erläuterte, wie er sich als Emissär vorzustellen gedachte. Burmeesters durchgeknallte Mutter würde er mit keinem Wort erwähnen. Sie war ohnehin wieder im fernen Osten unterwegs, um der Frage nachzugehen, was man tun musste, um das eigene Karma, das eigene Schicksal zu verändern. Er musste jetzt als Bräutigamvaterersatz funktionieren, war sein einziger Gedanke. Er fühlte sich unter Erfolgszwang. Und furchtbar alt, wenn er seinen »Sohn« betrachtete.

Ihre Chefin hatte gerade Order gegeben, die Fahndung auszuweiten. Ein Täter sei eine Gefahr für einen behinderten Mann und Zeugen wie Tiez. Die Aengenholts behaupteten, keinen Lottoschein zu haben. Der Mann, der das Geld seiner Liebschaft verplant hatte, lebte nicht mehr. Alle waren scharf auf das Geld. Und statt seine Arbeit zu machen, war er, Gero von Aha, als Liebesbotschafter unterwegs.

»Lass mich deiner zukünftigen Familie meine Rolle erklären. Ich habe mich gut vorbereitet: nicht mit der Tür ins Haus fallen, aber im richtigen Moment um die Hand deiner Angebeteten anhalten. Ein bisschen schlemmen, die Küche loben und so weiter. Und weg«, sagte von Aha.

»Wird nur ein kleiner Familienkreis.«

»Woher weißt du das, Nikolas?«

»Ich denke, die Geschwister von Yasmin sind dabei, die Großeltern. Kann ich mir doch ausrechnen.«

»Ausrechnen? Genau weißt du es also nicht. Lass mich mal machen. Du bleibst im Hintergrund, bis er Ja sagt.«

»Ich will doch Ja sagen.«

»Willst du nicht. Du brauchst das Ja deines Schwiegervaters aus einer Kultur, die anders ist als deine. Schon vergessen?«

Schweigen breitete sich aus. Von Aha wisperte vor sich hin. Seine Hände schwitzten. Die Anfahrt zu den Schwiegereltern, die nicht mal seine sein würden, war brutal. Selbstgespräche, Angstattacken und Stoßgebete, alles inklusive. Er begann immer denselben Satz laut auszusprechen. »Ich darf ihn nicht vergessen, wenn es so weit ist.«

Burmeester schaute ihn mitleidig an. Auch er musste gleich sprechen. Im richtigen Augenblick. Hoffentlich wusste er das.

Von Aha fuhr von der Bundesstraße ab, schlich über die enge Straße am Tenderingssee vorbei. Das neue Windrad stand oben auf der Halde und ersetzte das Drehen der Förderräder, die Zeche Lohberg war Geschichte.

Hier am ehemaligen Schacht kannte er sich ein wenig aus. Im Ledigenheim war er zu Musik der Jazz-Initiative Dinslaken gewesen. Und in der Karawane hatte er lecker orientalisch gegessen. Bei der letzten ExtraSchicht war er hier gewesen, hatte

Lichtshows, Artistik und Musik in der Riesenhalle der Zentralwerkstatt erlebt. Der Bergbau war gestorben, und jetzt hieß das Gelände Kreativ-Quartier Lohberg. Selbst den alten Kiosk am letzten Rest der Zechenmauer hatten sie wieder aufgebaut.

Er bog ab in die alte Zechensiedlung. Viel Grün und ein gewisser Charme, er ließ sich bereitwillig ablenken und blickte umher. Hätte er besser nicht getan. Nicht alles war schön.

Da war die Hausnummer, er bremste abrupt ab und hörte einen Aufschrei. Das Schokotablett rutschte auf dem Rücksitz gefährlich auf den hochglanzverpackten Blumenstrauß für die Dame zu. Eine Ecke rammte sich durchs Zellophan. Burmeester zappelte schon über der Lehne des Vordersitzes und flickte fluchend die Verpackung. Von Aha stieg aus, straffte sich, nahm den unversehrt gebliebenen Blumenstrauß, während der Bräutigam als Schoko-Mann auf die Tür zulief.

Nikolas, halt, einmal durchatmen. Die Krawatte prüfen. Natürlich hat er sie gelockert, dachte Gero von Aha. Die teuren Pralinen und den Blumenstrauß so halten, dass sie den Gastgebern gleich ins Auge fallen.

Der Bräutigam war vor lauter Aufregung nicht zu halten. Von Aha sah, wie er mit zittrigen Fingern die Klingel drückte. Von wegen der coole Kripo-Mann.

In diesem Augenblick öffnete sich die Tür des Hauses, lächelten ihnen die Gesichter von Burmeesters Liebster, ihren Schwestern und des zukünftigen Schwagers entgegen. Berge von Schuhen standen auf glänzenden Fliesen.

Aus dem Hausinneren drang Stimmengewirr. Von Aha blickte vom Flur kurz zum Wohnzimmer. Himmel, alles voll, alle hatten sich einen Platz in der ersten Reihe gesichert. Um mitzuerleben, wie diese doppelten Deutschen es wohl meisterten, das Ja der Familie für die Tochter des Hauses zu erobern.

Von Aha war von Haus aus keineswegs ein introvertierter Mensch. Doch die Aussicht, vor so vielen Menschen seine Absichten, also vielmehr die von Burmeester, offenlegen zu müssen, war ein Schock.

»Wird nur ein kleiner Familienkreis.« Dieser Schönredner

unter seinen Kollegen lag falsch. Verdammt falsch. Burmeester erstarrte zur Salzsäule neben ihm und schüttelte abwesend Hände.

Apropos Salz: An den speziellen Mokka für den Bräutigam dachten sie nicht. Arglos, wie sie waren.

***

Karin Krafft freute sich über die stürmische Begrüßung von Woodstock, der ihr immer noch nicht von der Seite wich. Der zottelige Bouvier mit seinem ausgeprägten Beschützerinstinkt hatte hilflos zusehen müssen, wie jemand Unbekanntes sein Frauchen im letzten Jahr niedergeschlagen und entführt hatte. Stundenlang hatte er sich nicht von einem Blutfleck auf dem Asphalt entfernt, der von der Schwerverletzten stammte. Immer musste er seither als Erster an der Tür stehen, wenn er ihren Wagen hörte.

Sie tätschelte ihn ausgiebig. »Guter Hund.«

Aus der Küche vernahm sie Stimmen, Maarten und Hannah schienen zu kochen.

»Komm hierher, guter Gatte und gutes Kind wollen auch gestreichelt werden.«

Hannah lief ihr entgegen. »Wir haben Pfannkuchen gemacht, die magst du doch so gern.«

»Fein, ich danke euch. Du, ich habe heute neun Störche auf einmal gesehen.«

»Neun? Wow.«

Sie erzählten sich noch beim Abendessen von den Nestern, die sie kannten, und den kleinen Köpfen, die man inzwischen über den Rand schauen sah. Nachdem ihr Töchterchen Hannah im Bett verschwunden war, berichtete Karin ihrem Mann von der nahezu kuriosen Entwicklung, die der Fall in Bislich-Büschken nahm.

»Was? Jeder der beiden behauptet, den Schein nicht zu haben? Und was sagt die Lottogesellschaft dazu?«

»Die sagen nur, dass der Hauptgewinn eindeutig am rechten

Niederrhein verortet ist, bislang habe sich noch niemand danach erkundigt.«

»Werden die mit euch zusammenarbeiten, wenn sich jemand meldet?«

»Dazu gibt es keinen Anlass, wer den Schein hat, ist Gewinner, und die Auszahlung erfolgt unter besonders abgesprochenen Konditionen zum Schutz der Glücklichen vor dem Rest der Welt. Es gibt Gewinner, die jahrelang ihr völlig normales, geregeltes Leben weiterführen, und solche, die alles in kurzer Zeit auf den Kopf hauen. Das weiß man. Der verschwundene Lottoschein ist das eine ungelöste Problem. Uns interessiert noch mehr die Frage, wer Kunstmann auf dem Gewissen hat.«

»Gibt es neue Erkenntnisse, wie er zu Tode kam?«

»Das war ein Herzinfarkt.«

»Was?«

»Ja, aber nicht ohne fremdes Zutun. Die Pathologie bestätigt einen hohen Spiegel an Stresshormonen. Man muss ihn gehetzt haben.«

»Zu Tode gehetzt. Gejagt bis an die Grenze der körperlichen Belastbarkeit und dann tot umgefallen. Wie grausam. Ist das nachweisbar?«

»Ich denke, es ist alles eine Frage der Vernehmungen. Wir brauchen ein Geständnis. Wenn jemand gesteht, ihn nur verfolgt zu haben, dann können wir den Zusammenhang nachweisen. Oder wenn jemandem eine verdächtige Bemerkung herausrutscht und er oder sie sich so selbst ans Messer liefert.«

»Sonst nicht?«

»Nein, es gibt keinerlei andere entscheidende Hinweise außer den Ergebnissen des Pathologen. Es hat niemand seinen Ausweis am Tatort verloren. Und wenn derjenige Kunstmann nicht angerührt hat, gab es auch keine Spuren. Und wenn doch, hat sie der Starkregen fortgeschwemmt.«

Maarten schenkte nach. »Frustrierend, oder?«

Karin nahm einen Schluck, stellte dann ihr Glas eine Spur zu heftig ab, roter Wein schwappte auf die Tischplatte. »Eine Chance haben wir.«

»Und die wäre?«

»Wir haben einen Zeugen, der mit aller Wahrscheinlichkeit nach der Tat vom Täter gejagt wurde. Sicher ist, dass er zum ungefähren Todeszeitpunkt eine sehr unangenehme Begegnung hatte. Er kann sich an einige Einzelheiten erinnern.«

»Kann er den Täter beschreiben?«

»Tiez hat sich erstaunlich viel gemerkt. Aber er war sehr aufgeregt. Und er war sich erst sicher, dass es ein Mann war. Jetzt wackelt er und findet, es könne auch eine Frau gewesen sein. Schwierig, aber nicht hoffnungslos!«

Maarten horchte auf, er kannte die Zwillinge aus Büschken, mochte ihre ehrliche Art. »Du meinst, einer der Zwillinge hat etwas gesehen?«

»Ja. Er ist unser Trumpf.«

Man könne doch nicht die Beobachtungen von einem Mann mit einer Behinderung einfach als Trumpf bezeichnen. Das würde bedeuten, man müsse es ausreizen, bekannt machen. Das könne sie nicht ernst meinen. Maarten war außer sich.

»Karin, der hat ein Gemüt wie ein Kind. Würdest du Hannahs Beobachtungen in solch einem Fall als Trumpf bezeichnen und darauf warten, dass ein Täter reagiert?«

»Nein, natürlich nicht.«

»Dann vergiss den Gedanken bitte ganz schnell.«

»Ich meine eher, dass wir Tiez ab jetzt seine Wege durch das Dorf ziehen lassen und ihm eine Bewachung an die Seite stellen. Und ich brauche nichts weiter zu veröffentlichen. Der Täter weiß, dass Tiez ihn gesehen hat.«

Früher oder später kriege ich dich.

***

Gero von Aha zog die Schuhe aus. Er lächelte und steuerte direkt auf die Mutter der Familie zu. Sie wartete im Flur, lächelte ebenfalls und musterte ihn intensiv. Eigentlich sollte sie Nikolas Burmeester mustern, der merkwürdig schweigsam folgte. Wahrscheinlich hatte er die baldigen Schwiegereltern schon kennengelernt. Schließlich war er mit Yasmin Ögülsan nicht erst seit ein paar Wochen zusammen.

Von Aha kam sich vor, als sei er der Bräutigam. Na ja, irgendwie fühlte sich ihr Auftritt auch so an. Beide entledigten sich mit höflichen Worten ihrer Mitbringsel. Die Brautmutter strahlte. Eine von Yasmins Schwestern schaute auf das Silbertablett und staunte über die Menge an Köstlichkeiten.

Nikolas Burmeester hatte sich für zwei Packungen der teuersten Pralinen entschieden, die er finden konnte. Ganz deutsche Art. Doppelt hält besser, und Qualität zahlt sich aus.

Damit war von Aha voll und ganz einverstanden, gute Vorbereitungen gaben Sicherheit. Theoretisch zumindest. In Wirklichkeit war er gerade unglaublich nervös. Er nahm fahrig die Hand der Mutter, stotterte die eingeübte Begrüßung heraus und küsste ihre Hand, bevor er sie zur Stirn führte. Der wahre Bräutigam machte es ihm nach. Gut, dass sie trainiert hatten. Respektvolle Gesten waren wichtig.

Freundlich, aber bestimmt führte die Mutter die beiden ins Wohnzimmer. Der Vater der Familie war offensichtlich auch aufgeregt und wartete unruhig. Er wies auf zwei Plätze, einer für den Emissär in seiner unmittelbaren Nähe, etwas dahinter der für den Bräutigam.

Von Aha setzte sich, und sie wechselten die ersten Worte. Çay wurde gereicht. Er hatte die Chance, sich im Wohnzimmer umzublicken, als der Familienchef den hoffentlich künftigen Mann seiner Tochter ansprach.

Himmel, dicht gedrängt füllten die Familienmitglieder den Raum. Alle rückten sie heran. Alle waren neugierig, wie sich die deutschen Brautwerber schlugen. Dem Ritual beugte sich sogar die westlich orientierte Qualitätsmanagerin Yasmin. Sie hielt sich im Hintergrund und bediente die Gäste mit einer gewissen Demut.

»Da musst du durch«, flüsterte Yasmins Bruder von Aha zu, »ich helfe dir.«

Noch einer, der mitmischte. Das war nicht sein Plan. Doch von Nikolas Burmeester, der stocksteif und wie festgebunden in seinem Sessel verharrte, war keine Unterstützung zu erwarten.

Wie sich herausstellte, war die familiäre Begleitung hilfreich. Immer wenn die gefürchteten Schweigesekunden eintraten, nahmen sich Burmeesters zukünftige Schwägerinnen und Schwager ein Herz. Sie lenkten Botschafter und Bräutigam und das Gespräch wieder in die richtige Richtung.

»Du packst das, ihr packt das!«

Von Aha hörte es wohl. Aber er war nicht gewohnt, um die Hand einer Frau anzuhalten. Als Zeremonienmeister taugte er nicht. Doch er konnte auf ein Ziel zusteuern, und das tat er auch. Er begann, Nikolas Burmeesters hehre Absichten zu schildern.

Gemurmel erhob sich im Wohnzimmer, der Schwager gab ihm ein Zeichen. Piano! Nicht er eröffnete hier die entscheidende Gesprächssituation. Mutters Leckereien und die mitgebrachten Pralinen essend, kehrte das Gespräch zu Themen wie Wetter und Wohlbefinden zurück.

Yasmin Ögülsan verschwand in der Küche. Sie wirkte so nervös wie der verstummte Burmeester. Seine Kiefer mahlten, als bereite ihm irgendwas Sorgen. Vielleicht der Kaffee? Er hatte eine besondere Bedeutung. Er musste von der zukünftigen Braut auf klassische Art und Weise zubereitet und in edlen Tassen serviert werden.

Yasmin Ögülsan, baldige Burmeester, goss den Mokka ein, er war komplett mit Schaum überzogen. Von Aha erinnerte sich an den Brauch. Er ahnte, dass er mit einer großen Prise Salz und vielleicht Pfeffer verfeinert war. Gut zu wissen. Er schaute Nikolas Burmeester an. Der war der Bräutigam, der nach alter Sitte beweisen sollte, was er geschmacklich für seine Liebste aushielt. Der symbolisch sogar Gift für sie trinken würde.

»Und, wie schmeckt der Mokka? Gut, oder?« Yasmins Schwester grinste verdächtig. Sie sprach nicht nur den zukünftigen Bräutigam an, sondern auch den Botschafter. Das wunderte von Aha.

Der tapfere Burmeester führte die Tasse zum Mund. Der versalzene Mokka zog die Zungenknospen zusammen. Seine Wangen spannten sich. Er schluckte und schluckte – und lächelte.

Zur Familientradition gehörte, dass der zukünftige Schwiegersohn unter allen Umständen die Tasse leeren musste. Trank man diesen Mokka nicht aus, wollte man die Tochter nicht. Nikolas Burmeester griff sich an den Hals. »Lecker und mit Liebe gemacht«, krächzte er.

Dafür gab es Applaus.

Womit Gero von Aha nicht gerechnet hatte, war, dass ungeklärt blieb, welcher Mokka einem Emissär vorzusetzen sei. Dafür waren keine Regeln zu finden gewesen. Er hob die Tasse und merkte, dass Yasmin eine Entscheidung getroffen hatte. Statt ihn bei Laune zu halten, behandelte sie ihn wie einen Bräutigam. Er stürzte den Mokka herunter. Er schnappte nach Luft, sein Hals brannte. Er atmete tief durch und sandte der Braut einen verzweifelten Blick zu. Was blieb ihm anderes übrig, als den salzigen Mokka genüsslich und mannhaft bis zum letzten Tropfen auszutrinken.

»Hohe Mokka-Kunst«, sagte Burmeesters Schwager zu von Aha. Gemein, aber lustig.

»Werde ich nie vergessen«, gab der zurück und fand sich schlagfertig. Er hatte keine Zeit, über den tieferen Sinn dieser erweiterten Zeremonie nachzudenken.

Als der Mokka ausgetrunken war und sich Bräutigam und Botschafter damit für den Moment der Wahrheit qualifiziert hatten, vollendete er seine Aufgabe. Schwager und Schwägerinnen erinnerten ihn daran, dass es jetzt an der Zeit sei, den Grund des Besuches anzusprechen.

Gero von Aha nahm den Rest des Mutes zusammen, der ihm nach der Salz-Attacke geblieben war. Er redete, die Sätze sprudelten nur so heraus. Er empfahl Nikolas Burmeester wärmstens. Er würde Yasmin zeitlebens verehren. Erst auf Deutsch, dann in der fremdesten Sprache, die er je gesprochen hatte, tat er, was er konnte.

Der Brautvater nickte, er gebe seine Tochter, seinen Stern nur schweren Herzens her. Aber er tue es. Auch weil er wisse, dass Nikolas Burmeester seiner Familie ein gutes Auskommen garantieren würde.

Der Lottogewinn kam in der Rede nicht vor.

Von Aha war beeindruckt. Seine Augen wurden feucht. Er stand auf. Burmeester stand auch auf und schniefte. Sein Schwiegervater in spe erhob sich, ihm kamen die Tränen. Drei mehr oder minder verheulte Männer lagen sich in den Armen, klopften sich gegenseitig auf die Schulter. Und waren glücklich.

Kein gezückter Säbel wie in von Ahas Vorahnungen und kein Patriarch, der dem Bräutigam ein Nein entgegenschleuderte. Freundlicherweise hatte sich Yasmins Vater keinen Spaß erlaubt, sondern den Botschafter werben lassen und positiv reagiert. Das gemeinsame Erlebnis konnte der Beginn einer wunderbaren Freundschaft zwischen ihnen werden.

Gero von Aha war ein bisschen stolz auf sich und seine erste türkische oder kurdische Brautwerbung.

»Yasmin, wir sind ab diesem Zeitpunkt einander versprochen«, sagte sein Kollege Kriminalkommissar mit rauer Stimme. Er wirkte frei wie seit Tagen nicht mehr. Er hatte sogar überhört, dass eine Großhochzeit auf ihn zukommen würde. So um die zweihundert Verwandte und Bekannte wären einzuladen oder sogar einzufliegen, prophezeite der Schwager.

Der Patriarch forderte Aufmerksamkeit. Alle verstummten.

»Die Familie will, dass es dem jungen Paar gut geht. Ich habe mich um eine Bleibe gekümmert, die dem Glück der beiden würdig ist. In deinem Heimatort, Schwiegersohn, in Bislich-Büschken.«

Er überreichte dem sprachlosen Nikolas Burmeester unter Applaus die aufgeschlagene Seite eines Exposés mit einer Darstellung eines Neubaus in grüner Idylle. Yasmin strahlte. Burmeester sah perplex auf den Farbausdruck, reichte ihn an von Aha weiter.

Ein Projekt von Titus Diekhaus. Von Aha rief sich in Erinnerung, was Jerry Patalon telefonisch aus Voerde berichtet hatte. Gar nichts war abgeblasen, was mit dem »Spinner« Kunstmann zu tun hatte. Diekhaus hatte gelogen.

Burmeester nahm ihm den Ausdruck aus der Hand, starrte auf den unteren Rand, deutete stumm, aber bedeutungsvoll mit dem Finger darauf und gab dem Hauptkommissar das Papier zurück. Und lächelte den Schwiegervater dankbar an.

Von Aha schaute auf das kleine Foto am unteren Rand. Titus Diekhaus, lässig, breitbeinig vor einem Tesla E-Auto, auf dem Kopf eine dunkle Kappe mit auffällig weißem Zeichen vorn drauf – sein Firmenlogo. Daneben eine Sprechblase: »Hier entsteht NRWs erstes Dorf nur mit Elektroautos. Ihre Heimat in der Natur.«

Lächeln, Gero. Dankbarkeit zeigen.

Sie feierten. Über den Lügner Diekhaus würden sie später nachdenken.

ZWÖLF

Zwei Dinge standen fest an diesem Morgen im K1. Was auch immer Burmeester und von Aha am Vorabend erlebt, getrunken oder geraucht hatten, es schien sie in einer freundschaftlichen Art zusammengeschweißt zu haben, die man nur unter einem Begriff zusammenfassen konnte: Männerfreundschaft. Auf Anfrage erklärten sie unisono, zu gegebener Zeit würden sie berichten.

Nach neuerlicher Befragung im Dorf konnte man von einer ganzen Reihe Verdächtiger sprechen.

Bert und Isi Schreiber, wobei Bert immer noch beteuerte, er habe nichts mit Kunstmanns Tod zu tun, und das K1 geneigt war, ihm zu glauben. Es gab keinerlei Spuren oder Beweise, die Schreibers fuhren kein E-Auto, das leise hinter einem Zeugen herfahren konnte, und dass Bert mit seinem Gewicht und seinem Alkoholspiegel Kunstmann gehetzt haben könnte, lag fernab jeglicher Vorstellungskraft. Er war, laut mehrerer Zeugenaussagen, unverständlich grölend nach Hause gewankt zu einem Zeitpunkt, als Kunstmann schon nicht mehr lebte.

Rutkowsky und Lürsen, jeder mit einem besonderen Plan für das Dorf im Kopf, waren von Kunstmann brüskiert, vor den Kopf gestoßen, in den Grundfesten erschüttert worden durch seinen Alleingang. Zumal er nicht zu dem Gewinnerpool gehörte, der für die Allgemeinheit investieren wollte. Alle hatten ihre jeweiligen Pläne verteidigt, jeder der beste, der effektivste, zum Wohle aller. Bevor die Planer über Ruhm, Ehre und ewige Dankbarkeit nachdenken konnten, hatte sich die zerstörerische Kraft von Neid und Missgunst wie eine unaufhaltbare Schlammlawine ausgebreitet.

Barbara Aengenholt fühlte sich hintergangen, Paul Aengenholt betrogen, beide leugneten, den Schein zu besitzen. Die Hauptkommissarin glaubte, dass Barbara im Besitz des Scheins war, sie stritt dies energisch ab, sie habe aus Wut und Trauer alle auf eine falsche Fährte locken wollen. Ihr Tiger sei tot!

Niemand aus der Gemeinschaft hatte sich bislang bei der Lottogesellschaft gemeldet. Wo also war der Schein?

Eine Besichtigung von Aengenholts Haus ergab keinerlei Einbruchspuren, was die beiden wieder in den Fokus rückte. Er war für die Abgabe des Scheins verantwortlich gewesen, und sie hatte den Ort zu einer Zeit verlassen, als die Annahmestelle noch geöffnet hatte. Eine Befragung der Verkäuferin, die an dem Samstag dort eingesetzt war, hatte nichts Konkretes ergeben, sie hatte nur von außergewöhnlich vielen Kunden gesprochen. Eine Schlange vor der Registrierkasse, da der Jackpot sehr hoch gewesen war.

Gesthuysen hatte eine Reihe von Dingen aus Kunstmanns Besitz verscherbelt. Trüttgen und Mackedei hatten den toten Mann transportiert, damit eventuell vorhandene Spuren verfälscht oder beseitigt und ihn verbuddelt. Außer Tiez hatte niemand eine Beobachtung zum möglichen Tatzeitpunkt gemacht, und seine Geschichte entlastete alle aus der Tippgemeinschaft.

Die Zahl der Tatverdächtigen in der Auflistung war zwar groß. Doch wenn man Verdachtspunkt für Verdachtspunkt abklopfte, Zeiten und Orte verglich, schrumpfte sie deutlich. Das Kommissariat war sich nicht einmal einig darüber, wer übrig geblieben war als Hauptverdächtiger – und für welche Tat eigentlich. Keine Frage, das K1 war verunsichert.

Blieb der Unbekannte mit der Stange in der Hand und dem lautlosen Auto. Einem Elektroauto ohne Motorengeräusche.

»Wir brauchen einen Tipp, einen verdammt guten Hinweis, irgendwoher«, sagte Karin Krafft fordernd, als könnte sie die Lösung des Falls herbeireden. Sie entschied, dass Burmeester Tiez fortan im Dorf bewachen sollte. Heute war er wie üblich mit dem Kleinbus zur Arbeit abgeholt worden. Dort war er in Sicherheit, Fremde würden in der Werkstatt in Rees-Groin auffallen.

»Du lässt ihn nicht aus den Augen, er ist in Gefahr. Er allein hat den möglichen Täter gesehen, ohne Argwohn oder Absicht, sein einziger Fehler war, dass er auf der Straße umhergeisterte, als er im Bett liegen sollte.«

Gero von Aha blickte auf die Aufzeichnungen und meinte, es gebe nur eine Möglichkeit, weiterzukommen.

»Die Lösung liegt in Bislich-Büschken. Nur drei Parteien haben sich aus Spekulationen oder großen Zukunftsvisionen herausgehalten. Das sind einmal Johanna Krafft und Henner Jensen. Die haben persönliche Träume und engagierten sich bislang nicht für eine der großen Visionen. Alma Argond hält sich völlig zurück, sie misstraut dem Glück und will erst darüber nachdenken, was mit dem Geld geschehen soll, wenn es wirklich da ist. Der dritte ist Nikolas Burmeester. Und der hat was Interessantes erlebt. Nikolas, willst du erzählen?«

»Nein, Gero, ich bin noch viel zu aufgeregt, erzähl du.«

Kommissar von Aha verstand das und sagte: »Etwas extrem Überraschendes. Plötzliches.«

Karin horchte auf. Was war aus »Ey, Alter« und »Burmeester« geworden? Vornamen zu benutzen war ungewöhnlich für die beiden.

Von Aha stand auf, nahm Haltung an, räusperte sich. »Werte Chefin, Kollegen, ich muss ein paar einleitende Worte an euch richten. Gestern fand ein denkwürdiger Abend statt, den wir beide mit glücklichem Ausgang gemeistert haben.«

Tom Weber konnte nicht anders, selbst diese Einleitung war ihm einen Kommentar wert. »Ihr zwei habt ein Coming-out und werdet eine der Ehen für alle schließen. Glückwunsch.«

»Was? Nein, völlig daneben.«

Von Aha erzählte breit und lustvoll, dass Burmeester plane zu heiraten, und da seine Freundin auf Tradition bestand, hatte eine kulturell verankerte Brautwerbung nach festgelegtem Ritual stattfinden müssen.

Die Kollegen staunten nicht schlecht.

Die Hauptkommissarin lächelte und lauschte, vergaß, zum Thema zurückzuleiten, hatte Gero von Aha so viel Engagement für den Kollegen nicht zugetraut. »Was? Du hast den Brautvater gespielt?«

Jerry Patalon musterte den zweifarbig gekleideten Kollegen Burmeester. »Jetzt weiß ich, was heute anders an dir ist. Du trägst ungewöhnlich farblose Kleidung. Hängt das mit deiner Verlobung zusammen?«

»Ja, äh, Yasmin hat sortiert.«

Karin freute sich für den jungen Kollegen. Nachdem alle sich wohlwollend geäußert hatten, kam Unruhe in ihr auf. »Eine tolle Geschichte, aber bitte kommt zum Kern.«

Von Aha hatte mit seiner Erzählung erreicht, dass sich seine Kollegen in die unvergleichliche Stimmung der Brautwerbung hineinfühlen konnten. Das war ihm wichtig. So konnte er die unglaubliche Bedeutung veranschaulichen, die das Geschenk an das Brautpaar erhalten hatte.

Er hielt das Exposé hoch, welches der Brautvater am Vorabend voller Stolz überreicht hatte. Er schlug die Seite auf, die den Investor mit seinem Werbeslogan zeigte. Die Sprechblase wirkte. Stimmengewirr erhob sich. Plötzlich verbreitete sich die Energie, die im K1 schon so oft eine entscheidende Phase in den Ermittlungen eingeleitet hatte. Es knisterte.

Karin Krafft schaute zunächst irritiert, dann entriss sie Gero von Aha das Exposé regelrecht, entdeckte einen bekannten Namen und im nächsten Moment ein befremdliches Konzept. Eines, das angeblich längst verworfen worden war.

»Titus Diekhaus hat Kunstmanns Idee nicht verworfen. Der zeichnet allein für die Planung verantwortlich. Er wirbt für das Bauvorhaben im Zusammenhang mit erneuerbarer Energie und Elektroautos zum Schutz der Umwelt und baut sogar auf den Wert des umwelt- und storchenfreundlichen Projekts. So ein Schmutzbuckel. Der will in Büschken Millionen machen.«

Das Papier machte die Runde, von Aha hatte es eingescannt und projizierte es auf die Leinwand.

»Und jetzt kommt Nikolas' Überraschung. Nach dem Ja des Vaters der Braut hat er das Exposé noch einmal genau angeschaut und Folgendes entdeckt. Nennt ihn Adlerauge und schaut euch mal das kleine Foto von Diekhaus in dem Prospekt genau an. Wie es arrangiert ist.«

Karin erkannte, worauf er aufmerksam machte. »Eine Cap mit einem weißen Symbol auf der Vorderseite. Das ist ja mal ein Anhaltspunkt. Der klaut das Vorhaben und will es mit der eigenen Firma verwirklichen. Der wollte Kunstmann linken.

Er fährt offensichtlich einen sehr leisen, elektrisch betriebenen Wagen von Tesla und hat eine jugendliche Kopfbedeckung, die unserem einzigen Zeugen aufgefallen sein könnte. Burmeester, dir hätte nichts Besseres einfallen können, als genau zu diesem Zeitpunkt um Yasmins Hand zu werben. Das sagt man doch so, oder?«

Burmeester winkte ab. »Danke für den Glückwunsch. Aber bei aller Euphorie: Was beweist das Foto? Dass ein trickreicher Investor ein Geschäftsmodell geklaut hat. Er hat Kunstmann hereinzulegen versucht. Punkt zwei: Er besitzt ein Stromauto, ein solches muss eine bedeutende Rolle gespielt haben, als Kunstmann zu Tode kam. Aber das reicht nicht für einen Haftbefehl gegen Diekhaus. Er ist ein harter Hund. Wir müssen ihm eine Falle stellen, ihn unter Druck setzen, damit er sich verplappert.«

Karin Krafft nickte. Da war er, der Hinweis, den sie beschworen hatte.

Sie handelte schnell. Schon hatte sie ihr Telefon in der Hand. »Wir müssen taktisch vorgehen, damit er uns nicht durch die Lappen geht. Wir werden ihm sagen, dass es einen Zeugen gibt, der sich an genaue Details erinnern kann.«

***

Frank Lürsen und Stefan Rutkowsky suchten einen einvernehmlichen Weg, um ihre Ideen zu kombinieren. Bert Schreiber hatte sich aus der Planung, ja, aus dem dörflichen Leben zurückgezogen. »Lasst mich in Ruhe mit dem Scheiß, ich will nichts mehr davon hören.« Eine Nacht in polizeilichem Gewahrsam hatte ihm gereicht, um sich zunächst mal in sein Gartenhaus zu verkriechen.

Lürsen und Rutkowsky planten mit halber Energie, es blieb ja ungewiss, ob der erwartete Gewinn jemals das Dorf erreichen würde. Es war so eine Art real angelegtes Monopoly-Spiel, das sich zwischen ihnen aufbaute, sie saßen da und überlegten nächste Schritte, googelten, zeichneten, rechneten.

Zu diesem Zeitpunkt ahnten sie noch nicht, dass ein gewisser

Mann aus Düsseldorf bereits Pläne hatte anfertigen lassen, die ihrem Storchenland und dem autarken Energiedorf in die Quere kommen würden.

Es herrschte eine angespannte Ruhe im Dorf nach den Aufregungen der letzten Tage. Alle schienen bemüht, die alte Harmonie wiederzufinden. Die Sonne schien mit unerwarteter Hitze auf Rhein, Deich und Dörfler, das Zwergschwein Herta suhlte sich in der großen Pfütze in Steinbrinks Garten, ein schlammiges Glück für das Tier.

Die Dörfler wussten auch nicht, dass Beamte in Düsseldorf mit Blaulicht unterwegs waren, um Diekhaus aus seinem Büro im Medienhafen zu holen und sofort in das K1 nach Wesel zu bringen. Sie ahnten auch nicht, dass der Baulöwe sich von Kunstmann gelinkt gefühlt hatte, weil der ihn mit seinen angeblichen Lottomillionen in ein Investmentabenteuer locken wollte. Gedanken waren frei, Ideen, die nicht patentiert waren, konnte einfangen, wer wollte. Sie konnten sich auch nicht vorstellen, dass sich der Stararchitekt allein des Büschkener Projekts bemächtigt und Kunstmann abserviert hatte.

Dennoch. Die Hypothese schien bestätigt, dass Kunstmann in jener Nacht, in der er in Berts Vorgarten zu Tode kam, von einem Autofahrer durch das Dorf gejagt worden war. Zum Beispiel von einem Tesla-Fahrer, der dem Filmemacher eine Lektion erteilen wollte. Ein halbherzig beigefügter Schlag auf den Kopf hatte ihn handlungsunfähig in die Knie gezwungen, sein Herz hatte die Anstrengung und die Aufregung nicht überstanden.

Der ahnungslos und freudig radelnde Tiez Steinbrink als unliebsamer Zeuge konnte froh sein, dass er in den engen Wegen der Streuobstwiese dem lautlosen und unbeleuchteten Wagen entkommen war. Der Gejagte hatte sich einfach besser ausgekannt als der Jäger.

Frank Lürsen und Stefan Rutkowsky sahen nur, wie die Störche zu den Nestern an der Kirchenwoy und am Forellenstübchen flogen und wie emsig das Familienleben im Storchennest direkt bei Bislich-Büschken ablief. Das tat ihnen gut.

Fremde eilten die Himmelsstiege hinauf, junge Menschen mit schwarzer Kleidung, schwarz geschminkt, die nach dem Haus des Filmers fragten, der die Serie über Beerdigungen gedreht hatte. Andere, dezent gekleidete Menschen stellten Kerzen vor seiner Einfahrt auf, legten Blumen dazu, filmten sich in ihrer Trauer um Kunstmann, nahmen Selfies auf. »Er war ein Großer«, stand auf einem Blatt Papier, das jemand zu den Lichtern legte.

Lürsen wurde von einem nicht unsympathischen Paar gefragt, ob das Haus schon zum Verkauf stand. Leute aus der Gegend, das war gut, zumal es kaum noch Bauland gab, um die nachwachsenden Dorfbewohner zu versorgen.

Die Bewohner der Himmelsstiege freuten sich über die Heiratsabsichten von Nikolas und Yasmin, schließlich war er einer von ihnen. Mit einer exklusiven Wohnung für sie in Bislich-Büschken würde es zwar nichts werden. Aber ihr Glück konnten sie auch woanders finden.

***

Titus Diekhaus breitete die Arme aus. Nach wenigen Stunden wieder frei, endlich Sonne. Vor der Kreispolizeibehörde in Wesel ließ er einen Jubelschrei los.

Er hatte eisern geschwiegen in den Verhören. Erst Gero von Aha, dann Jerry Patalon. Sie verstanden ihr Geschäft, das musste er zugeben. Laut und leise, knallhart und verbindlich, erst Hypothese, dann Beweise. Es war nicht einfach, ihnen standzuhalten. Ein Weichei hätte dieses Bombardement von Vorwürfen und Fakten nicht abwehren können. Er schon.

Nach dem Schock, als ihn die Kripo aus seinem Büro im Medienhafen geholt hatte, hatte er sich schnell gefasst und seine Aussagelinie festgelegt. Die Fahrt von Düsseldorf nach Wesel hatte ihm dafür ausreichend Zeit gelassen. Seine einzige Sorge war gewesen, dass diese bissige, unbeugsame Chefkommissarin das Verhör leiten würde. Doch sie durfte nicht. Sie war durch ihre Verbindung zu Büschken befangen, genauso wie dieser schräge Polizistenvogel, dessen Name ihm partout nicht einfallen wollte.

Titus Diekhaus wusste, dass er der Polizei Angriffsfläche geboten hatte. »Es stimmt ja, ich hatte mit Arndt Kunstmann das große Geschäft vorgehabt. An den Dorfbewohnern vorbei. Erst spät ist mir klar geworden, dass der Filmemacher von Millionen für ein Wellness-Investment faselte, die er nicht hatte. Für diese Unverschämtheit habe ich ihm im Gegenzug die Idee geklaut«, hatte er schließlich ausgesagt.

Sicher, er konnte ein Schwein sein. Doch ein Mörder war er nicht. Er war trickreich und manchmal skrupellos, Gewalt verabscheute er aber. Er hatte sie auch nicht nötig. Das hatten auch die Kriminaler kapiert. Tiez, der Zeuge, hatte ihn bei einer Gegenüberstellung nicht erkannt, ja, klar gesagt: »Der war es nicht.«

Beweise konnten auch die raffiniertesten Fahnder nicht herbeizaubern, wenn es keine gab. Nur Indizien. Titus Diekhaus lachte. Die langen Gesichter von Gero von Aha und Jerry Patalon, als er selbstbewusst aus dem Verhörraum in die Freiheit stolziert war, würde er nie vergessen. Ihr vermeintlicher Hauptverdächtigter war ihnen abhandengekommen. Sie mussten von vorn beginnen in dem Moment, als sie dachten, ihre Fahndungsgeschichte wäre zu Ende.

Er würde auch nie vergessen, um dieses Nest, dieses Büschken, einen Bogen zu machen. Von Storchenfreunden hatte er ein für alle Mal genug.

Mit einem zweiten Jubelschrei feierte er die Tatsache, dass er sofort aus Wesel verschwinden würde. Rückkehr ausgeschlossen. Und ging hinaus in die Sonne.

***

Paul Aengenholt war reumütig zurückgekehrt, wobei das Thema Lottogewinn im Dorf zunächst ausgespart wurde. Ebenso sparsam war man mit sozialem Kontakt auf der Himmelsstiege, man grüßte ihn freundlich, aber aus der Ferne.

Dann kam der erlösende Anruf. Barbara am Apparat. Sie wirkte völlig überdreht. »Stell dir vor, was ich in meiner Handtasche gefunden habe. Den Lottoschein.«

»Du meinst *den* Lottoschein, bist du dir sicher?«

»Ja, vom letzten Samstag. Ich muss ihn wohl doch abgegeben und dann einfach vergessen haben. Das ist schon irre. Ich komme morgen mit Mutter. Sie ist momentan ganz klar und äußert Wünsche. So möchte sie unbedingt mit der Fähre rüberfahren nach Bislich-Büschken. Das Glück wird mit einem Schiff ins Dorf gelangen. Welch ein Bild! Ich werde das Auto an der Nato-Straße auf der Xantener Rheinseite parken, und am Abend holen wir es ab. Okay?«

Paul konnte es gar nicht fassen. Der Schein war da, die Millionen waren sicher. Er lief mit dem Telefon durch das Haus, von Raum zu Raum, hätte am liebsten geschrien, das Ereignis herausposaunt. Seiner Rehabilitation als untadeliger Nachbar stand nichts mehr im Weg. Und Barbara kehrte zu ihm zurück. Na gut, mit Mutter, aber was soll's.

»Und du bringst wirklich den richtigen Schein mit?«

Barbara lachte fröhlich wie lange nicht mehr. »Ja, den ganz richtigen, echten, wertvollen Schein. Ich konnte es kaum glauben, als ich ihn entdeckte. Du bist mir hoffentlich nicht böse, ich bin manchmal echt schusselig. Gegen siebzehn Uhr werden wir an der Fähre sein.«

***

Es war wieder Samstag. Der zweite Spieltag dieser Woche verging, ohne dass jemand an die Abgabe eines Scheins für die Gemeinschaft dachte. Er würde nie mehr eine Aufgabe mit so hoher Verantwortung und solchem Potenzial für einen Absturz übernehmen. Aber über dem heutigen Vormittag stand ein guter Stern.

Paul Aengenholt stellte sich vor den Spiegel in der Diele und kämmte sein Haar zurück. Dann verließ er das Haus und schellte der Reihe nach bei allen Nachbarn.

»Barbara kommt zurück mit *dem* Schein. Ja, gefunden in ihrer Handtasche. Abgegeben und vergessen. Ja, der Gewinn wird gerecht aufgeteilt. Zusammen mit ihrer Mutter gegen siebzehn Uhr mit der ›Keer Tröch‹.«

Wie ein Lauffeuer verbreitete sich die Nachricht, auch über die Himmelsstiege hinaus. Alle hatten nach Kunstmanns Tod von dem Gewinn gehört und wussten die Nachricht einzuordnen. Ein ganzes Dorf im Lottofieber.

Bert kroch aus seiner Laube, wiederbelebt und in alter Form. »Wir holen sie an der Fähre ab. Das Tambourcorps muss spielen.«

Feiern, das konnten und das wollten sie. Es verselbstständigte sich die Idee vom würdigen Empfang der Überbringerin des Millionen-Scheins. Aufgeregtes Gewimmel und Stimmengewirr beherrschten im Nu den Anleger der beliebten Fähre für Radfahrer und Spaziergänger. Die Ränder des leicht ansteigend gepflasterten Zuwegs zur »Keer Tröch« wurden mit den Wimpeln des Schützenvereins bestückt, ein Getränkewagen wurde organisiert, Stehtische mit Hussen aufgestellt, darauf Sektgläser drapiert, die Flaschen in Kühlern. Das Tambourcorps übte im Gemeindehaus die Hymne »We Are the Champions«.

Auch Nikolas Burmeester und Yasmin waren da, Henner und Johanna, die noch versucht hatte, Karin zu erreichen. Die verpasste nun die glorreiche Rückkehr des Geldes, weil sie den Tag mit der Familie in Holland am Strand verbrachte.

Man beobachtete das Xantener Ufer mit Feldstechern, bis jemand »Da sind sie« rief und jeder den Hals reckte.

Barbara hatte ihre Mutter untergehakt und ging mit ihr langsam den Anleger hinab, betrat die Fähre. Einige Radler stiegen zu, es dauerte nicht lange, und das kleine Boot legte ab, ließ sich ein Stück in die Strömung treiben, damit ein Schubschiff passieren konnte, tanzte in den Heckwellen, um dann mit dem Bug in Fahrtrichtung den breiten Strom zu queren. Kurz vor dem Anleger das gleiche Spiel, eine Drehung, das Tambourcorps gab sein Bestes, und bevor die Fähre mit dem Bug anlegen konnte, zog Barbara den Schein aus ihrer Tasche, jeder sah ihn. Sie hielt ihn in Händen, und ihre Mutter winkte der Menge zu.

Sie sprach mit Barbara, ließ sich den Schein reichen, um ihn ungelenk in die Höhe zu recken. In dem Augenblick erfasste eine Windböe das Schiff. Barbaras Mutter schwankte, suchte Halt an der Reling. Und zwar reflexartig mit beiden Händen. Dabei ließ sie den Schein los. Der flatterte an den nachfassenden Fingern von Barbara vorbei.

Die Menge am Ufer verstummte abrupt, starrte ungläubig auf das Geschehen, das sich vor ihnen auf dem Fluss abspielte. Einige schräge Töne der Musiker hallten nach, alle blickten dem Stückchen Papier hinterher, das sanft durch die Luft wogte, bevor es auf der Wasseroberfläche auftraf, einmal wirbelnd auf einer Welle tanzte und versank.

Mehrere Männer und Frauen stelzten ins Wasser, schwammen ein Stück hinaus, Musikinstrumente wurden fremden Händen zur Obhut gereicht, man musste doch hinterher, da versank, dem Schatz der Nibelungen gleich, ein ungeheures Vermögen im Fluss.

Der Rhein war kein Bach. Natürlich blieb die Suche erfolglos. Zum Glück kam niemand bei der Aktion zu Schaden. Pudelnass zog sich das Empfangskomitee zurück. Die Sektflaschen blieben ungeöffnet.

An diesem Nachmittag verstarb das letzte Fünkchen Hoffnung auf Wohlstand und Innovation in Büschken. Während Storcheneltern unbeeindruckt und emsig durch die feuchten Wiesen staksten, um Futter für ihre Jungen zu sammeln.

Barbaras Mutter schien das Ausmaß ihres Missgeschicks nicht zu begreifen, ihr war ein Stück Papier in den Fluss gesegelt. Erschöpft schlief sie auf dem Gästebett ein.

»Komm, wir fahren den Wagen holen, sie schläft.«

Lustlos holte Paul die Autoschlüssel. »Warum hast du sie mitgebracht? So eine Schnapsidee.«

Mehr sagte Paul die ganze Fahrt über nicht, die von Bislich über die Rheinbrücke bis Xanten und dann zur Anlegestelle führte und eine ganze Zeit lang dauerte. Er startete sofort wieder durch, als Barbara beim Restaurant Zur Rheinfähre ausstieg.

Inzwischen war Barbara mit ihrem Wagen fast lautlos auf die Auffahrt vor ihrem Haus gefahren. Auf dem Nissan Leaf stand die

Aufschrift »Stadt Hamminkeln«, aber das war in Bislich-Büschken verzeihlich. Der Nachbarort war schließlich auch Niederrhein.

Barbara teilte Paul mit, ihr eigener kleiner Wagen stehe mit kaputter Lichtmaschine in der Werkstatt, da habe sie an dieses groß beworbene Angebot gedacht und das Elektro-Car-Sharing der Stadt genutzt.

»Ich habe Spaß daran, so leise dahinzugleiten. Das Stromauto habe ich schon ein paarmal für kleine Ausfahrten ausgeliehen, ich bin dafür registriert. Das ist die Zukunft.«

***

Es war niemand zu sehen auf der Himmelsstiege, das Dorf war nach der neuerlich aufgeflammten Freude und der darauffolgenden umso herberen Enttäuschung wie gelähmt. Es waren viele Träume geplatzt an diesem frühen Nachmittag.

Nur Tiez interessierte das nicht. Kein Geld? Auch gut, er hatte alles, was er brauchte.

Er saß auf seinem Mountainbike und radelte die Straße hinauf. Vor Aengenholts Auffahrt blieb er mit bedenklichem Gesicht stehen. Seine Miene spannte sich an. Er stieg ab. Er näherte sich dem Auto, das dort stand, sehr vorsichtig. Ein Stromauto. Leicht zu erkennen am fehlenden Auspuffrohr. Über die ganze Beifahrerseite zogen sich Kratzer über den Lack. Als wäre das Auto an dichten Sträuchern entlanggestreift. Er hörte förmlich das kratzende Geräusch hinter sich, immer deutlicher, immer näher auf ihn zukommend, als er hinter den Gärten vor dem Wagen geflüchtet war. Erst wagte sich Tiez nicht näher an das Auto heran, dann bewegten sich seine Beine wie ferngesteuert.

Er blickte durch das Seitenfenster. Auf dem Rücksitz lag eine dunkle Kappe mit weißen Zeichen über dem Schirm. Er hatte sie schon einmal gesehen.

In jener Nacht hatte er Angst gehabt. Und gezittert. Jetzt war es anders. Tiez wusste plötzlich, dass dieses Auto ihn lautlos verfolgt hatte. Er hatte zwar gedacht, ein Mann wäre hinter ihm her gewesen. Aber Barbara Aengenholt konnte auch diesen energischen Zack-Zack-Schritt, von dem er seinem Freund, dem Kommissar, auf der Radtour erzählt hatte.

Tiez sah in diesem Augenblick, wie Nikolas Burmeester mit seinem Rennrad an ihm vorbeirauschte und auf das Haus von Johanna und Henner zufuhr.

Tiez beschloss, erst zu seiner Mutter zurückzukehren und ihr zu erzählen, was er eben entdeckt hatte. Sicher würde sie anschließend vorschlagen, ein paar Meter die Himmelsstiege entlang zu Burmeesters Wohnung zu gehen. Der Kommissar würde seine Schlüsse aus ihrem Besuch ziehen.

Was Barbara Aengenholt bewogen haben konnte, ihren Liebhaber Arndt Kunstmann nächtens in den Tod zu hetzen, wäre eine der Fragen, die ihn danach brennend interessieren würden. Und ob sie Tiez wirklich getötet hätte, um ihn als Zeugen zu beseitigen. Eifersucht und Rache, Geld und Liebe waren ein weites Feld. Und führten manchmal zum Tod.

Nachwort

Kleine Jubiläums-Ansprache für den Niederrhein-Krimi Nummer zehn.

Ist es denn zu fassen! Mit »Der Storch« ist die Serie der Niederrhein-Kriminalromane von Hesse/Wirth auf zehn angewachsen. Ein Jubiläum, das wir nicht erwartet haben. Wir – das sind die Xantenerin (linksrheinisch!) Renate Wirth und der Weseler (rechtsrheinisch!) Thomas Hesse, die sich im Jahr 2005 schriftstellerisch zusammentaten. Der Niederrheiner bekam ab sofort die Geschichten erzählt, die Orte beider Rheinseiten kriminalistisch vereinen. Was nicht zu unterschätzen ist: Von Nummer eins bis Nummer zehn leben wir immer ein bisschen davon, die kleinen Reibereien zwischen den beiden niederrheinischen Seiten in unsere Romane einzubauen.

Das und viele andere, genau recherchierte Lebensumstände und Handlungsorte sind authentisches Kennzeichen unserer Bücher, die in spannenden regionalen Kriminalfällen auch Atmosphäre und Heimatgefühl transportieren. Alles ist echt und nahe dran. Dieser Linie treu zu bleiben, ohne heimelig und kleinkariert zu werden, haben wir uns von Anfang an vorgenommen. Wir haben uns (hoffentlich) dran gehalten.

Heute hat jedes Kaff seinen Krimi, auch im Fernsehen. Für uns ist der Regionalkrimi aber Literaturgenre, das Qualität und Nähe verlangt. Eins mit Herz, wo es guttut, und Härte, wo es nötig ist. Manche Niederrhein-Autoren sind gegangen und gekommen, wir sind sozusagen der Stabilitätsanker unter den Krimischreibern geblieben.

Wir haben unsere eigene kreative Geschichte als Autoren erlebt. Wir haben auch zurückgedacht an unsere gemeinsamen Anfänge als Hesse/Wirth. So lag die Idee nahe, »Der Storch« dort zu verorten, wo wir mit unserem Erstling »Das Dorf« angefangen haben. In jenem kleinen fiktiven Dorf Bislich-Büschken. Wir haben es als Tatort nach 2005 wiederentdeckt und lassen dort unser – sagen wir – erfahrener gewordenes Personal ermitteln.

Wer wie Hauptkommissar Gero von Aha oder die Burmeester-Verlobte Yasmin Ögülsan erst später in die Hesse/Wirth-Geschichten eingestiegen ist, hat in diesem unserem zehnten Buch seine ersten dörflichen Auftritte.

Unser »Dorf« und unser Niederrhein ist nicht die kleine, übersichtliche Welt, in der zufällig etwas Mörderisches nach dem Gut-Böse-Schema passiert, sondern der Versuch, einen Mikrokosmos zu beschreiben, der so ähnlich überall zu finden ist. Gern unterhaltsam und sehr gern so, dass die Leser spüren, die Autoren haben ihren Spaß gehabt an der einen oder anderen witzigen Szene. Wir gestehen, wir lachen gern mit.

Wir freuen uns, dass es über den Niederrhein hinaus viele Krimi-Fans gibt, die uns seit Jahren folgen. Und natürlich über alle, die unsere Bücher neu entdecken.

Dass es sich um Hesse/Wirth-Titel handelt, ist für Sie und alle ja leicht zu erkennen – allesamt mit einer Ausnahme besitzen Tier-Titel. Unser Markenzeichen. Nur bei »Das Dorf« hat es titelmäßig nicht geklappt. Aber dann. Begonnen hat die Tier-Titel-Idee mit »Der Esel«, mit dem Thomas Hesse zusammen mit Co-Autor Thomas Niermann 1997 den Niederrhein auf die noch dünn besiedelte Regionalkrimi-Landkarte brachte. Hesse/Wirth nahmen die Marke mit Titeln wie »Die Füchse«, »Die Eule«, »Der Käfer« oder zuletzt dem sehr erfolgreichen »Schwarzen Schaf« vom Niederrhein auf. Jetzt, 2017, ist es also »Der Storch«. So viele Bücher, so viele ideenreiche, aber auch anstrengende Stunden – in der Summe bleibt ein positives Gefühl, immer und immer wieder erzählen zu dürfen und Gehör zu finden. Unsere gute Zusammenarbeit ist geblieben.

Sie merken, an dieser Stelle ist es angebracht, Dank zu sagen. Dem Emons Verlag, der uns von Beginn an unterstützt und kreative Freiheiten gelassen hat. Das gilt besonders für seinen Chef Hejo Emons, der – in aller Bescheidenheit – als Kölner durch uns viel über den Niederrhein jenseits von Düsseldorf gelernt hat. Dem Lektorat um Christel Steinmetz, Stefanie Rahnfeld und Hilla Czinczoll, das diskutiert, kommentiert und unsere Geschichten manchmal in die effektvollere Richtung navigiert hat. (Für gelegentliches nerviges Überschreiten des Zeitlimits entschuldigen wir uns bei Ihnen für die Vergangenheit und sicherheitshalber für die Zukunft.)

Ebenso danken wir den redseligen Informanten, die uns Blicke hinter die jeweiligen Kulissen verschafft haben, den Polizeipressestellen, den Sprechern von Behörden, den Journalisten, die gern über uns berichteten, und den unerwartet vielen Leserinnen und Lesern, die uns mit speziellen niederrheinischen Kenntnissen und hintergründigem Wissen überhäuft haben. Wir haben sie mit Einblicken in unsere Krimiwerkstatt entschädigt. Das tun wir immer gern. Unser Dank gilt auch bei diesem Buch den beiden geduldigen Menschen, die uns nahestehen.

Weil unsere Leser immer wieder gern etwas über die Autoren erfahren, verraten wir noch ein Geheimnis. Welche Bücher aus eigener Feder sind unsere Lieblinge? Renate Wirth schätzt »Eulenblues« und »Der Käfer«, Thomas Hesse nennt die Favoriten »Die Eule« und »Das schwarze Schaf«. Hätten Sie das gedacht? Schauen Sie doch mal rein in die früheren Krimis. Es gibt sie noch zu kaufen. Sie zeigen auch, wie die Zeit vergeht. Wie gesagt: Der zehnte Hesse/Wirth-Krimi ist da. Ist es denn zu fassen!

Thomas Hesse/Renate Wirth im Oktober 2017

Thomas Hesse/Renate Wirth
DIE ELSTER
Broschur, 224 Seiten
ISBN 978-3-89705-629-9

»Eine niederrheinische Familiensaga der besonderen Art.«
Rheinische Post

»Die Szenen sind für Niederrheiner deshalb so interessant, weil sie an realen Orten spielen und das Kopfkino beim Leser so automatisch Unterstützung bekommt.« NRZ Wesel

Thomas Hesse/Renate Wirth
DIE EULE
Broschur, 256 Seiten
ISBN 978-3-89705-769-2

»Die Verwicklungen setzen sich in bester Thriller-Manier am Ende komplett zu einer Geschichte zusammen. Besonders eindringlich ist die Darstellung der Figuren gelungen, ihre jeweilige Farbe, ihre eigene (Sprach-)Melodie, ihr Witz. Gut, dass kluger Humor und Herz dabei sein dürfen.« Rheinische Post

»Humorvolle und spannende Handlung!« Niederrhein Nachrichten

www.emons-verlag.de

Thomas Hesse/Renate Wirth
DIE SPINNE
Broschur, 320 Seiten
ISBN 978-3-95451-152-5

»Eine hintergründige Geschichte mit überraschenden Wendungen.«
Rheinische Post

Thomas Hesse/Renate Wirth
DER KÄFER
Broschur, 288 Seiten
ISBN 978-3-95451-553-0

»›Der Käfer‹ ist mit eigenem Humor und Charme geschrieben. Eine gelungene Fortsetzung.« Rheinische Post

www.emons-verlag.de

Thomas Hesse/Renate Wirth
DAS SCHWARZE SCHAF
Broschur, 288 Seiten
ISBN 978-3-95451-990-3

In Wesel stehen die Kommissare Gero von Aha und Nikolas Burmeester vor einem erschütternden Rätsel. Ihre Chefin Karin Krafft ist verschwunden – und am Rheinufer taucht eine kopflose Leiche auf. Hat die Demonstration empörter Bürger gegen den Ausbau der Betuwe-Linie damit zu tun? Radikale Kräfte wollen sogar an der Bahnstrecke bomben. Doch der ganze Niederrhein ist betroffen. Denn die gefährliche Gruppe hat linksrheinisch ihr Hauptquartier und probt hier einen Anschlag. Es beginnt ein doppelter Wettlauf gegen die Zeit …

www.emons-verlag.de